홍익인간의 꿈,

소설 최영 장군

2

홍익인간의 꿈,
소설 최영 장군 2

초판 1쇄 인쇄 2020년 8월 10일
초판 1쇄 발행 2020년 8월 15일

지 은 이 정호일
펴 낸 이 정연호
편 집 인 정연호
디 자 인 이가민

펴 낸 곳 도서출판 우리겨레
주   소 서울시 은평구 통일로 71길 2-1 대조빌딩 5층 507호
문의전화 02.356.8410
F A X 02.356.8410
출판등록 2002년 12월 3일 제 2020-000037호
전자우편 urikor@hanmail.net
블 로 그 http://blog.naver.com/j5s5h5

ISBN 978-89-89888-19-2 04810
ISBN 978-89-89888-17-8 (전3권)

홍익인간의 꿈,

소설 최영 장군

2

정호일 지음

도서
출판 우리겨레

차 례

홍익인간의 꿈,
소년 최영 장군

2

1

근원적 쇄신을 주문하나 받아들여지지 않고

이성계는 군사를 대동하고 동북면의 철관을 향해 황급히 말을 달렸다. 화주 이북이 여진인의 수중에 넘어간 것이었다. 그가 덕흥군의 침략을 막아내기 위해 서북면으로 지원 온 그 빈틈을 노린 것이었다. 방어 진지를 강력히 구축하기 전에 되찾아야 했다.

이번 공격을 주도한 자는 삼선과 삼개였다. 그들은 이성계와 4촌 형제지간이 되는 사이로 고모부인 김방쾌의 자식들이었다. 삼선과 삼개는 여진인들 속에서 자라면서 그들과 잘 어울렸고, 말타기와 활쏘기도 아주 능했다. 이자춘이 이성계에게 물려준 영역을 호시탐탐 노리는 자들이었다. 원에서 고려의 왕을 덕흥군 혜로 교체하기 위해 군사를 몰고 쳐들어온다는 소식은 그들에게 희

소식이었다. 홍건적의 침략으로 수도가 유린되어 아직 정비가 채 안 된 상태에서 비록 쇠락하는 나라라고 하지만 상국 행세를 하는 원의 대국이 왕의 교체를 요구하며 침략해 오는데, 이를 고려가 쉽사리 방어하기에는 어려울 것이었다. 조소생과 탁도경이 나하추를 끌어들여 고려군과 싸우는 것과는 차원이 달랐다. 고려가 원의 압력을 받고 지리멸렬할 때 이곳을 차지하면 자신들의 관할 영역이 될 수 있을 것이라고 타산한 것이었다.

동북면의 전쟁 양상도 서북면과 거의 대동소이하게 전개되고 있었다. 덕흥군이 원의 힘을 믿었듯 삼선과 삼개 또한 덕흥군의 전투에 기대를 걸었고, 초기에 누가 기선을 제압하고 대세를 장악하느냐에 따라 결정될 판이었다.

그 대세 장악에 가장 큰 영향을 미칠 것은 군사들의 사기였다. 그 사기는 대의명분과 지휘관의 통솔 역량, 군사 규율, 지리적 이점 등 여러 가지 원인이 복합적으로 작용할 것이었다. 하지만 무엇보다 중요한 건 대의명분과 장수의 지휘 역량이었다.

지휘관의 역량이 뛰어나더라도 대의명분이 바로 서지 못하면 병사들의 결전 의지는 약해질 수밖에 없었다. 아무리 침략 행위를 분식해도 그 강도적 행위는 숨길 수 없이 드러나고, 그것은 군사들의 전투 의지에 반영되었다. 그래서 다른 나라에 대한 침략 전쟁은 방어 군대의 2~3배의 역량을 투여해야 승산이 있었다. 자기 조국과 백성을 지키려는 병사는 결사전의 자세로 나서기에 침략군과는 그 전의가 사뭇 달랐다. 외세의 침략군에 맞서 서슴

없이 목숨을 내던지는 것은 그 때문이었다.

하지만 침략군에 대한 방위가 아무리 정의로워도 전장의 장수가 군사대오를 결사전의 각오로 다져놓지 못하면 우세한 적들의 기세 앞에 두려움에 떨며 굴복하기 마련이었다. 지금 고려군은 대의명분과 장수들의 결전 의지가 심각히 결핍되어 있었다. 위세나 뽐내다가 막상 전투에 임해서는 좀 불리하다 싶으면 제 한 몸 건사하기 위해 도주하기에 바빴다.

동북면의 전장 소식을 떠올려보는 이성계의 얼굴엔 역정이 묻어나왔다. 여진족들도 작금의 고려의 정세를 파악하고 있을 것이었다. 고려에서는 서북면과 동북면의 양계를 중시하였다. 경계를 늦출 수 없는 곳이었다. 그런데 동북면을 경계하는 장수들의 대비 태세는 시원찮을뿐더러 끝까지 싸울 의지도 없어 보였다. 함주를 수비하던 장수인 전이도와 이희는 군사도 내팽개친 채 도주하였다. 적들의 기세만 돋구어주는 꼴이었다. 도지휘사 한방신과 병마사 김귀가 화주로 나아가 그들의 진격을 막으려 하였지만 그 기세를 막기에는 역부족이었다. 한방신과 김귀는 철관으로 물러나 다시 전열을 가다듬고 있었다.

이성계의 뇌리 속에는 최영의 얼굴이 계속 맴돌았다. 덕흥군의 침략을 막아냈기 때문만은 아니었다. 덕흥군이 몰고 온 군사들이야 어중이떠중이들로 합쳐 봐야 고작 1만여 명에 지나지 않았다. 고려의 군사가 그보다 더 적은 것도 아니었다. 장졸들이 결전의 의지를 가지고 싸운다면 그리 어려운 것이 아니었다. 그래서 장수들에게 분전하여 싸우지 않는다고 솔직한 마음을 토로하였는데, 그게 시기를 받아 고립무원에 빠질 뻔했다. 그런데 최영은 고려를 중흥시키자는 대의명분을 치켜들더니 단번에 군대의 기강을 바로 세웠다. 그로써 싸움은 끝나버린 셈이나 다름없었다.

이성계는 불같은 최영의 눈빛을 보고 감동하지 않을 수 없었다. 단순히 덕흥군을 몰아내기 위한 차원이 아니라 앞으로 고려가 나아가야 할 방향을 분명히 밝히고 있었다. 고려의 중흥을, 그것도 단군조선과 고구려의 옛 영화를 되찾자고 감히 주창하였다. 조정에서 원의 속국을 자처하고 있는데다 공민왕의 눈 밖에 나면 언제 목이 달아날 줄 모르는데 그리 나온 그 담대함 앞에 절로 고개가 숙여질 수밖에 없었다. 그만이 아니라 그 자리에 있었던 모든 장수들이 그리 느꼈다. 범인과는 비교할 수 없는 거목이었다. 연배도 19살이나 더 많은, 거의 아버지뻘 되는 그런 최영 장군이 그에게 많은 말을 하지는 않았지만 대장부다운 굳은 신뢰를 표시해 주었다. 가슴 뜨거움이었다. 앞으로 고려를 책임지고 이끌어 갈 장수는 분명 최영 장군일 것이었다. 최영 장군이 믿어준다면 그의 앞길엔 탄탄대로가 열릴 것이고 고려의 미래는 밝아질 것이었다.

이성계의 얼굴엔 미소가 지어졌다. 이번 전투도 거의 끝난 것이나 진배없었다. 삼선과 삼개도 덕흥군을 패퇴시킨 고려의 전승 소식을 전해 들었을 것이었다. 그 결과 그가 그곳으로 가고 있고, 그곳을 관할 영역으로 여기기에 절대 양보하지 않을 것이라는 것

12

쯤은 잘 알고 있기에 끝까지 대적할 생각을 품지 못할 것이었다.

이성계가 1364년 2월 철관에 도착하자마자 벌써 고려 군사의 기세는 드높아졌다. 이성계는 한방신과 김귀와 더불어 3면으로 협공하며 공격하여 나갔다. 삼선과 삼개는 이미 전세가 기울었다고 보고 고려 군사의 공격을 받자마자 곧바로 퇴각하며 물러났다. 이로써 고려 군사는 다시 화주와 함주 등의 고을을 전부 되찾았다.

공민왕은 덕흥군의 침략을 막아낸 데 이어 동북면에서도 잇따라 승전보를 받자 한방신에게는 채색비단을, 이성계와 김귀에게는 금띠를 하사했다.

이에 앞서 공민왕은 서북방면의 승리 소식을 보고 받고는 조정의 인사를 단행하며 체제를 정비하였다. 김일봉을 영도첨의, 경천흥을 좌시중, 이성계와 권장수, 조희고를 밀직부사로 임명하였다. 덕흥군의 침입을 격퇴하고 개성으로 귀경하는 원수들에게는 어가를 맞이하는 의례에 준해 환영 행사를 벌이고, 연회까지 베풀어 주라고 명하였다.

그 지시에 따라 서북면 도원수 경천흥, 도순위사 최영, 안우경, 이순, 우제, 이구수, 지용수, 박춘, 홍사우 등이 개선하니 해당 관청에서는 도성 바깥까지 나와 영접하였다. 왕의 행차에 준한 것이었으니 요란하기 그지없었다. 덕흥군의 침략을 격퇴한 장수들을 어떻게 예우하는지 공민왕의 심중이 드러난 보습이었나. 끝없는 왜구 침구에다 홍건적에 의해 수도 개경까지 유린당한 것은 고려라는 나라를 위기에 몰아넣은 꼴이었다. 그만큼 공민왕은 이번 전쟁에서 왕위의 안위에 위기감을 느낀 것이었다.

공민왕의 환대에 장수들은 하나같이 만면에 환한 웃음을 머금었다. 그 분위기에 취해 대단한 공을 세운 양 호기를 부리는 모습도 묻어 나왔다.

허나 최영의 마음은 결코 편치 않았다. 전쟁에 승리하고 개선했으니 환영이야 당연하다고 해도 이건 지나친 예우였다. 솔직히 이번 싸움은 전쟁이라고 할 수도 없었다. 홍건적도 쉽사리 제압하지 못하는 원이 그들의 전력을 기울여 고려를 침략할 수 없다는 것은 불 보듯 뻔한 이치였다. 비록 국정이 정비되지 못했단 치더라도 대의명분을 바로 세우고 군대의 기강만 확립했어도 쉽게 해결할 수 있는 일이었다. 이토록 사건을 키운 건 공민왕 자신이었다. 나라가 혼란스럽고 어렵다고 하여 원의 눈치를 보면서 원으로부터 왕위의 안전을 보장받으려고 한 게 화근이었다.

백관들의 환영을 받으며 장수들은 개경으로 입성해 국청사의 남교로 안내되었다. 국청사는 문종의 넷째 아들인 대각국사 의천의 요청에 의해 창건된 사찰로 천태종의 종찰이었다. 숙종 때 완성된 국청사는 몽골 침략 때 불타버려 충선왕이 즉위하여 다시 중창한 것이었다.

장수들이 자리를 잡자 백관들이 술잔을 올렸다. 백관들의 환대에 장수들은 넙죽 받아 마셨다. 하긴 공민왕으로서는 이번 전쟁을 통해 자신의 안위를 위협하는 골칫거리를 속 시원하게 해결한 셈이었다. 황제의 명이라고 칭했지만 군사력으로 제압했으니 앞으로 원이 이 사안으로 걸고들어 올 수는 없을 것이었다. 외교란 것 자체가 국력의 반영일 뿐이었다. 장수들을 크게 환대하는 공민왕의 심중을 짐작할 수 있었다. 백관들도 장수들도 그런 왕의 심정을 이해했기에 기꺼이 흥겨울 수 있었다.

연회의 자리는 더욱 무르익었다. 장수들은 귀빈 대우에 취해 술잔을 연거푸 받아넘겼다. 어느새 취기가 올라오면서 장수들이 한마디씩 건네기 시작했다.

"원이라는 나라가 이빨 빠진 호랑이가 된 지가 언제인데, 아직도 제 분수를 몰라보고 감히 우리 고려의 국왕을 제 맘대로 바꾸려 하다니 도대체 그게 될 법이나 하는 소리입니까?"

"두말하면 잔소리지요. 우리 주상 전하야 백성들과 신료들의 한결같은 지지를 받고 있지 않습니까? 그런 우리 임금을, 그것도 덕흥군 같은 작자에게 넘기라니……. 덕흥군으로 말할 것 같으면 선왕인 충선왕의 서자라고 하지만 따지고 보면 그 출신 자체가 불분명한 자가 아닙니까?"

덕흥군은 충선왕이 내쫓아낸 궁인이 백문거의 집에서 낳은 자식이었다. 그 때문에 백문거의 자식이라는 소문도 나돌았는데, 그걸 지적한 것이었다.

장수들의 행동은 은근히 자신들의 전공을 치켜세우려는 모습이었다. 공민왕이 지금 왕위를 지키게 된 건 그들의 공 때문이라는 주장이었다. 그들의 얼굴엔 거드름을 피우는 기색도 묻어 나왔다. 꼭 장수들의 세상이 펼쳐진 듯했다.

술기운 속에 점차 말들이 오가면서 의기를 드러낸 장수도 나타났다. 그러면서 그 중심에 최영이 서 있는 듯한 분위기가 자연스레 연출되었다.

"이제 원은 우리 고려에 간섭하지 못할 것입니다. 아니 그렇게 만들어야지요. 도대체 왜 우리가 그들의 눈치를 보고 살아야 합니까? 이제부터라도 최영 도순위사께서 말씀하셨던 것처럼 우리 고려를 중흥시켜야 합니다. 저 찬란했던 단군조선과 고구려의 영광을 재현할 수 있도록 말입니다. 아니 그렇습니까?"

흥청망청한 연회 분위기가 삽시에 조용해지면서 모두의 눈길이 최영에게 쏠렸다. 이번 전쟁 승리의 공이 최영에게 있다는 것은 모두가 다 인정하는 바였다. 허나 그보다 더 충격적 사실로 받아들여졌던 것은 고려를 강성한 나라로 만들자는 최영의 주장이었다. 강성한 나라로 만들자는 말은 그만큼 장수들의 심장을 맥박 치게 만든 요인이었다. 장수들은 그것을 또다시 확인하려 들었다.

최영은 심히 불편했다. 나서고 싶지 않았다. 승리했다지만 그의 마음 한구석에는 찢어지는 듯 아파왔다. 아무 죄 없는 병사를 목 벰으로써 얻은 것이었으니 가히 즐거워할 수가 없었다. 그런 그의 속맘은 안중에 없다는 듯 장수들은 최영에게 한마디 하라며 성화를 올려댔다. 마지못해 최영은 입을 열었다.

"우리 고려를 어느 누구도 넘보지 못하는 강대한 나라로 만들어야지요. 이것은 우리 모두가 바라는 바이니 꼭 그리 만들어야 할 것입니다. 여하튼 이번 전쟁의 승리는 우리 주상께서 대의를 바로 세우시고 그 자리에 굳건히 서 계셨기 때문입니다. 나는 그 뜻을 받들었을 뿐입니다. 그리고 제 장수들과 군사들이 힘껏 싸웠기에 승리할 수 있었습니다. 다시 한번 감사의 마음을 전합니다."

"그리 겸손의 말씀을 하시다니……. 역시 최영 장군님답습니다."

임금과 장수들의 공으로 돌리는 최영의 겸허함에 모두들 기분 좋게 고개를 끄덕이며 흔쾌히 받아들였다.

연회의 자리는 여전히 떠들썩했다. 최영은 더 이상 앉아 있기가 불편해 조용히 그 자리를 빠져 나왔다. 채 끝나지 않는 겨울의 찬바람이 얼굴을 거세게 후려쳤다. 봄이 오자면 이 혹독한 겨울을 이겨내야 했다. 조정의 정책을 획기적으로 바꿔야 했다. 이제부터 고려의 중흥을 이룩하기 위한 움직임이 본격적으로 개시되어야 했다. 최영의 두 주먹이 굳게 쥐어졌다.

저 멀리서 아들 최담이 최영을 향해 다급히 뛰어오는 모습이 보였다. 듬직한 젊은 체구에 제법 장수다운 기운이 엿보였다. 최담은 홍건적에 의해 점령된 개경 수복 전투에 참여한 공으로 호군으로 임명된 상태였다. 이번 덕흥군의 변란 전투에도 참가하였다. 그런 최담이 연회에 참석지 아니하고 그를 급히 찾는 듯한 모습에 불길한 예감이 엄습해왔다.

17

"아버님, 지금 어머님이 위급하다 하옵니다."

최영은 곧장 최담을 따라 발걸음을 재촉했다. 출정하기 전부터 몸이 부쩍 안 좋아지고 있음을 눈치 챘으나 이토록 급속히 악화될 것이라고는 예측하지 못했다.

집에 이르니 벌써 연락을 받았는지 딸 동주 최씨와 사위 사공민도 도착해 있었다. 사공민은 문과에 급제하여 국자박사 등을 역임하고 한림박사로 이름 높은 사공실의 아들이었다.

"부인, 나를 알아보겠소?"

부인 문화 류씨가 최영의 말에 정신을 차린 듯 눈을 뜨더니 희미한 미소를 지어 보였다. 그리고 최영을 향해 힘겹게 입을 열었다.

"제 할 일은 다 한 것 같소만, 다만 당신이 꿈꾼 세상을 꼭 보고 싶었는데……. 옆에 있어 주지 못해서 미안하구려. 멀리서도 지켜볼 것이니 꼭 꿈을 이뤄 보세요."

문화 류씨가 그 말을 끝으로 힘없이 고개를 옆으로 떨구었다.

"어머님!"

최담과 며느리, 딸 동주 최씨와 사위 사공민 등의 울음소리가 터져 나왔다. 최영의 눈에도 눈물이 흘러내렸다. 제대로 지아비의 따뜻한 손길 한번 받아보지 못하고 고생만 하다 세상을 떠난 것이었다. 사내대장부의 웅대한 포부를 펼친다는 미명 아래 밖으로만 싸도는 남편 대신에 묵묵히 집안을 꾸려나간 여자였다. 자식들을 이만큼 건사한 것도 모두 부인 몫이었다. 죽으면서까지 남편이 꿈꿨던 포부를 믿어주는 부인의 모습에 대한 서글픔이 몰려왔다. 전혀 내색하지 않던 부인이 이토록 자신을 믿고 있을 줄은 차마 몰랐다. 부인의 속내를 진작 알아주지 못한 자책감이 엄습해오면서 잘 대해주지 못한 게 후회스럽기만 했다. 허나 슬퍼하고 있을 수만은 없었다. 당장 장례부터 치러야 했다. 최영은 자식과 사위를 향해 나직막한 음성으로 말했다.

"사람들에게 알릴 것도 없고, 우리끼리 장례를 치러 주자꾸나."

부인의 묘만큼은 그 자신이 직접 봉분을 쌓아주고 싶은 마음이었다.

최영은 부인의 곁을 떠나지 않았다. 묘는 아버지 최원직의 무덤이 있는 경기도 고봉현에 그저 아담하게 봉분을 쌓아 올렸다.

한단 선사와 고군기의 위로를 받고도 최영은 계속 두문불출했다. 부인에 대한 미안함 때문인지 몸을 움직이기가 싫었다. 죽은 지 얼마나 됐다고 집안일 내팽개치고 활동해 나서는 게 분수에 맞지 않아 보였다. 이젠 지하에서나마 좀 편안하게 쉬게 해주고 싶은 마음이었다.

최영은 집에서 칩거하면서도 조정의 움직임에 대해서는 긴장하며 예의 주시하였다. 덕흥군의 변란을 조장한 원의 간섭을 제어했으니 이제 고려가 새로운 길을 갈 것인가, 아니면 예전의 길을 계속 답습할 것인가가 결정되는 분수령이 되는 시기였다. 헌데 그에게 들려온 소식은 참으로 답답하기 그지없었다.

공민왕은 장수들을 회유하고자 군공으로 대대적인 포상을 수여했다. 홍왕사의 변란을 일으킨 김용 일파와 덕흥군에게 가담한 자들의 재산을 몰수하여 장수들에게 나눠준 것이었다. 조정에서는 군사들의 군량미는 물론이고 관리들의 녹봉도 제대로 지급하지 못하는 상황이었다. 나라의 미래를 열어 가자면 그 재산을 결코 일개인이 사사로이 차지하게 할 수는 없었다.

그런데 공민왕은 거기에 그치지 않고 동북면 도지휘사 한방신과 도병마사 김귀가 개선하자 그들에게 또 내전에서 잔치를 베풀어 주었다. 재정이 고갈되고 있는 상황을 전혀 염두에 두지 않는 듯했다. 무조건 백성들로부터 조세를 거둬들이면 되는 듯 여기는 모양 같았다. 이건 공민왕이 홍건적의 침입에 의한 피란과 덕흥군의 침입 등의 사태를 잇달아 겪으면서 장수들을 다독여주어야 할 만큼 왕의 처지가 궁색해졌기 때문이었다. 하지만 국왕이라면 나라의 미래를 염두를 두고 신료들을 대해야 할 것이었다.

허나 장수들을 달래주기 위한 조치도 여의치 않게 되었다. 고려의 가장 큰 골칫거리인 왜구가 또 준동한 것이었다. 1364년 3월 왜선 2백여 척이 하동, 고성, 사주, 김해, 밀성, 양주를 침구해왔다. 부랴부랴 지밀직사사 김속명을 경상도 도순문사로 임명해 방어하도록 지시하였다.

그러나 그로 인해 전라도 방면의 조운선까지 운송할 수 없게 되었다. 공민왕은 특단의 조치를 취하고 나왔다. 동북면의 군사를 차출하고, 교동과 강화, 동강, 서강의 전선 80여 척을 동원해 경기우도병마사 변광수와 좌도병마사 이선으로 하여금 현지로 가서 조운선을 호위하도록 명한 것이었다. 수군이 육성되지 못한 형편에서 이건 매우 위험천만한 행위였다. 그만큼 재정적 압박에 시달리고 있었던 것이었다.

마침내 명을 받고 출동한 선박들이 대도에 이르렀다. 왜적에게 사로잡혔다가 간신히 도주해 온 내포의 백성이 적정의 상황을 알려주었다.

"왜적이 이작도에 군사를 매복시켜 놓고 있습니다. 경솔하게 나아가면 안 될 것입니다."

그러나 이선은 그 말을 새겨듣지도 않고 도리어 북을 치고 함성을 지르며 나아가게 했다. 왜선 2척이 나와서 싸우는 척하다가 이작도 방면으로 도주하자, 무작정 왜선을 추격한 고려 함선들은 어느새 매복시켜 놓은 적선 50여 척에 에워 싸워져 버렸다. 더 많은 전선을 가졌음에도 포위당한 고려군은 병마판관 이분손과 중랑장 이화상 등이 분전하였지만 전사하였고, 여러 선박의 병사들도 죽거나 바다로 몸을 던졌다. 그런데도 변광수와 이선은 위기에 빠진 군사를 지원해주기는커녕 뒤에서 관망하며 두려움에 떨다가 그냥 20여 척을 이끌고 뒤로 달아났다. 보다 못한 병사들이 병마사를 향해 크게 울부짖었다.

"어찌 사졸들을 내버리고 도망친단 말입니까? 원컨대 조금만 머물러 있어 국가를 위하여 적을 격파하게 하소서."

변광수와 이선은 끝내 외면하였다. 그 결과 고려의 군사는 거의 대패하였다. 대부분 전사하고 이 싸움에서 살아서 돌아온 자

21

들은 비겁하게 꽁무니 뺀 변광수와 이선 등의 배 20척에 탄 병사들뿐이었다. 교동과 강화, 동강, 서강에서 곡성이 하늘을 찔렀으나 변광수 등은 끝내 이로 인한 처벌도 받지 않았다.

1364년 4월에도 전라도 도순어사 김횡이 내포에서 왜적과 전투를 벌였으나 크게 패했다. 김횡은 나주의 세력가로서 토지를 겸병하고 양민을 탈취해 재산을 늘린 것으로 악명이 드높은 자였다. 그런데 목포에서 왜적을 친 공으로 관직을 얻더니, 권력의 요직에 있는 자에게 뇌물을 써 여러 번 포왜사가 되었다가 마침내 순어사가 된 자였다. 순어사에 오르자 전쟁과 흉년으로 기아에 허덕이는데도 더욱더 백성들의 재물을 가혹하게 빼앗아 착복하는 데 혈안이었다. 대호군 송분의 아내가 남편의 상을 다 치르지 않았는데도 관부의 일이라는 구실로 끌고 가서는 강제로 간음하고 첩으로 삼기도 했다. 이처럼 백성의 원성이 자자한 김횡이 조운선을 이끌고 내포에 도착하여 마침 왜적과 맞닥뜨렸다. 그 전투 결과는 참으로 처참했다. 군사의 절반을 잃어 버린 것이었다. 그래도 김횡의 뇌물을 받는 자들이 칭찬하고 나서는지라 왕은 술까지 내려주고 위로하였다.

왜구의 침략에 속수무책 당하기만 한 것은 아니었다. 경상도 도순문사 김속명은 1364년 5월 경상도 진해현에 침입한 왜적을 3,000명이나 사살하였다. 실로 대승리였다.

경상도 도순문사로 임명되어 경계를 강화하고 있던 김속명은 왜구가 약탈을 자행하고자 진해현에 정박하고자 하는 낌새를 포착하였다. 그러나 김속명은 왜적들을 곧장 공격하지 않고 배에서 내릴 때까지 기다렸다가 대오를 정비하기 전에 기습을 가하였다. 대오가 흐트러지면서 왜구는 제대로 대항하지 못했고, 배에 오르지 못한 적들은 진해현의 북산으로 도주하였다. 왜적은 북산에서 방어 진지를 구축하며 대항하였으나 고려군은 그들의 방어망을 뚫고 진압하였다. 공민왕은 승전보를 보고 받자 의복과 술, 금띠를 내려주고, 병사들에게도 계급에 따라 벼슬을 제수하였다.

만약 고려에 강력한 수군이 존재했다면 진해현에 침구했던 전선까지도 다 수장시킬 수 있었을 것이었다. 이로 보아도 수군의 육성과 군사력의 강화는 더 이상 지체할 수 없는 사안이었다.

최영은 집으로 찾아온 한단 선사와 고군기를 향해 입을 열었다.

"지금 군왕은 고려를 근본적으로 혁신시킬 의지가 없는 듯합니다. 군공을 포상하는 식으로 장수들을 요리하려고만 하고 있지 않습니까?"

"저 대륙의 정세를 보면 이제 군웅할거 시대가 정리되어 가고 있습니다. 그렇게 되기 전에 만만의 대비태세를 갖춰가야 하는 상황인데……."

대륙의 정세를 타산한 고군기의 안타까운 목소리였다. 이 절호의 시기를 허송세월 보내서는 안 된다는 주장이었다.

홍건적이 원에 반기를 들고 일어난 이래 중국의 남방 대륙에서는 유복통과 한림아(한산동의 아들), 주원장, 서수휘, 진후량, 명옥진, 장사성, 방국진 등 여러 세력이 군웅할거하게 되었다. 여기서 홍건적 세력과 관련이 없는 염전 출신의 장사성과 해상 세력 방국진은 상황 추이에 따라 원과 협력하기도 하였다.

홍건적 중에 서계 반란군의 원래 우두머리는 서수휘였다. 그런데 진후량이 서수휘를 살해하고 황제 칭호를 사용하자, 명옥진이 진후량의 반란에 반대하고 스스로 왕을 자처하고 나왔다. 서로 분열이 생긴 것이었다.

반면 홍건적의 주류라고 할 수 있는 동계 반란군은 1363년 원과 장사성의 협공으로 유복통이 안풍에서 전사했고, 한림아는 주원장에게 구원되었으나 야심을 가진 주원장이 도와주지 않음에 외톨이 신세가 되었다. 주원장은 원래 유복통에게 귀순한 곽자흥의 휘하에 있었는데, 1356년 곽자흥이 죽은 이후 그의 사위였던 주원장이 실권을 장악하게 된 것이었다. 주원장과 진후량, 명옥진 등이 홍건적의 세력을 흡수하게 되는 형국이었는데, 마침내 주원장은 1363년 파양호 전투에서 가장 강력한 경쟁자인 진후량의 군대를 격파하고 전사시켜 버렸다. 주원장의 세력이 급부상하는 형세였다.

"그럼 동생의 말은 원이 다시 재기하기는 힘들다는 뜻인가? 이미 쇄락의 길로 들어선 거야 다 아는 사실이지만, 그래도 대제국이 하루아침에 망하지는 않을 것 아닌가?"

원이 얼마 동안을 버틸 수 있는가는 고려의 대응에 중요한 영향을 미칠 수밖에 없었다. 바로 그 기간이 고려가 대비할 수 있는 기회였다.

"스스로 몰락을 자초하고 있으니 그리될 수밖에요. 덕흥군을 내세워 고려를 침공한 게 그 증거입니다. 고려를 침략하는 것 자체가 원래 원으로서는 군사력의 분산을 가져오는 것이지요. 그런데 속국으로 처세하는 나라를 건드렸으니 동맹 대오를 스스로 허물어 버린 겁니다. 대륙을 평정하면 속국의 나라는 손쉽게 제압할 수 있는 것 아니겠습니까? 그런데 그런 나라도 제압하지 못했으니 대륙의 평정은 요원하겠지요. 이제 관심의 초점은 누가 군웅할거 시대를 마감하느냐 하는 것인데, 십중팔구는 주원장 세력이 되겠지요. 주원장은 원의 지배로부터 벗어나자고 호소하면서도 원과 직접 싸우지는 않고 남부 지역을 먼저 통합해 나가면서 백성들의 지지를 이끌어 내며 세력을 키워가고 있습니다. 이미 강력한 경쟁자인 진후량을 제거한 판국이니 그리 오랜 시간이 걸리지 않을 것입니다."

"시시각각 시각이 흘러가고……. 촌각을 다투어 준비해야 하건만 그리하지 못하고 있으니……."

한단 선사가 안타까운 듯 나지막하게 읊조렸다. 급변하는 정세에 맞추어 대응해야 하건만 여전히 타성에서 벗어나지 못하고 있는 고려의 현실을 지적한 것이었다. 한단 선사가 상심에 젖은 목소리로 다시 말을 이었다.

"인명은 재천이라고 하지만……. 이암이 그만 운명하셨네. 서책은 완성했으나 그걸 널리 퍼뜨리지는 못하게 되었네."

이암은 관직에서 물러난 이래 "단군세기"의 집필에 열정적으로 매달렸다. 그러면서도 공민왕을 설득하기 위해 무진 애를 썼다. 아들 이강에게 자신은 이미 늙어 관리로서의 직책도 없고, 간관으로서 책임도 없으니 왕의 마음을 바로잡는 것에만 힘쓰겠다고 말하였다. 하지만 끝내 그 뜻을 이루지 못하고 세상을 하직한 것이었다. 공민왕을 설득해 움직일 수 있었다면 이들이 훨씬 수월하게 풀어갈 수 있을 것이었다. 다른 건 몰라도 국가적 방조 아래 서책만이라도 인쇄해 익히게 하였다면 많은 사람들을 정신사상적으로 각성시키는 데 큰 힘이 되었을 것이었다. 그런데 그렇게 못하게 되었으니 이건 고려의 미래에 암울한 그림자를 던져놓은 격이었다. 한단 선사가 그걸 의식한 듯 다시 입을 열었다.

"허나 너무 걱정하지는 말게. 백문보가 그 뒤를 이어서 해줄 것이야."

백문보는 우리 동방은 단군으로부터 지금까지 3천6백 년이 경과하여 이르게 되었다고 하면서 단군조선이 고려의 뿌리라고 분명히 밝힌 사람이었다.

"모든 게 준비되고 나서 하면 좋겠지만 지금 상황에서 준비가 안 되었다고 해서 마냥 지켜볼 수만은 없지 않겠사옵니까?"

최영이 뭔가 대책을 세워서 밀고 나가야 하지 않겠느냐며 조심스럽게 반문했다. 그러자 고군기가 고개를 끄덕이면서도 현실적으로 단순하지 않는 상황의 복잡성을 거론하고 나왔다.

"그리해야겠지만, 지금 조정이 돌아가는 상황을 보면 그게 만만치가 않습니다. 서로 합심해도 모자라는 판에 신료들 간에 자리다툼이나 벌이는 형국이 조성되었으니 드리는 말입니다. 신료들이 그 짓을 하면 왕이 막고 중재하기 위해 나서야 하건만 도리어 그걸 왕이 조장하고 있는 격이니……. 만약 조정에서 나서서 추진해 나가고자 한다면 그걸 충분히 감안해서 처리해 나가야 할 겁니다."

신료들이 서로 의견이 다르면 논박을 벌이는 것은 당연했다. 허나 고려 조정은 그런 차원이 아니었다. 무고하기 일쑤였다. 그렇게 된 것은 공적을 빌미 삼아 품계를 뛰어넘은 관직의 남발 때문이었다. 그것도 한 신료에게 힘이 쏠리는 것을 막기 위해 여러 사람에게 행해졌다. 신료들끼리 서로 갈등하고 싸우게 함으로써 그 속에서 공민왕은 왕권의 안정을 추구하려고 한 것이었다. 왕 자체가 신료들의 임명 기준이 없었다. 임금의 권위와 안위만이 중시될 뿐이었다. 이런 상황에서 원칙을 고집스럽게 지키려 했다가는 손쉬운 공격 대상이 될 뿐이었다.

서북면 도안무사 정찬은 목충의 무고로 순군옥에 수감되었다. 덕흥군의 침략을 막을 당시 목충은 정찬 휘하에 있었지만 4촌 형인 목인길의 힘을 믿고 명령을 잘 따르지 않았다. 이를 정찬이 제지하였는데, 미워한 나머지 덕흥군과 내통하였다고 고발하였다.

정찬은 누명을 벗고자 노력하다가 끝내 울화통으로 숨을 거두고 말았다.

1364년 3월 좌정언 김제안의 파면은 공민왕의 의중을 더욱 노골적으로 드러낸 격이었다. 언뜻 보면 전공으로 급속히 세를 형성해가는 무장 세력과 이를 못마땅하게 여기는 간관 세력 간의 갈등 양상으로 비춰질 수도 있었다.

내수 한휘와 이구수가 변방에서 세운 공으로 품계를 뛰어넘어 첨의평리에 제수되자 간관에서는 임명장에 서명하지 않았다. 한휘는 김제안의 짓이라 의심하고 공민왕에게 참소했다.

"신은 나라만을 생각하며 집안일은 잊고 들판에서 서리와 눈을 맞으며 밖에서 적을 막았사옵니다. 그런데 김제안은 연소한 자인데도 언관의 위치에 있으면서 그릇되게 오직 신에게 내린 직첩에만 서명하지 않았사옵니다. 그뿐 아니라 덕흥군의 변란군을 격파한 달천 전투에 참전했던 장졸들에게 내리신 사첩에도 모두 서명하지 않았으니, 이는 바로 장졸들을 이간질시키려는 짓이 아니고 무엇이겠사옵니까?"

공민왕은 격노하며 수시중 경천흥, 첨서밀직사사 원송수, 밀직부사 김달상 등을 향해 분명한 어조로 말했다.

"한휘와 이구수가 온갖 어려움을 겪으면서도 나라를 위해 애쓴 공로가 있어 관직을 주어 보답하려고 하는데, 좌정언 김제안이 서명하지 않으니 내 직접 국문을 할 것이오."

원송수가 부당하다는 듯 되물었다.

"하고 많은 낭사 가운데 왜 김제안만 책임을 져야 하는 것이옵니까?"

"경들이 김제안과 한패가 아니오. 그래서 경들에게 내 뜻을 분명히 일러주고자 함이요."

다시 공민왕이 원송수를 향해 말했다.

"경이 관리의 임용을 맡은 이래로 일족들을 끌어들여 간관으로 삼고 있는데 도대체 무엇을 하려고자 하는 것이오?"

원송수는 땅에 엎드린 채 땀만 흘렸다. 간관들이 임금의 말을 따르지 않고 끼리끼리 자기들 욕심만 추구하려 한다고 의심하고 질책하니 대답할 말이 없는 것이었다. 김제안을 하옥시키려 하자 경천흥과 밀직부사 송인적이 힘껏 간하였으나 소용없었다. 밀직부사 김달상이 나서서 다시 아뢰었다.

"김제안은 간관이옵니다. 만일 하옥시킨다면 후세에 전하를 어떤 임금이라고 기록하겠사옵니까?"

자신의 말을 고분고분 듣지 않고 따져옴에 공민왕은 급기야 화를 내고는 대전 안으로 들어가 버렸다.

공민왕이 하옥시키기까지는 않았지만 김제안은 병을 구실로 사직을 청했다. 그러자 공민왕은 내료를 보내 억지로 다시 나오게 한 후 한휘 등의 고신에 서명하게 하고는 파직시켰다. 전공을 세웠으니 그에 보답하는 측면도 있었지만 장수들을 등용시킴으로써 간관들의 거센 비판을 제어하고자 하는 공민왕의 의중이 담긴 행동이었다.

인사 관리의 불협화음과 혼란의 중심에 이렇듯 공민왕이 서 있는 격이었다. 왕이 원칙과 국정의 질서를 따르지 않으니 대의가 설 수 없었다.

이런 인사 등용의 혼돈 상황을 해결하지 않고서는 고려의 중흥은 불가능했다. 군사력의 강화도 기대할 수 없었다. 공민왕과 직접 부딪쳐야 했다. 무장으로 조정에 출사해 자리를 잡고자 한 건 이런 일들을 처리하기 위함이었다. 설사 공민왕에게 눈총을 받고 쫓겨날지라도 자신이 할 수 있는 일은 다해 보아야 했다. 그만큼 지금 고려의 상황은 대륙의 정세에 대응하기 위해 긴급히 준비해 나가야만 하는 절박한 시점이었다. 한단 선사와 고군기는 그런 최영의 고심과 결심을 이해해고 기꺼이 격려해 주었다.

최영은 공민왕의 알현을 청했다. 공민왕의 태도는 뜨뜻 미진했다. 최영이 무슨 말을 하고자 하는지 벌써 가늠하고 있다는 뜻이었다. 뜻있는 신하라면 자신의 뜻을 펴기 위해 한 번씩 임금을 찾아 주청을 올리는 것은 일반적인 모습이었다. 최영은 그런 단순한 차원이 아니란 듯 정세의 절박성부터 먼저 거론하였다.

"대륙의 정세를 보건대, 우리 고려에는 얼마간의 시간밖에 기회가 주어져 있지 않사옵니다. 군웅할거 시대가 끝나면 원은 쫓겨 나게 될 것이고, 우리 고려는 더 강대한 적을 상대하게 될 것이옵니다. 지금부터 만만의 대비를 하셔야 하옵니다. 이 절호의 기회를 놓치시면 아니 되옵니다."

위협이 대두한다는 말에 공민왕의 눈동자가 커졌다. 허나 이내 눈을 내리깔며 물었다.

"그래요. 그럼 어찌했으면 좋겠소?"

"거듭 주청하는 바이지만, 우선 전함을 건조해야 하옵니다. 왜구의 침구를 막아내는 것은 당장 백성들의 생활 안착을 위해서도 절박할 뿐만이 아니라 나라의 방위력과 국방력을 높이기 위해서 절대 포기할 수 없사옵니다. 언제까지 침탈해온 왜구를 육지에서 바라만 보고 있어야 하겠사옵니까? 이건 일시적인 임시방편으로 해결되지 않사옵니다. 지금 각 주현에 안무사와 병마사 등이 파견되고 있사오니, 어떻게 해서든 이들 군사들과 함께 주현군으로 막아내도록 하고, 온 국가의 전력을 기울여 전함을 건조해 수군을 육성하는 방향으로 나가야 하옵니다. 고려의 앞날을 위해서는 그것이 아무리 힘들고 어렵다고 하더라도 눈물을 머금고 감수하셔야 하옵니다."

공민왕의 입가에 한숨이 새어 나왔다. 강력한 수군이 있다면 얼마나 좋은지 잘 아는 바였지만 그럴 여력이 없는 것이었다. 옛날 전함 건조를 주청했을 때에도 받아들이지 못했고, 지금도 마지못해 상벌로 해결하고자 하는 게 그 때문이었다. 공민왕은 착잡한 표정으로 최영의 다음 말을 기다렸다.

"무릇 임금은 관리를 임명하여 나라를 다스리고, 백성은 조세와 역을 부담하여 관리들의 녹봉을 지탱하옵니다. 그 때문에 관리들의 녹봉은 그 직분에 따라 엄격히 이뤄져야 하옵니다. 관리들이 그 직분을 넘어 분에 넘치게 받거나 임금의 총애를 빌미 삼아 남의 것을 탈취하여 재산을 불려간다면 이는 나라의 근본을 위협하고 허무는 것이옵니다."

고려 사회는 신분의 차이에 따라 관리의 등급을 정하였고, 관직에 따라 녹봉으로 토지와 연계시켜 수조권을 지급하였다.

관리로 나아가는 길에는 과거에 합격하거나 신분적 지위를 이용하는 방식이 있었다. 신분적 지위를 통한 방식에는 5품 이상 관리의 자제가 음서로 나아가 공음전을 받는 것, 중간층 관리인 향리가 외역전을 받는 것, 군반씨족이나 하급관리가 관리로 임명되었지만 관직을 못 받는 상태에서 받는 한인전, 그리고 군인전 등이 있었다. 신분에 따라 사람을 토지와 연계시켰기 때문에 군역을 부담하는 경우에도 군인 1정에게 17결을 기준으로 정해 지급하도록 전정연립(田丁連立) 시켰다.

이 제도가 공고하게 유지되기 위해서는 토지 수취 체계의 실태가 엄밀하게 파악되어야 했다. 불법적인 탈취나 조세 회피 등을 적발해내지 못한다면 조세가 줄어들 수밖에 없었다. 그걸 보충하자면 백성들의 부담은 그만큼 가중되었다. 이를 감당하지 못한 백성은 유랑하거나 권신들에게 의탁해 살 길을 찾았다. 토지 수취 체계가 바로 서지 못하면 결국 국가 재정이 고갈되고 마비되어 붕괴되어 갈 수밖에 없는 체제였다.

관리와 조세 수취 체계의 문란현상을 지적하고 나오는 최영의 말에 공민왕은 조용히 듣고만 있었다. 최영이 다시 말을 이었다.

"무신난 이래 지금에 이르기까지 권세가에 의해 토지 탈점과 탈취가 비일비재하게 발생하고 있사옵니다. 그 때문에 오늘날 관리들은 녹봉도 받지 못하고 병사들에게는 군량미도 제대로 지급하지 못할 지경이옵니다. 이런 상태에서 어찌 나라의 기강이 서겠으며, 국방력의 강화가 이뤄지겠사옵니까? 우선 관리들을 정비하시옵소서. 일도 하지 않으면서 관직을 차고 녹봉을 받는 자는 과감히 도려내시옵소서. 이리 기강을 세운다면 불법적 탈취현상을 막을 수 있을 것이며, 백성들을 안착시킬 수 있을 것이옵니다. 마찬가지로 2군 6위의 중앙군과 임금의 친위군대인 금군도 정예화하여 정비하시옵소서."

나라의 기강을 흩트리는 자의 대부분은 권세가이거나 임금의 총신이었다. 이들이 불법과 탈취를 자행했고, 이들이 그리 행할 수 있게 한 이가 임금이었다. 공민왕 또한 신하들을 다독이고 군사들을 다급하게 모집하기 위해 관직을 남발했다. 나라의 기강이 무너진 상황에서 부득불 그리 조치할 수밖에 없었다.

중앙군으로 2군(응양군, 용호군)과 6위(좌우위, 신호위, 흥위위, 금오위, 천우위, 감문위)가 있었지만, 무신정변에 이어 원의 속국으로 전락하면서 유명무실해졌다. 국왕의 시위나 근위, 숙위, 시봉 등을 담당했던 친위군인 금군 또한 거의 붕괴되었다. 충렬왕은 홀치나 응방 등의 기구를 두어 변형된 형태로 해결하고자 하였고, 충혜왕 또한 악소배 등의 무리를 두었다. 공민왕도 충용4위를 두어 대비하고자 하였다. 국왕의 친위군과 중앙군이 이런 정도이니 지방의 주현군과 북방의 동·북 양계는 더 말할 필요가 없었다. 공민왕은 왕위에 오르면서 이를 바로잡고자 하였다. 그러나 지속적인 원의 간섭과 왜구 침구, 복지부동한 신료들의 모습 속에서 난망한 일이란 걸 알고 자포자기 상태에 이른 것이었다.

자신의 아픈 곳을 찔러오는 최영의 말에 공민왕의 눈꼬리가 서서히 치켜 올라갔다. 허나 최영은 물러서지 않았다.

"의종이 친위군을 양성하기 위해 내순검군을 설치하면서 역량을 강화하였으나 바로 그 친위군의 핵심인 견룡군의 무인들에 의해 무신정변이 발생하였사옵니다. 충혜왕 또한 친위 세력을 강화하기 위해 악소배들을 키웠으나 고작 원 사신단들에 의해 체포돼 끌려가는 수모를 막지 못하고 죽음에 이르렀사옵니다."

공민왕이 설치한 충용4위에 대해서도 감찰사에서 비판한 바가 있었다. 홍건적의 난을 피해 남쪽으로 파천할 당시 충용위의 어떤 자도 호종한 자가 없었기에 한갓 녹만 축내었으니 파하도록 하라는 주청이었다.

"지금 무슨 말을 하고자 하는 거요?"

심기가 몹시 불편한 듯 공민왕의 목소리가 거칠어졌다. 그렇지만 최영은 물러서지 않았다. 아니 그럴 수가 없었다. 그럴 생각이었으면 애당초 이런 주청 자체를 시도하지 않았을 것이었다.

"전하, 소신의 얘기를 끝까지 들으시옵소서. 그러면 왜 그리되었겠사옵니까? 임금이 대의명분을 바로 세우지 못하고 사사로이 정에 이끌려 간신을 가까이하고 등용했기 때문이옵니다. 사적인 정에 얽매여 대의명분에 맞지 않는 인물을 내세운다면 의종의 견룡군이나 충혜왕의 악소배처럼 아무 쓸모 짝이 없는 것이옵니다. 사람을 처벌하는 것은 그 사람이 미워서가 아니라 그 죄를 경계하고자 함이옵니다. 하온데 세상이 바뀌기를 바라는데도 그 죄업이 사라지기는커녕 더 커져만 가고 있사옵니다. 전하, 이 문제를 바로잡지 못한다면 고려의 중흥은 어렵사옵니다. 이제부터라도 대의명분을 바로 세워 쓸데없는 관리를 과감히 정비하시옵소서. 인정에 치우치지 마시고 원칙에 의거하여 현량한 인물을 등용하시옵소서. 전하께서 몸소 그 뜻을 분명히 보여주신다면 대소신료들과 온 백성은 전하를 충심으로 받들 것이옵니다. 소신과 백성들이 전하를 한결같이 받들 것이온대 무엇을 두려워하고 망설이시는 것이옵니까? 자신이 일군 곡식을 속절없이 왜적에게 빼앗기는 것을 어떤 백성이 달가워하겠사옵니까? 비록 전함을 만들고 수군을 육성하는 것이 힘들지라도 그것이 이 고려를 위한 길이라면 그 어떤 백성도 마다하지 않을 것이옵니다. 부디 전하께서 중심을 잡고 우뚝 서 주신다면 이 모든 어려움을 극복할 수 있사옵니다. 중앙군과 임금의 친위대 또한 정예화된 무적의 강군이 될 것이옵니다. 전하, 부디 다시 오지 않을 이 절호의 기회를 놓치지 마시고 통촉하여 주시옵소서.”

성 난 듯했던 공민왕은 최영의 계속 이어지는 주청에 눈을 내리깔고 더 이상 대꾸하지 않았다. 참다운 충신의 간언이라는 것은 절로 느껴지는 바였다. 그의 주장대로 근본적인 대책을 세워야 한다는 것 또한 잘 알고 있는 바였다. 헌데 어디서부터 문제가 꼬이고, 그 실타래를 어떻게 풀어야 할지 그게 난감하기 짝이 없었다. 최영이 말을 마치고 나간 뒤에도 공민왕은 깊은 침잠에 빠져들었다.

한편 원은 1364년 5월 고려에 사신을 보내 권력 변동 상황을 고려에 신속하게 알려왔다. 덕흥군의 변란 이후 이제 다급한 쪽은 원이었다. 기황후 세력인 승상 초스간(삭사감)과 자정원사 박불화를 유배 보내고 보루테무르를 다시 태위로 임명했다는 소식이었다. 태자 아유르시리다라는 코케테무르가 있는 태원으로 도주한 상태라는 것이었다. 기황후 세력이 보루테무르를 제거하려다가 도리어 보루테무르가 황궁을 장악하여 그리된 것이었다. 원의 권력 변동은 고려에 대한 원의 정책도 화친 방향으로 바뀌는 계기가 되었다.

그런 와중에 덕흥군의 행방에 대한 보고서가 전달되었다. 이공수와 홍순, 허강, 이자송, 김유, 황대두, 장자온, 임박 등이 서찰을 대나무 지팡이 속에 넣어서 정양과 송원을 조정에 보내 알려온 것이었다.

“덕흥군은 영평에 있고, 최유는 연경으로 돌아와 권세가에게 청탁하며 대병을 청하고 있사옵니다. 황제에게 '만일 본국에 돌아가게 되면 장정을 전부 징발하여 천자의 위병에 보충할 것이고, 해마다 군량을 바칠 것이며, 또 경상도와 전라도에 왜인 만호부를 두어서 왜노를 불러와 금부를 주어 상국을 후원하도록 하겠사옵니다.'라고 획책하고 있사오니 방비를 늦추지 마시옵소서."

만일의 사태에 대비해 조정에서는 각 도의 양가 자제를 선발하여 8위에 보충하게 하고, 아울러 번상하여 숙위하게 하면서 5군에 나누어 예속시켜 경성의 4문 밖에 주둔하게 하였다. 그러나 강릉도만은 동북면을 방비하게 하였다.

이제나저제나 최영은 공민왕의 결단을 기다리고 있었다. 마침내 공민왕은 찬성사인 최영을 비롯해 시중 유탁과 경천흥을 불렀다. 그리고는 입을 열었다.

"오인택과 김달상이 전주를 맡고는 오직 뇌물만 바라고 공로를 기록하지 않고, 현량한 자를 버려두고 친인척을 등용시키고 있소. 이로 말미암아 천지의 화기를 손상시키고 재앙을 불러오고 있으니, 마땅히 먼 외방으로 추방해 하늘의 뜻에 보답해야 할 것이오."

아무런 설명도 없이 공민왕이 이리 말하고는 오인택과 김달상을 각각 청풍군과 옥주에 귀양 보내고, 또다시 오인택의 아들인 전 군부판서 오영주와 삼사판관 오영좌도 귀양 보냈다.

그 내막은 오영주 등이 그 어미를 따라가 맹인 석천록에게 점을 쳤는데, 그 내용이 문제가 된 것이었다.

"최영과 이구수가 언제쯤 배척을 받아 몰락하겠는가?"

"그리 멀지 않을 것이오."

석천록이 점괘로 대답했지만 그만 그 말이 밖으로 새어 나와 오영주 등이 죄를 얻고 석천록 또한 장류된 것이었다.

최영의 심정은 처참하기 그지없었다. 조정을 근원적으로 쇄신해 중흥의 길로 나아가자는 주청에 대한 공민왕의 답변인 셈이었다. 조정 신료들이 모두 힘을 합쳐 대륙의 정세에 대비해야 하는 판국에 서로 이전투구나 벌이는 당사자가 된 기분이었다. 공민왕은 그 누가 아닌 그 자신이 최영을 비롯해 장수들의 충심을 의심하지 않고 감싸주고 있다고 얘기하고 있는 셈이었다. 간관들을 내침으로써 임금에 대한 비판을 제어하고, 대신에 장수들을 우대해준 척함으로써 왕에 대한 충성을 유도하려는 심사였다.

최영은 아무 말도 하지 않았다. 그럼에도 공민왕이 좀 제정신을 차리고 강력하게 조정을 혁신시켜 나가기를 빌고 또 빌었다. 하지만 그 기대는 어긋나기 시작했다. 원의 권력 변동으로 고려에 대한 원의 정책이 바뀌자 공민왕의 태도가 사뭇 달라진 것이었다.

원의 새로운 정책이 확실하게 알려지게 된 것은 1364년 9월 호군 장자온이 원으로부터 돌아오면서였다. 장자온은 황제가 왕을 복위시키고 최유를 고려로 압송하게 했다고 보고하였다. 공민왕은 너무나도 기쁜 나머지 장자온에게 상호군의 벼슬을 제수하고 금대와 미포 등을 내려주었다. 또 홍순과 이자송, 김유, 황대두 등이 원에서 귀국하자 이들에게도 쌀과 콩 30석씩을 하사했다.

마침내 1364년 10월 학림학사승지 기전룡이 황제의 교서를 들고 최유까지 압송해왔다. 최유는 순군에 수감되었고, 공민왕은 속국의 신하인 양 예를 갖추어 영접했다. 폄작되었으니 죄인이라며 편복 차림으로 교서를 받았고, 복위의 명을 받고 나서도 마지못한 듯 면복을 갖추고 명을 받들었다.

　공민왕은 조정의 인사도 단행했다. 이공수를 영도첨의, 홍순을 지도첨의 겸 감찰대부, 이자송과 김유를 밀직부사로 임명하며 공신의 호를 내렸다. 원에서 덕흥군과의 협력을 거부하고 자신에게 충성을 바친 신하들에 대한 보답이었다.

　찬성사 이인복을 원으로 보내 왕을 복위시켜 준 데 대해 표문을 올리고 사의를 표하게 했다. 또 동지밀직사사 왕중귀를 원나라에 보내 천추절을 축하하게 했다. 신년을 하례하기 위해 밀직부사 한공의를 또 원으로 보냈다.

　최영은 공민왕의 처사가 심히 불만스러웠다. 아니 납득할 수 없었다. 반란군도 제압하지 못하는 원의 처지라면 고려와의 화친은 절박할 것이었다. 그렇다면 고려로서는 형식적으로 대하면 될 일이었다. 구태여 나서서 사대의 예를 취할 이유가 없었다. 더욱이 고려는 쇠락하는 원과 흥기하는 한족 세력과의 전쟁 추이를 지켜보며 기회를 엿보아 저 만주와 요동 땅을 되찾을 꿈을 도모해야 했다. 도대체 공민왕은 그럴 의지가 있는지, 아니 그런 생각을 품고 있는지가 의심스러웠다.

　공민왕은 1364년 11월 최유의 처형을 단행했다. 그리고는 참수형과 교수형 이하의 죄수를 대대적으로 사면했다. 그 과정에서 판도총랑 이임백도 포함시키려 하였다. 양가집 딸을 협박해 간음하려다가 그 모친이 끝내 거부하자 이임백이 종을 시켜 때려죽인 사건이었다. 영도첨의 김일봉의 사위인지라 풀어주려고 한 것이었다. 전법사에서는 사면 받을 수 없는 죄라고 주장하며 왕의 지시를 받들지 않았다. 왕이 정도에 어긋나는 행위를 버젓이 하는 조건에서 나라의 기강이 제대로 세워질 수는 없었다.

찬성사 이구수는 간관들이 고신에 서명도 하지 않고 자신을 경계하자, 그런 꼴에 역정이 난 듯 관직까지 내팽개치고 서원의 고령사에 가서 머리를 깎고 승려가 되려고 하였다. 공민왕은 그 소식을 듣고 급히 사람을 보내 데려오게 한 후 관직에 다시 복귀시켰다. 조정에서는 여전히 품계를 뛰어넘은 관직의 제수가 남발되고 관리 임용과 처벌이 정도에서 벗어나는 일이 비일비재하게 벌어졌다. 이건 조정이 시정의 난장판 같은 모습에서 결코 벗어나지 못했음을 보여준 것이었다.

그런 중에 1364년 12월 왜적이 양광도 조강을 침구해 그곳을 방비하는 관리를 살해하는 사건이 터져 나왔다. 공민왕은 찬성사 최영에게 군사를 지휘해 공격하게 하였다. 최영은 명을 받들고 나아갔다. 허나 그의 마음은 울적하기만 하였다. 그쪽에 도착하면 왜구는 사라지고 없을 것이었다. 근본적인 대책이 없이 타성에 젖은 방어적 행위일 뿐이었다. 이런 방식으로는 그 어떤 것도 바뀔 수 없을 것이었다.

성급한 행동으로 동지이자 스승을 잃고

공민왕은 왕권의 안정부터 확보하고자 시도하였다. 최영이 말한 바대로 흐트러진 국정을 바로잡고 이 고려를 중흥시켜 나가기 위해서도 왕위의 안위부터 다져놓은 것이 절실하다고 여긴 것이었다. 더욱이 어느 누구도 몸 바쳐 충성하려고 하지 않는 신료들 앞에서 왕권의 안정은 결코 간과할 수 없는 문제였다. 우선 전공을 세운 장수들을 계속 다독여 나갔다.

원과의 관계도 원만하게 풀어 정리해가는 것이 필요했다. 원의 권력 변동으로 고려에 대한 정책이 바뀐 상황에서 덕흥군의 변란을 완전히 마감 지어야 했기 때문이었다. 속국인 양 처세하며 덕흥군을 고려로 압송시키는 것은 그 끝맺음이었다. 공민왕은 1365년 정월 밀직부사 김유를 원에 보내 덕흥군을 체포해 압송해 줄 것을 요청했다. 그러나 김유가 요양 행성에 도착해 요구하자 지추밀원사 카라엘지겐이 핑계거리를 둘러대고 나왔다.

"황제께서는 덕흥군을 장형에 처한 후 돌려보내라고 지시하셨소. 헌데 지금 그가 등창을 앓고 있으니 다 낫거든 장형을 집행한 뒤에 돌려보내도록 하겠소."

덕흥군을 쉽사리 내어주지 않으려는 원의 핑계에 김유는 그냥 돌아올 수밖에 없었다.

공민왕은 나라의 방위에도 더 심혈을 기울였다. 밀직 정사도를 경상도 순문사, 첨의평리 이금강을 전라도 순문사, 지첨의사 홍순을 서북면 순문사, 좌상시 이성림을 서해도 순문사, 판전교시사 신익지를 양광도 순문사로 각각 임명했다.

전의부령 임박 등에게는 시정의 잘잘못을 논해 올리도록 지시하였다. 임박은 이공수를 따라 원으로 갔을 때 덕흥군이 전리총랑을 제수하며 회유하였으나 끝내 협력하지 않았다. 이를 가상하게 여긴 공민왕이 자기 또한 높은 직위로 포상하겠다고 하면서 중서사인을 제수한 자였다.

이렇듯 공민왕은 최영의 주청을 곧바로 따르지는 않았지만 신료들의 의견을 들으며 자기 나름의 정국 구상을 가다듬으려 하였다.

하지만 1365년 2월 들어 노국공주가 만삭이 되고 위독해지면서 공민왕의 관심 사항은 노국공주에게로 기울어졌다.

노국공주는 무종, 인종의 형인 위왕 에무게의 손녀이자 에무게의 아들인 위왕 보라테무르의 딸이고, 충숙왕의 왕비인 조국장공주의 조카였다.

1349년에 공민왕과 결혼한 노국공주는 왕에게 단순한 왕비가 아니었다. 사랑하는 연인의 관계를 뛰어넘어 충신 그 이상의 존재였다. 원 황실의 후손이었지만 그 후광을 오로지 공민왕을 위해 깡그리 바친 여자였다. 공민왕이 왕위에 오르는 데에 기여한 일등공신이었고, 원의 속박으로부터 벗어나고자 하는 공민왕의 정책을 적극 지지해주었다. 흥왕사의 변란 때에는 몸으로 막아나서서 그의 안위를 지켜냈다. 어떤 신료도 신뢰할 수 없었지만 노국공주만큼은 절대적으로 믿을 수 있었다.

그런 노국공주였기에 신료들이 왕위에 오른 지 9년이 되는데도 왕자를 두지 못했으니 양가집 규수를 간택하여 후궁으로 받아들이라는 건의에 이제현의 딸을 혜비로 맞아들이기는 하였으나 결코 가까이하지는 않았다. 자신에게 모든 것을 바친 여자를 배신하고 싶지 않았기 때문이었다.

노국공주가 16년 만에 애를 가져 만삭이 되었으니 공민왕으로서는 뛸 듯이 기뻤다. 자신이 믿을 수 있는 또 다른 절대적 신뢰자가 탄생하는 것이기도 했다. 그 기쁨에 공민왕은 참수형과 교수형 이외의 죄를 사면하는 조치를 취했다. 헌데 어이된 일인가? 노국공주가 난산에 빠지면서 위독한 상황에 처하게 되었다. 공민왕은 자신의 정성이 부족하다고 여기고 사원과 신사에서 빌게 하고, 참수형에 해당하는 죄수마저 석방시켰다. 그리고는 잠시도 노국공주의 곁을 비우지 않으며 향을 피워놓고 단정히 앉아 순산하기만을 지극정성으로 빌었다.

노국공주가 난산의 마지막 고통을 참아내며 힘겨운 듯 말했다.

"왕자를 꼭 낳아 드리고 싶었는데……."

노국공주는 그 말을 끝으로 숨을 거두었다.

"이리 가시다니……. 난 어떡하라고? 그건 절대 아니 될 일이오. 어서 일어나시오. 눈을 뜨란 말이오?"

공민왕은 울부짖었다. 그 비통함은 그 무엇으로도 표현할 길이 없었다. 노국공주의 죽음 앞에 당장 공민왕은 이 세상에서 외톨이 신세가 된 기분이었다.

공민왕이 침통해하며 어찌할 바를 몰라 하자 대신들과 함께 들어온 최영이 조심스럽게 아뢰었다.

"소신들이 국장을 엄히 치르겠사옵니다. 전하께서 상심이 크시어 옥체가 상할까 염려되오니 잠시 거처를 다른 궁전으로 옮김이 어떨까 하옵니다."

"내 한 몸 편하자고 그리할 수는 없소. 또 그리하지 않기로 이미 공주와 약속했소."

공민왕은 단호히 거부하였다. 노국공주를 꼭 극락세계로 보내주고 싶었다. 이것이 그 자신이 해 줄 수 있는 마지막 보답이었다. 그러자면 장례를 최대한 성대하게 치러주어야 했다. 공민왕은 슬픔 속에서도 엄히 명을 내렸다.

"좌부대언 왕복명은 이 장례를 주관하여 치르시오. 어찌 치러야 하는지는 잘 알 것이오. 아울러 앞으로 사흘 동안은 조회를 열지 않을 것이며, 백관들은 검은 관을 쓰고 소복을 입도록 하시오."

공민왕의 명에 따라 장례 절차는 화려하게 진행되었다. 빈전과 국장, 조묘, 재의 4도감이 설치되었고, 산소색, 영반법색, 위의색, 상유색, 이거색, 제기색, 상복색, 반혼색, 복완소조색, 관곽색, 묘실색, 포진색, 진영색 등 13색을 설치하여 장례가 준비되었다.

여러 관청이 각각 제물을 차리면 그중에서 가장 풍성하고 정결하게 차린 곳에 포상이 내려졌다. 이로 인해 각 관청들이 앞다퉈 화려하고 사치스럽게 차렸으며, 심지어 상을 받고자 빚을 내어 장만하기도 하였다.

공민왕은 또 매 이레마다 승려들로 하여금 범패를 부르며 빈전에서 사원까지 상여를 따라가면서 복을 빌게 하였다. 그 바람에 원근의 승려들이 너도나도 모여들었다. 깃발이 길거리에 나부끼며 꽹과리와 북소리가 하늘을 진동했다. 수놓은 비단이 사원을 휘감았으며 금은과 채색비단이 좌우에 나부끼니 그 화려함에 눈이 어지러울 정도였다. 나라의 모든 인력과 재물이 장례 절차에 동원되는 꼴이었다.

허나 나랏일은 비상시국에도 의연히 전개되어야 했다. 공민왕은 원과의 관계를 여전히 중시했다. 덕흥군도 압송시켜야 했다. 자신의 왕위를 위협하는 것은 결코 간과할 수 없었다. 노국공주가 죽은 상황에서 원과의 고리도 사실상 끊어진 격이니 더욱 그 관계를 원만하게 유지해야 했다.

공민왕은 황원군 최백과 좌부대언 김정을 원에 보내 황제의 생일을 축하하게 했다. 또 밀직부사 이자송을 요양으로 보내 지추밀원사 카라엘지겐에게 백금과 안장을 선물로 주었다. 덕흥군을 고려로 빨리 압송해 달라는 청탁이었다. 아울러 밀직부사 양백연을 원으로 보내 노국공주의 부음을 알리도록 하였다.

노국공주의 장례 절차가 진행되는 속에서도 왜구는 1365년 3월에 교동과 강화를 또다시 침구해 왔다. 공민왕은 동·서강 도지휘사인 찬성사 최영으로 하여금 동강으로 가서 방비하라고 지시하였다.

최영은 명을 받들어 동강으로 왔지만 마음이 개운치 않았다. 오직 믿을 수 있는 한 사람인 노국공주가 죽었으니 왕의 마음이 얼마나 비통할지 짐작이 가지 않는 바는 아니었다. 허나 그렇다고 하더라도 장례 절차에 인력과 재물을 망탕 사용한 것은 과도한 짓이었다. 원의 간섭도 제어할 수 있어 나라를 중흥시킬 수 있는 절호의 시기인데, 공민왕은 이 기회를 저버릴 것만 같았다.

한 번의 기회를 놓치면 다시 기회가 오는 것이 아니라 더 큰 환란과 수모를 겪게 될 것이었다. 그만큼 국가 간의 관계는 엄혹하고 냉정했다.

고려 숙종과 예종 때 활약했던 윤관이 여진을 제압하고 동북9성을 쌓았다가 중도 포기한 일이 그러했다.

여진은 본래 말갈에서 떨어져 나온 종족으로 고구려와 그 뒤를 이은 발해에 병합되어 있었다. 허나 발해가 멸망한 이후 일부는 거란의 지배를 받기도 했지만 일부는 압록강변이나 동북 지역에 흩어져 살았다. 고려에서는 이들을 서여진(숙여진)과 동여진(생여진)으로 나눠 불렀다. 그중 정주와 삭주 부근의 거주민들은 귀부하여 신민으로 살다가도 배반하기도 하였다. 그러나 완안부(생여진)의 신흥 부족에 영가와 오아속이 추장으로 오르면서 여진족이 통합되며 점차 그 기세가 강력해졌다.

1102년 숙종 때에 여진의 추장 오아속이 그들끼리의 분란으로 군사를 동원해 국경 근처까지 와서 진을 치자, 임간을 시켜 방어하게 하였다. 임간은 적진 깊이 공격해갔다가 도리어 패배하고 군사를 태반이나 잃었다. 여진은 정주의 선덕관성에 난입해 수많은 인명을 살상하고 재물을 약탈해 갔다. 숙종은 윤관을 동북면 행영도통으로 임명하고 부월까지 주어 보냈다. 윤관 또한 그들과 싸워 30여 명을 살상했으나 아군도 반이 넘는 군사가 죽거나 부상을 입었다. 하는 수 없이 강화를 맺고 돌아올 수밖에 없었다. 숙종은 분노하며 다짐했다.

"천지신명이시여, 저에게 은혜를 베풀어 기필코 적지를 소탕하게 해 주시옵소서."

결의를 다지는 숙종에게 윤관은 적정의 상황을 보고하며 건의했다.

"적의 군세가 짐작하기 어려울 정도로 강성하니 군사를 양성하면서 훗날을 도모해야 하옵니다. 소신이 패한 까닭은 적은 기병인데 우리 고려 군사는 보병이라 대적할 수 없었기 때문이옵니다."

윤관의 건의에 숙종은 1104년 12월 별무반을 설치했다. 거기에는 20세 이상의 과거를 보지 않는 귀족 자제는 물론이고 서리와 상인, 노비에 이르기까지 모든 백성이 총동원되었다. 말이 있는 사람은 기마병인 신기군에 소속시키고, 나머지는 보병인 신보군과 특수병인 도탕군, 경궁군, 정노군, 발화군에 편성시켰으며, 승병으로 항마군까지 구성하였다. 이 군사들을 훈련시키고 군량을 축적하면서 여진을 정벌하려는 계획을 착착 진행시켜 나갔다.

그러나 숙종은 그만 그 뜻을 이루지 못하고 세상을 떠나고 말았다. 그 과제는 아들 예종에게로 넘어갔다. 그런데 예종은 1106년 별기군 중에서 특히 고려가 약세라고 해서 중시한 신기군을 약화시키는 정책을 추진하였다. 신기군 가운데 일흔 살 이상 된 부모를 모시는 독자의 경우나 재신과 추밀의 자제 가운데 자원입대하지 않는 자, 그리고 1호 내에서 3~4명일 경우에는 1명의 병역을 면제해 주는 것이 그것이었다. 말을 소유할 수 있을 정도의 사람이라면 부유한 자일 텐데, 그들부터 면제시킨 것이었다. 진짜 궁핍하고 가난한 사람들이 아니라 부유한 자들부터 여진 정벌 계획의 의무에서 먼저 제외해준 꼴이었다.

1107년에 이르러 변방의 장수로부터 여진이 성을 침구하려 한다는 파발이 조정에 당도했다. 그제야 예종은 그동안 비밀스럽게 감춰 두었던 숙종의 발원문을 중서문하성과 추밀원의 양부 대신들에게 보여주었다. 대신들은 읽어보고 눈물을 흘리면서 다짐했다.

"선왕께서 남기신 뜻이 이처럼 깊고 간절하시니, 어찌 모른 척할 수 있겠사옵니까? 선왕의 뜻을 이어 여진을 정벌하시옵소서."

대신들의 건의에도 예종은 결정을 내리지 못하고 주저하였다. 그러다가 태묘에서 본 점괘가 출정해도 좋다고 나오자 드디어 출병하기로 결심하고 윤관을 원수로, 지추밀원사 오연총을 부원수로 임명하여 출정을 명했다. 윤관은 단호히 결심을 밝혔다.

"소신이 이미 선왕의 밀지를 받았고, 이제 또 엄중한 어명을 받들었사오니 삼군을 통솔하여 반드시 적의 성을 쳐부수어 나라의 치욕을 씻고 우리의 옛 강토를 되찾고야 말겠사옵니다."

윤관과 오연총은 17만의 대군을 이끌고 동북 변방 장춘역으로 나아갔다. 먼저 병마판관 최홍정과 황군상 등을 정주와 장주에 파견하여 여진 추장들을 유인하여 섬멸하였다. 그런 다음 각 방면으로 고려군의 대대적인 공격이 개시되었다. 윤관은 스스로 군사를 이끌고 정주의 대화문으로 나가고, 중군병마사 김한충은 안륙수로, 우군병마사 김덕진은 선덕진의 안해수와 거방수의 사이로, 선병별감 양유송과 원흥도부서사 정숭용, 진명도부서부사 견응도는 수군 2,600명을 거느리고 도린포로 진격하여 나갔다.

여진은 고려의 군세가 강함을 알고 부랴부랴 도주하느라고 가축들도 내팽개친 채 달아났다. 윤관이 대내파지촌을 지나 문내니촌으로 진격하자 적은 동음성에 의지하며 방어진을 치고 나왔다. 윤관은 병마령할 임언과 최홍정에게 급습을 명해 적들을 제압하였다. 그런 다음 좌군이 먼저 석성에 이르고, 이내 윤관의 군대도 도착하였다. 여진은 석성에서 일대 항전을 준비하고 있었다. 항

49

복을 거부하자 공격 명령이 내려졌으나 화살과 돌을 빗발같이 쏘며 저항하니 전진할 길이 없었다.

전황이 위급해지자 윤관은 척준경에게 장군 이관진과 함께 적을 공격하라고 지시하였다. 척준경은 집이 가난하여 학문을 하지 못하고 무뢰배들과 어울려 지내는 자였다. 그러다가 숙종이 왕위에 오르기 전 계림공이었을 때 그 종자로 취직했는데, 힘이 좋아 추밀원별가로 임명되어 무신의 길을 걷게 된 것이었다. 그는 의협심이 매우 강했다.

"제가 일찍이 장주에서 과오로 인해 여진에 패배한 죄를 범했는데, 원수께서는 소장을 장사라고 하시면서 용서받게 해 주셨사옵니다. 오늘이야말로 이 한 몸 던져 은혜를 갚고 국가에 보답할 것이옵니다."

결의를 밝힌 척준경은 곧장 석성 아래로 가서 갑옷 차림에 방패를 잡고 적진 속으로 돌격해 추장 여러 명을 쳐서 죽였다. 대오가 흐트러진 틈을 타 윤관의 휘하 군사와 좌군이 합세해 공격하니 적은 절벽에서 투신해 자결하기도 하였으며 남녀노소 가릴 것 없이 모조리 섬멸되었다.

대승을 거두고 100여 개 촌락을 평정한 윤관은 장수들을 보내 동북 방면의 국경을 확정하도록 지시하였다. 동쪽으로는 화곶령, 북쪽으로는 궁한이령, 서쪽으로는 몽라골령에 이르렀다. 윤관은 이곳을 고려의 영토로 편입하기 위해 화곶령에 웅주성을, 궁한이령에 길주성을, 몽라골령에 영주성을, 오림금촌에 복주성을 쌓았다. 영주성 안에는 호국인왕사와 진동보제사라는 절을 세우고, 이 지역에 고려 주민 수천 호를 이주시켰다.

허나 옛 땅을 수복하려는 과업은 순탄하지만은 않았다. 이듬해 1108년 윤관과 오연총이 정예군 8천 명을 거느리고 가한촌의 병목의 소로로 진군했는데, 울창한 숲속에 매복하고 있던 적들에게 포위되고 말았다. 위급한 상황을 맞이하여 척준경이 용맹한 군사 10여 명만을 거느리고 구원하려 하였다. 그러자 동생인 낭장 척준신이 말리고 나섰다.

"적진이 견고해 쳐부술 수가 없습니다. 헛되이 죽으면 무엇이 이롭겠습니까?"

"너는 여기서 살아 돌아가 늙으신 아버지를 봉양해야 하지만 나는 이미 나라에 몸을 바쳤으니 도리상 지켜볼 수만은 없다."

척준경이 그리 말하고는 큰 함성을 지르며 적진으로 돌진해 10여 명을 죽였다. 이때 최홍정과 이관진 등도 군사를 이끌고 구원에 나섰다. 고려군은 반공격으로 나아가 포위를 풀어내고 도리어 달아나는 적군을 추격해 살상하였다.

이후 추장 아로환 등 403명이 아군의 진영 앞으로 나와 항복을 청하고, 남녀 1,460여 명도 좌군에 항복했다. 허나 적은 보병과 기병 2만 명의 군사로 영주의 성 남쪽에 진을 친 후 도전해 왔다. 중과부적이니 맞서 싸우지 말고 굳게 지켜야 한다는 의견이 다수였으나 척준경은 반대하였다.

"만약 나가 싸우지 않았다가 적의 병력이 갈수록 증가하고, 성안의 양식이 떨어지고 외부의 원병까지 오지 않으면 우리는 고스 란히 죽게 될 것입니다. 전날 싸움에 이긴 것을 이미 보셨으니 오 늘 또한 죽기를 각오하고 싸울 테니 공들께서는 성에 올라가 구 경이나 하시지요."

척준경이 결사대를 거느리고 성에서 나가 싸워 19명의 목을 베 니, 적이 패하여 북쪽으로 달아났다.

그러나 여진의 파상적 공격은 계속 이어졌다. 권지승선 왕자지 가 공험성에서 군사를 거느리고 도독부로 오다가 오랑캐 추장 사 현의 군사를 만나 싸웠으나 패배하고 말까지 빼앗겼다. 척준경은 곧바로 정예병을 데리고 가서 구원하고, 적을 격퇴시킨 다음 말 까지 되찾아 왔다.

여진의 군사 수만이 웅주를 포위했으나 최홍정이 군사들과 함께 싸우기로 결심하고 곧바로 4문을 열고 몰려 나가 힘껏 싸워 적을 격파했다. 허나 더 큰 난관이 가로놓여 있었다. 외부에서 구원하지 않으면 성을 방어한 지가 오래되어 군량이 바닥나고 있다는 점이었 다. 고려군은 각각의 성에 의거해 방어전을 전개하고 있는 형태를 취하고 있었기 때문이었다. 이때에도 척준경은 단호히 나섰다. 야 밤에 성에서 줄을 타고 내려가 정주로 가서 군사를 대동하여 통태 진으로 가서 야등포로부터 길주에 이르러 적과 싸워 대패시켰다.

이렇듯 전투 초기와 달리 여진의 파상적 공세가 이어지고 고려 군이 수세로 몰리게 된 것은 신기군을 약화시켜 고려 군사의 기 동력이 떨어졌기 때문이었다. 그럼에도 윤관은 분전하여 싸우면서 웅주, 영주, 길주, 복주의 4성에 이어 함주와 공험진에 2성을, 나아가 의주, 통태진, 평융진에 3성을 더 쌓았다. 동북9성이었다. 그리고 공험진에 비석을 세워 경계로 삼았다. 또 임언을 시켜 영토를 되찾은 전적을 영주 관청의 벽에 기록하게 하여 고려 땅으로 편입시키고자 하는 의지를 분명히 표명하였다.

윤관이 개선하자 예종은 군악대와 호위대를 갖추어 영접하였다. 허나 여진의 반격은 계속 이어졌다. 여진이 웅주를 포위하자 예종은 오연총을 보내 구원하게 하고 다시 윤관을 보내 정벌하게 하였다. 윤관이 이들을 제압하였으나 여진은 또다시 1109년 길주를 포위하며 공격하여 왔다. 오연총이 크게 패하자 또다시 윤관이 정벌에 나서게 된 것이었다.

윤관과 오연총이 정주에서 군사를 이끌고 길주로 진군하다가 나복기촌에 당도하자, 함주사록 유원서가 달려와 보고하였다.

"여진이 고려에 화친을 청한다고 하옵니다."

윤관은 당분간 방어전을 전개하면서 다시 역량을 결집해 더욱 공세로 나아가야 한다고 판단했다. 하지만 화친에 대한 중대사를 일개 병마사가 결정할 일이 아닌지라 조정에 보고하였다.

여진은 동북9성을 돌려주면 예전처럼 고려를 상국으로 모시겠다고 간청하였다. 조정에서는 평장사 최홍사 등 28명은 돌려주어야 한다고 하고, 단지 예부낭중 박승중과 호부낭중 한상 2명만이 반대하였다. 일시적인 난관 앞에 주저앉은 꼴이었다. 조정에서는 쌓았던 동북9성을 파괴하고 여진에게 되돌려주게 하였다. 그런데 화친파는 거기에 머물지 않았다.

"윤관 등이 제멋대로 분란을 일으켜 나라에 피해를 입혔으니 그 죄는 용서할 수 없사옵니다. 그들을 하옥시키소서."

예종은 명을 받들어 출정한 것뿐이라며 거부했다. 하지만 김연 등이 계속 간쟁하니 예종도 어쩔 수 없이 윤관을 관직에서 물러나게 하고 공신의 칭호도 박탈했다. 윤관은 개경으로 돌아와서도 왕에게 보고도 하지 못했다.

얼마 동안의 기간이 지난 후 예종은 윤관에게 다시 관직을 제수하며 몇 번에 걸쳐 불러들였으나 윤관은 결코 나아가지 않았다. 동북9성을 개척하기 위해 쏟았던 모든 노력이 허사가 된 것이었다. 그로부터 2년도 채 안 돼 윤관은 화병으로 생을 마감하였다.

허나 여진은 동북9성을 돌려받는 이래 그걸 발판으로 삼아 형 오아속의 뒤를 이은 아골타에 의해 채 6년도 걸리지 않는 1115년 금을 세웠으며, 예전에 부모의 나라라고 섬겨 왔던 고려에 형제 관계를 요구했다. 이윽고 거란의 요를 멸망시키고 대륙의 북방을 장악하자 아예 신하의 예를 갖추라고 강요하고 나섰다.

일시적인 난관 앞에 그 기회를 살리지 못함으로 해서 단군조선 과 고구려의 옛 영토를 되찾으려는 고려의 북방 정책의 추진은 좌절되었고, 북방에 새로운 세력이 등장할 때마다 그들의 눈치를 살펴야 하는 수모를 겪게 되었다.

아무리 작은 땅이라도 자기 영토를 지키자면 국가의 총력전이 수반되어야 했다. 적당히 진행해서는 애당초 될 일이 아니었다.

신기군을 약화시키지 않고 계속 강화하였다면 여진과의 싸움에서 수세로 밀리지 않았을 것이었다. 도리어 금이 대륙의 강자로 부상했던 것처럼 동북9성을 발판으로 요동을 넘어 저 멀리 대륙을 굽어보게 될 것이었다. 철저히 사전에 준비하지 않으면 일시적으로 점령했다고 하더라도 다시 내줘야 하는 것이 엄연한 국가 간의 이치였다.

단군조선과 고구려의 영토를 되찾고 옛 영화를 실현하자면 지금부터 철두철미 대비해야 했다. 윤관이 겪었던 수모를 다시금 되풀이해서는 안 되었다. 이 기회를 살려 철저히 준비하여 나가기만 한다면 중흥의 길은 분명 열릴 것이었다.

이런 정세 인식은 고려 바깥에서 먼저 감지되고 있었다. 1365년 3월 여진족의 소음산, 소응가, 아두라 등이 고려에 투항을 요청해 온 것이었다. 조정에서는 이들을 받아들여 삭방에 거주하게 하였다. 원에서도 이부시랑 왕도르투와 이부주차 호천석을 보내 왕을 태위로 책봉하고 술을 하사했다. 또 홍건적을 평정한 공로로 한방신에게 비서감승, 안우경에게 광문감승, 황상에게 경정감승, 이구수에게 태복시승, 이여경에게 숭문감승의 벼슬을 내려주고 봉훈대부의 품계를 수여했다. 홍건적과 덕흥군의 침입을 막아냄으로써 국제적 위상이 높아진 고려를 원으로 끌어당기기 위한 숙책이었다. 그러나 공민왕은 여태껏 해왔던 것처럼 밀직부사 홍사범을 원에 보내 삼공 중의 하나인 태위를 책봉해 준 데 대해 사의를 표하게 하였다.

최영의 마음은 초조해져만 갔다. 차일피일 시간을 끌고 있을 때가 아니었다. 조정의 근원적 쇄신과 국방력의 강화는 촌각을 다투는 사안이었다. 허나 국상을 치르고 있는 상황에서 나설 도리가 없었다.

그런데 갑자기 최영의 막사로 왜구가 침구해 왔다는 보고가 올라왔다. 그것도 태조 왕건의 아버지인 세조의 무덤인 창릉이었다. 최영은 곧장 군사를 대동하고 나아갔으나 이미 왜구는 세조의 어진 등을 탈취하여 도망친 지 오래였다. 최영은 방비하지 못한 책임을 사죄하며 공민왕에게 보고를 올렸다.

공민왕은 분노하며 삼사좌사인 김속명을 동·서강 도지휘사로 임명하였다. 그리고는 영도첨의 이공수를 창릉으로 보내 세조의 위패를 다시 봉안하게 했다.

그런 다음 조정의 인사를 대대적으로 단행했다. 유탁을 도첨의 시중, 경천흥을 수시중, 이수산을 판삼사사, 이인복과 송경, 안우경, 최영, 이구수를 찬성사, 이인임과 김속명을 삼사좌우사, 이순과 안우상을 판개성부사, 우제와 한휘, 김귀, 이금강, 양백익을 첨의평리, 홍순을 지도첨의, 원송수를 정당문학, 박춘을 판밀직사사, 지용수와 송인적을 밀직사, 유연과 양백연을 지밀직사사, 이색을 첨서밀직사사, 왕중귀와 김원명, 조희고를 동지밀직사사, 변안열과 한공의, 이자송, 김유, 염지범, 홍사범을 밀직부사, 최맹손을 밀직제학, 한방신을 서원군, 유숙을 서녕군, 보카테무르

56

를 고성군으로 각각 임명하였다. 특별한 인사이동은 없었다. 영도첨의에서 물러나게 한 김일봉은 원래 명예직인데다 병환으로 거의 업무를 볼 수 없는 상태였다.

마침내 1365년 4월 노국공주의 장례가 거행되었다. 공민왕은 불교 방식에 의거해 화장하려고 하였지만 시중 유탁이 강력하게 반대하여 정릉에 안장되었다.

공민왕은 노국공주의 장례를 치른 이후에도 자신이 직접 그린 노국공주의 초상을 밤낮으로 대하며 밥을 먹으면서도 고기반찬을 먹지 않고 눈물을 흘리며 슬피 울었다. 세상에 단 하나 믿을 수 있는 사람이 사라진 것은 그만큼 공민왕에게 큰 충격이었다.

최영과 한단 선사, 고군기의 얼굴은 굳어 있었다. 엄중한 시기에 어떻게 활로를 모색할지를 두고 서로 머리를 맞대고 있었다. 최영이 먼저 입을 열었다.

"노국공주의 죽음으로 아무리 상심이 크다고 하지만, 장례도 치렀는데 계속 저리 슬퍼만 하고 있으니……. 이 절박한 시기를 그냥 허송세월 보내면 안 되지 않겠습니까?"

"세상 일이 제 맘처럼 될 것 같았으면 우리 선조들이 왜 이토록 긴긴 세월을 기다려 왔겠는가? 우마가편이라고 달리는 말에 채찍질 하는 것이지, 달리지도 않는 말에 채찍질 하는 것은 아니네. 그래 봐야 길길이 날뛰는 것밖에 더 있겠는가?"

한단 선사가 최영의 질문에 차분한 어조로 대답하였다. 조급해하지 말라는 뜻이었다.

"그럼 지켜봐야만 한다는 것인가요? 솔직히 기다려 봐도 별반 소용이 없을 것입니다. 지금껏 그토록 주청해 보았지만 전혀 미동도 하지 않는 분 아닙니까? 그렇다면 또 다른 걸 시도해 봐야 되지 않을까요? 시도도 안 해 보고 그냥 기다리고 넘어가기엔 이 시국이 너무 엄중하다는 것이옵니다."

뭔가 결심한 듯한 최영의 태도에 고군기가 나섰다.

"형님, 너무 마음이 앞서 가시는 것 같은데, 이런 때일수록 냉철하게 판단하고 행동해야 합니다."

최영은 고군기의 얼굴을 주의 깊게 바라보았다. 실상 최영은 공민왕이 말로 해서 듣지 않는다면 실제 행동으로 압박을 가해 움직이도록 해야 한다고 내심 작심하고 있었다. 그만큼 그의 가슴은 불타오르고 있었다. 그런데 고군기가 감정적으로 판단하지 말라고 얘기하니 그 말마따나 혹시 자신이 감정적인 기분에 치우쳐 잘못 판단하지는 않았는지 다시 한번 되돌아보고자 함이었다. 고군기가 차분하게 다시 말을 이어나갔다.

"형님도 잘 아시겠지만, 사람의 앞뒤 행동이 서로 다를 것이라고 여기지만 실은 똑같습니다. 앞이 가는 대로 뒤는 따라가기 마련이니까요. 그렇듯 나랏일의 외치와 내치의 관계도 똑같습니다. 어차피 따지고 들어가면 둘 다 단군조선의 홍익인간 정신에 기초해야 하는 것이니까요. 대외 관계를 자신의 이익을 실현하기 위한 공간으로 이용하면 내정개혁 또한 그런 차원의 책략으로 사용하게 됩니다. 외교적 관계는 국가 간의 힘의 역관계이기에 어쩔 수 없는 것이지만 내치는 그게 아니지 않느냐고 여기는 경향이 있지요. 허나 그건 잘못된 이해입니다. 그 이면에 작용하고 있는 본모습을 보지 아니하고 겉모습만 살펴보기 때문이죠. 이자겸이 금나라를 상국으로 모시는 것과 무신집권세력이 원과 싸우자고 하는 것은 서로 상반된 행동으로 보이지만 실상은 겉만 다를 뿐 본모습은 다 똑같다는 것입니다. 혹시 척준경이처럼 사리분별을 잘못하면 모를까. 허나 지금 임금은 명민하지 않습니까?"

이자겸은 예종의 뒤를 이어 14세의 어린 나이로 왕위에 오른 인종에게 외할아버지이자 장인이 되는 사람이었다. 이자겸의 둘째 딸이 예종의 왕후였고, 셋째와 넷째 두 딸 또한 인종의 왕후로 보낸 것이었다. 이자겸은 그걸 바탕으로 십팔자득국(十八子得國)이라는 즉, 이(李)씨가 나라를 얻는다는 도참설을 이용해 왕위까지 넘볼 정도로 권력을 장악하였다. 자기 친족들과 일당을 요직에 배치시키며 요소요소에 심었고, 관작을 팔아 재물을 긁어모았다. 뇌물이 공공연하게 오가고 사방에서 선물이 모여들어 늘 수만 근의 고기가 썩어날 정도였다. 남의 토지를 강탈하고 종들을 풀어 백성들의 수레와 말을 빼앗아 재물을 실어 나르니, 이를 피하고자 힘없는 백성들이 수레를 부수고 소와 말을 팔아 치우느라 거리기 소란스러울 정도였다.
이자겸이 이렇게 권력을 장악하게 된 데에는 척준경의 도움이 컸다. 척준경은 이자겸과 사돈지간이 되는 관계였다. 인종은 이자겸의 권력 농단을 더 이상 지켜볼 수 없어 이자겸과 척준경을 제거하고자 하였다. 허나 척준경의 반격에 의해 거사가 실패로 돌아가고 도리어 왕위까지 빼앗길 위기 상황에 처했다.

이런 상황에서 1126년 3월 금은 고려에 칭신을 요구하였다. 금을 세운 뒤에 형제국 관계를 요구하더니 거란을 멸하고 중국 대륙의 화북 지역을 장악하고 나서는 군신관계로 신하의 예를 취하라는 것이었다.

조정의 관리들은 모두 반대해 나섰다. 하지만 이자겸과 척준경만은 찬성하고 나섰다. 윤관을 따라 여진과의 전투에서 그렇게 혁혁한 공훈을 세웠던 척준경이 이번엔 이자겸과 사돈관계임을 내세워 그의 편을 든 것이었다. 이자겸의 결정에는 요를 멸망시킬 정도로 군세가 막강해진 금을 상국으로 대우해야 하는 것처럼 고려의 권력을 장악한 자신에게 예를 다해 받들어 모셔야 한다는 정치적 계산이 숨어 있었다.

물론 이자겸의 그런 야망은 실현되지 못했고 척준경에 의해 제거되었다. 척준경이 인종의 거사를 반격할 때 황궁마저 불태워 버렸는데, 척준경은 이자겸이 그 책임을 자신에게만 덮어씌우려 한다고 의심하기 시작했다. 두 사람 사이에 불협화음이 생기자 인종은 그걸 이용해 척준경으로 하여금 이자겸 세력을 제거하게 한 것이었다. 무력의 중추 세력인 척준경이 인종의 편에 가담하니 이자겸은 대항하지 못했다. 이자겸을 제거했던 척준경도 고려의 위상을 높이 세우자고 주장하는 서경 천도 세력인 정지상 등에 의해 결국 제거되었다.

이자겸의 입장과 달리 무신집권세력은 몽골군과의 항전을 주장했다. 허나 그들은 강화도로 수도를 옮기고서는 자신들이 직접 나서서 싸우지 않았다. 항전을 주장함으로 해서 육지에 남아 있던 백성들이 몽골군에 의해 어떻게 처참하게 살육되는지 그런 건 중요하지 않았다. 자신들의 권력 유지가 급선무였다. 그들은 항전이라는 명분으로 계속 백성들에게 물품의 공납을 강요하고서 강화도에서 편안하게 호화스런 사치 생활을 즐겼다. 그로 인해 백성들은 전쟁과 수탈이라는 이중고에 시달리게 되었다.

진심으로 나라를 위해 살려는 사람은 결코 이자겸이나 무신집권세력처럼 행동해서는 안 되었다. 무조건 굴복하거나 무턱대고 명분만 내세우는 것은 자신들의 사욕을 챙기려는 속셈이 깔린 것이었다.

진짜 나라를 위한다면 현실을 냉철히 인식하고 최선의 방책을 찾아야 했다. 허나 거기서도 안주하면 안 되었다. 비록 현실적 조건 때문에 최선의 방책이라고 취한 것이지 그게 진짜 옳은 것은 아니기 때문이었다. 기필코 다른 나라의 속박으로부터 완전히 벗어나 존엄을 세우는 방향으로 나가야 했다. 이걸 부정하면 현실 안주 세력으로 귀결될 뿐이었다. 내치도 마찬가지였다. 백성들의 행복을 위해 끊임없이 개선시켜 나가야 했다. 불합리한 것을 고쳐 나가는 것이 옳은 길이기 때문이었다. 그래서 참답게 충의 길을 걷고자 한다면 탐욕이 없어야 했다. 외치나 내치는 결국 인간

세상을 이롭게 하는 홍익인간의 정신에 기초해야 한다는 점에는 매 한가지였다.

공민왕의 행동 또한 홍익인간의 사상과 단군조선의 얼과 정신을 얼마나 제대로 따르고 있느냐를 놓고 판단해야 했다.

최영이 공민왕에게 실망한 게 사실 이 때문이었다. 공민왕은 원과의 외교관계든 내정개혁이든 그 모든 것을 왕위의 안위를 가장 우선순위에 두고 처리하고 있었다. 이건 공민왕에게 크게 기대하지 말아야 한다는 뜻이었다. 허나 손 놓고 있을 수만은 없다는 것이 최영의 생각이었다.

"동생이 말을 잘했네. 내 그래서 공민왕을 믿을 수 없다는 것이고, 팔짱만 끼고 기다릴 수 없다는 것이네. 지켜보기만 해서는 이 고려의 앞날이 열리기는커녕 암담해질 뿐이라는 것이네."

고군기가 한숨을 내쉬었다. 공민왕이 어떤 사람인가를 생각해 보라고 말한 것인데, 최영은 공민왕의 모습에서 자기 판단이 옳다고 여전히 주장하는 식이었다. 공민왕의 다음 수순의 행보를 전혀 타산하지 않는 것이었다. 잠시 대화가 끊기면서 순식간에 정적이 감돌았다. 다시 고군기가 심중한 어조로 입을 열었다.

"이 얘기까진 안 하려고 했는데……. 형님이 계속 그리 완강하게 나오시니 말씀드리겠습니다. 좀 불길한 예감이 든다는 것입니다. 형님도 잘 아시듯, 공민왕의 주된 관심 사항은 왕권의 안위가 아닙니까? 그런데 다른 때는 다 장수들이 죽어갔는데, 덕흥군의 반란을 제압하는 과정에서는 그렇지 않았다는 것입니다. 그로 인해 무장을 한 장수들이 관직에 대거 등장하게 되었으니 왕으로서는 여간 골치 아프게 되지 않았습니까? 헌데 그냥 조용히 있다는 겁니다. 폭풍전야의 고요함이라고 할까요. 허나 파도가 이는 것은 어디선가 바람이 불어대기 때문이지요. 그게 편조(신돈)라는 중을 공민왕이 만나고 있는 점이 아닐까 합니다. 가장 믿을 만한 사람인 노국공주를 하늘나라에 보냈으니 그를 대신할 의탁자를 찾으려고 하는 심정도 있을 것이고요. 그런데 그 편조의 출생이 아주 미천하다는 점입니다. 거기에 임금이 겨냥한 칼날이 숨어 있지 않을까 하는 생각이 든다는 것입니다. 기우였으면 하지만 만사 불여튼튼이라고 그에 대비하시는 것이 좋지 않겠습니까?"

공민왕은 기철 일당을 척결할 때도 아닌 보살 행세를 하면서 태고 보우를 왕사로 임명하고 불교에 심취하는 듯한 태도를 보였다. 헌데 이번에는 편조라는 중을 만나고 있었다.

공민왕이 편조를 처음 만났을 때는 1358년이었다. 그것도 기이한 인연이었다. 공민왕이 어느 날 꿈을 꾸었는데 어떤 자가 자기를 칼로 찌르려 하였다. 그런데 한 승려 덕분에 살아난 꿈이었다. 이튿날 모후인 명덕태후에게 꿈 이야기를 했는데, 마침 김원명이 신돈을 알현시켜 주었다. 그런데 그 모습이 꿈에서의 본 승려와 거의 흡사했다. 기이하게 여긴 공민왕이 편조와 많은 이야기를 나눠봤는데 총명하고 사리에 밝았고, 왕의 뜻과도 잘 맞는 것이었다. 궁중에 자주 불러 여러 얘기를 나누었고, 도를 깨치고 초심을 잃지 않는 모습에 자연스레 존경심이 일게 되었다. 편조에게 보내는 의복이나 음식은 정결하게 마련하였고, 버선 같은 것도 반드시 머리 위까지 받들어 경건히 보낼 정도였다. 그것을 본 이 승경은 기가 막혀 했다.

"나라를 어지럽힐 자는 필시 이 중놈일 것이다."

정세운 또한 편조를 요사스러운 중이라 단정하고 죽이려고까지 하였다. 그래서 공민왕은 몰래 피신시키기까지 하였다.

이승경과 정세운이 있을 때엔 편조는 더 이상 궁중에 드나들지 못했다. 하지만 이제 그들이 세상을 떠나고 없자 1364년부터 머리를 기르고 수행을 행하는 거사의 모습으로 공민왕을 자주 만나고 있었다. 그런데 편조의 어미는 옥천사의 여종 출신이었다. 그 때문에 편조는 어려서부터 승려로 출가했지만 어미가 천출이라는 이유로 승려들 사이에 끼지도 못하고 늘 산방에 홀로 떨어져 살아야 했다. 그만큼 편조는 미천한 신분 출신으로서의 고통을 뼈아프게 느끼고 살아온 자였다. 고관직의 대신들을 경계하고 있는 공민왕과 편조의 출신 관계는 잘 맞는 궁합이었다.

"동생이 무엇을 걱정하는지 잘 알겠네. 나도 그런 의심이 들지 않는 것은 아니네. 허나 그렇다고 해서 단군족의 미래를 열어 가느냐, 그렇지 못하느냐 하는 중차대한 시기에 몸을 사리고 있어야만 하겠는가? 관직에 있는 몸으로서 그걸 벗어 던지든지, 아니면 정면으로 맞서 보든지 둘 중 하나를 택해야 할 것 아닌가?"

고군기가 아니라는 듯 연신 고개를 좌우로 흔들었다.

"왜 그렇게 극단적으로만 판단하십니까? 잠시 몰아치는 소낙비를 피할 수도 있는 것 아니겠습니까?"

"동생도 알다시피 지금이 얼마나 절박한 시기인가? 다시 올 수 없는 기회일세. 수천 년을 기다려온 끝에 마련된 기회란 말일세. 그런데 어느 한 사람도 나서지 않고 무작정 기다려야만 한다고? 너무 무책임한 처사가 아닌가? 그건 안 될 일일세. 그리해서 어느 세월에 이 나라를 중흥시킬 수 있단 말인가? 나서다 보면 상처를 입을 수도 있겠지. 하지만 그만큼 더 앞당겨질 수도 있지 않겠는가? 내 나이 지천명에 이르렀고, 관직에 나아간 지도 벌써 15년이 되어가고 있네. 지금 이런 상황을 맞이해 고려의 중흥을 부르짖었던 내가 나서지 않는다면 사람들이 날보고 뭐라 하겠는가?"

최영이 뜻을 굽히지 않자 오랜 침묵이 흘렀다. 최영은 왕을 겁박하자는 것이었고, 공민왕은 그런 신하를 결코 좌시하지 않을 것이었다. 최영과 공민왕 둘 중 한 사람은 부러져야 한다는 결론이었다. 허나 반역의 거사라면 몰라도 신하가 임금을 이길 수는 없는 노릇이었다. 오랜 정적이 흐른 후에 고군기가 다시 입을 열었다.

"형님, 형님 말씀대로 무장의 길로 나서서 이제야 겨우 자리를 잡기 시작했습니다. 앞으로 할 일이 많으신데, 왜 그리 무모한 행동으로 생명을 단축시키는 길로 나아가려고만 하시는 겁니까? 지금껏 수천 년의 세월을 기다렸는데, 형님께서도 좀 시간을 갖고 생각하시지요."

"허허, 계속 기다리자는 소리만 하는데, 내 공민왕의 성정을 보건대 그것은 헛된 기대일 것일세. 더욱이 지금은 촌각을 다투는 상황이네. 동생 말처럼 공민왕이 또 다른 암수를 쓰고 있다면 지금이야말로 바로 승부를 봐야 할 때일 것일세. 게다가 나는 장수가 아닌가? 내 다른 걸 몰라도 장수다운 모습으로 내 단호한 뜻을 공민왕에게 보여줌으로써 올바른 길을 가도록 기필코 만들고 말 것일세."

최영과 고군기는 서로 물러서려고 하지 않았다. 그것을 조용히 지켜보기만 하던 한단 선사가 나지막하게 읊조렸다.

"이것 또한 하늘의 뜻인가?"

"그럼 허락해 주자는 말씀이옵니까? 그건 절대 아니 되옵니다. 너무 후과가 크니 다시 재고해 주셔야 하옵니다."

고군기가 절대 받아들일 수 없다는 듯 단호히 반대 뜻을 밝혔다. 그럼에도 한단 선사가 조용한 목소리로 다시 말했다.

"주상은 미몽에서 헤매고 있고, 최영 장군 또한 이렇게 굽힐 줄 모르니 어찌 하겠는가? 우리가 감당하는 수밖에 없지 않는가? 그게 우리 몫이 아니겠는가?"

"한단 선사님!"

고군기가 한단 선사를 부르며 눈물을 글썽거렸다. 지금껏 보지 못했던 고군기의 모습에 최영은 당혹스럽기 짝이 없었다. 허나 행동해야 할 때 나서지 않는 것은 비겁한 짓이었고, 그것은 나중에 엄청난 회한을 가져다 줄 것이었다. 최영은 굽힐 뜻이 없다는 태도로 고군기의 동조를 구했다.

"이미 결정이 난 듯하니 동생도 마음을 돌리고 나를 밀어주게."

동의를 구하려드는 최영의 말에 고군기의 얼굴은 한없이 어두워졌다. 최영은 그런 고군기의 얼굴 표정을 보며 대답을 재촉하지 않았다. 동지를 걱정하는 고군기의 마음이 이해될 듯싶었다. 허나 최영은 자신의 목숨 따위엔 안중에 없었다. 고려를 중흥시켜 단군조선과 고구려의 영화를 되찾을 수만 있다면 그 무엇이든 할 수 있는 심정이었다. 단지 중요한 건 고군기의 동의를 받고 싶은 것이었다.

한참 동안이나 말이 없던 고군기가 마침내 차분한 어조로 입을 열었다.

"형님께서 그리 결정하셨다니 어찌 하겠습니까? 밀어드려야지요. 정말 형님의 진면목을 보여 주시구려."

의견이 다름에도 기꺼이 따라주는 고군기의 태도에 최영은 힘이 솟구치는 듯했다. 최영이 힘 있게 대답했다.

"고맙네. 내 기필코 흐트러진 물줄기를 바로잡아 단군조선의 옛 영화를 곧바로 실현하는 그 활로를 꼭 열어 놓고야 말 것일세."

최영은 그날 이후 거사를 진행할 시기를 곰곰이 따졌다. 장졸들과 백성들로 하여금 고려가 다시 웅비할 수 있다는 것을 실질적인 힘으로 보여주어야 했다. 이건 군사적 힘을 동원하는 것이어야 했다. 이런 행동을 공민왕은 분명 자신의 안위에 대한 위협으로 간주할 것이었다. 그렇더라도 그건 감수해야 했다. 단지 공민왕을 제거하는 것이 목적이 아닌 이상 장수들을 대거 참여시킬 필요는 없었다. 장수와 신료들이 모두 뜻을 함께한다는 차원의 상징적인 인물을 참여시켜 진행하면 될 것이었다.

최영은 경천흥만 참여시키기로 하고, 나머지는 동·서강 병사들로 한정시켜 사냥판을 벌이기로 하였다. 안위를 위협하고자 하는 것이 아니라 사냥 대회라는 무력시위로 공민왕을 압박해 고려를 중흥시키기 위한 쇄신의 길로 나서라는 주문이었다.

시기를 저울질 하던 중 또다시 왜구가 1365년 4월 교동과 강화를 침구해 왔다. 공민왕은 찬성사 안우경과 이구수에게 군사를 지휘해 방어하라는 지시를 내렸다.

왜구가 물러난 뒤 최영은 병사들에게 알렸다. 언제까지 이 왜구 놈의 침구에 농락당해야 하냐면서 고려군의 강한 힘을 보여주기 위해 동교에서 사냥판을 열자는 것이었다. 왜구의 침구로 극도의 고통을 겪고 있는 상황에서 고려의 의기를 세우기 위해 사냥판이 열린다는 소식은 급속도로 퍼져 나갔다.

마침내 사냥판을 여는 날이 다가왔다. 경천흥은 기꺼이 참석하였고, 병사들도 신나는 모습으로 참여하였다. 최영은 앞으로 나서서 말했다.

"우리 고려는 고구려를 계승한 나라이고, 고구려는 단군조선을 이어받은 나라입니다. 단군조선과 고구려는 천하를 호령했던 나라입니다. 우리는 단군조선과 고구려의 옛 영광을 재현해야 합니다. 그러자면 무엇보다 고구려의 상무정신으로 무장해야 합니다. 우리가 언제까지 저 왜구로부터 침탈 받고, 원으로부터 속박 받으며 살아야 하겠습니까? 자, 고려를 중흥시켜 나갑시다. 우리의 굳센 의기와 힘을 보여줍시다. 오늘의 이 사냥판이 바로 그 출발점이 되어 우리 모두가 그 길로 나아가도록 합시다."

쩌렁쩌렁 울려나오는 최영의 목소리에 사냥판에 참여했던 사람들이 함성으로 화답했다. 그 소리는 지금껏 북진정책이 좌절되어 외세의 눈치만 보고 살아야 했던 원한의 쇠사슬을 끊어버린 천둥소리 같았다.

최영은 군사훈련의 일환처럼 대오를 정비하게 한 다음 사냥놀이의 출발을 선언했다. 사면에서 기세 높게 포위망을 형성하며 몰아쳐 가는 소리에 숲속에 숨어 있던 짐승들이 날뛰었다. 장졸들은 제 기량을 뽐내며 사냥감을 연이어 포획했다.

이날 사냥으로 잡은 사냥감은 멧돼지와 사슴, 고라니 등 수십 마리가 넘었다. 엄청난 성공이었다. 최영은 인근의 백성들에게도 나눠주도록 조치하였다. 오랜만에 먹어보는 고기 맛은 한없이 달았다. 그뿐이 아니었다. 억눌리고 숨죽이며 살아만 왔던 세상에서 모처럼 당당하게 어깨 편 얼굴에는 기세가 새록새록 돋워졌다.

공민왕은 최영이 장졸들과 함께 사냥판을 벌였다는 소식에 내심 깜짝 놀랐다. 허나 겉으로 드러낼 수는 없었다. 장수들의 중심에 최영이 자리 잡고 있음이었다. 섣불리 건드렸다가 반발을 불러올 수 있었다. 다름 아닌 최영은 무장력을 갖춘 장수였다.

공민왕은 평시와 다름없는 듯 양백연을 서북면 도순위사로 임명하였다. 그러면서 최영을 비롯한 장수들을 우대한다면서 귀양 보냈던 전 한양윤 김달상을 조용히 불러들여 양광도 도순문사로 임명했다. 최영을 견제하기 위한 대책을 소리 없이 마련해 나간 것이었다.

아울러 원과의 관계도 틀어지지 않도록 하기 위해 감찰대부 전 녹생과 환관인 부원군 방절을 원에 보내 황태자에게 예물을 올리게 하면서 코케테무르와 심왕 등에게도 선물을 보냈다. 현재 원의 실력자는 보루테무르이지만 태자가 코케테무르와 같이 있는 한 언제 어떻게 권력이 바뀔지 알 수 없었다. 그 상황에도 대비해야만 했다. 또 심왕은 고려의 국왕을 넘볼 수 있는 자리였다. 충선왕은 자신이 겸직했던 심왕의 자리를 조카인 왕고에게 양위하였는데, 왕고가 1345년 죽게 되자 그 자리는 공석이 되었다. 그러다가 1354년에 원은 왕고의 손자인 톡토부카를 심왕에 봉했다. 고려에서 기철 일당을 척결할 때 기황후 세력은 공민왕을 폐하고 톡토부카를 옹립하고자 했지만 톡토부카는 이를 거절했다. 그 때문에 공민왕은 심왕 또한 잘 다독일 필요가 있었던 것이었다.

원과의 관계를 정비하도록 한 후, 공민왕은 조용히 편조를 불러들였다. 마침내 칼을 뽑고자 한 것이었다. 공민왕은 최영의 행위를 용납할 수 없었다. 간관들이 서로를 끼고 돌기에 그것을 견제하려고 전공을 내세워 장수들을 등용시키고자 하였는데, 장수들의 중심이 된 최영이야말로 호랑이 새끼로 가장 위협적인 존재였다. 자신의 주청을 곧장 들어주지 않았다고 무력시위하며 대들고 있었다. 잘못 건드리면 큰 사단이 날 것인바 전광석화처럼 해치워야 했다.

실상 공민왕은 그 어떤 신료도 믿을 수가 없었다. 명문거족이라는 하는 자들은 서로 무리를 지어 감싸주기만 하였다. 신진기예들은 처음엔 초연한 듯 명예를 구하다가 일단 귀한 신분이 되면 한미한 가문을 수치로 여겨 명문거족과 혼인하고서는 애초의 모습을 다 내던져 버리는 식이었다. 유생을 자처한 자들은 강직하지도 못하고 유약한데다가 문생이니 좌주니 동년이니 하면서 개인적인 친소만을 따져 당파를 이루기만 하였다.

이런 부류를 등용해서는 왕권의 안정을 이룰 수 없었다. 전혀 다른 새로운 부류의 인재가 필요했다. 이들과는 인연이 전혀 없고 오직 임금의 뜻을 받들어 오래된 묵은 폐습을 청산할 수 있는 사람이 필요했다. 여기에 가장 적합한 자는 편조였다. 이미 득도하여 욕심이 적고, 미천한 출신이라 무리를 지은 것도 없으니 높은 자리에 올려놓으면 사정에 얽매이지 않고 반드시 왕의 뜻대로 움직일 것이었다. 공민왕이 편조를 향해 물었다.

"이미 득도하셨으니 그만 수행하고, 세상을 구하시는 것이 어떻겠습니까? 그게 나라와 백성의 홍복이 아니겠습니까?"

"이 나라엔 명문거족과 신진인사, 유생들이 넘쳐나는데, 어찌 저 같이 미천한 자가 그런 엄청난 일을 할 수 있겠사옵니까?"

공민왕은 세 부류와는 전혀 다른 미천한 출신임을 밝힌 편조의 말에 더욱 확신이 들었다. 그래서 강요하다시피 요구했다. 마침내 편조가 결심한 듯 대답했다.

"일찍이 들은 바에 의하면 임금과 대신들은 참소와 이간질을 잘 믿는다고 하던데, 이런 일을 하지 않으셔야 세상이 복되고 이롭게 될 것이옵니다."

자신을 전적으로 신임해 달라는 요구였다. 공민왕은 흔쾌히 허락했다.

"대사는 나를 구하고 나는 대사를 구할 것이며, 다른 사람의 말에 미혹되는 일이 절대 없을 것을 부처와 하늘 앞에 맹세하노라."

공민왕은 직접 글을 써서 편조(신돈)에게 내려주었다. 그리고는 1365년 5월 편조를 사부로 임명함과 동시에 "청한거사"라는 칭호를 내리고는 국정을 자문하게 하였다.

편조가 공민왕의 신임을 받게 되자 편조에게 달라붙는 자들이 나타났다. 이미 조정은 시정잡배들이 활개 칠 수 있는 조건인지라 그것은 자연스런 흐름이었다. 김란도 그 중의 하나였다. 김란은 밀직사로서 이미 공민왕의 의중이 편조에게 실려 있다는 것을 알고 신돈에게 두 딸까지 바친 상태였다. 최영은 그런 김란을 향해 어떻게 유학을 익혔다는 사람이 중에게 그것도 두 딸을 바칠 수 있냐고 하면서 꾸짖었다. 이를 전해 들은 편조는 최영을 곱게 보지 않고 있었다.

최영은 무력시위를 벌인 이후 공민왕의 대답을 기다렸다. 그러나 공민왕은 결코 화답해오지 않았다. 도리어 고군기의 예측처럼 공민왕과 편조와의 결합의 칼날이 자신을 향해 겨누어지고 있을 것이라는 불길한 예감마저 엄습해왔다. 목숨이 아까운 것은 아니었다. 고려의 미래를 생각하면 가슴이 찢어지는 듯 아파 왔다.

최영은 막사에 앉았다. 이럴 바에는 차라리 온 장수들을 대동해 더 큰 무력시위를 벌이는 편이 나았다는 생각마저 들었다. 한숨이 절로 새어 나왔다. 이런 정도로 움직이지 않는다면 더 큰 무력시위를 강행해야 했다. 그런데 어찌 된 일인지 갑자기 전혀 몸을 움직일 수가 없었다. 쇠사슬에 단단히 결박된 것 같았다. 몸을 움직여 빠져 나오려고 하는데 갑자기 공민왕이 칼을 뽑아들고 자기를 향해 달려들고 있었다.

최영은 그 자세를 그대로 유지하며 공민왕을 쳐다보았다. 뜻대로 처분하라는 뜻이었다. 그런데 갑자기 한단 선사가 공민왕 앞에 나서더니 가부좌를 틀고 앉았다. 무슨 주문을 외우고 소리를 내지르자 갑자기 곰의 형상으로 변하는가 싶더니 어느새 단군 할아버지의 모습으로 화해 공민왕 앞에 딱 버티고 선 것이었다. 그러자 공민왕이 화들짝 놀라더니 칼을 거두고 무릎을 꿇으며 조아렸다. 그리고는 다시 왔던 길로 되돌아가는 것이었다. 최영이 물었다.

"어찌 된 것이옵니까?"

한단 선사가 물음에는 대답하지 않고, 최영의 얼굴을 보더니 엷은 미소를 지으며 말했다.

"이제 단군족의 미래는 너의 어깨에 달려 있느니라. 내 너에게 선인의 자리를 물려주노라."

한단 선사가 말함과 동시에 두 손을 둥그렇게 그리며 몇 번 모았다 펼치니 주먹만 한 붉은 기운이 형성되어 최영의 단전으로 순식간에 스며들었다. 그러자 그를 옥죄었던 쇠사슬이 순식간에 풀려 나갔다.

"단군족의 미래를 부탁하마."

한단 선사의 목소리가 뚜렷하게 들려옴과 동시에 눈앞에 보였던 한단 선사의 모습이 저 멀리 희미하게 사라져 갔다.

최영은 한단 선사를 부르면서 눈을 떴다. 잠시 잠이 든 모양이었다. 허나 이건 너무도 선명한 꿈이었다. 자신을 대신해서 한단 선사에게 무슨 일이 벌어진 것이 틀림없었다. 그것을 확인하고자 일어서는데 밖에서 갑자기 외치는 소리가 들려왔다.

"최영은 어명을 받들라."

최영이 밖으로 나와서 무릎을 꿇자 판개성부사 이순이 공민왕의 어지를 읽어 내렸다.

"왜적이 창릉에 침입하여 세조의 어진을 도적질해 갔는데도, 경은 동·서강 도지휘사로서 그 책무를 다하지 못하였고, 삼사우사 김속명으로 하여금 경을 대신하게 하였는데도 경은 오히려 그 군사를 거느리고 일정한 때도 없이 사냥을 하였으니, 이것은 무슨 까닭인가? 짐이 비록 말을 하지 않더라도 대간이 논죄하지 않을 수 없을 것이다. 지금 경을 계림윤으로 삼노니, 속히 임지로 떠나도록 하라."

최영은 명을 받들고 소리쳤다.

"오늘날 죄를 짓고도 몸을 보전한 이가 거의 없거늘, 나는 계림 윤을 제수받았으니 성은이 망극하오이다."

최영의 목소리는 거의 울부짖음에 가까웠다. 한단 선사가 자신의 죽음을 대신했다는 것을 직감했기 때문이었다. 아나나 다를까 고군기가 보내온 동자 단고승이 그를 보더니 울음을 터뜨렸다. 단고승은 고군기가 가르치고 있는 동자 중 한 명이었다. 부모가 없는 고아인데, 어찌나 명민한지 단군조선과 고구려를 이으라는 뜻으로 그리 이름 붙인 것이었다.

단고승의 모습에서 최영은 모든 상황을 확실하게 직감할 수 있었다. 왜 그토록 한단 선사와 고군기가 그의 행동을 끝까지 막으려고 하였는지 그 이유를 이제야 깨달은 것이었다. 후회해도 너무 늦어버린 것이었다. 눈에서는 눈물이 하염없이 흘러내렸다. 차라리 자신의 목숨을 앗아갔더라도 이렇게 원통하진 않을 것이었다. 한단 선사와 고군기가 반대했음에도 조급한 마음에 끝끝내 밀어붙인 것이 이런 결과를 가져올 줄은 꿈에도 생각하지 못했다. 자신이 스승을 사지로 내몰았고, 고려의 중흥을 이룩하려는 꿈을 산산조각 내 버린 격이었다.

자책감에 빠져 비통해하는 최영을 향해 단고승이 손을 내밀어 이끌었다. 빨리 가자는 뜻이었다. 최영은 몸을 일으켰다. 이승을 보내기 전 마지막 모습을 봐야 했다. 자신을 대신한 그 죽음을 헛되이 하지 않겠다고 맹세해야 했다. 최영은 단고승을 따라 무거운 걸음을 옮겼다.

3

신돈의 등장으로 유배에 처해지고

최영은 한단 선사의 장례를 치르고 고군기와 마주앉았다.

"스승님이 이리되시다니……. 이건 다 나 때문에 그리된 것일세."

최영의 눈은 횅해 보였다. 가슴속으로야 한단 선사의 죽음을
헛되이 하지 않겠다고 맹세했지만, 서글픈 마음에 눈물이 절로
흘러내렸다. 이젠 마른눈물이 그의 가슴에 파고들었다. 고통스러
워하는 최영을 보고 고군기가 위로하였다.

"그리 말씀하지 마십시오. 이미 형님의 뜻을 받아들이실 때부
터 그리 예상하고 결심하신 겁니다. 이젠 그만 진정하시고 마음
을 다잡으셔야죠."

미리 다 예감하고도 한단 선사께서 자기 뜻을 선선히 수용해주
었다는 사실에 최영의 가슴은 더욱 미어졌다.

"내가 어리석게 고집 부리지 말고 스승님과 자네의 말만 따랐더라면 일이 이렇게까지는 되지 않았을 터인데⋯⋯."

최영은 여전히 자책감에 빠져 허우적거렸다. 고군기는 최영을 한참이나 말없이 지켜보았다. 쓰라린 그의 심사를 모르는 바는 아니었다. 하지만 한시바삐 냉정을 되찾고 이 이후의 상황에 대처해야 했다. 고군기가 무거운 어조로 입을 열었다.

"선사님께서는 형님을 믿고 가셨습니다. 그런데 계속 이리 자책만 하고 있으시면 어떡합니까? 그러면 저 하늘에 계신 선사님께서 어떻게 보시겠습니까? 이제 형님께서 선사님의 몫까지 감당하셔야 하니 마음을 굳건히 하십시오."

최영은 고개를 끄덕였다. 허나 그건 이치상 그렇다는 것이지 그의 쓰린 심정이 갑자기 사라질 수는 없었다. 한단 선사는 그에게 단군조선의 얼과 혼을 뿌리 깊이 심어주었고, 고려를 중흥시켜 단군조선과 고구려의 옛 영광을 재현하기 위한 길을 인도해주시면서 그 길을 개척해 나가는 동지들의 중심에 우뚝 서 계신 분이었다. 그런 분을 돌아가시게 했으니, 도리어 자기 때문에 고려 중흥의 길을 다 망쳐버려 놓았다는 무력감이 그의 가슴 언저리에 계속 맴돌며 떠나지 않았다. 여전히 자책감에서 빠져 나오지 못하고 헤매고 있는 최영의 모습에 고군기가 다시 입을 열었다.

"형님, 정신 줄을 놓아서는 안 됩니다. 아직 칼춤은 끝나지 않았으니까요. 이제 시작에 불과하다는 것쯤이야 형님께서도 잘 아시지 않습니까? 어떻게든 버티고 살아남으셔야 합니다. 이게 선사님의 뜻입니다."

공민왕은 왕권에 위협이 된 자를 절대 용서하지 않았다. 최영
도 익히 알고 있는 바였다. 이런 정도로 그칠 사람이 아니었다.
벌써 공민왕은 김보와 이춘보를 도첨의찬성사, 임군보와 김란,
박희를 밀직부사, 탁광무를 내서사인, 허소유를 감찰장령으로 임
명하고 이인복을 흥안부원군, 조희고를 동천군, 홍사범을 남양
군, 최맹손을 철원군으로 봉해 조정을 정비하고 있었다. 아울러
형인추정도감을 설치해 억울하게 수감된 사람이 없는지 살펴보
고 형벌을 면제해 주라는 지시까지 내리고 있었다.

공민왕의 칼날에서 살아남아야 한다는 고군기의 말은 최영의
가슴에 비수로 꽂히는 듯 다가왔다. 가슴 한편엔 슬픔과 무력감
에 빠져 될 대로 되라는 심정이 자리 잡고 있었다. 헌데 그럴 수
없는 건 다름 아닌 한단 선사께서 그를 대신해서 공민왕의 칼날
을 받은 사실이었다. 그 때문에 살아남아야 한다는 말은 꼭 한겨
울에 찬물을 온몸에 짝 끼얹듯 정신을 바짝 차리게 하였다 버텨
내야만 자신을 대신해서 죽은 한단 선사의 뜻을 받들 수가 있었
다. 다시 일어서야 했다. 고군기 말대로 스승님의 몫까지 감당해
야 했고, 한단 선사께 맹세한 약속을 지켜내야 했다.

최영은 흐트러진 마음을 다잡고 조정의 상황을 냉정하게 살펴
보고자 했다. 그게 그에게 모든 기대를 걸고 기꺼이 떠나가신 스
승님에 대한 최소한의 도리였다. 최영은 아픈 가슴을 꾹 누르며
무거운 어조로 물었다.

"그래, 공민왕은 어디까지 칼날을 치켜세울 것 같은가?"

다시금 마음을 다잡고자 노력하는 최영의 모습에 고군기가 고개를 끄덕여 보이며 차분한 어조로 대답했다.

"글쎄요. 기철 일당을 척결할 때 태고 보우가 왕사였지요. 그런데 편조가 그 자리를 차지한 격이니 그로 미루어 가늠해 보아야 하겠지요."

고려는 불교를 숭상하는 국가였다. 그래서 왕실이나 권세가들은 자기 구미에 맞는 교파를 적극 후원하였다. 자신들의 정치적 행위에 대한 정당성을 부여하고 지지 세력을 확보하기 위함이었다. 그 때문에 이전 왕과 다른 정치적 입장의 왕이 등장하면 그 전의 불교 세력은 쇠락하고 새로 등극한 왕의 입장과 맞는 교파가 흥기하는 경우가 다반사였다.

이렇게 된 것은 고려 시기에 불교가 차지하고 있는 사상적 위상 때문이었다. 태조 왕건은 훈요 10조에서 드러나듯 불교만이 아니라 유교, 도교, 풍수지리, 도참설 등을 다 수용하였다. 완전한 통일국가를 지향하였던 왕건은 전방위적인 측면에서의 통합을 이룩하고자 도모하였다. 그래서 태조 왕건에게는 고려 국가 창건 이후 가장 중요한 것은 아직 통합하지 못한 지역인 고구려 땅의 수복이었다. 왕건이 서경을 매우 중시하고 북진정책을 추진한 것은 그 때문이었다.

하지만 당시의 시대 흐름에서 여타의 사상을 선도하고 종합해 나갈 수 있는 수준에 이른 것은 불교였다. 불교는 인간 성찰의 철학적 깊이와 함께 나름의 해답을 제시하고 있었다. 인간이 살면서 겪은 모든 번뇌와 고민, 질병 등은 물론이고 심지어 죽음에 이르기까지 전반에 대해 성찰할 수 있는 논리적 체계를 밝혀주었다. 그뿐이 아니라 참다운 도를 깨우쳐 성불할 수 있는 실천적 길까지 제시하였다. 그 당시에 좀 학문한다고 하는 사람들에게 있어서 불교는 그 출발점이자 집결지라고 해도 과언이 아닐 정도였다. 그만큼 백성들에 대한 영향력도 지대하였다.

그 때문에 불교는 왕실과 권세가들에게 있어서 지대한 관심의 대상이었다. 승려들 또한 자신들의 사찰을 유지하기 위한 경제적 지반이 요구되었다. 후기신라의 말기에 들어서 교종보다는 선종계의 불교가 성행하였다. 이것은 호족 세력이 흥기하는 것과 관련이 있었다. 교종은 경과 논에 의거해 주장을 펼치기에 일정한 권위와 체제 인정을 바탕에 깔 수밖에 없었다. 반면에 선종은 참선이나 화두를 통해 선의 경지를 찾아가는 것이기에 새롭게 흥기한 호족 세력의 이해관계의 요구에 더 부합했다. 후기신라 말기에 각 호족들은 선종의 세력을 적극 후원하였다.

그러나 태조 왕건이 통일을 이룩하면서 고려 왕조의 시급한 요구는 호족들을 제어하고 강력한 왕권을 수립하는 것이었다. 교종이 이에 부합하였고, 그에 맞춰서 화엄종이 크게 부흥하였다. 광종은 노비안검법과 과거제도를 실시하면서 호족 세력들을 대대적으로 숙청했다. 그러면서 전제적 왕권을 마련하기 위한 근거와

지지 세력이 필요했다. 여기서 화엄종의 남악파와 북악파를 통합하고 아울러 법상종까지 포괄하여 성상융회 사상을 표방한 균여의 사상은 이에 잘 부합하는 듯했다. 광종은 귀법사를 창건하고 균여를 주지로 임명하며 적극 후원하였다.

광종 이후 왕권이 강력하게 마련된 상황에서는 그런 전제적 왕권 통치보다는 통합적인 통치 질서가 더 요구되었다. 문종의 넷째 아들인 의천은 의상을 이어받아 전개한 균여의 화엄학을 배척하고 법장을 계승한 화엄학에 기초하면서 천태종을 창설하였다. 천태종은 교종 입장에서 선종을 포괄하려는 교관겸수를 주장했다. 의천은 숙종 2년(1097년)에 국청사가 완공되자 이곳의 제1대 주지가 되어 천태학의 교학을 강의하였다.

그러나 이자겸의 난을 시작으로 묘청의 난을 거치면서 고려 사회는 혼란기로 접어들었고, 마침내 무신세력이 권력을 장악하게 되었다. 왕실과 문벌 세력의 지원을 받았던 사원은 무신집권세력에 반대하는 세력이었다. 무신집권세력에게는 자신들의 이해와 요구에 맞는 교파가 필요했다. 한편 이런 혼란기를 맞아 불교계에서도 개혁의 움직임이 나타났다. 타락해버린 불교를 정화하여 초심으로 돌아가자는 주장이었다. 이들은 지눌의 수선사와 요세의 백련사였다. 지눌은 정혜쌍수와 돈오점수를 주장하였다. 고려가 통일을 이룩한 이래 고려 불교는 일정하게 교선일치 경향을 지니고 있었다. 그런데 지눌의 조계종은 선종의 입장에서 교종을 통합하려는 것이었다. 이것은 무신집권세력이 자신들의 집권 정당성을 주장하기에 부합하였을 뿐만 아니라 자신들에게 적대적인 다른 사원을 약화시킬 수 있는 방법이기도 하였다. 무신집권자 최우는 자기 아들 만종과 만전을 송광사에 출가시키면서 이들 세력을 적극 지원하였다.

그러나 고려가 원의 속국으로 전락한 이래 고려 불교계는 재앙을 없애 달라거나 복을 기원하는 행사를 다반사로 진행할 뿐이었다. 이런 상황에서 왕위에 오른 공민왕은 무엇보다 왕권의 안위를 다지고자 했다. 고려왕이 원에 의해 좌우되는 상황에서 부원배들의 청산이 가장 시급하였다. 이를 정당화시켜 줄 수 있는 사상과 지지 세력이 필요했다. 태고 보우는 선종의 입장에서 화엄은 물론이고 법상까지도 통합하려는 입장을 보였다. 보우는 연도에 들어가 임제종의 18대 법손인 석옥으로부터 도를 인정받았고, 원 순제의 부름을 받아 반야경을 강설하기도 하는 등 명성을 떨친 사람이었다. 공민왕은 왕위에 오른 이후 조일신의 난이 일어나기 4개월 전인 1352년 5월 이미 원에서부터 친밀한 관계를 맺어왔던 보우를 개경으로 불러들였다. 그때 불법에 대해 묻자 보우가 대답하였다.

"군주의 직을 잘 수행하려면 반드시 불교를 믿느니보다 오히려 교화를 널리 펴는 것이 중요하옵니다. 나라도 제대로 다스리지 못하면서 부처에게 지극 정성을 다한들 무슨 공덕이 있겠사옵니까? 꼭 불사를 하시려거든 태조께서 설치하셨던 사원을 수리만 하시고 새로 창건하는 일을 삼가 하시옵소서."

그리고는 보우가 덧붙였다.

"군왕이 사악한 자를 떨쳐버리고 올바른 이를 기용한다면 국가의 통치는 결코 어렵지 않을 것이옵니다."

보우의 대답은 기철 일당을 몰아내고 왕위를 안정시키려는 공민왕의 요구와 부합하였다. 공민왕은 보우가 은거하고 있는 미원장을 현으로 승격시키고 감무를 두어 호령하게 하면서 적극적으로 후원하였다.

허나 조일신이 기철 일당을 척결하지 못함에 따라 그 과업은 자기 손으로 추진되어야 했다. 그때 공민왕은 기철 일당을 척결하기 위한 사건이 벌어지기 1달 전인 1356년 4월 보우를 왕사로 삼고 부를 세워 원융이라 하였다. 관속으로도 좌우사, 윤, 승, 사인, 주부, 좌우 보마배, 지유, 행수를 두었으며, 사제의 예를 행할 때의 그 의위는 왕의 의장과 비길만한 정도였다. 그러고도 선종과 교종의 두 종문의 절 주지는 왕사에게 청하여 후보자를 천거하면 자신은 다만 명단을 적어 보낼 뿐이라고 하면서 보우를 적극적으로 후원하였다.

허나 이제 공민왕은 기철 일당도 제거하고, 또 덕흥군의 변란도 막아낸 상황이었으니 단순한 왕위의 보장이 중요하지 않았다. 무장 출신이나 대신들, 유가 세력이 파벌을 지어 끼리끼리 해 처먹는 상황에서 자신에게 절대적인 충성을 바칠 세력이 필요했다. 이에 부합하는 불교 세력과 종파가 필요했다. 어쩌면 광종 때의 전제 왕권을 행사할 때처럼 균여의 사상과 친밀성을 갖는 것이라고 할 수 있었다. 편조는 균여와 같이 화엄종 계열의 승려였고, 출신 성분 또한 그의 어미가 옥천사의 비천한 종이었다. 공민왕이 앞으로 추진하고자 하는 입장과 처지가 가장 부합할 만했다.

"그렇다면 고위 관직에 있는 사람들, 아니지 자신의 말 안 듣고 따지고 드는 신료들은 다 봐주지 않겠다는 것 아닌가?"

엄청난 피바람이 불어 닥칠 것이라는 의미였다. 그런 공민왕의 처사에 최영은 헛웃음이 나왔다. 그래서 덧붙여 말했다.

"죄를 지었으면 의당 법에 의거해 처벌하면 되는 것이지 이건 뭐 자기 말 안 들으면 다 처벌하겠다는 것 아닌가? 어떻게 국왕이 나라의 법을 솔선수범해서 지키려고 하지는 않고 제 스스로 어기려 든단 말인가? 나라 정치가 잘못되면 임금 탓이 가장 큰 것이지, 어떻게 그걸 자기 탓이 아닌 신하 탓으로 돌리려고 한단 말인가?"

"형님이 지금 그런 말을 할 때가 아닙니다. 형님이 성격상 하기 싫어할 줄은 알겠습니다만 이번에 내려가시면 꼭 경상도 순문사로 있는 정사도를 한번 만나 보십시오. 하긴 그렇게 하지 않아도 그 사람이 먼저 찾아오겠지만……."

최영이 고군기를 넌지시 바라보았다. 고군기답지 않게 목숨을 보전하기 위해 꼭 청탁하라는 말처럼 들렸기 때문이었다. 못마땅해하는 최영의 표정을 본 고군기가 다시금 못을 박듯 말을 이었다.

"형님의 두 어깨에 단군족의 미래가 달려 있다는 것을 명심하

84

서야 합니다. 어떻게든 여기서 버텨 내야 한단 선사님의 뜻을 받들 수가 있는 겁니다. 아시겠지요?"

최영은 어떻게든지 버텨내기를 요구하는 고군기의 신신당부의 말을 뒤로하며 계림으로 향했다. 발걸음이 쉽사리 떼어지지는 않았으나 공민왕과 편조에게 빌미를 주지 않기 위해 재빨리 현지로 나아갔다. 살아남아야 미래를 기약할 수 있는 일이었다.

벌써 조정에서는 피 냄새가 모락모락 피어나기 시작했다. 공민왕과 편조는 그걸 의식해서인지 먼저 상부터 내렸다. 강중서를 보령군으로 책봉하고, 김군정을 좌대언, 김정과 왕복명을 우부대언과 좌부대언으로 각각 임명했다. 아울러 4도감과 13색의 관리들은 물론이고 노국공주의 장례에 참여했던 모든 사람들에게도 벼슬을 내렸다.

그런 다음 왕권의 안정에 가장 위협적인 무장 출신의 장수와 그와 연계된 인사부터 먼저 손을 대기 시작했다. 찬성사 이구수를 회원으로, 평리 양백익을 춘주로, 판밀직사사 박춘을 광양으로, 예성군 석문성을 장암으로, 그리고 환관인 진원부원군 김수만을 이천으로, 부원군 이녕을 옥주로 유배 보내고 그 가산을 모두 몰수했다. 반면에 왕명을 잘 따를 듯한 유탁과 이인임에게 도당에서 정무를 관장하도록 지시하면서 김란과 임군보를 내재추로 임명해 궁궐 내에서 사무를 처리하도록 명했다.

이렇게 조정을 일정하게 장악하자 이번엔 대신들을 처리하는 다음 단계로 나아갔다. 1365년 6월 이공수, 경천흥, 이수산, 송경, 원송수, 왕중귀, 한공의를 파직시켰다. 이들을 대신해 김보를 수도첨의 시중, 이인복을 판삼사사, 이인임을 첨의찬성사, 권적과 목인길을 첨의평리, 박원경을 밀직부사, 홍영통을 감찰대부로 임명하여 조정을 새로운 진용으로 구축하였다. 그리고는 다시 양천군 허유, 전 전공판서 변광수, 판사 홍인계, 첨의평리 김귀, 춘성군 박희, 전리판서 허서를 유배에 처했다.

계림윤으로 부임한 최영은 공민왕과 편조의 움직임을 보면서 자신에게도 칼날이 다가오고 있음을 직감하지 않을 수 없었다. 고군기가 살아남으라고 신신당부했으나 반역의 기치를 들고 일어나지 않는 한 그가 할 수 있는 일이란 없었다. 그저 사건을 일으키지 않고 조용히 있으면서 처분에 맡겨야 했다. 다만 목숨이 아깝다기보다는 중흥의 기회를 실기하는 것이 통탄스러울 뿐이었다.

조정의 살벌한 움직임을 감지했음인지 고군기의 예측대로 경상도 순문사 정사도가 최영을 찾아왔다. 정사도는 최영보다 2살 어렸지만 과거에 급제한 유자 출신으로서 기개를 갖추고 살아가고자 하는 사람이었다.

"조정에서 무슨 뜻으로 그리하시는 줄은 잘 모르겠지만, 장수들과 대신들을 다 몰아내고 나면 이 나라를 어떻게 이끌고 가겠다는 것인지 도무지 답답하기만 합니다."

"어찌 참새가 봉황의 뜻을 알겠소? 다만 왜구는 이렇게 준동하고 있고, 저 대륙에선 원을 몰아내고 한족의 부흥을 주창하는 주원장이 흥기하고 있는데……. 그 대비를 해야 하건만 그렇지 못하고 있는 이 고려의 현실을 생각하면 참으로 통탄스러움을 금할 길이 없구려."

최영이 무엇을 걱정하고 있는지 이해한 정사도는 더 이상 말이 없었다. 그러더니 곧장 자리를 떠났다.

그로부터 며칠 뒤 편조는 상호군 이득림과 순군경력 오계남을 보내 최영을 심문했다. 최영과 이구수, 양백익, 석문성, 박춘 등이 내신 김수만과 결탁하여 상하를 이간질시키고 현량한 인재를 내쫓아 크게 불충을 저질렀다는 혐의였다. 최영은 너무 어이가 없었다. 하지만 버텨내야 한다는 고군기의 당부가 있었는지라 성심성의껏 그런 일 없다고 간단명료하게 대답했다. 허나 이득림은 어떻게 해서든지 최영을 엮어서 죽이려고 작정한 상태였다.

그런 이득림의 모습에 화가 불끈 치솟은 최영은 눈을 부라리며 노려보았다. 불이 이는 듯한 눈빛에 이득림은 최영의 얼굴조차 제대로 보지 못했다. 그렇게 무시무시한 얼굴을 본 적이 없었다.

최영은 심한 모욕감을 느꼈다. 지금껏 그는 황금보기를 돌같이 하라는 아버님의 유언을 한 번도 어겨본 적이 없었다. 그만큼 최영은 탐욕과 권세를 스스로 경계하였다. 그가 그리 처신한 것은 아버님의 당부 때문만은 아니었다. 사사로운 욕심을 버리지 않고서는 결코 단군조선과 고구려의 옛 영화를 실현할 수 없다는 것을 그는 너무도 잘 알았기 때문이었다.

모멸감 때문인지 공민왕에 대한 배신감마저 스며들었다. 죽이려고 한다면 차라리 그럴싸한 명분이나 대놓고 죽일 것이지 사람을 파렴치범으로 만들어 놓고 죽이려고 하다니? 저런 왕을 믿고 원대한 꿈을 실현하려고 했던 것 자체가 얼마나 터무니없었는지를 실감할 수밖에 없었다. 자신의 충심을 몰라주어서가 아니었다. 공민왕의 행동을 엄밀히 따져보면 단군족에 대한 배신행위였다. 단군족의 얼과 혼이 서려 있는 저 요동과 만주를 되찾을 생각은 하지 아니하고 자기 왕위의 안위만을 우선시하고 추구하는 것이 그것이었다. 고려가 고구려를 계승한 정통 국가로서 성립되었고, 그 또한 고려의 신하이기는 하나 고려가 존재하게 한 그 근본인 단군족의 얼과 혼을 배신한다면 그가 그런 왕에게 충성을 바쳐야 할 아무런 명분이 없었다. 왜 반역할 생각을 하지 못했을까? 차라리 한단 선사와 고군기에게 그리 요구했다면 이 따위 지저분한 일을 겪지 않을 수도 있을 것이었다. 통탄스러웠다. 허나 지금은 패배자일 뿐이었다. 치졸하게 목숨을 구걸할 생각은 털끝만큼도 없었다. 최영은 울컥했던 마음을 다시 참아내며 말했다.

"나는 그런 적이 없소. 그러나 죽이고 싶다면 그냥 죽이시오. 구차하게 이런저런 구실을 내세우지 말고……. 아시겠소?"

"그럼 모든 것을 인정한 것으로 알고 그리 처리하도록 할 것이오."

이득림이 잘 됐다는 듯 신문을 끝내려 하였다. 편조의 밀명을 받는 이상 결론이 이렇게 나와야 했다. 그런데 정사도가 다급히

들이닥치며 따지고 들었다.

"그리할 수는 없소. 이는 천부당만부당한 판결이오. 아무리 죄가 중하다 해도 최영 장군은 지금까지 나라에 세운 공으로 봐서 결코 죽음에 이르게 할 수는 없소. 더욱이 지금 왜적은 거의 한 해도 끊이지 않고 침구하고 있고, 저 대륙에선 새로운 세력이 흥기하고 있는 판에 이 나라를 지켜내야 할 끌끌한 장수들을 이리 죽게 할 수는 없소. 경상도 순문사 정사도는 이에 목숨을 걸고 간하는 것이니 이를 주상 전하께 전해주시기 바라오."

정사도가 죽을 각오로 나서자 이득림은 결정짓지 못하고 편조에게 이 사실을 알렸다. 이리하여 장수들을 처형하지는 못하고 최영과 이구수, 양백익, 석문성, 박춘 등이 보유하고 있던 3품 이상의 벼슬을 박탈하고 유배형에 처하는 것으로 그쳤다. 김수만은 관리명부에서 이름까지 삭제하고 소유한 전민을 적몰하고서 계속 유배시켰다. 당연히 미움이 박힌 정사도 또한 파직되었다.

이 재판과 관련하여 감찰장령 허소유도 전라도 수졸로 내쫓겼다. 애초 감찰사에서 살인 혐의로 전 호군 우선좌를 국문하려 했는데, 그가 도주해 버렸다. 이에 친구 사이인 오계남의 가노를 데려다 행방을 추궁하려고 했다. 공민왕은 오계남이 최영 등을 국문하고 있는 중이니 그와 관련해서 문초하지 말라고 명을 내렸다. 그러나 허소유가 왕명이 부당하다며 따르지 않자 공민왕이 그리 조치한 것이었다. 첨의사 관리들이 그 조치가 지나치다며 공민왕에게 용서해 달라고 간청하고 나섰다. 허나 공민왕은 단호했다.

"경들은 허소유가 무슨 죄를 지었는지 모를 것이오. 허소유의 아비 허옹이 강포하여 세상 사람들로부터 미움을 받았는데, 그 아비의 그 아들인 것이오."

허소유가 왕명에 굽히지 않는 것에 공민왕은 화가 난 것이었다. 그래서 곧잘 직언을 행했던 아비 허용까지 거론하며 용서하지 않는 것이었다.

공민왕이 미천한 중 출신의 편조를 등용하려고 한 이상 조정 대신들과 유자들의 반발은 필연적인 것이었다. 허나 강력한 전제 왕권을 세우기 위해서는 그걸 억눌러야 했다. 공민왕은 이미 그걸 각오하고 있었다. 치밀한 계획 하에 편조에게 권력을 실어주는 길로 나가야 했다.

공민왕은 새롭게 지방관을 파견하며 관리 성원을 보강하였다. 전녹생을 계림윤, 이방을 한양윤, 김한귀를 개성윤, 이자송을 평양윤, 이성림을 군부판서, 성준득을 판도판서, 허전과 김안리를 전법판서, 임현과 박중미를 우·좌사의대부, 오승비를 감찰장령, 허시를 좌헌납, 이득천과 이존오를 우·좌정언으로 임명하였다. 또 편조를 진평후로 봉했다.

유숙은 1365년 8월 공민왕의 행위를 지켜보다가 계속 조정에 미련을 두었다가는 목숨을 보전하기 어렵다는 것을 직감했다. 그는 병을 핑계 삼아 사직을 요청해 공민왕의 허락을 받아낸 다음 시골로 낙향하였다.

1365년 9월에 들어서서도 공민왕은 또다시 조정을 정비하였다. 권적을 첨의찬성사, 목인길과 김속명을 첨의평리, 지용수를 지도첨의, 김원명을 삼사좌사, 김유를 동지밀직사사, 안원숭과 김한귀를 밀직부사, 성대용을 우대언, 왕복명과 권중화를 우·좌부대언, 한홍도를 감찰지평으로 임명하였다.

공민왕이 조정의 관리들에 대한 인사 조치를 몇 번에 걸쳐 시도했지만 편조에 대한 반발은 쉬 수그러들지 않았다. 임군보는 편조로 인해 재상이 되었지만 중 밑에서 정사를 보는 것을 부끄럽게 여겼다. 그래서 공민왕에게 아뢰었다.

"최영과 이구수 등은 모두 공신들로서 난을 평정하고 사직을 안정시킨 사람들이옵니다. 그 자손까지도 죄를 용서해 주어야 할 것인데, 무슨 죄목으로 폄관하여 내치셨습니까? 사부(師傅)는 본시 승려이옵니다. 비록 조정에 인재가 없다손 치더라도 어찌 중으로 하여금 정사를 보게 하여 천하의 웃음거리가 되려고 하시옵니까?"

임군보만이 아니라 수도첨의 시중 김보도 공민왕에게 누차에 걸쳐 간언하였다.

편조는 자신을 반대하고 나선 김보를 파면시키고선 임군보까지 내쫓으려 하였다. 허나 공민왕이 나직이 반대하였다.

"김보와 임군보를 동시에 등용하였는데, 아무런 이유도 없이 둘 다 동시에 내쫓는다면, 과인과 경을 보고 뭐라 하겠소? 대신들을 너무 경솔히 진퇴시킨다고 말할 것이오. 후일을 기다리는 것만 못하오."

공민왕은 아직도 많은 조정 신료들이 중이 직접 정사를 보는 것을 탐탁지 않게 여기며 반대하고 있다는 것을 잘 알고 있는 것이었다.

이런 와중에도 공민왕은 북방에 대한 경계만은 늦추지 않았다. 칠원부원군 윤환을 동서북면도통사, 평리 우제를 도원수, 지도첨의 지용수를 상원수, 전 동지밀직사사 조희고를 부원수로 임명하여 대비하게 명했다.

원에서는 권력 변동이 일어나 황태자와 코케테무르 세력이 권력을 장악하였다. 1365년 7월에 보로테무르가 원 순제를 알현할 때 원 순제의 밀명을 받는 상도마 등에 의해 살해된 것이었다. 이것은 원 조정에서 공민왕에게 적대적인 기황후 세력의 영향력이 커졌다는 것을 의미했다. 허나 이미 원은 고려 내정에 적극 개입할 형편이 되지 못했고, 공민왕 또한 원의 권력 변동을 대비하여 황태자와 코케테무르를 예방하고 있었기에 당장 특별한 변화는 발생하지 않았다.

1365년 12월 마침내 공민왕과 편조는 고려 조정을 자신들의 의사에 맞게 실질적으로 펼쳐 나가려는 뜻을 굳혔다. 강력한 반발 세력인 장수들과 대신들을 대거 몰아냈으니 편조를 실질적인 권력의 자리에 앉히는 것이었다.

공민왕은 편조에게 "신돈"이라는 이름을 내리고 수정이순논도

섭리보세공신·벽상삼한삼중대광·영도첨의사사사·판중방감찰사사·취성부원군·제조승록사사 겸 판서운관사로 임명하였다. 공신에다가 중신이요, 도첨의사사의 최고 책임자요, 중앙군과 감찰사, 불교, 서운관의 최고 장으로 임명된 격이니 이건 곧 왕의 권한을 다 부여한 것이나 다름없었다.

공민왕은 또 신돈을 소개해 준 김원명을 응양군 상호군으로 삼아 8위와 42도부를 관장하도록 하였다. 군권의 실질적 장악까지 밀어준 것이었다.

신돈에게 권력을 실어준 공민왕은 1366년 3월 궁궐 안에서 친히 문수보살을 공양하는 법회인 문수회를 열었다.

문수보살은 화엄경에서 법신 부처인 비로자나불을 좌우에서 모시는 협시보살로서 보현보살과 더불어 삼존불의 일원이었다. 신돈을 단순한 권력의 실권자 차원이 아니라 지혜의 권화를 상징하는 존재로서 부각시키고자 함이었다. 당시 항간에서는 진사에 성인이 나온다는 도참설이 나돌고 있었다. 신돈이 1364년 갑진년에 개경에 다시 나타났고, 이듬해인 1365년 을사년에 고려의 최고 관직에 봉해졌으니 그 성인임이 틀림없다는 식이었다.

공민왕은 문수회를 통해 이를 신료들에게 직접 눈으로 확인시키고자 하였다. 신돈의 위치가 확고해져야 신돈을 통해 자신이 처리하려고 하는 바를 수행할 수 있었다. 공민왕의 배려에 신돈은 재상의 반열에도 앉지 않았다. 공민왕 옆에 문수보살의 지혜의 칼을 들고 있는 양 근엄한 표정을 짓고 나란히 앉았다. 공민왕의 후사를 위해 왕비로 삼으려고 덕풍군 왕의와 우상시 안극인의 딸을 선발할 때에도, 신돈은 공민왕과 똑같이 호상에 걸터앉아 지켜보는 식이었다. 앞으로 신돈이 조정을 이끌고 갈 것이라는 태도를 확연히 보여준 것이었다.

공민왕의 그런 노력에도 신료들의 반발은 만만치 않았다. 신돈의 처세에 좌사의대부 정추와 우정언 이존오가 상소를 올리고 나왔다.

"신등이 대전 안에서 베푼 문수회에 참석하였는데, 영도첨의 신돈은 재신의 반열에 앉지 아니하고 감히 전하와 나란히 앉아 있었사옵니다. 무릇 예라는 것은 위아래를 분별하고 백성의 뜻을 안정케 하는 것인데, 그 예가 없다면 무엇으로써 군신이 되고, 무엇으로써 부자지간이 되며, 무엇으로써 국가가 지탱되겠사옵니까? 만약 전하께서 반드시 신돈을 공경해야 백성에게 재앙이 없어질 것이라고 여기신다면 관작을 삭탈하고 그 머리털을 깎아 승복으로 갈아입도록 하시옵소서. 그런 다음 사원에 두어 공경하면 될 것이옵니다. 만약 반드시 등용해야 나라가 편안해질 것이라고 여기신다면 그의 권한을 억제하고 상하의 예를 엄하게 하시옵소서. 그래야만 백성들의 뜻이 안정될 것이고 나라의 어려움이 해소될 것이옵니다."

신돈이 중이라면 절에 들어가 수행하거나 나라의 복을 빌어주면 되는 것이고, 만약 정사를 관장시키고자 한다면 마땅히 나라를 다스리는 유가의 법도를 따라야 한다는 것이었다. 이것은 공민왕이 신돈을 내세워 세상을 굽어보는 지존처럼 절대적 왕권을 확립하고자 하려는 꿈을 철저히 배척하는 주장이었다.

공민왕은 상소문의 절반도 읽어보지 아니하고 불살라 버리라고 명했다. 여기서 물러서서는 죽도 밥도 안 되는 꼴이었다. 따지고 드는 신료들을 확고히 눌러놓아야 했다. 공민왕은 이존오와 정추 등을 불러 크게 꾸짖었다. 허나 유자로서의 자부심이 확고한 이존오는 호락호락 물러나지 않았다. 신돈이 공민왕과 함께 당상에 마주 앉아 있는 걸 보자마자 법도에 맞지 않는 처사를 절대 두고 볼 수 없다는 양 왕 앞인 데도 서슴없이 호통치고 나왔다.

"늙은 중이 어찌 그리 무례할 수 있단 말이냐?"

이존오의 목소리가 어찌나 벽력같았는지 신돈은 깜짝 놀라 자신도 모르게 일어나 당상 밑으로 내려왔다. 그 상황을 본 공민왕은 격노하며 이존오와 정추 등을 당장 순군옥에 하옥하라고 소리쳤다. 아울러 찬성사 이춘부, 밀직부사 김란, 첨서밀직 이색, 동지밀직 김달상으로 하여금 국문하도록 명하였다. 반대 세력을 철저히 눌러 놓지 않고서는 신돈을 내세워 정사를 이끌어 갈 수 없게 된 꼴이었다. 신돈 또한 자신의 정치를 펴자면 이번 일을 계기로 자신의 반대 세력을 대거 제거해야만 했다. 먼저 정추에게 물었다.

"그대를 꾀어서 상소하게 한 자가 누구인가?"

"언관의 직책에 있는 사람으로서 어찌 다른 사람의 꼬임을 받아 상서한단 말이오? 형벌과 은택은 왕의 권한인데, 신돈이 그걸 마음대로 휘두르고 있는 건 여항의 사람들 모두가 목도하고 있는 바가 아니오? 그런데 누가 시켜서 하겠소?"

정추가 부정하자 이번엔 이존오에게 물었다.

"그대는 아직 젖내 나는 동자에 불과한데, 어찌 능히 스스로 알겠는가? 반드시 늙은 여우가 몰래 부추겼을 것이니, 숨기지 말고 말하라."

이존오의 나이가 25살이었기에 이를 빗대어 한 말이었다. 이존오가 대답했다.

"나라에서 이 동자가 아는 것이 없다고 여기지 않고 언관의 자리에 임명한 것입니다. 그런데 어찌 직언을 하지 않고 나라를 저버릴 수 있겠소이까?"

정추와 이존오는 스스로 혼자 알아서 행동했다고 끝까지 주장했다. 허나 공민왕과 신돈으로서는 이들의 처벌이 중요한 것이 아니라 신돈을 반대하는 세력을 대거 얽히도록 만들어 소탕해야 했다. 그래서 정추에게 슬쩍 운을 띄웠다.

"만약 전 정당 원송수와 전 시중 경천흥이 부추겼다고 하면 죽음을 면할 수 있을 것이오."

그러나 정추의 대답은 분명했다.

"간관의 몸으로 다만 나라의 도적을 논핵했을 뿐이오. 게다가 죽고 사는 것은 명이 있는 법, 어찌 남을 무함하여 죽음을 면하고자 한단 말이오?"

정추와 이존오가 굽히지 않으니 죽음을 면할 수 없게 되었다.

비극적 사태를 막고자 이색이 이춘부에게 넌지시 얘기했다.

"두 사람의 행위는 죄줄 만합니다. 허나 태조 왕건 이래로 한 사람의 간관도 죽인 일이 없는데, 이제 영공으로 인해 간관을 죽인다면 나쁜 소문이 널리 퍼지게 될 것입니다. 하찮은 유자의 말이 대인에게 무슨 큰 손상을 주겠습니까? 차라리 큰 아량을 베풀어 죽이지 않는 것만 같지 못할 것입니다. 이 점을 영공께 잘 아뢰어 주시기 바랍니다."

이춘부도 이색의 의견에 동조하여 신돈을 설득했다. 신돈도 죽일 생각까지는 없었다. 단지 자신의 뜻을 펼 수 있는 조정의 여건 조성이 필요할 뿐이었다. 그리하여 정추를 동래 현령으로, 이존오를 장사 감무로 좌천시키는 것으로 마무리되었다. 그 후속 조치로 탁광무를 좌사의대부, 김남득을 감찰집의, 기중수와 박흥양을 감찰지평, 서균형을 우정언으로 임명하였다.

신돈은 내친 김에 첨의평리 목인길과 판밀직사사 임군보도 조정에서 몰아냈다. 목인길은 야간에 경성을 순찰하다가 수상한 자가 통금 시간에 노국공주의 종형인 합랄불화의 집으로 들어간지라 이상하게 여기며 에누리 없이 수색하지 않을 수 없었다. 이를 못마땅하게 여긴 합랄불화가 공민왕에게 호소하였는데, 그걸 이용한 것이었다. 목인길이 탄핵받자 임군보가 옛 신하인 그를 작은 실수로 내쫓는 것은 불가하다고 주장했다. 신돈은 이미 임군보도 자기를 극력 반대한다는 걸 알고 있던 터라 같이 처벌하라고 주청하고 나왔다. 그리하여 목인길은 전주로, 임군보는 여흥으로 유배에 처해졌다.

신돈은 이 여세를 몰아 황상, 이수산, 한방신, 안우상, 이금강, 지용수, 양백연, 김달상, 이운목, 장필례, 이선 등을 궁중의 호위 책임자인 금위 제조관으로 삼게 하였다. 그 결과 신돈은 왕에 대한 접근까지 통제할 수 있게 되어 실질적인 권력을 행사할 수 있게 되었다.

신돈은 실권을 쥐게 되자, 드디어 자신이 꿈꾼 세상을 실현해 보고자 작심하였다. 그것은 온 백성이 부처를 섬기면서 복을 기원하며 선을 행하고 사는 것이었다. 그러자면 도탄에 빠진 백성을 구해내고 전민겸탈을 일삼은 권세가들을 제거해야 했다. 이것은 전제 개혁이 없이는 불가능했다. 권세가들의 경제적 지반을 박탈해야만 그들의 끝없는 저항도 막아낼 수 있었다.

신돈은 공민왕에게 전민추정도감의 설치를 주청하였다. 권세가들에게 빼앗긴 토지를 주인에게 돌려주고, 노비로 전락했던 양인의 신분을 찾아주자는 것이었다. 그러면 권세가들은 그 지반이 약화되어 감히 임금께 딴청을 부리지 못할 것이고, 반면에 백성들은 임금을 환호하고 신료들 또한 충심으로 받들게 될 것이라는 주장이었다.

공민왕도 내심 바라던 바였다. 신돈을 내세운 게 그 때문이었다. 공민왕의 허락을 받은 신돈은 자신이 직접 판사로서 기관의 장이 되었으며, 이인임과 이춘부로 하여금 소송사건을 맡아 처리하도록 하였다. 마침내 1366년 5월 전민변정도감의 설치와 포고문이 선포되었다.

"근래에 나라의 기강이 크게 무너져 탐욕스러운 풍조가 만연되었다. 종묘, 학교, 창고, 사사, 녹전, 군수전은 물론이고 백성들의 세업전민까지 세력가들이 거의 빼앗아 점거하고 있는 실정이다. 이미 반환하라고 판결하였는데도 지켜지지 않고 있다. 주현과 역리, 관노, 백성들 가운데 병역과 조세, 부역을 피해 달아난 자들을 전부 호적에 빠뜨리고 숨기고서는 농장에 유치시키고 있다. 이것이 실로 백성과 나라를 쇠잔하게 하는바, 하늘이 이 원통함에 감응하여 가뭄과 물난리를 불러오고 전염병이 그치지 않고 있다. 이제 도감을 두어 이를 다스리고자 한다. 개경은 15일, 지방은 40일의 기한을 정하니, 그 잘못을 알고 스스로 고치는 자는 죄를 묻지 않을 것이다. 허나 그 기한이 지나서 발각되는 자는 조사하여 엄히 다스릴 것이며, 망령되게 고발하는 자는 그 반대로 죄를 물을 것이다."

명이 반포되자 신돈의 위세를 알아본 권세가와 부호들은 스스로 알아서 점탈했던 전민을 그 주인에게 돌려주기 시작했다.

신돈은 격일로 도감에 나와 진행 상황을 꼼꼼히 감독했고, 이인임과 이춘부 등 관리들은 소송을 듣고 결정을 내렸다. 신돈은 거의 대부분의 판결을 노비와 양인 입장에서 내렸다. 소송까지 들고 올 정도이면 이미 보지 않아도 알만했기 때문이었다. 처음에 설마 했던 백성들은 신돈의 판결 소식을 듣고서 벌떼처럼 몰려들었다. 그때마다 양민이라고 호소하는 천예들을 거의 대부분 양민으로 만들어주었다. 양민들의 만세 소리에 신돈은 환하게 웃으며 화답했다. 백성들은 성인이 나왔다며 자연스레 신돈을 칭송하기 시작했다. 백관들은 물론이고 자신들의 가련한 처지를 호소하러 온 사람들로 신돈의 집 앞은 항상 인산인해를 이룰 정도였다.

시중 유탁은 자리만 차지하고 있는 자신의 처지를 알고 질병을 이유로 사직을 청했다. 허나 공민왕은 윤허하지 않았다. 신돈이 성인으로 추앙받는 상황을 맞이했으니 이제 전제 왕권의 기틀을 마련해야 했다. 그때까지는 유탁이 시중 자리를 차지하는 것이 필요했다. 그 상징적 조치는 노국공주의 영전 공사를 크게 일으키는 것이었다.

공민왕은 왕륜사 동남쪽에 노국공주의 영전을 크게 지으라고 명을 내렸다. 모든 관원들에게는 관품에 따라 일꾼을 내라고 지시했다.

정릉 공사에다가 영전 공사까지 진행되면서 목재가 시급하게 요구되었다, 그로 인해 충선왕이 묻힌 덕릉의 나무까지 베어지게 되었다. 그래도 덕릉을 지키는 자들은 그걸 막을 수가 없었다. 엄청나게 큰 나무 하나를 수백 명의 일군들이 제대로 끌고 가지도 못해 "영차! 영차!" 하는 소리가 밤낮으로 이어졌다. 힘에 부친 소가 길가에 널브러져 죽기까지 하였다.

영전 공사를 하는 중에 왜적이 조선 3척을 약탈하고 교동까지 침구하고서도 물러가지 않았다. 공민왕은 즉시 찬성사 안우경, 평리 지용수, 판개성부사 이순에게 명하여 병마사 33명을 지휘해 동·서강과 승천부에 진을 치고 대비하게 했다. 허나 모든 관원들이 영전과 정릉의 공사에만 매달리니 재정이 고갈되고 숙위와 군정 업무가 제대로 이행되지 못한 형편이었다. 부대들은 먼 발치에서 지켜보기만 할 뿐 왜적들을 공격해 몰아낼 엄두를 내지 못했다.

신돈이 성인으로 추앙받기에 이르렀지만 영전 공사로 인해 삶이 날로 피폐해지자 점차 불만이 새어 나왔다. 게다가 신돈이 등용한 인사들의 부정행위까지 드러났다. 헌사에서 이득림이 과거 광주에서 바친 명주를 착복했다고 탄핵하고 나선 것이었다. 여기서 물러서면 도로 아미타불이었다.

공민왕은 더 이상 논죄하지 말라고 명하고서는 이득림을 전라도 안렴사로 임명하여 부임을 재촉해 떠나보냈다.

신돈 또한 자신에 대한 반발 세력을 의식하지 않을 수 없었다. 가장 두려운 건 무장 출신의 장수들이었다. 신돈은 이들의 움직임을 제어하고 감시하기 위해 이구수와 김귀, 박춘의 머리를 깎아 송광사와 노산사, 열암사에 각각 유폐시켰다.

허나 그것만으로 조정신료들과 백성들의 불만을 잠재울 수 없었다. 나라 전체 분위기를 일신시킬 필요가 있었다. 신돈은 공민왕에게 주청하였다.

"문수회를 크게 열면 부처와 하늘이 기뻐하며 백성과 군신이 화합하고 임금을 충심으로 받들 것이옵니다."

공민왕은 신돈의 말에 따라 1366년 8월 궁중에서 7일간이나 문수회를 대대적으로 열었다. 전각을 짓고 흰 띠풀로 지붕을 덮어 도량을 만든 다음 나각을 불고 북을 치니 마치 3군이 고각을 울리는 듯했다. 도성을 진동시키는 소리에 사람들은 궁중에 변란이 발생한 것으로 여길 정도였다. 승려와 도사, 잡다한 무리들이 온 궁궐을 메웠다. 잔치 분위기로 흥성거렸지만 재추와 관청에 매일 번갈아 재를 열게 했으니 그에 소비된 비용이 이루 말할 수 없었다.

공민왕은 1366년 9월에 신돈의 원찰인 낙산사에 행차하였다. 공민왕은 부처 앞에 꿇어앉아 신돈을 첨의라 칭하며 그의 공을 찬양하였다.

"불초한 제가 나라를 다스린 15년 동안에는 수재와 한재가 많았는데, 올해 이처럼 풍년이 든 것은 실로 첨의가 나라를 잘 다스린 데에 연유한 것입니다."

그러나 태평성대를 기원하는 신돈과 공민왕의 바람과는 달리 제주에서 반란이 일어났다. 원에서 공민왕에게 반감을 가진 황태자가 다시 권력을 잡게 되자 제주의 묵호들이 만호부를 설치해 달라며 직접 원의 복속을 요구하고 나선 것이었다. 공민왕은 즉각 반란 진압을 지시했다. 전라도 도순문사 김유가 함선 1백 척을 이끌고 제주 토벌에 나섰으나 안타깝게 패배하고 말았다. 문수회나 열고 영전 공사를 대대적으로 벌이고 있으니 군사들의 기강이 제대로 설 리 만무했다.

공민왕은 토벌에 실패하자 외교적인 해결책을 시도했다. 원에 이전 왕들과 왕비들에 대해 칭호를 내려줄 것을 요청하면서 제주를 고려에 예속시켜 달라는 것이었다. 원을 섬길 것이니 제주를 돌려달라는 조건이었다. 원으로서는 대륙의 반란군과의 싸움에 여력이 없는지라 고려를 붙잡고 있어야 했다. 원은 1367년 1월 충혜왕과 충목왕, 충정왕을 비롯해 왕비들은 물론이고 공민왕의 왕비인 노국공주에게도 노국휘익대장공주라는 칭호를 내려 주었다. 1367년 2월에는 제주에서 원의 사신 고대비가 와서 제주를 다시 고려에 예속시킨다는 황제의 조서를 바쳤다.

공민왕은 노국공주의 혼전에 행차해 원나라에서 시호를 내려 준 사실을 고한 후 잔치를 크게 열었다. 또 1367년 3월에 전법판서 백한룡을 원에 보내 전 왕과 왕비들을 추봉해 준 데 대해 사의를 표하게 하고 전 동지밀직사사 왕중귀에게 황제의 생일을 축하하도록 지시했다. 아울러 1367년 4월 전교령 임박을 제주에 보내 그곳 사람들을 회유하도록 명했다.

임박은 공민왕의 지시에 따라 마시는 물까지 항아리에 넣어서 갔고, 비록 끓인 차라 할지라도 제주 백성의 것은 한 모금도 입에 넣지 않았다. 백성들에게 피해를 주지 않으려는 임박의 행동에 제주 백성들은 크게 기뻐하며 말했다.

"왕께서 보낸 관리가 모두 임 선무와 같다면 우리들이 어찌 반란을 일으키기까지 했겠습니까?"

이런 중에도 신돈은 자기 세력을 더 정비 보강하였다. 영전 공사의 고역으로 인해 백성들의 불평불만이 새어 나오고 있다는 것을 의식하지 않을 수 없었던 것이었다. 이런 때일수록 자기 기반을 튼튼히 다져야 했다. 그런데 공민왕에게 자기를 소개해준 공으로 군권을 쥐게 해준 김원명이 자신을 멀리하고 나온 것이었다. 이건 수수방관할 수 없는 문제였다. 신돈은 자기 옆집에 살았던 이운목을 김원명 대신에 1366년 12월 응양군 상호군으로 삼았다.

공민왕도 환자 신소봉이 3년 동안이나 정릉을 지켰다고 밀직사 상의로 임명하고 충성절의익위공신이라는 칭호까지 내렸다. 백관들에게는 영빈관에서 성대하게 맞이하라고 지시하였다. 왕에게 전적인 충성을 바치면 어찌 대하는지 그 의중을 드러낸 것이었다.

공민왕과 신돈은 새로운 세상의 상을 백성과 신료들에게 보여주고 싶었다. 그것은 1367년 3월 연복사에서 문수회를 크게 여는 것이었다. 성대한 행사를 통해 태평성대의 세상과 함께 국왕의 권위와 위엄을 과시하고자 함이었다.

문수회의 행사는 화려하기 그지없었다. 불전의 한가운데에 채색 비단을 얽어서 수미산을 만들어 빙 둘러 촛불을 켜 놓았다. 초의 크기가 기둥만 한 했고 높이가 한 장 정도나 되었다. 깜깜한 밤에도 대낮처럼 밝았다. 사화와 채봉은 눈이 부실 정도로 찬란했으며, 폐백은 채색 비단 16속이 소요되었다. 3백 명의 중이 수

미산을 돌면서 불법을 일으키자 범패소리가 하늘을 진동시켰다. 이 일을 맡아서 처리한 사람만도 8천 명에 이르렀으니 어마어마하게 동원된 것이었다.

공민왕은 신돈과 함께 태평성대의 세상을 맞이한 양 수미산 동쪽에 앉아 양부와 밀직사 관원을 거느리고 예불하였다. 신돈이 공민왕에게 아뢰었다.

"선남선녀가 주상을 따라 문수보살과 좋은 인연을 맺기를 원하오니, 청컨대 부녀들도 불전에 올라 불법을 듣도록 하소서."

태평세계에서는 남녀 간에도 차별 없이 온 백성이 복을 누리고 살아야 한다는 청이었다. 공민왕이 기꺼이 허락함에 남녀가 한데 어울리게 되었다. 공민왕은 나아가 음식을 승려들에게 대접하고는 금으로 만든 향로를 직접 받들고 중들과 섞여 향을 피웠다. 그런데도 피로한 기색조차 보이지 않았다.

신돈이 병과를 부녀들에 먹으라고 주자 모두들 기뻐하며 칭송했다.

"첨의는 문수보살의 후신입니다."

맛 좋은 음식을 실컷 먹고 혹은 땅에 버리기까지 할 정도였다. 이번 한 번으로 치른 문수회에 거만금의 비용이 소비되었다.

공민왕은 문수보살의 후신이 된 신돈을 위해 홀치와 충용위 2백50인에게 밤낮으로 호위하도록 명했다. 하늘 끝에 오른 듯한 위세를 믿고 신돈은 송도의 기운이 쇠했다는 도선비기를 이용해 수도 이전을 주청했다. 새로 수도를 옮김으로써 자신의 지지 기반을 더욱 공고히 하고자 함이었다.

공민왕은 신돈으로 하여금 평양에 가서 마땅한 궁궐터를 찾아보게 하였다. 찬성사 이춘부와 지밀직 김달상 등이 신돈을 따라갔는데 의장과 호위가 왕의 행차와 똑같았다. 신돈은 돌아온 지 4일이 되었는데도 공민왕을 조알하지 않았다. 가히 신돈의 위세를 알만했다.

신돈의 위세는 더욱 욱일창해 갔다. 그것은 1367년 5월 공민왕이 궁문 동쪽에 온갖 놀이와 격구를 벌이게 하는 상황에서도 명확히 드러났다. 이때 공민왕은 백관들도 참석하게 명하고, 또 덕풍군 왕의와 안극인의 딸로 각각 왕비로 임명된 익비, 정비와 함께 관람하고 있었다. 그때 신돈이 말을 타고 도평의사의 관사 앞에 이르니 재상들이 하나같이 일어나 두 손을 공손히 모으고 예를 취했다. 그런데도 신돈은 말을 탄 채로 근엄하게 화답할 뿐이었다. 복식조차 왕과 똑같은지라 누가 진짜 왕인지 분별할 수 없을 정도였다.

신돈의 위세가 거세질수록 공민왕에겐 무엇보다 자신에게 전적으로 충성을 바칠 새로운 인재 발굴이 요구되었다. 전제 왕권의 확립은 신료들에 의해 뒷받침되어야 했기 때문이었다. 공민왕은 신돈에게 국학을 중창하라고 명하였다. 그 비용은 서울과 지방의 유관들에게 품계에 따라 베를 내어 충당하라고 지시하였다. 신돈 또한 자기 세력이 되어 줄 새로운 인재가 필요하기는 마찬가지였다.

신돈은 유탁, 이색 등과 함께 숭문관에 모여 옛터를 살펴보았다. 그러더니 서슴없이 갓을 벗고는 옛 성인에게 맹세하였다.

"정성을 다해 지을 것입니다."

그러나 좌우에서는 신돈의 말을 쉽사리 믿으려 하지 않았다. 신돈이 이제현을 싫어하고 유자들을 곱게 보지 않는다는 것을 이미 알고 있었기 때문이었다. 이제현도 신돈의 형상을 보고 공민왕에게 간언했다.

"신이 일찍이 편조를 한번 보니 그의 골상이 옛날의 흉인과 비슷하옵니다. 청컨대 주상께서는 가까이하지 마시옵소서."

신돈은 이제현을 손보지는 않았다. 이미 그가 늙어 죽을 날이 얼마 안 남았기 때문이었다. 대신에 공민왕에게 말했다.

"유자들이 좌주니 문생이니 하면서 서로 관직의 청탁을 일삼고 있사옵니다. 이제현의 문생 같은 경우엔 그 문하에서 또다시 문생을 보게 되어 마침내 나라에 가득 차게 된 꼴이옵니다. 그 유해함이 이보다 더 클 수는 없사옵니다."

이런 신돈이었기에 좌우의 유자들은 새로운 인재를 필요로 하는 신돈의 속마음도 모르고 관사만이라도 지어 달라는 식으로 요청했다.

"옛 것보다 규모를 조금만 줄이면 쉽게 지을 수 있을 것입니다."

"공자는 온 천하가 영원토록 모셔야 할 스승이신데, 비용을 조금 아끼려고 예전의 규모보다 더 적게 줄일 수야 있겠소?"

신돈의 의외의 대답에 좌우의 유자들은 깜짝 놀라워하였다. 허나 신돈은 그렇지 않다는 듯 단호하게 판개성부사 이색에게 대사성을 겸하게 하고, 경학과 제술에 밝은 김구용, 정몽주, 박상충, 박의중, 이숭인 등도 학관을 겸하도록까지 하였다. 유자들도 자신에게 잘 보이기만 하면 후하게 대접하겠다는 뜻이었다. 이 조치로 인하여 이들이 명륜당에 모여 경전을 수업하고 서로 논쟁을 벌임으로써 정주와 주자의 성리학이 점차 흥기하게 되었다.

공민왕과 신돈은 1367년 7월에 이강을 밀직부사, 염흥방을 밀직지신사, 이운목을 전리판서, 전녹생을 경상도 도순문사, 김한귀를 전라도 도순문사, 지용수를 서북면 도순문사, 이성림을 동북면 도순문사로 임명하며 또다시 조정의 진용을 정비하였다.

그리고는 신돈을 경계할 것을 주문한 태고 보우 대신에 1367년 8월 선현을 왕사로 삼고, 천희를 국사로 임명하였다. 선현과 천희는 모두 신돈과 가까운 사람들이었다. 왕사의 예식에 따라 공민왕이 아홉 번 절하였는데, 선현은 서서 받았다. 신돈 또한 백관들이 조복을 입고 품계에 따라 자리에 섰는데도 홀로 융복을 입고 전각 위에 올라서서 왕의 예용은 천하에 드물 것이라며 떠들썩한 소리로 칭찬하기까지 했다.

공민왕은 신돈의 새 거처도 마련해주었다. 신돈은 지금껏 기현의 집에 머물면서 봉선사의 송강을 경유하여 왕궁에 출입하였다. 신돈은 송강 서남쪽에 빈터가 있는 것을 보고 공민왕에게 주청하였다.

"여기에다가 작은 산방을 하나 지워 준다면 노복이 나아가고 물러감이 편할까 하옵니다."

공민왕의 허락에 신돈은 일꾼들을 재촉하여 며칠도 걸리지 않아 완공시켰다. 공민왕은 신돈의 집에 행차하여 연회를 베풀며 신축을 축하했다.

이런 신돈의 위세를 보고 원의 사신 걸철은 권왕이라고 표현했다. 허나 신돈에 대한 조정 신료들의 반발은 멈추지 않았다. 도리어 더 격화되어 나갔다. 1367년 10월이었다. 이번엔 공민왕에게 신돈을 소개해준 김원명을 비롯해 지도첨의 오인택, 전 시중 경천흥, 전 평리 목인길, 삼사우사 안우경, 전 밀직부사 조희고, 판개성부사 이순, 평리 한휘, 응양군 상호군 조린, 상호군 윤승순 등이 은밀히 모여 의논했다.

"신돈은 훈구대신을 쫓아내고 무고한 사람을 죽임으로서 자기 무리들을 나날이 확산시키고 있습니다. 도선밀기에 승려도 아니고 속인도 아닌 자가 정사를 문란케 하고 나라를 망친다고 하였는데, 신돈을 가리킴이 분명합니다. 장차 나라의 큰 골칫거리가 될 것이니 임금께 아뢰어 빨리 제거하도록 해야 합니다."

중이 중 노릇을 안 하고 정사를 폄으로써 문수회나 열 뿐 나라 꼴이 망해 간다는 주장이었다. 그래서 제거하자는 것인데, 그만 비밀 모의가 새어 나가 버렸다. 판소부시사 강원보는 판서 신귀와 친한 사이였는데, 신귀가 강원보의 집에 사람을 보내 그릇을 빌리고자 했다. 강원보가 어디에 쓰려고 하냐고 묻자 심부름꾼이 신돈을 영접하기 위해서라고 대답했다. 화가 난 강원보가 무심결에 내뱉고 말았다.

"무엇 때문에 그런 놈을 대접한단 말이냐? 이제 그놈은 곧 죽게 될 터인데."

그 말을 들은 심부름꾼이 돌아가 신귀에게 알렸고, 신귀는 급히 신돈에게 달려가 고해 바쳤다. 신돈은 부하들로 하여금 호위하게 한 후 밤중임에도 공민왕을 찾아가 변란을 알렸다.

"산중에 숨어사는 일개 중에 불과한 저를 주상께서 억지로 이곳까지 오게 하셨습니다. 저는 감히 명을 어기지 못해 간악한 자들을 제거하고 어질고 재능 있는 이를 등용함으로써 백성들이 조금이나마 평안을 누릴 수 있게 한 연후에 옷 한 벌과 바리때 하나만을 들고 다시 산중으로 돌아가려고 생각했습니다. 그런데 지금 사람들이 저를 죽이려고 하니 주상께서는 저를 불쌍히 여겨 주시옵소서."

공민왕이 깜짝 놀라워하며 사정을 캐물었다. 신돈은 신귀가 전해준 내용을 그대로 들려주었다.

공민왕은 오인택 등을 순군에 가두게 한 다음 신귀와 강원보를 가두어 대질 신문하였다. 그리고는 오인택, 조희고, 경천흥, 김원명, 안우경, 목인길, 오인택의 아들 오영좌를 장형에 처한 후 남쪽 변방으로 보내 모조리 관노로 삼게 하고 가산을 몰수 했다. 또 한휘, 이희필, 조린, 윤승순, 강원보와 대호군 유인재, 한덕경을 유배에 처했으며, 낭장 전영귀와 박세원이 경천흥 등이 무죄라고 숙덕거렸다는 이유로 이들도 함께 유배 보냈다.

신돈은 이 분위기에 편승해 자신에게 충성을 바치는 감찰대부 홍영통을 반대하는 인사들까지 제거하였다. 홍영통은 신돈에게 음식을 보내고 문안하였으며 출입할 때마다 말을 타고 신돈의 뒤를 따른 자였다. 그런데 팔관회 참례 때 제사 지낼 제물을 별군이 훔쳐가자 간관들이 그리하지 못 하도록 막고 나섰다. 그러자 홍영통은 별군을 풀어 그 관리들을 공격하게 하여 좌사의대부 신덕린, 헌납 박진록, 이준, 정언 정리와 안면이 모두 다쳐 피가 낭자하게 흘렸다. 우사의대부 탁광무가 분개하며 탄핵하였다.

"홍영통이 별군을 부추겨 간관을 능멸했으니 이런 짓을 묵과한다면 그 무슨 짓인들 못 하겠사옵니까? 홍영통을 파직시켜 평민으로 강등하고 가산을 몰수하시옵소서."

허나 신돈이 홍영통을 두둔하고 나서자 도리어 신덕린 등이 왕명을 어겼다고 파직되었다.

신돈은 또 자신과 친한 이원구가 집을 찾아오자 경상·강릉도 찰방사로 등용하였으며, 김정을 양광·전라도 찰방사, 고한우를 서해·평양·교주도 찰방사로 임명했다. 명절 때마다 신돈의 아비 묘에 제사를 올린 곽의에게는 정언이라는 벼슬까지 내렸다.

신돈은 1367년 12월엔 임박을 차자방 지인으로 삼았다. 성석린이 지인이었는데 그의 말을 잘 따르지 않자 공민왕에게 주청하여 임박으로 대체한 것이었다.

신돈의 위세는 가히 하늘을 찌를 듯했다. 왜국 사신을 맞이하는 자리에서도 그대로 드러났다. 1368년 1월 왜국에서 승려 범탕과 범류를 사신으로 보내왔다. 1366년 11월에 공민왕이 검교중랑장 김일을 보내 해적 행위를 금지해줄 것을 요구하자, 이때에 이르러 왜국에서 김일을 따라 답방하게 한 것이었다.

사절단이 행성에 이르자 재상들은 자리에서 일어났으나 신돈은 사실상 왕인 양 남쪽을 향해 앉은 채 예를 차리지 않았다. 왜인에게 고려의 위용을 보여주려는 뜻도 담겨 있었다. 그러나 범탕 등이 사신을 맞이하는 예를 거론하며 따지고 나오자 신돈은 무소불위의 권세가인 양 윽박지르며 제압하려고 하였다. 또 감히 대항하고 나섰다 하여 관사의 대접도 매우 박절하게 대하고 나왔다. 이인임이 개인적으로 음식을 대접할 뿐이었다. 범탕 등은 결국 성을 내고는 왜국으로 돌아가 버렸다.

공민왕은 여전히 신돈의 위세를 든든하게 보호했다. 1368년 4월에도 연복사에 행사해 아흐레 동안이나 문수회를 성대하게 거행하였다. 5월에는 자신의 생일을 맞아 승려 3천 명에게도 음식을 대접했다. 그리고는 이 날만을 손꼽아 기다려왔다는 듯 공민왕은 마침내 자신의 의중을 드러내었다. 왕륜사의 영전과 불당이 능히 승려 3천 명을 수용할 수 없을 정도로 좁으니 더 크게 지어야 한다는 주장이었다. 전제적 왕권의 위엄을 한눈에 확인하게 하자면 그만큼 웅장하고 화려해야 한다는 것이었다.

공민왕은 지체하지 않고 마암에 행차해 적당한 터를 살펴보고는 그 크고 화려하게 짓는 왕륜사의 영전마저 즉시 철거하고 마암에 신축 공사를 다시 시작하라고 명하였다. 개경의 5부 35방 344리의 장정과 6위 42도부의 인원까지 모조리 징발하라고 덧붙였다. 그 명에 따라 백성들은 마암의 배수로 굴착 공사에 투입되었다. 또다시 더 크고 웅장한 대공사가 벌어지는 통에 백성들의 원성이 절로 터져 나왔다.

공민왕이 정비궁에 갔을 때 그 유모가 백성들의 원성 소리를 듣고 공민왕에게 고했다.

"지금 농사철인데도 가뭄이 매우 심하옵니다. 원컨대 영전의 공역을 정지하여 주시옵소서."

공민왕은 당장 유모를 궁에서 내쫓아냈다. 왕의 권위를 무시한 자는 그 누구를 막론하고 용서할 수 없었다.

허나 가뭄이 지속되자 공민왕도 동원된 일꾼들을 귀가 조치할 수밖에 없었다. 그러자 비가 조금 내렸다. 사람들은 소곤거렸다.

"영전 공사를 약간 연기하니 하늘이 이슬비를 내려주었지 않는가. 만약 공사를 아예 걷어치운다면 반드시 큰비를 내려 줄 것이여."

원성이 자자한 마암 공사가 다시 강행됨에 따라 1368년 8월 도첨의시중 유탁은 이를 더 이상 지켜볼 수 없다는 생각에 정비의 아버지인 동지밀직 안극인과 첨서밀직 정사도에게 그의 뜻을 밝혔다.

"마암의 공역은 백성을 괴롭히고 재물을 손상시키는 데만 그치지 않을 것이오. 술가의 말에 따르면, 이곳에다 집을 지으면 다른 성씨가 왕이 된다고 하였소이다. 내가 외람되게 백관을 총찰하는 자리에 있는데 사직을 걱정하지 않을 수 없소. 차라리 죽을지언정 마땅히 힘을 다해 간언해야 하겠소."

안극인과 정사도도 유탁과 뜻을 같이하였다. 이들의 상소에 공민왕은 크게 성을 내며 유탁과 정사도를 하옥시켰다. 안극인은 정비의 부친이라 하여 집으로 돌아가라 명하고 출입을 금지시켰다. 정비도 궁에서 내보내 사저로 돌아가라고 명하고는 덧붙였다.

"네가 미워서가 아니라 네 애비 때문에 그리하는 것이니라."

명덕 태후가 사람을 시켜 공민왕을 타일렀다.

"이번 처사는 재상의 어짊을 드러내고 오히려 임금의 허물을 들추어내는 결과를 초래할 것이니, 유탁 등을 석방하는 것이 좋겠습니다."

그러나 시중이라고 해도 감히 왕의 권위에 도전하고 나서는 행위를 공민왕은 용서할 수 없었다. 공민왕은 유탁을 대신하여 이춘부를 도첨의시중으로 삼고, 삼사좌사 이색과 지도첨의 유연에 명해 유탁 등을 국문하게 하였다.

"노국공주가 승하하던 처음 3일 동안 제사를 빠뜨리고, 장례에 있어서도 영화공주의 전례를 따른 것은 무슨 이유 때문이었는가?"

"공주는 한 나라의 국모이신데, 승하하시던 처음에 신등이 애통함을 견디지 못한 나머지 어찌할 바를 몰라 우연히 제사를 빠뜨린 것이며, 장례에 있어서는 1361년 홍건적의 난리 통에 예문을 모두 분실하였기 때문에 신등이 아는 바로써 전례를 삼았던 것일 뿐, 다른 뜻은 전혀 없었사옵니다."

유탁의 대답을 이색이 그대로 아뢰자 공민왕이 더욱 분노하였다. 이를 본 신돈이 공민왕을 거들고 나왔다.

"시중은 죽어 마땅하오."

신돈의 말에 공민왕은 더욱 힘을 얻었다. 그래서 유탁을 처형하고자 이색에게 교서를 지어 백성들에게 유시할 것을 명했다. 이색은 공민왕의 명을 따르지 않을 핑계거리로 그 죄명을 청하였다. 공민왕이 즉시 대답하고 나섰다.

"오랫동안 수상이 되어 의롭지 못한 일을 많이 행하여 하늘이 큰 가뭄을 가져오게 한 것이 첫째이고, 연복사의 토지를 빼앗은 것이 둘째이며, 공주가 훙하였을 때 3일 동안이나 제사를 빠뜨린 것이 셋째이고, 그 장례의 격을 강등시켜 영화공주의 전례를 사용한 것이 넷째이니, 불충하고 의롭지 못한 짓이 이보다 더 큰 것이 어디 있겠는가?"

이색이 반문하였다.

"그것은 모두 지나간 일이옵니다. 근일에 유탁 등이 토목 공사를 중지해 달라고 청하였으니, 비록 네 가지 일로 죄를 돌린다고 하더라도 나라 사람들은 모두 상서한 까닭이라고 여길 것이옵니다. 또한 네 가지 죄목도 죽일 만한 죄가 아니옵니다. 원컨대 다시 재고하여 주시옵소서."

공민왕은 물러설 수 없었다. 그리했다간 전제적 왕권을 세우고자 하는 꿈은 포기될 수밖에 없었다. 공민왕은 화까지 내며 독촉하고 나섰다.

이색이 엎드려 다시 아뢰었다.

"신이 차라리 죄를 얻을지언정, 어찌 감히 죄가 되도록 글을 만들 수 있겠사옵니까? 또 상서의 일은 유탁 혼자서 한 것도 아니고, 영도첨의도 알고 있었던 사안이옵니다."

이색이 신돈까지 거론하고 나서매 신돈은 당황스러울 수밖에 없었다. 실상 신돈은 마암 공사에 찬성하지 않았다. 그가 바라는 것은 온 백성이 부처님을 섬기며 선을 행하면서 평화롭게 사는 세상이었지, 화려하고 웅장한 건물을 지어 숭배하게 하는 식은 아니었다. 백성들의 원성소리가 자자하다는 것도 익히 알고 있는 바였다. 허나 그를 내세운 공민왕이 그걸 바라고 있는 것을 알기에 막지 않았던 것이었다.

"노부도 알고 있었습니다만, 주상의 노하심이 심하셔서 감히 고하지 못했을 뿐이옵니다."

신돈이 다급하게 변명하고 나왔으나, 공민왕은 매우 당혹스러워하는 눈초리로 신돈을 한참 동안이나 바라보았다. 왕의 절대적 권위를 세우기 위해 지금껏 너를 내세워주었건만 어찌 그 믿음을 저버렸느냐고 꾸짖는 눈길이었다. 이내 공민왕은 단호한 어조로 말했다.

"시중 이춘부는 국인을 봉하도록 하세요."

왕의 자리에서 물어나겠다는 태도에 이춘부가 엎드린 채 움직이지 못했다. 잘못 행동했다간 무슨 화를 당할지 알 수 없는 일이었다. 신돈이 이 모든 상황의 책임을 이색에게 떠넘기듯 아뢰었다.

"말을 한 자에게 봉하도록 함이 마땅할 것이옵니다."

공민왕이 다시 이색에게 명하자, 이색은 공민왕이 더욱 노할까 두려워하여 봉하고는 "신 이색은 삼가 봉합니다."라고 글을 적었다. 공민왕이 말했다.

"내가 부덕하여 내 말을 따르지 않으니, 이 국인으로 덕이 있는 자를 구하도록 하라. 우리 태조께서도 처음에야 어찌 왕손이었겠는가? 나는 곧 왕위를 물려줄 것이니라."

공민왕은 정비궁으로 거처를 옮기어 음식도 들이지 못하게 하였다. 지인 임박이 국인을 받들어 올리니 환자에게 명해 밀쳐내 보냈다.

신돈은 왕의 노여움을 풀고자 공민왕에게 아뢰어 이색을 옥에 가두고는 이인임과 유연을 시켜 국문하게 하였다.

"지금 유 시중이 구속되어 있사온데, 신이 감히 꺼리지 않고 말을 다 한 것은 주상의 마음을 움직여 깨닫게 함으로써 대신을 함부로 죽이지 않게 하려는 것이었사옵니다."

이색이 눈물을 흘리면서 다시 말을 덧붙였다.

"신이 우는 것은 죽음이 두려워서가 아니라, 다만 이 한 번의 실수로 인해 주상의 명성이 후세에 아름답지 못하게 전해질까 두려워해서이옵니다."

이인임 등이 이 사실을 공민왕에게 아뢰었다. 공민왕이 국인을 다시 받아들이도록 명분을 제공해 준 것이었다. 공민왕도 이색의 충정에 감동한 듯 고개를 끄덕일 수밖에 없었다.

공민왕은 이색, 유탁 등 모두를 석방하도록 명하였다. 정비도 다시 궁으로 불러들였다. 허나 신돈을 내세워 강력한 전제 왕권을 세우려고 했던 꿈에 먹구름이 깔리기 시작했다는 느낌을 지울 길이 없었다.

어설픈 개혁 추진으로 얽혀버린 실타래

최영은 남해 바다를 한없이 바라보았다. 저 멀리서 끝없이 펼쳐지는 파도가 연거푸 몰려왔다. 한가로운 풍경이었다. 허나 파도가 바위에 부딪치며 철썩 소리를 낼 때마다 그의 가슴은 사정없이 쿵쿵 내리치는 듯했다. 귀양살이 하는 지도 벌써 3년 하고도 2개월이 흘러가고 있었다. 그의 처지에서 나라 걱정해 봤자 가슴만 쓰라려 온다는 것을 모르는 바는 아니었다. 그러나 누가 뭐래도 한단 선사의 뒤를 이은 선인으로서의 막중한 책무가 그를 잡아매고 있는지라 외면할 수 없었다. 도리어 통분한 마음만 끓어올랐다.

자신이 유배에 처했기 때문이 아니었다. 나라를 바로잡자면 비록 공신이라고 해도 내칠 때는 내쳐야 했다. 그런데 그게 아니라 사사로이 자기 욕망을 채우기 위해서라면 그건 용납하지 못할 일이었다. 한 나라의 국왕이라고 해도 그건 다를 바 없었다.

신돈을 등용한 이래 장수들과 대신들을 내쳤지만 조정은 별반 달라진 게 없었다. 압수한 재물을 새로운 이리떼의 연줄로 등장한 자들이 서로 나눠먹는 격이었고, 문수회나 거창하게 열고 영전 공사 같은 토목 공사를 대대적으로 일으켜 인력과 재물을 마구 탕진하는 꼴이었다. 갈아치워 놓고 또 다른 형태의 욕심을 채우는 꼴이었다. 그런 놈들이 세상을 구할 듯 떠들고 있는 게 한심스럽기 짝이 없었다. 나라를 구할 유능하고 현량한 인재의 등용을 강조한 건 그 때문이었다. 도탄에 빠진 이 나라를 진심으로 쇄신할 수 있는 인물이어야 했다.

최영은 미련을 못 버리고 붙잡고 있어 봐야 헛일이라는 생각에 스르르 눈을 감았다. 그때 그의 등 뒤에서 찾는 소리가 들려왔다.

"무슨 생각을 그리하시기에 불러도 대답이 없으십니까?"

최영이 뒤돌아보니 고군기와 단고승이 그에게 다가오고 있었다. 고군기는 유배에 처한 최영을 때때로 찾아오고 있었다. 이번 엔 단고승까지 대동하고 온 것이었다. 최영은 먼저 고군기와 인사를 나눈 다음 단고승에게 말했다.

"그새 많이 컸구나. 그래 하루빨리 씩씩하게 자라 이 나라의 대들보가 되어야지."

단고승의 인사를 받고 최영이 다시 말했다.

"다른 애들도 많이 컸겠구먼."

"애들이니까 빨리 크지요. 허나 아직 십여 살에 불과한데요."

이 애들이 커서 나서기까지에는 한참의 세월이 흘러야 했다. 해는 벌써 중천에 떠오르고 있었다. 점심거리를 해결해야 할 시간이었다. 최영은 자연스레 고군기와 단고승을 집으로 이끌었다. 귀양살이하는지라 세간이 거의 없는 단출한 초가집이었다. 풀죽으로 먹는 변변찮은 음식이지만 고군기에게 직접 차려주고 싶은 마음이었다. 집으로 가는 도중 고군기가 고개를 갸웃거리며 최영을 향해 물었다.

"형님 집에 갔다가 20대 후반쯤 보이는 처자가 형님이 이곳에 있을 것이라고 가르쳐주기에 이리 온 것인데, 그게 좀 이상해……. 혹시 그 처자와 무슨 특별한 사이라도 되는 겁니까?"

"은씨 처자를 두고 말하는 모양이구먼, 특별한 사이는 아니……. 허허, 내가 어디 그럴 형편인가?"

최영이 뭔가 말을 하려다가 중동무이하듯 그냥 잡아뗐다. 고군기가 다시 물었다.

"그건 그렇고, 이 앞전에 왔을 때와는 이 마을의 분위기가 사뭇 달라진 것 같습니다. 마을 사람들이 형님 대하는 것도 여간 아닌 듯싶고……. 제가 다녀간 뒤에 무슨 좋은 일이 있었던 겁니까?"

"자네도 잘 알지 않는가? 어딜 가나 관리들의 전민점탈이 얼마나 심한지. 이곳도 다를 바 없을 것 아닌가?"

"그래서 형님이 그걸 해결해 주었다는 말씀이십니까?"

고군기가 호기심이 동한 듯 다시 묻고 나섰다.

"유배에 처한 내가 무슨 힘이 있다고 처리해 줄 수가 있었겠는가? 그냥 얘기만 한번 해본 것이지."

그러면서 최영은 그간의 사정을 얘기해 주었다. 유배에 처해 온 것이지만 그래도 사람들은 최영의 명성을 들어서인지 몇 명씩 찾아오더니 그들의 참담한 신세를 하소연하기 시작했다. 관리들의 패악을 들을 때마다 최영은 당장 뛰어가 요절을 내고 싶은 심정이었다. 허나 그의 처지로서는 어찌할 수 없었다. 그런데 나라에서도 전민변정도감이 설치되어 전민을 포탈한 자들을 용서치 않겠다고 하고 있는 상황이었다. 최영은 그것을 이용하려고 마음먹었다. 마침내 최영은 사람들에게 이곳에 온 최영 장군은 그 아버지가 황금 보기를 돌같이 하라고 유언을 내렸고, 그것을 지금껏 한 번도 어기지 않으려고 노력했다는 사실을 은근히 입소문 내도록 하였다. 관리들의 비리를 대비시켜 드러내기 위함이었다. 자기 자랑을 하고 싶지는 않지만 국가적 시책을 어기는 관리들을 엄포 주기 위해서는 그리할 수밖에 없었다. 그런데 정말 그 소문이 퍼지면서 천지개벽이 일어났다는 것이었다. 그렇게 악착같이 졸라대며 못살게 굴던 이리떼 관리들이 부자 몸조심하듯 갑자기 선한 사슴으로 변했다는 것이었다. 당연히 그때껏 내던 부담도 절반가량이나 줄어들었다. 그 이후로 사람들이 은인이라고 추켜 세우며 뭐 소소한 것들이지만 달걀도 갖다주고 그리 대하더라는 것이었다.

"허허, 죽은 제갈공명이 산 사마의를 쫓았다고 하던데, 형님께선 명성 하나로 사악한 관리들의 탐욕을 쫓아버린 거네요."

고군기가 재미있다는 듯 호탕하게 웃었다.

"그게 내가 한 일인가? 여기 백성들의 마음이 하늘을 울린 것이지. 하여튼 잠깐만 기다려보라고."

집에 도착하자 최영이 점심거리를 준비하려고 부엌으로 들어가려고 하였다. 그때 그들의 도착을 어떻게 알았는지 은씨 처자가 소반을 들고 마당으로 들어섰다. 한두 번이 아닌 듯 그 행동이 매우 자연스러웠다.

"방으로 들어가 있으시지요. 귀한 손님이신 것 같은데, 제가 금방 준비해서 올리겠습니다."

은씨가 말하더니 최영을 방 쪽으로 밀쳤다. 최영은 방으로 떠밀리었고, 고군기와 단고승은 그걸 보고 웃음을 머금었다. 고군기가 자리에 앉으며 말했다.

"아무 사이도 아니라고 하더니만, 그게 아닌 듯싶습니다."

최영은 그 말에 더 이상 대꾸하지 않았다. 최영은 은씨 처자의 마음을 잘 알고 있었다. 그도 은씨가 싫지는 않았다. 그러나 그가 나서서 뭐라고 할 처지는 아니었다. 그저 몸과 마음이 가는 대로 내맡길 뿐이었다.

은씨 처자가 준비가 다 되었는지 상을 차려 들고 방으로 들어왔다. 쌀밥에다가 간단한 채반이었다. 그 형편에 쌀밥을 준비할 정도면 얼마나 큰 정성을 기울였는지 알만했다.

"이렇게까지 하지 않아도 되는데……."

진실로 고마워하는 최영의 모습에 은씨가 화답했다.

"이게 뭐 별거라고 그러십니까? 장군님은 앞으로 더 큰 일을 하셔야 하는데. 진수성찬은 아니어도 맛있게 드세요."

고군기가 환하게 웃으며 큰 소리로 화답했다.

"맛있게 먹겠습니다. 그리고 우리 형님 좀 잘 부탁드립니다."

세 사람은 쌀밥을 달게 먹었다. 눈 깜짝할 사이였다. 단고승은 어른들끼리 대화를 나누라고 자리를 피했다. 아직 어린 나이임에도 제법 영특한 아이었다.

최영이 먼저 입을 열었다.

"조정 돌아가는 꼴을 보면 답답하기 그지없어 차라리 모른 척하고, 이대로 초야에 묻혀 살고 싶구먼. 하긴 신돈이 건재하는 한 이 생활도 끝나지 않겠지만……."

고군기도 고려 조정의 상황을 안타까워하였다.

"저 대륙은 벌써 지각변동이 이뤄지면서 원을 몰아치고 있는데, 이 고려는 전혀 그에 대한 준비가 이뤄지지 못하고 있으니……."

중국 대륙은 숨 가쁘게 정리되어 가고 있었다. 주원장은 진후량을 격파한 이후 남방의 강자로 군림하게 되었는데, 내친김에 1367년 7월 장사성을 포위 공격하여 격파하였다. 장사성이 사라지자 해양 세력을 형성하고 있던 방국진은 주원장에게 투항하였다. 명옥진은 1366년 병사하여 아직 나이 어린 그의 아들 명승이 뒤를 이었으나 서로 내부 분열하여 약화된 상태였다. 그러니 주원장은 한족을 거의 통일시킨 것이나 다름없었다. 드디어 주원장은 1368년 명을 건국하고 홍무라는 연호를 제정하여 제국의 탄생을 선포하였다. 이어서 원을 몰아내기 위해 북벌을 단행하였다. 고려에도 1368년 8월에 원의 수도 대도(연경)가 명의 군대에 포위당해 함락될 위기에 처했다는 소식이 전달되었다. 1368년 9월엔 원에서 돌아온 고려 백성 김지수가 조정에 보고하였다.

"명의 수군 함선 1만여 척이 통주에 닻을 내리고 원의 수도를 공격하니 황제와 황후는 상도로 피하고, 황태자도 싸우다가 패하여 역시 상도로 도망갔다 하옵니다."

그토록 우려했던 대륙의 정세가 격변기로 접어들며 요동치기 시작한 것이었다.

최영이 답답하기 짝이 없는 심정을 솔직히 토로하였다.

"내가 정말 우려하는 건 신돈이 건재하는 한 대륙의 정세가 요동친다고 하더라도 아무런 대비를 하지 못한단 말일세. 신료들을 내치고 문수회나 열 줄 알지, 그들을 동원해 나라를 강국으로 일으켜 세울 줄을 모른단 말일세."

"불교 수도승이 수행이나 했겠지, 언제 정치하며 나라를 다스려 봤겠습니까? 공민왕이 오죽 신료들을 못 미더워하였으면 수도승을 일선에 내세웠겠습니까? 고려가 썩었다는 것을 공민왕도 눈치 챈 것이지요."

고군기가 잠시 말을 멈추었다. 그러더니 다시 말을 이었다.

125

"허나 형님, 그 신돈 체제는 오래 가지 못할 것입니다. 불쌍하게도 신돈은 공민왕으로부터 신임을 잃을 만한 태도를 보였으니 말입니다. 하긴 공민왕은 아직까지는 미련을 갖고 있을 터이겠지만……."

마암 공사를 중지하자는 상소에 신돈도 얽혀들어 있었음을 지적한 것이었다. 마암 공사는 공민왕에겐 전제적 왕권의 상징이자 권위였다. 그 때문에 공민왕은 끝까지 밀어붙일 것이었다. 만약 그것이 중단되면 신돈은 공민왕에게 더 이상 쓸모없는 존재가 된다는 소리였다.

고군기의 말이 계속 이어졌다.

"신돈이 오래 건재할 수 없는 이유는 그뿐만이 아닙니다. 대륙의 강자로 부상한 명이 고려에 분명 압력을 행사하고자 할 것인데, 거기서 전제 왕권을 세운다는 게 무슨 의미가 있겠습니까?"

외세에 속국이 되면 그때로부터 왕의 권위는 추락될 수밖에 없었다. 원의 속국이 된 고려왕들의 처지가 그걸 웅변해주고 있었다. 그래서 공민왕은 무엇보다 원으로부터의 독립을 그토록 시도했던 것이었다. 공민왕은 명의 군대가 원의 수도를 포위했다는 소식을 듣자마자 좌상시 조민수를 의주와 정주 등지의 안위사로, 전 전리판서 임견미를 안주 순무사로 임명하여 대비케 하였다.

"강대한 적은 시시각각 눈앞에 다가오고 있는데……. 그토록 주청하였건만 듣지 않고서는 허송세월하며 그 절호의 기회를 다 놓쳐 버리다니."

최영이 옛일을 회상하며 안타까운 마음을 드러냈다.

"그래도 다행인 건 만주와 요동 지역에 아직 원의 세력이 건재해 있어 명의 힘이 미치지 못하고 있다는 점이지요. 이 세력들은 명의 강성함 앞에 고려의 손길을 절실히 원하고 있을 것입니다."

요동과 만주의 원 세력들인 요양 평장 고가노와 홍보보, 카라부카 등은 고려에 사신을 보내오고 있었다. 이제 이들 세력은 원이 상도로 쫓겨 나 북원이 되면서 고려와의 협력을 더욱 절박하게 요청할 수밖에 없는 처지였다.

고군기의 다음 말이 계속되었다.

"그렇다면 이들 세력을 효유해 명과 대적토록 하면서 그 땅을 우리가 수복해야 하겠지요. 그렇지 않고 이들과 적대의 길로 가게 되면 명에 각개 격파될 것이며, 그러면 고려는 나중에 만주와 대륙을 다 잃고 명과 직접 대결해야 하는 난관에 봉착하게 될 것입니다. 과연 이들 세력을 효유해서 단군조선과 고구려의 옛 땅을 되찾겠다는 담대한 배짱과 담력을 가지고 응할 수 있을 것인지……."

"그건 기대하지도 말게. 눈앞의 자기 욕망 때문에 단군족을 배반했는데, 어떻게 그런 담대한 전략이 나오겠는가? 그만 꿈 깨시게나."

최영이 공민왕의 행위를 노골적으로 비판하며 비관적인 전망을 밝혔다. 결코 입 밖으로 내뱉어서는 안 되는 말이었지만, 너무 한심한 나머지 그만 울분을 쏟아낸 꼴이었다.

고군기가 최영을 보며 자못 진지한 어조로 말했다.

"형님도 잘 알고 있다시피, 우리 앞에는 단군조선과 고구려를 계승해 옛 영화를 실현해야 할 막중한 임무가 놓여 있습니다. 결코 한탄하는 식이어서는 안 되지 않겠습니까?"

"알겠네."

최영이 솔직 담백하게 사과했다. 그런 최영을 보고 고군기가 다시 입을 열었다.

"형님, 지금 상황이 더욱 안 좋은 방향으로 흘러가고 있습니다. 원래 공민왕과 신돈은 유자들을 신뢰하지 않았는데, 이제 자신들의 세력을 키우기 위해 유자들을 양성하려고 하고 있습니다. 성균관의 중창이 그것이지요."

"인재를 발굴한다는데 뭐가 걱정인가? 어차피 인재야 필요할 것이고……."

최영의 반문에 고군기가 아니라는 듯 고개를 저었다.

"유자와 불자는 다릅니다. 광종이 전제 왕권을 확립하기 위해서 과거제를 실시했는데, 그 결과가 어떻게 되었습니까?"

불교는 불성을 깨닫는 것이기에 높고 낮음이 있을 수 없었다. 허나 유교는 인과 예에 의거해 사회 질서를 세우고자 하는 것이었으니 신분적 질서를 확립하여야 했고, 대외관계에 있어서도 큰 나라를 섬겨야 한다는 사대주의 사상으로 전개되었다.

그로 인해 광종 이후 과거제 실시로 유자들이 배출되면서 중화

사상에 물들어 묘청의 난으로 비화되었다. 그 대표적인 이가 김부식이었다. 단군조선과 고구려 정신의 계승이냐, 사대주의 사상의 전개냐? 북진정책의 지속이냐, 사대모화로의 현실 안주냐? 우리식 풍습을 지킬 것이냐, 중국식 예법을 따를 것이냐의 싸움에서 김부식은 묘청 세력을 진압하고 사대 모화사상과 단군족을 배신하는 길로 나아갔다. 광종이 유자들을 키웠는데 고려의 정신을 배반하는 길로 나아갔듯이 공민왕과 신돈도 자신들을 배반할 수 있는 세력을 키우는 꼴이었다.

"그래도 자네가 키우고 있는 애들이 있지 않는가? 그들이 새로운 재목으로 발탁되면 해결되지 않겠는가?"

최영의 말에 고군기가 갑자기 헛웃음을 지었다. 그리고는 다시 말을 이었다.

"새로운 인재를 발굴하려면 그에 합당한 사상과 방식에 의거해야지요. 그렇지 않는 조건에서 불가능하다는 것쯤이야 형님도 잘 알지 않습니까? 왜 유자들의 양성을 그토록 경계하고 우려하는 것이겠습니까? 한번 생각해 보시지요. 사대주의 사상을 요구하는 내용에다가 일정한 신분적 자격을 갖춰야만 응시할 수 있는 조건에서 우리 애들이 어떻게 뽑히겠으며, 설사 발탁된다 해도 그렇게 사대모화 사상으로 오염된 사람들로 둘러싸인 무리들 속에서 무슨 힘을 발휘할 수 있겠습니까?"

최영이 한숨을 내쉬었다. 고군기에게 조정으로 들어오지 말라고 한 사람이 바로 최영 자신이었다. 다치기만 할 뿐 아무런 힘을 발휘할 수 없다는 것을 그 또한 너무 잘 알고 있었다. 고군기가 다시 말을 이었다.

"그래도 새벽은 오는 법이니 그리 낙담할 필요는 없습니다. 형님이 건재하면 그리될 것이니까요. 그런데 새벽이 오기 전 바로 그때가 가장 깜깜하다는 것은 잘 아시겠지요. 마지막 발악이니까요. 이제 신돈은 아마 눈치 챘을 것입니다. 형님도 조심하셔야 합니다. 하긴 형님은 지금껏 그 무슨 패거리를 짓지 않았으니 큰 문제는 없겠지만 혹시 또 모르는 일이지 않습니까?"

고군기는 최영의 안부를 신신당부하고 떠나갔다. 조만간 신돈이 물러가게 될 날이 멀지 않았다는 암시였다. 유배에서 풀려난다고 해도 앞날이 걱정이었다. 허나 그때는 그때 가서 생각할 일이고 지금은 유배에 처한 이상 잠자코 있는 게 상책이었다. 그저 조정의 움직임을 조용히 지켜볼 뿐이었다.

공민왕은 마암 공사에 전력을 기울였다. 1368년 9월에 마암 영전에 행차하고, 사원 동쪽에 노국공주가 안장된 광암사(운암사)에는 매달 미곡 30석을 내려 주라고 지시하였다.

마암 공사를 적극 밀어붙이는 공민왕의 행동을 보면서 신돈은 아직 겉으로는 드러내지 않고 있지만 왕의 총애가 예전만 못하다는 것을 직감하지 않을 수 없었다. 이미 그가 마암 공사를 맘에 들어 하지 않는다는 것을 알아버린 것이었다. 마암 공사를 중단해야 한다는 유탁의 상소 사건 때에 자신을 쏘아봤던 공민왕의 눈길을 잊을 수가 없었다. 이제 자기 신변을 스스로 지켜나가는 길을 모색내야 했다. 우선 후환이 될 가능성이 있는 자들을 적극적으로 제거해야 했다. 가장 먼저 떠오른 건 무장 출신의 장수들이었다. 그들부터 없애야 했다. 신돈은 왕안덕과 배인길을 보내어 머리를 깎아 각 절에 유폐시켰던 이구수와 김귀, 박춘 등을 강물에 빠뜨려 죽였다.

그 다음으로 물망에 오른 대상자는 골수 유자인 대신들이었다. 완고한 유자들은 중이 정사에 개입하는 것을 두 눈 뜨고 절대 보려 하지 않았다. 그들 중에서 이제현과 원송수는 이미 세상을 떠났고, 젊은 이존오는 시름시름 앓아누워 있었다. 아직 건재하고 있는 이는 시골로 낙향한 유숙이었다.

신돈은 갖은 탐문 끝에 유숙의 죄상을 찾아냈다. 유숙이 시골로 낙향할 때 전송 나온 사람들 앞에서 지은 시였다. 시 끝 구절에 "충성이 쇠하고 성의가 박해진 게 아니라, 큰 이름 아래에 오래 있기가 어려워서일세."라고 하였는데 그걸 문제 삼은 것이었다.

신돈은 공민왕 앞에 나아가 아뢰었다.

"유숙이 물러나기를 청원한 데에는 깊은 뜻이 숨어 있었사온데, 주상께서는 혹시 아시옵니까?"

"그게 뭔데 그렇습니까?"

신돈이 차분하게 설명했다.

"유숙이 구천을 주상께 비교하고 범여를 자신과 비교하였던 까닭에 그렇게 물러나고자 간절히 청하였던 것이옵니다. 범여가 월나라 왕인 구천의 장수가 되어 오나라를 정벌한 후, 오왕의 비 서시를 취하여 배를 타고 월왕의 곁을 떠나는 고사를 잘 알고 있을 것이옵니다. 그때 범여는 '까마귀의 부리와 물고기의 아가미를 닮은 얼굴은 사람을 잡아먹는 상이다. 큰 이름 아래에 오래 있기가 어렵다.'라고 말하였사옵니다. 구천이 사람을 잡아먹는 얼굴 형상이었기 때문에 범여가 그렇게 말했던 것인데, 유숙이 주상을 구천에게 비교하였으니, 이보다 더 큰 죄가 어디 있겠사옵니까?"

공민왕이 의심스러운 눈초리로 다시 물었다.

"그걸 어떻게 알았습니까?"

"유숙이 개경을 떠날 때 시를 지었는데, 그 한 구절에 그렇게 말하였으니, 그것이 그 증거이옵니다. 지금 유숙이 서주에 있는데, 바다가 가까워 만약 범여를 본받아 배를 타고 떠나간다면 반드시 연경으로 향하여 덕흥군을 세우려고 꾀할 것이오니, 일찍 제거하여 뒷걱정을 없애는 것만 같지 못할 것이옵니다."

공민왕이 좌우 신하들에게 물으며 확인하고자 하였으나 아무도 그 글귀를 대어 대답하는 자가 없었다.

공민왕은 의심스러웠으나 신돈이 강력하게 주장하는 바람에 유숙에게 장형을 가하고 관리 명단에 이름을 삭제한 다음 적몰하라고 명하였다. 그러나 신돈은 끝내 사람을 보내어 목을 매 유숙을 살해하였다. 유숙은 신돈을 피해 낙향까지 하였지만 끝내 목숨을 보전하지 못한 것이었다.

공민왕의 총애가 점차 식어가고 있음을 감지하게 되자, 신돈은 자기를 비방했다는 모함만 들어도 왠지 불안해졌다. 아니 용서할 수가 없었다. 신돈은 김문현의 말만 듣고서도 그동안 자기 말을 잘 따랐던 동지밀사사 김달상과 그의 아들인 좌대언 김군정을 내 쳤다.

김문현은 김달상의 아들이고 김군정의 동생이었다. 김문현은 과거에 급제하고 성균좨주가 되었지만 아주 못된 망나니짓을 하고 다녔다. 결국 형 김군정의 애첩을 탐하는 짓거리까지 하다가 형한테 걸리고 말았다. 아버지 김달상이 그런 짓거리를 못 하도 록 말리다가 어쩔 도리가 없자, 언젠가는 헌사의 추궁을 받을까 봐 걱정되어 미리 신돈을 찾아가 부탁했다.

"김문현이라는 제 아들은 못된 놈으로 개경에 있으면 필시 불 효를 저지를 것이니 외지로 보내 주십시오."

신돈이 무슨 죄를 저질렀냐고 물었지만 김달상은 차마 애비로 서 그 사실을 입 밖에 꺼낼 수 없어 미친병이라고 얼버무렸다. 그 런데 김문현이 그 소식을 전해 듣고는 원한을 품었다. 또 형도 시 기한 나머지 신돈의 문객인 진윤검에게 청탁해서 신돈을 만나 하 소연했다.

"제가 불행히도 아비와 형으로부터 미움을 받고 있으니 제발 공께서는 저를 불쌍히 여겨 죽을 곳으로 내치지 말아주십시오."

신돈이 김문현에게 무슨 죄가 있기에 아비와 형으로부터 미움을 받느냐고 물었다. 그러자 김문현은 가당치 않는다는 듯 대답했다.

"죄가 있기는요? 다만 제 입을 두려워하는 것이지요."

신돈이 뭘 두려워하느냐고 여러 번 물었다. 그런데도 김문현은 차마 말을 못 하는 것처럼 가장하고 나왔다. 더욱 의아하게 여긴 신돈은 협박조로 다그쳤다.

"네가 말하지 않는다면 순군에 가두어서 국문할 것이야."

그제야 김문현은 진실을 실토하는 양 입을 열었다.

"저의 아비와 형이 공이 부덕하다면서 장차 반드시 나라를 망칠 것이라고 말했는데, 그걸 제가 들은지라 그 말이 새 나갈까 두려워한 것입니다."

신돈은 분노하며 김달상과 김군정을 쫓아내 기필코 죽이고자 하였다. 허나 공민왕은 그들을 장형에 처한 후 관리 명부에서 이름을 삭제하고 재산을 몰수하는 조치로 끝내고자 했다. 하지만 신돈은 후환거리를 남겨둘 이유가 없었다. 사람을 보내 끝내 그들을 죽이고 말았다.

신돈이 강권을 휘둘러 피 냄새를 뿌리며 숙청을 해 나가자 신료들은 두 부류로 나뉘었다. 감찰대부 손용은 날마다 신돈의 집에 나아가 아뢰며 더욱 아부하였다. 신돈이 대청 위에 앉아 있으면 그 아래에 엎드려 예를 취했다.

다른 한편에서는 신돈을 아예 제거하려고 하였다. 1368년 10월, 전 밀직부사 김정, 김흥조, 조사공, 유사의, 김제안, 김귀보, 이원림, 윤희종 등이 모여 신돈을 죽이려고 모의하였다. 그런데 조사공이 모의한 내용을 친하게 지내던 전 홍주 목사 정운에게 누설하니, 정운이 제학 한천과 함께 시중 이춘부에게 고하였다. 이춘부는 곧 공민왕에게 아뢰었다.

공민왕은 그들을 순군옥에 가두고 국문하게 한 다음 장형에 처한 후 유배형을 내렸다. 그러나 신돈은 그 조치로는 만족할 수 없었다. 자신을 죽이려 한 자들이었다. 신돈은 사람을 보내어 유배가는 도중에 그들을 모두 목 졸라 죽이게 하였다. 아울러 유배에 처해 있었던 조린과 김원명마저 과거 유사의와 편지를 주고받았다는 구실을 내세워 곤장을 때려 죽게 만들었다.

후환을 방지하려 할수록 신돈은 더욱 불안감에 휩싸였다. 공민왕이 아직 신임하고 있는 이때를 이용해 아예 그 근원을 제거해 버리는 것이 상책이었다. 자신이 유배 보낸 사람들을 모조리 죽여 버리는 것이었다.

신돈은 공민왕에게 주청한 후 손연 등을 경상도와 전라도에 보냈다. 그러자 홍영통이 신돈에게 조심스럽게 입을 열었다.

"사람을 많이 죽이는 것이 무슨 유익함이 있겠습니까? 부처님께서는 죄와 복은 인과응보에 따른다고 하였습니다. 이는 깊이 새겨들을 말씀입니다. 다시 재고해 보시는 것이 어떻겠습니까?"

신돈은 눈을 감았다. 그리고는 천천히 고개를 끄덕였다. 언제부터 자신이 이렇게 아귀가 되었는지 알 수 없었다. 정치라는 것이 그를 비정하게 만드는 것 같았다. 신돈은 손연 등을 다시 불러들였다.

공민왕은 1368년 12월에 이춘부를 도첨의 우시중, 이인임을 좌시중으로 임명했다. 신돈은 자신이 위험한 사지에 노출되어 있는 것 같은 불안감에 계속 시달렸다. 여기에서 벗어나야 했다. 공민왕이 자신을 신뢰하지 않는다면 왕에게 의지하고 않고 스스로의 권력 지반을 마련해야 했다. 그것은 5도 도사심관의 자리에 오르는 것이었다.

1369년 2월에 신돈은 삼사로 하여금 지방의 향직을 총괄하는 사심관을 복구해 달라는 상서를 올리도록 종용하였다. 공민왕은 사심관의 부활 주장에 대해선 단호하게 대응했다.

"선왕이신 충숙왕께서 가뭄의 재해를 당해 향불을 피워 놓고 하늘에 고하며 이 관직을 폐지해 버리자 하늘에서 비를 내려주었다. 그런데 과인이 어찌 선왕의 뜻을 잊을 수 있겠는가?"

공민왕은 이리 말하고는 그 글을 불살라 버렸다. 그런데도 다시 신돈이 청해오자 공민왕이 힐난하듯이 물었다.

"첨의께서 5도 도사심관의 일을 다 능히 스스로 볼 수 있단 말이오?"

그러면서 덧붙였다.

"여러 고을을 사심하는 것만큼 큰 대도는 없을 것이오."

신돈은 대꾸하지 못했다.

공민왕의 마음에서 점점 멀어지고 있다는 사실만을 확인받는 느낌이었다. 그럴수록 공민왕의 총애가 여전하다는 것을 다른 신료들에게 보여줄 필요가 있었다. 신돈은 1369년 4월 연복사에서 문수회를 대대적으로 열 것을 주청하였다. 공민왕은 허락하고서 직접 행차하여 승려들에게 베 5천5백 필을 내려주기까지 했다.

그럼에도 불안감을 떨치지 못한 신돈은 1369년 8월엔 은밀히 이춘부를 시켜 도읍을 충주로 옮길 것을 주청하게 했다. 공민왕은 마암 공사를 빨리 해야 할 판에 수도 이전을 논하자 크게 노하고 나왔다. 신돈은 개경이 바닷가에 위치해 왜적이 침구할까 봐 두려워서 그런 것이라며 둘러댔다.

공민왕은 잠시 생각에 잠겼다. 실상 그도 수도 이전을 이미 여러 번에 걸쳐 시도한 바 있었다. 하지만 그때마다 극력 반대에 부딪쳐 포기할 수밖에 없었다. 새로운 도읍 건설이 성공적으로 이뤄진다면 왕의 전제적 권위를 세울 수 있는 또 하나의 방법이기도 했다. 이번에 가능하다면 나쁠 것은 없었다. 그래서 공민왕은 새로운 도읍 건설을 위한 준비로 평양과 금강산, 충주의 삼소를 둘러보겠다고 선포했다. 그리고는 백성들을 동원해 길을 닦게 하고, 또 평양과 충주에 이궁과 노국공주의 혼전을 짓도록 지시했다. 백성들은 그 준비 때문에 엄청난 고통을 겪게 되었지만 어느 누구도 나서서 말하는 자가 없었다. 그런데 판사천감 진영서가 공민왕에게 아뢰었다.

"최근 들어 낮에 태백성이 나타났고 흉년까지 든 터라 주상께

서 가만히 있으면 길할 것이지만, 만약 길을 나서면 흉할 것이옵
니다."

"왜 그걸 이제야 말을 한단 말인가?"

공민왕은 처음부터 마땅해하지 않았던지라 반색하며 순행을
취소해 버렸다.

공민왕의 주된 관심은 마암의 공사를 어떻게 해서든지 밀어붙
이고 전제적 왕권을 확립하는 것이었다. 허나 그렇게 하기 위해
서라도 대륙의 정세에 민감하게 대응해야 했다.

공민왕은 1368년 9월에 원이 상도로 쫓겨 갔다는 소식을 들을
때부터 명과 교류할 수 있는 방법을 찾아보라고 지시하였다.
1368년 11월에 마침내 예의판서 장자원이 주원장을 방문하기에
이르렀고, 1369년 4월엔 명의 주원장이 특사로 보낸 부보랑 설사
가 고려에 도착하였다. 설사 일행은 1368년 11월에 금릉을 출발
했지만 풍랑을 만나 이제야 도착한 것이었다. 설사는 설손의 동
생이었다. 설손은 위구르인이었는데 원에 있을 때 공민왕과 친교
가 있어 고려로 귀화하였고, 공민왕은 후히 대접하였다. 1360년
에 이미 세상을 떠난 상태였지만 그의 동생이 특사로 옴에 공민
왕은 백관을 거느리고 숭인문 밖에까지 나가 맞이하였다. 명과의
관계를 원만하게 가져가기 위한 행동이었다.

북원이 쇠락하고 명이 신흥 강국으로 부상하는 듯하자, 공민왕
은 1369년 5월 원의 지정 연호 사용을 폐지했다. 그리고는 예부

상서 홍상재와 감문위 상호군 이하생을 금릉으로 보내 주원장의 명 황제 즉위를 축하하고 사신을 보내준 데 대해 사의를 표하도록 지시했다. 새로 흥기하는 명의 움직임을 구체적으로 파악할 필요가 제기된 것이었다.

대륙 정세의 급변에도 공민왕은 전제적 왕권을 확립하려는 뜻을 굽히지 않았다. 하지만 신돈을 내세워 조정을 이끌어가는 모습은 명덕태후로부터도 비판받기에 이르렀다.

"어찌하여 신하에게 정사를 맡기어 죄도 없고 공이 있는 사람들을 많이 죽이고, 토목 공사를 크게 일으켜 분란을 일으키는 것입니까? 무도하다고 했던 충혜왕 때에는 풍년도 많이 들고 사람을 죽이는 일도 적었는데, 지금은 어찌하여 도리어 그때보다 더 못한단 말입니까? 주상의 나이가 어리지도 않은데, 왜 국권을 다른 사람의 손에 빌려주느냐 말입니다."

명덕태후가 눈물을 흘리며 옷깃을 적셨다. 공민왕은 불편한 기색으로 반문했다.

"모후께서는 어찌하여 이같이 심하게 자식의 허물을 드러내시는 것이옵니까? 사람을 많이 죽인 것은 과인의 죄가 아니고, 다만 난신들을 처리했을 따름이옵니다."

명덕태후로부터도 인정받지 못했지만 강력한 왕권을 세우려고 했던 내친걸음을 여기서 멈출 수는 없었다.

하지만 전제 왕권 수립의 상징 조치인 마암 공사는 많은 난관에 부딪쳤다. 1369년 9월에 숭인문 밖에서 집채만 한 주춧돌을 떠내어 마암까지 운반하는데, 그 고통 소리가 마치 수천 마리의 소가 우는 것 같았다. 주현에서 일꾼들을 징발해 건축자재를 강이나 바다를 통해 운반하게 했는데 압사하거나 익사하는 자가 속출한 것이었다. 온 나라가 엄청난 고초를 겪었지만 아무도 간언하는 자가 없었다. 잘못 간언했다가는 목숨을 부지할 수가 없다는 것을 잘 아는 것이었다. 그런데 원나라 사람인 도목수 원세가 재상들에게 간절히 호소하고 나왔다. 원세는 공민왕이 제주에서 불러들여 영전 건축을 맡긴 자였다.

"원 황제가 쓸데없이 건축공사를 많이 일으켜 민심을 잃고는 결국 천하를 보존하지 못할 것을 스스로 깨닫고 피난지로 삼을 요량으로 저희들에게 제주에 궁전을 짓게 했습니다. 공사가 미처 끝나기도 전에 망해 버리는 바람에 생계가 막막했는데 지금 여기로 불려 와서 다시 생계를 잇게 되니 저희로서는 천만다행입니다. 하오나 그 큰 천하를 소유했던 원도 백성들을 괴롭혔기에 멸망했는데 아무리 큰 고려라도 이렇게 해서야 어찌 민심을 잃지 않을 도리가 있겠습니까? 재상께서는 부디 국왕께 잘 아뢰어 주십시오."

그러나 공민왕의 확고부동한 뜻을 안 재상들은 감히 간언을 전하지 못했다.

시시각각 흘러가는 정세를 살펴보며 공민왕은 명과의 교류에 더욱 열을 올렸다. 북원은 쇠락해가고 있으니 더 이상 눈치를 볼 필요가 없었다. 도리어 쇠락해가고 있는 때를 이용해 요동을 공략해 그 땅을 차지해 명으로부터 묵인받으면 그만이었다. 그리만 된다면 고려의 위상을 더욱 높이고 자신의 전제 왕권의 수립에도 큰 도움이 될 수 있을 것이었다.

공민왕은 또다시 1369년 8월 총부상서 성준득을 명의 조정으로 보내 천자의 생일을, 대장군 김갑우는 황태자의 생일을 축하하게 하고, 지난번에 명과의 교류를 성사시켰던 공부상서 장자온에게는 신년을 하례하라고 지시했다.

그러면서도 신돈에게 그가 원한 바를 끝까지 밀고 나가면 신임할 것이라는 표시로 팔관회 때에는 아예 나가지도 않고 신돈으로 하여금 국왕을 대행하게까지 하였다. 팔관회는 산천에 제사 지내면서 신하들과 외국 사신들의 조하를 받으며 황제로서의 위상을 시위하는 자리이기도 했다. 공민왕은 신돈에게 또다시 기회를 준 것이었다. 신돈은 공민왕의 지시에 따라 의봉루에서 신하들의 하례를 직접 받았다.

공민왕은 전제 왕권을 확립하는 데에 대외적 정세도 적극 활용하려 들었다. 대륙의 정세를 지켜보던 공민왕은 마침내 칼을 빼들었다. 1369년 11월 수문하시중 이인임을 서북면 도통사, 지용수를 서북면 원수 겸 평양윤, 이성계를 동북면 원수 겸 지문하성사, 양백연을 서북면 부원수로 임명하고, 이인임에게 큰 깃발을 주어 임지로 떠나보냈다. 동북면과 서북면의 전략적 요충지에 만호와 천호를 많이 배치하여 동녕부를 공격할 만만의 준비를 다그치라고 엄명한 것이었다.

고려의 서북방에서 은밀하게 군사적 움직임이 진행되고 있는 가운데 북원으로부터 서원군 노은이 황제의 조서를 받들고 고려로 오고 있다는 소식이 보고되었다. 공민왕은 즉각 대장군 송광미를 보내어 노은을 붙잡아 국문하게 하였다.

노은의 대답은 간단했다. 고려와의 관계를 다지고 서로 힘을 합쳐 명을 몰아내자는 것이었다. 지난날 홍건적의 반란 때처럼 고려의 군대를 동원하자는 식의 재판이었다. 명과 대적할 의향도 없고, 요동 땅을 차지하려고 벼르고 있는 판에 그건 콧방귀나 뀔 소리였다. 도리어 동녕부를 공략하려는 고려 군사의 움직임을 눈치 채고 원에 귀띔할 수 있는 상황인지라 살려두어서는 안 되었다. 고문은 가혹했다. 그걸 견뎌내지 못한 노은은 왕중귀, 이수림 등과 통모하여 첩자 노릇을 하였다고 거짓 자백하였다. 왕중귀는 기철의 사위로서 원에 여러 번 사신으로 갔다 왔고, 이수림 또한 기원의 사위였다. 모두 기황후의 인척 관계가 된 사람으로서 내통을 의심스러워하며 그와 연루된 18명을 모두 처형하였다.

공민왕은 동녕부 정벌을 다그치면서도 자신의 전제적 왕권의 상징 행위들을 업신여기는 것에 대해서는 결코 용서하지 않았다. 납일에 노국공주가 묻힌 정릉에 제사를 지내지 않자 공민왕은 크게 분노하였다. 공민왕은 전 시중 유탁의 짓이라고 여기고는 곧바로 명을 내렸다. 유탁을 하옥시키고 면직하여 서인으로 만들고 그 집을 적몰하라는 것이었다. 허나 도당에서 다른 능에도 납일엔 모두 납제가 없으며 유탁의 잘못이 아니라고 주청하니 마지못

142

해 다시 석방시켰다.

　동녕부 정벌 준비를 마친 고려군은 1370년 1월 압록강을 건넜다. 동녕부의 동지 이오로테무르는 고려군이 진격해 온다는 소식을 듣고 우라산성의 험한 지세에 의지해 저항해 나섰다. 이성계는 고려가 이 지역을 차지하려면 큰 살상전을 치르지 않고 항복을 받아내야 한다고 보았다. 그래서 무작정 공격하지 않고 고려군의 위세를 강력히 시위하였다. 이오로테우르(이원경)는 그 의중을 읽고 자기 선조도 본디 고려인이기에 고려의 신하가 되겠다고 하면서 3백여 호를 거느리고 투항하였다.

　그러나 그 우두머리인 고안위가 여전히 농성한 채 계속 저항하자 고려군은 성을 포위해 나섰다. 그렇지만 이성계는 여전히 큰 살상전을 피하기 위해 자신의 주특기인 활을 쏨으로써 시위하였다. 애기살이나 부르는 편전을 사용했는데 그 위력은 매우 강력한 것이었다. 70여 발이나 쏘아 그때마다 적군의 면상을 명중시켰다. 적군은 기세가 꺾이고, 고안위는 처자까지 내버려 둔 채 밤중에 성 밖으로 도주하였다.

　이튿날 두목 20여 명이 무리를 이끌고 성을 나와 투항했고, 그 소식을 들은 주위의 여러 성들 또한 투항해오니 1만이 넘은 민호가 고려에 속하게 되었다. 노획한 소 2천여 두와 말 수백여 필을 모두 원래의 주인에게로 돌려주자 북방 사람들이 크게 기뻐하며 물결같이 귀순해 왔다. 하지만 그 땅을 차지하기 위한 준비를 철저히 하지 못한 고려군은 다시 퇴각해야만 했다.

공민왕은 다시 후퇴했다는 소식에 아무런 대꾸도 하지 않았다. 그럴 것 같으면 애당초 동녕부를 공격할 이유가 없었다.

그 성과가 전혀 없는 것은 아니었다. 고려의 공격 앞에 놀란 나하추는 1370년 2월 사자를 보내 특산물을 바치면서 관직을 요청하였다. 명과 대적해야 하는 상황에서 고려의 벼슬을 받음으로써 후방으로부터의 공격을 피하려는 의도였다. 공민왕으로서도 그에게 벼슬을 내려줌으로써 그 땅에 대한 지배권을 주장할 길이 열리게 되었다. 공민왕은 나하추에게 삼중대광, 사도의 관직을 내려주고 여러 선물을 하사하였다.

전제적 왕권의 상징물을 건축하려는 공민왕의 열망은 더욱 커져만 갔다. 노국공주의 영전을 화려하게 짓는 것은 곧 그 권위의 상징이었다. 1370년 4월 공민왕은 노국공주의 영전에 관음전을 짓도록 하였다. 아홉 개나 되는 기둥에 그 규모가 으리으리할 정도로 웅장했다. 강력한 왕권의 위상을 상징적으로 드러내주는 것 같았다. 아직까지는 신돈이 필요하다는 증거였다. 공민왕은 내친김에 연복사에서 문수회를 성대하게 열었다. 태평성대의 세상이 곧 열어지게 될 것임을 시위하기 위함이었다. 신돈을 먼저 보내면서 승선과 위사들로 하여금 호위하게 하여 그 위세를 돋보이게 하였다.

그런데 명의 주원장이 1370년 4월 조천궁 도사 서사호를 고려에 보내오면서 공민왕이 대외정세를 전제 왕권의 수립에 이용하려던 목적에 금이 가기 시작했다. 명에 대해 오판했음이 드러난 것이었다. 서사호가 명 황실을 위해 고려 산천의 신령들에게 직접 제향을 올리고 비석까지 세우겠다고 나온 것이었다. 이건 고려 땅을 아예 자기 영토로 여기는 행위였다. 고려의 자존심을 꺾는 것이자 고려왕의 권위를 완전히 깔아뭉개 버린 것이었다. 공민왕은 병을 핑계 삼아 서사호를 만나지도 않았다.

그럴수록 국왕의 권위이자 상징인 영전공사에 대한 공민왕의 집착은 날로 커져만 갔다. 1370년 5월 비가 내리자 공민왕은 영전 공사에 지장이 초래된다면서 사찰과 신사에서 기청제를 지내라고 명했다. 농사철인지라 비가 더 많이 내려야 한다는 사실조차 공민왕의 뇌리에는 들어오지 않았다.

공민왕은 나아가 노국공주의 정릉을 수호하는 능호를 설치하고 광암사에 전민을 지급해 해마다 명복을 빌도록 조치하였다. 그리고는 신료들 앞에서 분명한 어조로 밝혔다.

"후대의 임금과 신하는 이 광암사의 것을 절대 침범하여 빼앗거나 몰래 훔쳐서는 아니 된다. 이 선언을 준수하지 않는다면 하늘이 반드시 벌을 내릴 것이다."

그러나 대륙의 정세 속에서 공민왕이 성급하게 원에 대해 취한 정책은 그에게 또 다른 슬픔을 가져다주었다. 북원은 고려가 적대적인 입장으로 명확히 돌아섰다고 여기고 노국공주의 아버지인 위왕을 처형하였다. 공민왕은 그 소식을 듣고 조회를 중지시키며 육식까지 끊고 며칠 동안 눈물을 흘렸다.

반면에 명은 공민왕에게 왕위를 책봉한다는 칙서를 보내왔다. 명은 아직 고려와 직접적으로 부딪치는 단계가 아니었다. 운남과 티베트, 감숙 지역은 물론 만주와 요동에는 원의 세력이 건재하고 있었다. 이들 세력과 고려가 서로 협력한다면 그건 만만치 않았다. 명으로서는 고려를 이들 세력들로부터 떼어놓은 것이 필연적 선택이었다. 그러나 공민왕은 명으로부터 왕위 책봉을 수여받는 것을 기화로 요동을 더욱 공략하려는 결심을 굳혔다.

요동을 고려 땅으로 만들고 마암 공사를 성공적으로 진행하면 전제적 왕권은 강력히 세워질 것이었다. 그런데 마암 공사는 더 이상 추진할 수 없을 정도로 난관에 휩싸였다. 1370년 6월에 관음전 제3층의 대들보를 올리다가 26명이나 압사하는 사건이 발생했다. 명덕태후는 공민왕에게 공사의 중지를 강력하게 요청했다. 허나 공민왕은 물러설 수 없었다. 그런데 다름 아닌 신돈과 이춘부까지 주청하고 나왔다. 백성들의 원성이 하늘에 치솟을 듯해 더 이상 추진하기가 무리였기 때문이었다. 이들마저 반대하고 나옴에 공민왕은 더 강행할 명분조차 유지할 수 없게 되었다. 그들을 지금껏 내세운 이유가 강력한 전제 왕권을 수립하고자 함이었고, 그 상징적 조치가 마암 공사였는데 그걸 이들이 부정하고 나온 것이었다.

공민왕은 신돈과 이춘부를 한참 동안 뚫어지게 바라보았다. 당신들이 이걸 주장하게 되면 쓸모없는 존재가 된다는 것을 알고서도 이리 나오느냐는 무언의 물음이었다.

146

공민왕은 마지못해 마암 공사를 중지시키고 대신에 왕륜사 영전공사를 다시 수축하라고 지시하였다. 전제적 왕권은 아니더라도 최소한의 왕의 존엄은 지탱되어야 했다.

전제적 왕권 수립의 꿈이 깨져 나가는 판국에 명과의 관계도 삐걱거렸다. 1370년 6월 명이 난수산의 반란을 일으켜 관리들을 죽이고 도망친 진군상 등의 행방을 추궁하면서 발생한 것이었다. 진군상 등은 방국진의 수하였는데, 그 투항에 반발하며 주원장에게 항거한 것이었다. 허나 토벌군에 쫓기게 되자 몰래 고려로 들어와 살고 있었다. 이들을 고려가 숨겨주지 않았냐고 의심한 것이었다. 미리 명을 좇아 환심을 사려고 했는데, 그게 만만치 않음을 실감할 수밖에 없었다. 국가 간의 관계는 역시 힘의 역학 관계에서 결정되는 것이었다. 그것도 군사적인 역량 관계였다. 일단 공민왕은 진군상 등 1백여 명에 달하는 일당과 처자 및 재산까지 명나라로 보냈다. 거기에다가 1370년 7월에는 명과의 우의를 맺으려는 고려의 의지를 더욱 확고히 보여주기 위해 명의 연호인 홍무를 사용하기 시작했다.

어떻게 해서든 요동 지역을 확보해야 했다. 그게 그의 안위와 직결되고 있었다. 아니 다시 황제국으로서 고려의 위상을 세우고 자신의 전제적 왕권도 확립할 수 있는 길이었다. 모든 승부는 거기에 달려 있었다.

공민왕은 또다시 1370년 8월 서북면 상원수 지용수와 부원수 양백연, 동북면 상원수 이성계 등에게 동녕부를 정벌하기 위한 준비를 다그치라고 명을 내렸다.

다른 한편 마암 공사의 중단으로 전제적 왕권을 세우기 위한 노정이 틀어지게 되자 이제 국왕으로서의 존엄을 세우는 것이 더욱 시급해졌다. 왕 스스로 서야만 했다.

공민왕은 1370년 9월 광명사에 행차해 승려들을 대거 모아 놓고 승려 혜근으로 하여금 공부선을 시험하도록 했다. 혜근이 제조승록사사로서 불교의 장이나 다름없는 신돈을 대신하게 한 것이었다. 나옹화상 혜근은 인도 고승인 지공선사와 평산 처림으로부터 배웠으며, 원 순제로부터 광제선사의 주지로 임명되고, 금란가사를 하사받는 등 이름 높은 선승이었다. 이제부터는 이런 위치의 혜근이 공민왕의 이해관계와 더 부합하다는 것의 상징이었다.

공민왕은 직접 왕권을 행사하겠다는 뜻도 분명히 밝히고 나왔다. 1370년 10월에 시중 이춘부 등에게 명했다.

"경들은 판사로 있으면서 그 직무에 힘쓰지 않으니 정치가 어떻게 제대로 되겠는가? 옛날의 선왕들은 모두 친히 정무를 처리했으니 금후로는 대간과 6부는 소속 관청에서 업무를 보고, 직접 보고하도록 하라."

국왕의 권한을 착착 찾아가면서 공민왕은 동녕부를 공격할 준비가 되었다는 보고에 진격을 명하였다. 모든 상황을 일거에 뒤집어버릴 묘책이 바로 이 공격에 달려 있었다.

1370년 11월 지용수와 이성계, 양백안 등이 이끄는 고려군은 의주에서 부교를 만들어 압록강을 건넜다. 나장탑에 이르니 요성까지의 거리는 이틀간의 노정이었다. 기습전을 전개해야 했기에 7일간의 양식만 가지고 서둘러 출발하였다.

비장 홍인계와 최공철이 경기 3천 명을 이끌고 요성을 습격하니 적들은 고려군이 적다고 여기고선 맞서고 나왔다. 그러나 점차 고려군의 대오가 잇따라 이르니 성안에서 바라보며 두려워하였다. 그런데 처명이 스스로 날래고 용맹함을 믿고 싸우려 하자 이성계가 지난 오라산성 전투에서 항복하여 고려로 귀화한 이원경을 보내어 설득하게 하였다.

"죽이기는 쉽지만 너를 살려서 거두어 쓰려고 하니 속히 항복하도록 하라."

처명이 따르지 않자, 이원경이 다시 말했다.

"네가 이성계 장군의 재주를 몰라서 그러는데, 만약 네가 끝내 항복하지 않는다면 활을 한 번에 쏘아서 네 몸뚱이를 꿰뚫어 버릴 것이다."

처명이 항복하지 않고 버티매 이성계가 일부러 활로 투구를 쏘아 떨어뜨리고는 다시 이원경을 시켜 타일렀다. 그래도 듣지 않자 다리를 쏘았다. 처명이 화살에 맞고서 물러났다가 다시 싸우려 하므로 이번엔 이원경을 시켜 위협하도록 하였다.

"네가 만약 항복하지 않으면 이번엔 곧 네 얼굴을 쏠 것이다."

처명이 드디어 말에서 내려 고려군에 항복하였다. 그것을 본

적군의 한 병사가 성에 올라 크게 소리쳤다.

"대군이 왔다는 소리를 듣고 모두 항복하려고 하는데, 성을 지키는 장수가 억지로 막아 싸우게 하고 있으니, 만약 힘을 다해 성을 공격하면 빼앗을 수 있을 것이요."

성은 매우 높고 험준했다. 고려군은 함성을 지르며 공격에 나섰다. 처음엔 화살이 빗발처럼 쏟아지고 나무와 돌도 날아들었다. 고려군이 이를 무릅쓰고 나아가니 그토록 강고해 보였던 방어망은 순식간에 허물어졌다. 병사들이 싸움을 포기한 것이었다. 성을 함락했으나 기샤인테무르는 도망가고 김백안을 사로잡았다. 김백안은 고려인으로서 낭장이었는데, 원으로 들어가서 대성을 지내고 평장에까지 이른 자였다. 그만큼 요동과 만주 지역은 고려인들이 많았던 것이었다.

고려군은 요성을 장악했으나 안타깝게도 싸우는 과정에서 창름이 거의 불에 타 양식을 구할 수가 없었다. 고려군은 요성을 포기하고 물러나야 했다. 퇴각하는 중에도 나하추의 공격을 받을까 염려하여 뒷간과 마구간을 만들어 군대가 정연하게 움직이는 식으로 속여야만 했다.

공민왕은 전황을 보고 받고 눈을 감았다. 조정 내에서도 전제적 왕권을 세우려는 꿈이 물 건너가듯 국제 관계에서도 그 꿈은 더 멀어져만 갔다. 어디서부터 실타래가 얽혀버렸는지 모든 일이 꼬여만 가는 격이었다. 그때 떠오른 건 최영이었다. 최영이었다면 결코 장악한 그 지역을 어떻게든 지키려고 하였을 것이지 그냥 물러나진 않았을 것이었다. 그러면서 최영이 절호의 기회라며 인사 쇄신과 군력을 강화해 달라고 울부짖듯 주청했던 사실이 그의 뇌리에 떠올랐다. 왜 그것을 그때 받아들이지 않았는지 한탄스럽기만 했다. 허나 지금이라도 이 사태를 수습해야 했다. 만주와 요동에 있는 모든 원의 세력을 적대관계로 만들어서는 안 되었다. 공민왕은 도평의사사에 명해 동녕부에 공문을 보내도록 지시했다.

"기샤인테무르는 자기 아비 기철이 반란 음모를 꾸미다가 처형당한 후 우리 고려에 깊은 앙심을 품고 반역을 획책해 왔다. 요심 지역은 애초 고려의 옛 영토였으나 원을 섬기게 된 이후에 부마국이 되는 바람에 행성의 관할로 두었던 것이다. 그런데 기샤인테무르가 이 지역을 점거해 자신의 소굴로 삼고 위로는 원에 충성하지 않고 아래로는 우리 고려에 공연한 사단을 일으켰기 때문에 군대를 파견해 그 뒤를 쫓아 습격하게 하였다. 그런데 정작 기샤인테무르가 도주해 버려 아직 체포하지 못하고 있다. 악행을 없애려면 그 뿌리를 뽑아야 할 것이다. 몽골인과 한인과는 전혀 무관한 일이니 그 자가 만약 포위망을 빠져 나가 그 지역에 있으면 즉시 체포하여 압송하기 바란다."

공민왕은 강계만호부에도 지시해 요심의 지역민을 효유하는 방을 붙이라고 지시하였다.

"요심은 원래 고려 땅으로, 대군이 또 출정하면 선량한 사람까지 피해를 입을까 우려된다. 압록강을 건너와 우리의 백성이 되기를 원하는 자는 관청에서 양식과 종자를 주어서 저마다 생업에 안착하게 해 줄 것이다."

이런 노력 때문인지 1371년 2월 여진의 천호 이두란테무르(이지란)가 백호 보개를 보내 민호 1백 호와 함께 귀부해 왔다.

허나 이런 정도로는 대세에 큰 영향을 미칠 수 없었다. 요동을 장악하지 못하고서는 외세의 간섭을 막아낼 수 없었고, 그건 왕의 권위 정도가 아니라 안위와 직결되었다. 더 이상 남에게 왕의 권력을 내맡기고 있을 처지가 아니었다. 왕의 권위를 하루빨리 세우고 되찾아야 했다. 이미 공민왕은 정언 이첨이 1370년 11월에 6부와 대성의 관원이 매월 육아일에 친히 아뢰도록 주청하자 그것을 그대로 받아들였다. 당연히 사관 또한 좌우에서 시종하게 하였다.

1370년 12월에 공민왕이 보평청에서 정무를 보는데, 사헌부와 이부에서 노비와 관련된 사안을 건의하였다. 공민왕은 단호한 목소리로 지적했다.

"사헌부는 백관을 규찰 탄핵하고, 이부는 형옥에 관한 업무만을 전달하고 있는데, 무엇 때문에 노비에 관련된 일까지 건의한단 말인가? 금후로는 각기 소관 업무에만 충실할 뿐 다른 부서의 업무를 침해하지 말도록 하라."

공민왕이 업무를 직접적으로 장악해 들어가자 신돈이 불편함을 호소하였다.

"매월 육아일(六衙日)마다 정사를 듣고 판단한다면 송사를 담당하는 관원이 5일 안에 원인을 밝혀 처리하기가 어려울 것이옵니다. 청컨대, 초 2일과 16일 양일에만 정사를 보도록 하시옵소서."

공민왕은 신돈을 바라보았다. 불안해하는 모습이었다. 공민왕은 신돈의 의견을 그대로 받아들였다. 그러나 계속 정무를 꼼꼼히 챙겨 나갔다.

1371년 3월 한 달에 두 번 정무를 처리하도록 했지만, 금후로는 중요한 안건이 있으면 규정된 날에 구애받지 말고 직접 보고하라고 지시하였다.

그리고는 지금껏 인사도 올리지 않았던 명덕태후를 찾았다. 병문안이라는 구실이었다. 하지만 신돈을 내세운 것을 못마땅하게여긴 명덕태후를 알현하는 것은 이제 자신이 직접 통치하겠다는뜻을 알린 것이기도 했다.

이렇게 왕의 권한을 직접 행사하는 길로 착착 진행하는 과정에공민왕으로서는 매우 당황스러운 사건이 발생하였다. 1371년 윤3월 북원의 요양성평장사 유익과 왕우승 등이 명에 귀부하려 한다고 고려 조정에 알려온 것이었다. 귀부할 경우 요양의 백성들을 명이 다른 지역으로 이주시킬 것을 두려워하여 요양이 본디고려 땅이니 고려 조정에서 요청하면 이주를 면할 수 있을까 해서 그에 대한 의사를 타진해 온 것이었다.

이것은 공민왕이 전혀 예상하지 못한 바였다. 원이 약화된 틈을 봐 그 지역을 장악하려고 하였는데, 그들이 명에 투항한다면 고려의 진출이 막히는 것이었다. 그 지역을 공격하여 영토로 편입시키지 못하고 적대관계로 돌린 것이 이런 결과를 초래한 것이었다. 허나 이미 엎질러진 물이었다. 그렇다고 그 땅을 수복해야 할 고려가 나서서 명에 전달해 줄 이유도 없었다. 그저 지켜보는 수밖에 없었다.

1371년 4월 명의 중서성에서 공문을 보내 왔다. 과거 원의 요양행성평장사를 지낸 유익이 금주, 복주, 개주, 해주 등의 땅을 가지고 귀순해 왔으므로 황제가 그를 요동도지휘사로 임명했다는 소식의 전달이었다. 자신들이 요동 지역을 관할하게 되었다는 주장이나 다름없었다. 하루빨리 무장 세력들을 불러들여 나라의 안위부터 다져야 했다. 전제적인 왕권을 세우는 데도 도움 되지 않고, 도리어 그 상징적인 조치인 마암 공사를 부정한 사람들을 그대로 놔둘 이유는 없었다.

마음이 다급해진 공민왕의 속도 모른 신돈의 시종들은 천판에서 신돈을 첨의로서 간절히 전송해준다는 뜻으로 잔치를 크게 베풀었다. 공민왕은 양청에서 그 광경을 지켜보았다. 시중 이하 벼슬아치들이 자그마치 2백 명이나 참석하고 있었다. 신돈이 조정 신료들을 완전 장악하고 있는 꼴이었다. 권적은 그 잔치를 위해 화산대까지 만들어 놓았다. 신돈은 마음이 썩 편치 못했다. 공민왕이 그를 내치려 한다는 것을 직감하고 있는 바였다. 신돈은 공민왕의 마음을 풀어주고자 공민왕이 지켜보고 있던 양청으로 화산대를 옮기게 하여서는 구경하도록 해주었다.

공민왕의 심기를 풀어주려는 신돈의 노력에도 공민왕은 내친 걸음을 계속 걸어 나갔다. 1371년 6월 조정의 인사 조치를 단행했다. 강중상을 판개성부사, 정사도를 지밀직사사, 홍중원을 총부상서로 임명했다. 그 대신에 좌사간 민수생, 우사간 기숙륜, 우정언 이첨, 사헌잡단 김효선을 외직으로 폄출시켰다.

그런데 1371년 6월 왜적이 예성강까지 침구해 와 전함 40여 척을 불태워 버리고 나왔다. 수시로 왜구는 준동하고 있었는데, 1371년 3월에도 서해도 해주를 침구해 관아에 불을 지른 후 목사의 처와 딸까지 납치하는 짓까지 벌였다. 그러다가 고려가 동녕부 공략에 힘을 쏟으면서 경계가 느슨해진 틈을 비집고 또 침공해온 것이었다. 조정에서는 병마사 김입견을 장형에 처한 후 안산으로 유배 보냈다. 대신에 이성계를 서강도지휘사, 양백연을 동강도지휘사로 임명하여 대비케 하였다.

이런 조치로 인해 공민왕은 조정은 물론이고 개경의 군권까지 대비하게 된 셈이었다. 왕의 권한을 다시 되찾을 모든 준비가 완료되었으니 단지 명분만 만들면 되는 상황이었다.

5

난국 수습을 위해 6도순찰사로 등용되다

신돈은 눈을 감았다. 공민왕과의 밀약을 계기로 조정에 뛰어든 5년 6개월의 세월이 그의 뇌리에 주마등처럼 스치고 지나갔다. 문수보살의 화신이 되어 도탄에 빠진 백성들을 구해내고자 했던 그의 모든 노력은 물거품이 되어 버렸다. 세상이 원래 공인 것처럼 모든 게 공으로 되돌아가는 것 같았다. 이제 초심의 마음으로 돌아가야 했다. 그 마음을 안 사람들이 첨의전송으로 환송해 주었지만 공민왕은 그걸 또 의심한 모양이었다. 착잡할 뿐이었다.

신돈은 사뿐히 몸을 일으켜 세웠다. 그때 기현과 최사원, 정귀한, 진윤검, 기중수, 한을송, 고인기 등이 다급히 몰려 들어왔다.

"첨의께서는 이렇게 그냥 물러서고 말 것입니까?"

공민왕이 신돈을 버리려고 한 것을 안 그들은 대책을 요구하고

나섰다. 살기 위해 뭔가 해 보자는 주장이었다. 허나 신돈으로서
는 대항할 뾰족한 방법이 없었다. 공민왕의 꼭두각시 역할을 하
다가 이제 쓸모가 없어 팽 당한 꼴이었다. 허나 자존심은 그걸 허
락하지 않았다.

"나야 옷 한 벌 입고 바리때 메고 왔던 것처럼 그냥 되돌아가면
그만 아니겠는가?"

"아시지 않습니까? 주상의 성정을 말입니다."

"맞습니다. 이렇게 가만히 있다간 모두들 죽음을 면치 못할 것
입니다. 그럴 바에는 차라리……. 이번에 임금이 헌릉(광종 릉)과
경릉(충렬왕 릉)을 배알한다는데 그 기회를 보아……."

"지금 무슨 소리를 하는 겐가? 그건 아니 될 것이야. 죄업을 더
키울 뿐이네. 그만들 물러들 가시게."

신돈의 단호한 목소리에 그들은 마지못한 듯 밖으로 나갔다.
그러나 그들은 곧장 헤어지지 않고 서로 속닥거리며 바삐 사라졌
다. 그 다음 날도 모여서 서로들 한숨을 내쉬며 은밀히 대화를 주
고받았다.

신돈은 그들의 행동을 못 본 척했다. 제 살 길을 찾자고 버둥대
는 것인데, 그에 대해 뭐라고 할 수는 없었다.

신돈은 여느 때처럼 일어나 일상을 준비했다. 그러나 그에게
들려온 소식은 참담했다. 기현과 최사원, 고인기, 전 소윤 정구
한, 장군 진윤검, 기현의 아들 전 정랑 기중수, 한을송 등이 순군
옥에 잡혀 국문당하고 있다는 것이었다. 신돈의 문객 선부 의랑

157

이인이 신돈의 일당이 꾸민 역모를 문적에 기록해 두었다가 서찰로 만들어 한림거사라 칭하며 재상 김속명의 집에 던져 넣었는데, 그 사실을 확인하려 한다는 것이었다.

신돈은 그저 고개만 끄덕였다. 닥칠 일이 닥친 것뿐이었다. 그 칼날은 곧 자신을 향해 다가올 것이었다. 이미 그걸 피하고자 5도 도사심관을 요구하였던 것인데, 그때 공민왕은 그에게 그 사심관이 가장 큰 도적이라며 거부하였다. 공민왕이 그를 어찌 대하려고 하는지 그 의중이 드러난 셈이었다.

신돈이 처음부터 자기 지지기반을 세우려고 한 것은 아니었다. 문수보살의 화신으로서 불교적 권위는 정당화되었다. 허나 정치적 명분이 약했다. 권신들과 유자들은 중이 정사에 개입하는 것을 한사코 문제 삼으며 붙들고 늘어졌다. 공민왕은 영전 공사를 전제적 왕권을 세우는 상징물로 여겼다. 그 뜻을 잘 알았기에 처음엔 막지 않았지만, 백성들의 원성이 하늘을 찌르는지라 계속 외면할 수 없어 공민왕에게 마암 공사의 중단을 주청하지 않을 수 없었다. 공민왕으로부터 완전히 버림받는 길이라는 것을 직감했지만 어쩔 수 없었다. 더욱이 명이 신흥 제국으로 등장하면서 외교적 책략이 요구되었는데, 그건 자기 영역 밖이었다. 진퇴양난이었다. 살아남으려면 신료들을 좌지우지할 수 있는 권한을 확보해 자기 세력을 구축하는 수밖에 없었다. 그게 없이는 문수회를 여는 것 외에 그 어떤 정책도 펼 수 없었다. 아무것도 추진할 수 없도록 무력화시켜 놓고선 공민왕은 그 모든 상황의 책임을 온전히 그에게 떠넘긴 격이었다.

수행 거사로서의 역할만 하면 될 것을 너무 과분한 걸 좇았다가 맞이한 파국이었다. 그렇지만 비루한 꼴을 보이고 싶지는 않았다. 비록 쫓겨난다고 해도 문수보살 같은 지혜의 화신으로 도탄에 빠진 백성들을 구하고자 했던 그 진심만은 농락당하고 싶지 않았다.

신돈은 2살 된 아들놈의 생일날을 맞아 광명사에 들려서 승려들에게 음식을 대접했다. 그런데 공민왕은 승선 권중화를 보내어 향과 함께 곤룡포까지 하사해 주었다. 왜 곤룡포를 보내준 것인지 공민왕의 저의를 짐작하기 어려웠다. 허나 최소한 오늘까지는 손대지 않을 것이라는 뜻일 것이었다.

신돈은 그냥 집으로 귀가하려다가 정릉으로 발길을 돌렸다. 조정 일에 개입하였으니 그의 처결은 정치적으로 결정될 일이었다. 공민왕에게 마지막 기대와 선처를 걸어보는 수밖에 없었다. 그의 마지막 보루는 아지(우왕)였다. 아지는 공민왕의 아들이었다. 자기 아들을 보살피고 키워준 은공을 공민왕이 쉽게 모른 척할 수는 없지 않느냐는 자기 위안이었다.

신돈은 정릉에 들러 노국공주의 영전에 참배하였다. 공민왕의 뒤를 이어 노국공주와 공민왕의 영전을 지켜줄 자는 아지라는 것을 깨우쳐주기 위함이었다. 공민왕은 이인임과 염흥방, 두리쉬구치를 보내 왔다, 아직까지는 첨의로서 대접하는 것이지만 감시당하는 느낌을 지울 길이 없었다.

이튿날 역모 혐의로 순군옥에 갇혔던 사람들이 자백했기에 기현, 최사원, 정구한, 진윤검, 기중수, 고인기, 한을송 등이 처형되었다는 소식이 전달되었다.

신돈은 차분히 공민왕의 처분을 기다렸다. 공민왕은 이성림과 왕안적을 보내 신돈을 수원으로 유배하라고 명을 내렸다. 신돈은 그들의 지시에 묵묵히 따라나섰다.

공민왕은 즉시 최영을 비롯해 전 시중 경천흥, 전 찬성사 안우상, 전 평리 이순, 상장군 윤승순 등을 유배지로부터 소환했다. 신돈 일당이 반발할 것에 대한 대비였다.

공민왕의 분명한 결심을 확인한 이춘부와 김란, 홍영통, 김진 등은 사죄를 청했다.

"신등은 신돈과 더불어 국사를 처리하여 왔사옵니다. 이제 신돈은 귀양 갔는데 신등만 유독 죄를 면한다면 국론이 어찌 되겠사옵니까?"

공민왕은 망설이며 한참 동안 그들을 내려다보았다. 처리해야만 했다. 허나 추후 공론을 따르는 방식이 더 좋은 모양새였다. 공민왕의 지시가 떨어졌다.

"우선 돌아가서 일들을 보도록 하시구려."

양부와 대간, 이부에서 신돈을 극형으로 다스리고 그의 당류들을 멸하라는 주청이 올라왔다. 공민왕은 기다렸다는 듯 명을 내렸다.

"법은 천하만세의 공의로 과인이 사사로이 어쩌지 못할 바이니 건의하는 대로 시행하라."

공민왕의 지시에 대호군 이백수가 처형되고 성여완과 조사겸, 유준 등이 유배에 보내졌다. 대사성 임박과 판사 김두는 신돈을 목 베기 위해 수원으로 향했다.

임박은 수원에 이르러 사람을 시켜 왕이 부른다고 거짓으로 알렸다. 신돈이 반발하고 나오지 않게 하기 위함이었다. 공민왕이 찾는다는 소리에 신돈은 아지(모니노, 우왕) 때문이라고 여기고 자신을 용서해주는 것으로 마지막 위안을 삼았다. 허나 임박이 그에게 보여준 것은 공민왕이 신돈, 이춘부 등과 함께 맹약한 일에 대한 공민왕의 답변이었다.

"네가 일찍이 이르기를, 부녀자를 가까이함은 도인법으로 원기를 양성하기 위함이고, 감히 사통하려는 것은 아니라고 하였는데, 이제 들으매 아이까지 낳았다 하니, 이것이 맹약한 글에 있는 것이냐? 도성 안에 너의 좋은 집이 일곱 군데나 있다 하니, 이것도 맹약한 글에 있는 것이냐?"

신돈은 그 글을 읽으며 허탈하게 웃었다. 허망한 기대를 품었던 것에 대한 자조 섞인 웃음이었다. 그때 어디에서 울려나오는지 모르지만 그의 뇌리에 강렬한 외침 소리가 들려왔다.

"스스로의 힘으로 불성을 쌓는 것이지 어찌 남의 힘에 의탁해 성불할 수 있단 말이냐?"

눈이 번쩍 뜨임과 동시에 신돈의 목이 날아갔다. 임박이 맹약한 글과 공민왕의 서찰을 함께 불사르게 함과 동시에 신돈의 처형을 명한 것이었다. 신돈의 눈은 채 감겨지지 못했다.

사헌부에서 이춘부와 김란, 홍영통 등은 신돈에 아부한 자들이니 처형하라고 주청을 올려왔다. 허나 공민왕은 관직만 파면하고 죄는 더 묻지 말라고 지시하였다. 대신에 윤환을 문하시중, 한방신을 찬성사, 이색을 정당문학, 이성계를 지문하부사로 임명하였다. 그리고는 근신들에게 물었다.

"근일의 공론은 어떠한가?"

"모두들 국가에서 큰 인재를 얻었다고들 하옵니다."

공민왕은 기꺼워하며 고개를 끄덕였다. 신돈에 대한 죄악의 불똥이 자신에게까지 튈까 봐 근심스러워하였는데, 일이 무난히 처리되고 있음이었다. 그래서 공민왕이 덧붙여 말했다.

"문관과 무관 모두 제일 뛰어난 인재를 기용하여 재상으로 삼았는데, 감히 누가 이의를 달겠느냐?"

공민왕은 조정의 공의를 확인한 후 기다렸다. 임금이 무엇을 원하는지를 알면 신료란 작자들은 스스로 알아서 움직일 것이었다. 헌사에서 전 시중 유탁에 대한 처벌 상소가 올라왔다.

"유탁이 수상이 되어 일찍이 전라 군민을 독점하려고 매서인 야선첩목아에게 의뢰하여 만호부를 설치하였으며, 노국공주의 상사 때에는 빈전에 올리는 전을 빠뜨렸고, 장사지낼 때에는 박례로 행했으며, 또 역적 신돈에게 아부하여 노비와 재물을 뇌물로 주었사옵니다. 이백수가 신돈의 역모를 알렸을 때는 유탁이 알면서도 자수하지 않았으니, 바라건대 전형으로 조치하여 불경하고 불충한 죄를 바로잡도록 하시옵소서."

공민왕은 옳다는 듯 고개를 끄덕였다. 이자야말로 전제 왕권을 세우려고 한 꿈을 초창기부터 걸고넘어지며 망치게 한 장본인이었다. 이자는 절대 용서할 수가 없었다.

공민왕이 주청을 받아들이자 명덕태후가 환관 샤얀부카를 보내 관용을 베풀어 줄 것을 부탁했다. 공민왕은 샤안부카마저 가뒀다. 그리고는 유탁을 처형하라고 지시하고, 동시에 신돈의 일당인 백현, 손연, 김두달, 김원만 등도 처형을 명하였다. 또 송란, 석란, 손수, 김안, 김중원, 박천우를 장형에 처한 후 유배 보냈다.

그러나 공민왕에게 무엇보다 중요한 급선무는 자기 후계자가 되는 아들을 공식화하는 것이었다.

공민왕은 1364년 궁인 한씨가 자신의 아이를 잉태하게 되자 아무도 몰래 키우고자 하였다. 노국공주에 대한 미안한 마음 때문이었다. 헌데 다행스럽게도 노국공주가 임신한지라 궁인 한씨를 궁에서 내쫓아버렸다. 그런데 1365년 2월 노국공주가 출산 중에 운명하고 말았다. 궁인 한씨도 애 낳은 지 1년 정도 지나 세상을 떠나게 되어 한씨의 친척인 한략과 중 능우가 안장해주었다. 그 아들은 능우의 어미에 맡겨져 키워지게 되었다. 그런데 능우는 신돈과 친한 친구 사이여서 신돈은 그 아이가 공민왕의 아들이라는 것을 알게 되었다. 신돈은 그 사실을 공민왕에게 밝혔고, 공민왕은 신돈을 등용하면서 제왕 수업을 받도록 하기 위해 신돈에게 맡긴 것이었다. 허나 이제 신돈을 주살했으니 그 아들을 데려와야 했다.

공민왕은 명덕태후에게 자신의 아들이 있다는 사실을 밝히고 7살 된 모니노(우왕)를 태후전에 살도록 조치했다. 그리고 수시중 이인임에게 명확히 밝혔다.

"원자가 있으니, 과인은 근심이 없구려."

모니노를 부탁한다는 뜻이었다.

공민왕이 직접 밝히기 전까지 모든 신료가 다 모른 것은 아니었다. 임박과 상장군 이미충은 이미 눈치 채고 있었다. 임박과 이미충이 공민왕을 모시고 있었는데, 그때 공민왕은 이미충에게 아지의 일을 물었다. 임박은 괴이하게 여기고 밖에 나와 물어봤는데, 이미충이 대답해 주었다.

"주상께서 일찍이 금전을 신에게 주며 신돈의 집으로 가서 아지에게 주라고 하셨는데, 그게 궁금했었지요. 그런데 신돈이 말하기를 '주상께서 자주 우리 집에 행차하심은 내가 아니라 아지 때문이라네, 아지가 바로 주상의 왕자이시거든.'라고 말해주었지요."

임박은 그 얘기를 들었는지라 신돈을 처형하고 나서 사관 민유의와 이지에게 말해 주었다.

"신돈을 처형시킨 것은 나라의 큰 경사지만 또 큰 경사가 있으니 자네들은 그걸 알고 있는가? 주상께서 궁인을 가까이하여 왕자를 낳았는데, 지금 일곱 살이라네. 그런데 신돈이 몰래 길러 나라 사람들이 전혀 모르게 하였으니, 이것 역시 죽어 마땅한 죄인 것이지. 사관은 마땅히 이 사실을 알고 기록해야 할 것이오."

공민왕은 점차 신돈의 당류를 축출하는 과정으로 나아갔다. 먼저 대사헌 손용을 유배 보내고 그 자리에 전녹생을 임명했다. 이어서 관직만 파했던 이춘부와 김란을 포함해 이운목을 참수하게 명하고 그 아들들을 모두 유배 보냈다. 신돈의 두 살 된 아들과 기현의 아들 기중평도 처형되었고, 김진과 대호군 김정은 장형에 처한 후 유배에 처했다.

이러는 중에 나주목사 이진수가 상소를 올렸다.

"국정은 재신과 추밀들이 도당에 모여 논의하고 왕명을 받아 집행하면 족한 것이옵니다. 그런데 내재추는 시도 때도 없이 입궐해 임금을 뵙고 나온 후 마음대로 권력을 행사함으로써 같은 신하들도 그 연유조차 잘 알지 못하고 있사옵니다. 그 때문에 조야에서 다들 그 사람 밑으로 모여드니 분수에 넘치는 망령된 생각이 바로 거기에서 싹터 나오는 것이옵니다. 그러하오니 내재추를 두는 제도를 반드시 폐지하시옵소서."

내재추는 도평의사사의 권한을 축소하고 왕권을 강화하기 위해 설치한 것이었다. 공민왕과 신돈은 전제 왕권을 세우기 위해 내재추 제도를 둔 것이었다.

공민왕은 고개를 끄덕이고 이진수의 상소를 받아들였다. 신돈을 처벌한 이상 새로운 정책 방식을 제시해야만 했다. 그 때문에 그게 자신의 뜻임을 분명히 하기 위해 이진수를 판전교시사로 임명하기까지 했다.

공민왕은 1371년 8월 아직 제대로 처벌받지 않는 당류들마저 처리하여 나갔다. 신순과 신귀, 임희재, 기숙륜, 기중제, 최진을 처형하고, 홍영통, 김횡, 허완, 오중화, 성준덕, 오일악, 이춘부의 동생인 이광부와 이원부를 유배에 처했다.

그러면서 황상과 안우경, 최영을 문하찬성사, 이순을 삼사좌사, 윤환을 감춘관사로 임명하여 조정을 정비하였다. 당연히 신돈과 가까운 무리였던 천희 국사와 선현 왕사를 파하고 승려 혜근을 왕사로 임명하였다.

국정을 풀어가는 공민왕의 심사는 씁쓸하기 짝이 없었다. 신돈을 통해 전제적 왕권을 세우려다가 실패해 이제 국왕의 위엄마저 추락된 꼴이었다. 잘못하면 신하들에게 농락당할 수 있었다. 자신의 초라한 처지에 자연스레 술이 땅겼다. 한잔 두잔 들어가면서 자신의 신세가 한탄스러웠다. 알게 모르게 분노가 솟구쳤고, 그 감정을 주체할 수 없어 옆에 있는 환관을 상대로 분풀이하였다. 가슴 속의 열망으로 남아 있던 전제적 왕권에 대한 행사였다. 그건 매질과 폭력의 행사였다.

환관들은 그 폭력을 피하고자 공민왕이 완전히 대취하여 정신을 차리지 못 하도록 연거푸 술잔을 건넸다. 술에 대취하니 믿을 놈 하나 없고 외톨이가 된 자신의 신세가 더욱 서글프기만 했다.

그럴수록 언제나 자신을 전적으로 믿고 밀어주었던 노국공주가 더 절실하게 그리워졌다. 공민왕의 눈에서는 눈물이 줄줄 흘러내렸다.

명덕태후는 공민왕의 그런 행동들을 보고 받고는 환관 김수만으로 하여금 그 심사를 위로해주도록 하였다. 김수만은 술과 안주를 마련해 공민왕을 찾았다. 공민왕은 연거푸 술잔만 들이켰다. 그러자 김수만이 아뢰었다.

"이 늙은 놈은 늘 주상전하의 옥체가 평강하시기를 축원하고 있사옵니다. 그러니 부디 주량에 맞추어 절주하시옵소서."

공민왕이 술에 취한 횡한 눈으로 김수만을 바라보았다. 그런 입바른 소리 하지 말고 언제든지 자길 위해 한목숨 바칠 각오가 되어 있느냐고 묻는 눈길이었다.

이내 공민왕은 허탈한 웃음을 지었다. 그런 물음 자체가 무의미하다는 걸 그는 너무 잘 알았다. 왕의 자리는 스스로 지켜야 하는 것이지 누가 대신해 줄 수 없는 것이었다.

이부에서는 응방을 폐지하라고 주청하고 나왔다. 측근 세력을 형성하고자 응방을 설치했는데, 채 1달도 되지 않아 그 폐지를 요구하고 나온 것이었다. 공민왕은 그들의 의견을 따를 수밖에 없었다.

간관들은 계속해서 군사적 대비를 철저히 하여 왜구를 막고, 신상필벌을 명확히 하여 군사의 사기를 높일 것 등을 주청하고 나왔다.

공민왕은 이러다간 신하들에게 목줄이 잡혀 질질 끌려가게 될 것임을 직감하지 않을 수 없었다. 왕의 지시하에 조정이 굴러가도록 시급히 바로잡아야 했다. 선수를 치고 나가는 것이 상책이었다.

공민왕은 1371년 12월 개혁교서를 발표하였다. 21개 항목에 이른 방대한 개혁안이었다. 먼저 도평의사사를 정상화하여 정치 체제를 정비하겠다는 뜻을 분명히 하였다.

"여러 관청에서는 공무가 발생하면 제멋대로 여러 도의 존무사와 안렴사에게로 떠넘긴 다음, 사람을 보내어 징구하거나 독촉하며, 심한 경우 바로 주현으로 공문을 보내어 백성들을 괴롭히고 있다. 금후로는 모든 공무를 도평의사사에 보고하여 처리하도록 하라."

그런 다음 나라의 방위를 강화하기 위한 군사체제의 정비로 선군급전제(選軍給田制)와 둔전제 강화, 역제 정비 등의 방안을 제시하였다.

"도평의사사는 각급 관원들에게 공문을 보내 경작하기 좋은 땅을 골라 군인들을 보내 경작하게 하여 군량의 비용을 덜도록 둔전의 법을 시행하라. 우역의 설치는 원래 상부의 지시를 잘 하달하기 위함인데 근년에 여러 관아에서 수송할 물품이 있기만 하면 모조리 역호에게 떠맡기는 바람에 사람과 말이 지쳐 죽어가고 있다. 금후로 도평의사사와 각 도의 안렴사들은 이런 행위를 엄금시키고 바로잡도록 하라."

그러면서 민생안정책으로 지방관의 농업 장려, 고리대의 금지, 미납세의 면제, 빈민 구제사업 강화, 과중한 역 징발의 금지, 가혹한 형벌의 금지 등 다양한 방안들을 제시하였다.

개혁 교서의 발표에도 최영은 공민왕의 행위를 유심히 지켜보기만 하였다. 찬성사에 임명되며 복직되었으나 적극 나서고 싶지 않았다. 실망을 넘어 믿음이 가지 않았기 때문이었다.

그렇지만 최영의 마음은 결코 편치 않았다. 지금 시기가 얼마나 중요한지 그 누구보다 잘 알고 있는 그였다. 대륙의 정세가 요동치는 상황에서 어떻게 대응하느냐에 따라 향후 새로운 질서가 결정되는 시점이었다.

최영이 지켜본 공민왕은 역시 변한 것이 거의 없었다. 신돈의 일당 처벌도 왕권의 안정적 확립 차원이었고, 이번 개혁 교서의 발표도 그 목표에서 벗어나지 않고 있음이었다. 개혁을 표방했으면 그 원칙에 입각해 정사를 이끌어가야 하건만, 공민왕은 그걸 스스로 어겼다. 도당에서 환관 이강달이 임금의 총애를 내세워 오만불손하게 굴자 재상들은 공민왕에게 처벌을 요구했다. 이강달은 흥왕사의 변란 때 공민왕을 업고 피해 목숨을 구해준 자였기에, 공민왕은 수용한 척 하옥시켰다가 그 다음 날 바로 석방시켜 버렸다.

격변하는 정세 속에 그저 지켜보며 인내해야 한다는 것은 최영에게 큰 고통이었다. 한단 선사를 비롯한 선대의 선인들이 그 고통을 이겨내며 때를 기다려왔다는 것에 절로 고개가 숙여졌다. 그럴수록 한단 선사가 참으로 그리워졌다.

최영은 심사를 달랠 겸 해서 소곤소곤 잠자고 있는 딸애(영비 최씨)를 바라보았다. 딸애는 은씨 부인과의 사이에서 태어난 아이로 백일이 넘어가고 있었다. 처음부터 그러려고 한 것은 아니었는데, 어찌하다 보니 최영은 귀양살이에서 풀려날 때 은씨 부인과 함께 올라와 살림을 차리게 된 것이었다.

은씨 부인은 최영의 심중을 이해하려고 한 듯 그저 그의 모습을 지켜볼 뿐이었다. 세상물정 모르고 은은히 숨 쉬며 자는 모습은 순진무구 그 자체였다. 최영은 사랑스러움에 딸내미를 품으로 덥석 안아 올렸다. 최영의 행동에 딸애가 놀란 양 "으아앙, 으아앙!" 하고 울음을 터뜨렸다.

최영은 당황스러웠으나 은씨 부인이 배가 고픈 모양이라고 하면서 딸애를 받아 안아 젖을 물렸다. 그때 밖에서 사람 찾는 소리가 들려왔다.

"형님, 고군기입니다."

최영이 방문을 열었다.

"동생이구먼. 어서 들어오시게."

고군기가 방안으로 들어서면서 은씨 부인과 마주쳤다.

"형수님도 계셨네요."

은씨 부인은 재빨리 옷매무새를 가다듬고는 애를 안고 일어섰다.

"그럼, 말씀들 나누세요."

은씨 부인이 자리를 피해주자, 고군기가 살짝 미소를 머금으며 한마디 던졌다.

"그러고 보니 형님 신수가 훤해졌습니다 그려."

"별 소릴 다 하는구먼. 어서 앉으시게나."

자리를 마주하고서도 두 사람은 한동안 말이 없었다. 답답한 현실이었다. 어디서부터 손을 써야 할지 모를 정도로 정세는 난마처럼 얽혀버렸다. 최영이 답답함을 호소하였다.

"주상은 뭐 때문에 또다시 오로산성을 공격해서 긁어 부스럼을 만들었는지 모르겠구먼."

공민왕은 1371년 9월 서경 도만호 안우경과 안주 상만호 이순을 시켜 오로산성을 공격하게 하여 10월에 함락하였다. 세 번째에 걸친 요동 공략이었다. 허나 이번에도 그곳을 사수하지 못하고 퇴각하였다. 다시 퇴각할 것 같으면 뭐 때문에 공격하느냐는 질문이었다.

"공민왕은 지금이 요동을 차지할 마지막 기회라고 여기고 있는 것이지요. 명이 요동 쪽으로 세력을 돌리기 전에 요동 공략을 끝내야 한다고 보는 게지요. 그만큼 다급한 거지요."

명과 북원 간의 대결 양상은 공민왕의 요동 공략에 중요한 고려 요소였다. 주원장이 명을 건국하여 원을 북원으로 몰아낸 뒤 고려에 사신을 보내오자 공민왕은 1369년 5월 즉각 원의 지정 연호 사용을 중지시켰다. 1370년 1월에 명이 응창으로 물러난 북원 혜종(원 순제)을 공격하기 시작하자 공민왕은 그에 맞춰 1369년 11월부터 준비하여 1370년 1월에 동녕부를 공격하였다. 또 북원의 혜종이 죽고 5월에 이르러 명이 응창을 함락시키자 공민왕은 1370년 7월부터 명의 홍무 연호를 사용하고, 1370년 11월에 또다시 요성 등 동녕부를 공격하였다.

명에 쫓긴 북원의 황태자 아유르시리다라는 카라코룸으로 도망하여 그곳에서 혜종의 뒤를 이어 소종으로 등극하였다. 원의 명장 코케테무르도 명의 장수 서달과의 싸움에서 패하여 중국 대륙의 서북부 지역인 태원을 빼앗기고 카라코룸으로 퇴각하였다. 코케테무르의 패배는 원의 잔류 세력이 대거 명에 항복하는 계기가 되었다. 1371년 윤3월 요동에 할거하고 있던 북원의 한 세력인 유익 등이 명에 항복하려 한다는 의사를 고려에 전달해온 것도 그 때문이었다. 유익은 그 후 북원 세력인 홍보보에 의해 살해되었다. 홍보보 등은 유익의 부하들에게 쫓겨 나 나하추에게 달려갔지만 그만큼 아직 요동은 북원 세력이 크게 상존하고 있었다.

그런데 1371년 후반 들어 명이 다시 카라코룸을 공략할 조짐을 보이자 공민왕은 또다시 오로산성을 공략하게 명한 것이었다.

공민왕이 이처럼 또다시 요동공략을 강행한 것은 고려에 대한 명의 태도 때문이었다. 공민왕은 명과의 관계를 지난날 고려와 송과의 관계처럼 형성하려고 타산했다. 형식적인 책봉만 받고 사실상 황제 국가로서의 고려 위상을 세우려고 의도한 것이었다.

그러나 그게 가능했던 것은 송과 고려 이외에 요나 금이라는 대국이 버티고 있어 이들 국가 간의 국제적 삼각관계가 형성되어 힘의 균형을 이루었기 때문이었다. 허나 명은 아예 북원을 무너뜨리고 천하를 제패하려는 태도였다. 매끄럽게 이어질 것 같았던 명과의 외교관계는 점차 명의 야심이 드러나면서 껄끄러워지게 되었다.

공민왕으로서는 예전의 원과의 관계처럼 명의 속국으로 지배받는 것은 피해야만 했다. 이건 원이 명으로 대체된 것뿐이었다. 원의 속국으로부터 벗어나기 위해 그토록 애써왔는데, 그것을 물거품으로 만들 수는 없었다. 공민왕은 어떻게 해서든지 요동을 장악하여 명으로부터 그 사실을 공인받으려 한 것이었다. 명이 요동에 무력을 대대적으로 들여놓기 전에 그곳을 장악해야만 했다. 욱일승천하고 있는 명이 저 쇠락해가고 있는 북원을 공격하고 있으니 초조할 수밖에 없었다.

"아무리 그렇다고 하더라도 바늘허리에 실 꿰어 쓸 수는 없지 않는가? 바쁠수록 돌아가라고 하였거늘. 준비도 되어 있지 않으면서 요동을 공략해 결국 명만 좋게 해주는 꼴이 아닌가?"

공민왕이 요동 수복의 의지를 노골적으로 드러내며 공격을 가하자, 요동의 북원 세력은 고려와 화친 정책을 취하려다가 결국 입장을 바꾸게 되었다. 1372년 1월 요동의 북원 세력인 나하추와 에센부카, 노가노, 고제두, 왕조승 등이 이성과 강계 등지를 침략해 왔다. 고려에서는 지윤을 서북면 원수로 임명해 대비케 할 수밖에 없었다. 1371년 10월엔 가주의 카라장동지가 공민왕을 알현하기에 그에게 대장군의 벼슬을 내려주었는데, 1372년 2월 가주로 귀환해서는 고려에서 보낸 호송관과 수행인, 통역관을 살해하고 나왔다. 호발도와 장해마 등도 또 이성과 강계 등지를 침범하여 왔다. 고려에서는 판사 조인벽을 시켜 가주를 토벌하게 하였다. 1372년 3월에도 북원의 잔당인 첨원 조가아와 만호 고철두가 군사를 이끌고 음동구자에 침략하여 왔다. 수어관 김광부가 막아내며 압록강 건너까지 추격해 몰살시키는 등 요동의 북원 세력과 고려 간의 싸움이 계속 벌어지게 된 것이었다. 진짜 큰 적을 앞에 두고 그 땅을 차지할 준비도 되어 있지 못하면서 서로 싸우는 꼴이 되어 전력만 소모하는 형국이었다.

"허나 공민왕은 영민하지 않습니까? 하긴 너무 영민해서 탈이긴 하지요. 하여튼 명이 지금 북원을 멸하고자 카라코룸으로 진격하고 있지 않습니까? 아마 그 결과를 보면 공민왕은 점차 입장을 바꿔갈 수밖에 없을 것입니다. 하지만 그게 너무 늦지 않아야 할 터인데……."

명의 장군 서달과 이문충 등은 1372년 1월 이후 들어 15만의 대군을 이끌고 카라코룸으로 진격해 북원을 완전 멸하고자 총공격에 나섰다. 그러나 지금껏 중원의 세력이 유목 민족을 원정하여 성공한 사례는 거의 없었다. 기후와 날씨 조건, 군량 보급선의 어려움 등으로 전투를 벌이기도 전에 거의 전의를 상실하는 경우가 다반사였다. 고군기는 이번 전투도 명의 패배일 것이라고 예측한 것이었다. 그리되면 명은 패배의 후유증을 수습하기에 여념이 없을 것이며, 북원은 그 틈을 비집고 세력을 확장하게 되어 북원과 명의 전선은 당분간 고착화될 것이었다. 북원과 명, 고려의 삼국 관계의 정립이었다. 그렇다면 공민왕도 무조건적인 친명 일변도 정책을 수정해야 할 것이었다. 아니 수정 정도가 아니라 흥기해나가는 명의 간섭을 제어하고 요동을 수복하자면 도리어 어떻게든 북원 세력과 협력하여 고려에 대한 간섭의 고리가 되는 요동 지역에서의 명의 근거지부터 장악해 들어가야 했다.

"요동을 확고히 고려 땅으로 경영하자면 군사적 역량도 더 준비해야 하겠지만, 무엇보다 중요한 건 국내가 안정되어야 할 것 아닌가? 그런데 지금 왜구의 침략 행태를 보건대 이건 그냥 지나칠 사소한 문제가 아닌 듯하네. 왜구가 저리 날뛴다면 북방에 대한 대책은 고사하고……. 도대체 왜구들이 왜 저리 사납게 나오는 것 같은가?"

왜구의 침략 양태는 1371년 들어 급격하게 돌변하고 있었다. 예전에는 약탈을 자행하다가도 고려 군사가 도착하면 도주하는 것이 거의 일반적인 행태였다. 그러나 지금의 왜적들은 고려 군사와 직접 전투를 벌이는 작전도 구사하고 있었다. 나라의 안위를 위해서도 더 이상 묵과할 수 없는 침략 행태였다.

"고려에 귀화하여 남해와 거제현에 주둔하고 있는 왜인들을 몰래 데려간 것을 보면 왜구를 단속하는 실질적인 왜의 책임자가 그 이전과는 다른 정치적 입장을 견지하는 세력과 손을 잡은 모양입니다. 아무래도 왜구의 침략이 더욱 거세질 것으로 여겨집니다."

　왜구의 출몰은 대륙의 정세 및 왜의 정국 변화와 밀접히 관련되어 있었다. 왜구의 최초 등장은 고종 10년인 1223년 금주(김해)의 침구였다. 원종 6년인 1265년까지 11건의 소규모의 침략이 이뤄지고, 그 이후 1350년까지 85년 동안은 공백 상태였다. 가마쿠라 막부(1192~1333년)가 일본의 정국을 장악한 상태에서는 해적에 대한 통제도 가능했기 때문이었다. 1226년 고려가 왜구의 침구에 항의하자 다자이노쇼니(大宰少弐) 무토 스케요리는 고려의 사절단 앞에서 왜구금압 요구에 아쿠도(悪党) 90여 명의 목을 자르며 고려 측의 요구에 적극 화답하였다. 왜구가 외교 문제화되면 가장 우선적으로 금압을 책임지게 된 직책은 다자이후의 쇼니 겸 쓰시마의 슈고(막부의 수장인 쇼군과 주종 관계에 있었던 무사 중에서 선발된 지방관)였다. 무토 스케요리는 바로 그 직책에 있었고, 가마쿠라 막부의 명령에 무토 스케요리가 왜구를 금압함에 따라 간헐적인 발생밖에 이뤄지지 않았다.

　더욱이 1274년부터 진행된 여몽연합군에 의한 일본정벌 앞에 가마쿠라막부는 모든 전력을 기울였지만 내륙에서의 싸움은 상대가 되지 않을 정도로 무참히 깨졌다. 다행히 가미카제(태풍)로 인해 여몽연합군을 막아낼 수 있었지만 원에 의한 국제 질서가 세워지자 원과 고려의 연합에 의한 침입을 두려워한 가마쿠라 막부는 왜구의 단속을 철저히 하였기에 그 이후 한 차례의 침구도 없었다.

허나 가마쿠라 막부(1192~1333년)가 몰락하고 덴노(천황)가 둘 존재하는 무로마치 막부(1336~1573년) 초기의 남북조 시기(1336~1392년)가 되면서 일본 정국은 혼란에 휩싸였다.

가마쿠라 막부 시기의 말기에 이르러 고사가 천황의 퇴위 후 황위 계승을 둘러싸고 천황가는 다이가쿠지 계통(大覚寺統)과 지묘인 계통(持明院統)으로 분열하였다. 가마쿠라 막부는 천황가에 개입하여 다이가쿠지 계와 지묘인 계가 번갈아 가며 황통을 계승하는 것으로 조정하였다. 그런데 1333년 다이가쿠지 계의 고다이고 천황은 막부 타도를 시도하고, 이에 응한 아시카가 다카우지와 닛타 요시사다의 가세로 가마쿠라 막부를 멸한 다음, 겐무신정(1333~1336년)이라는 고다이고 천황에 의한 친정 정치를 시작하였다. 그러나 이에 불만을 품은 아시카가 다카우지의 의해 고다이고 천황은 물러나게 되고, 삼종 신기를 건네받은 아시카가 다카우지는 지묘인 계통의 고묘 천황을 옹립하여 무로마치 막부의 시대를 열었다. 북조 정부의 성립이었다. 그런데 고다이고 천황은 교토를 탈출하여 요시노로 달아나 북조에 넘긴 신기는 가짜여서 고묘 천황의 황위는 정통성이 없다며 요시노에서 남조(정서부)를 열었다. 이로써 일본은 무로마치 막부의 3대 쇼군 아시카가 요시미쓰에 의해 1392년에 남북조의 천황이 통일될 때까지 혼란을 거듭했다.

남북조 시기 이래 북조가 줄곧 우세를 점했다. 그런데 1350년 북조에서 내분이 발생하였다. 무로마치 막부의 쇼군 아시카가 다카우지의 동생 아시카가 다다요시와 아시카가 가문의 집사인 고모로나오와의 마찰이 심화되면서 간노노조란이 일어났다. 정쟁에서 패한 아시카가 다다요시는 남조에 귀순하였고, 아시카가 다카우지의 자식이면서 아사키가 다다요시의 양자인 아시카가 다다후유도 양아버지를 따라 규슈로 도망쳐 북조와 싸우게 되자 남조는 다시 세력이 흥성하게 되었다. 3파전의 양상이 전개된 것이었다.

이때 왜구의 출몰에 직접적 관련이 있는 것은 다자이후의 쇼니 겸 쓰시마의 슈고였던 쇼니 요리히사의 정치적 향방이었다. 쇼니씨는 무토 스케요리의 집안으로 가마쿠라 시대 이래 대대로 그 직책을 맡아왔다. 무토씨는 다자이후의 현지 책임자로 외교와 군사 업무를 일선에서 전담한 것을 자랑스럽게 여겨 성을 쇼니씨로 바꿨다. 쇼니 요리히사는 무토 스케요리의 5대손이었다. 쇼니 요리히사는 아시카가 다카우지 지지 세력이었는데, 아시카가 다다후유가 규슈 지역으로 와 세력을 확장하자 전통적으로 통치해 온 그 지역을 지키기 위해 그 공세에 맞서야 했다. 쇼니 요리히사는 군량미를 마련하고자 1350년 경인년부터 대대적으로 고려를 침구하기 시작했다. 일본 정국의 혼란 상황이 고려에까지 파급된 것이었다.

고려에서 주되게 왜구 문제를 처리해야 하는 왕은 공민왕이었다. 그런데 공민왕은 원의 견제에 지속적으로 시달렸기에 왜구의 침구에 전력을 다해 처리할 수 없었고, 주된 시선을 북방에 두고 있었다. 공민왕은 홍건적과 덕흥군의 침략을 막아낸 이후 북방의 위협 요소가 어느 정도 해소된 후 왜구에 대한 외교적 해결책을 시도해 나섰다. 1366년에 만호 김용을 일본 열도에 보낸 데 이어 1366년 11월 검교중랑장 김일을 또 보내 왜구를 제지해 달라고 강력하게 압박했다. 시차를 얼마 두지 않고 보낸 것은 외교적 문서의 주체를 달리 했기 때문이었다. 김용을 보낼 때는 거의 사문화되다시피 한 정동행성의 명의를 이용하였고, 김일에게는 고려왕의 명의를 사용했다. 왜구를 단속하지 않으면 고려와 원이 협력해서 일본을 정벌하겠다는 의사표시로 일본을 압박하고자 한 것이었다.

이 당시 왜구 발호의 책임적 위치를 차지하고 있던 쇼니 요리히사는 일본 정국의 변화에 따라 여러 번 변신을 시도하였다. 먼저 아시카가 다카우지의 지지로부터 아시카가 다다후유의 세력으로 변신하였다. 그런데 1352년 1월 아시카가 다다요시가 아시카가 다카우지에 의해 독살된 후 12월 다카우지의 군사 공격 앞에 최대 위기를 맞았다. 다다후유는 요리히사를 남겨두고 규슈를 탈출하였고, 요리히사는 궁여지책으로 남조의 지지 세력으로 변신하면서 장기적인 병량미 확보를 위해 남해안 일대를 넘어 벗어나 전국의 조운이 집중되는 중부 서해안까지 침구하였다. 그런데 1359년 4월 쇼군 아시카나 다카우지가 사망하고 그의 아들 요시

179

아키라가 2대 쇼군이 되면서 북조로의 귀순을 결정하고 남조와의 결전인 오호바투 전투에 대비하기 위해 1358년에 원나라까지 침구하였다. 그런데 1359년 오호바투 전투에서 쇼니 요리히사는 정서부(남조)의 기쿠치 다케미쓰에게 패하고, 1361년 7월에 다자이후를 공격당하자 분고지방으로 도주하였다. 1367년 당시에는 1361년 12월에 은퇴한 이래 교토에 은거하고 있었다. 그 뒤를 이은 아들 쇼니 후유스케 역시 세력 만회에 실패하고 교토에 체재 중이었다.

금왜사절이 일본을 방문할 당시 거의 대부분 지역이 1361년부터 남조의 정서부의 지배하에 있었다. 따라서 무로마치 막부에서는 왜구 문제와 밀접한 관련이 있는 쓰시마 및 규슈 지역의 상황에 관해서 더더욱 쇼니씨의 자문에 의지하지 않을 수 없었다. 외국의 사절이 도래하면 가장 먼저 응하는 것이 다자이노쇼니 즉 요리히사의 고유 업무였기 때문이었다. 그 선례는 쇼군이나 다자이후가 답장을 써서 쇼니씨가 이를 사적인 입장에서 다른 나라로 보낸 것이었다. 다자이후가 답장을 쓰는 경우에도 실제 행동의 주체와 책임자는 바로 쇼니씨였다. 경인년 이후의 행동이 막부와 중앙에 알려지게 되면서 요리히사는 부담감을 느끼게 되었다. 무로마치 막부는 원의 정동행성을 동원한 명의와 고려왕의 왜구금절 요구에 압박감을 느끼고 요리히사에게 왜구금압을 요구하였고, 이에 요리히사는 따를 수밖에 없었다.

1368년 1월 승려 범탕과 범려 일행이 김일 일행을 따라 고려에 방문한 것도 이런 상황에서 이뤄진 것이었다. 그래서 신돈은 고려의 단호한 입장을 보여주기 위해 일부러 고압적인 태도를 취한 것이었다. 고려와 왜와의 교류가 몇 번에 걸쳐 이뤄지면서 고려는 1368년 7월 강구사 이하생을 쓰시마에 파견하였고, 1368년 11월 쓰시마 만호 송중경(소 쓰네시게)이 사자를 파견하자 고려에서는 쌀 1천 석까지 보내주었다. 그리고 남해와 거제현에 왜가 거주하도록 허락하였다. 소 쓰네시게는 바로 요리히사의 군사 부분에서 오른팔과 같은 심복 부하로서 규슈 본토의 여러 곳에서 쇼니씨의 대관으로 활약한 자였다. 화의가 이뤄지자 1367년 3월의 강화부 침구 이래 1369년 11월인 2년 9개월 동안 단 1건도 왜구의 침구가 발생하지 않았다.

그런데 요리히사는 무로마치 막부의 2대 쇼군 아시카가 요시아키라가 1367년 12월 사망하고 다음 해 10살의 어린 요시미쓰가 3대 쇼군이 되자 또다시 남조로의 변신을 시도하며 규슈 본토의 회복을 시도하고자 했다. 그에 따라 군량미가 필요했다. 그러나 고려에 와 있는 왜의 거주민의 안전 때문에 고려를 침구하지 않고 1369년 1월에 산동성에까지 가서 침략하였다. 원이 고려와 함께 일본 열도를 공격하겠다고 엄포를 놓고 있었으니 원의 상황을 파악하고자 한 목적도 거기까지 간 또 다른 이유였다. 원이 북원으로 도망간 상황을 확인한 요리히사는 1369년 7월 거제현과 남해현에 거주한 귀화 왜인들을 일본으로 데려왔고, 1369년 11월부터 영주와 온수, 예산, 면주의 조운선을 약탈하기 시작했다.

명의 주원장은 1368년 11월과 1369년 2월에 일본에 사신을 파견해 새 왕조의 성립을 알리며 조공을 바칠 것을 요구하였다. 아울러 1369년 1월 왜가 산동성을 침구한 것에 대해 따지면서 막지 않으면 정벌하겠다고 위협하였다. 명의 위협에 대해 남조의 정서부는 처음엔 정면으로 맞서고자 하였다. 허나 무로마치 막부의 규슈 공세를 앞두고 대명 유화책으로 전환하여 정서부의 가네요시 왕자는 1370년 소라이를 명에 파견하여 주원장으로부터 일본 국왕으로의 책봉을 받아 내었다.

한편 무로마치 막부 3대 쇼군 요시미쓰 측에서는 고려에서 왜구금압을 요구하고 명에서도 강경한 입장을 보이고 있는 상황에서 만약 왜구를 방치할 경우 명과 고려에 의한 침입을 걱정하지 않을 수 없었다. 그래서 1361년 이래 남조의 정서부가 안정적으로 차지하고 있는 규슈 지역에 대한 공격을 서두르지 않을 수 없게 되었다. 당시 문무를 겸비한 당대 일본의 최고 인물인 이가마와 료순을 규슈탄다이에 임명하였다. 규슈 현지에서 군사, 행정 및 외교 업무를 담당하는 최고 직책에 임명하여 다자이후를 공격하게 한 것이었다. 더욱이 1372년 이마가와 료순이 다자이후 공격을 개시하기 직전 명의 주원장이 정서부에 파견한 사신 중유와 무일 일행을 체포함으로써 기네요시 왕자가 명으로부터 국왕으로 책봉된 사실까지 알게 되었다. 이것은 왜구금압을 조건으로 기네요시 왕자가 명의 군사를 끌어들여 막부를 공격할 수도 있다는 것을 의미했다. 이를 막고자 이마가와 료순은 명에 접근했으나 주원장은 무로마치 막부의 국왕 책봉 요청을 들어주지 않았다. 이마가와 료순은 다자이후에 대한 공격을 맹렬하게 가할 수밖에 없었고, 이를 방어하기 위해 요리히사는 군량미를 확보하고자 고려에 대한 침탈을 더욱 맹렬하게 벌인 것이었다.(『잊혀진 전쟁』왜구』이영 저, 에피스테메. 2007, 참조)

"그렇다면 지금까지와는 완전히 다른 대책이 필요하다는 것인데, 과연 공민왕은 어찌 해결해 나갈 것인지?"

위난에 처한 나라의 현실을 직시하매 최영의 가슴은 숨이 막히듯 답답해져 왔다.

"공민왕으로서도 수수방관할 수 없으니 대책을 수립하기야 하겠지요. 헌데 전제 왕권을 수립하려다가 실패했으니 얼마나 상심이 크겠습니까? 그래서 아마 자기 주위에 심복들을 세우면서 해결하려고 할 것인데, 과연 이 난국에서……. 그게 걱정이 됩니다."

공민왕은 지금껏 정적들을 제거할 때에 항상 대리자를 내세웠다. 기철 일당을 척결하고자 할 때 조일신을 내세웠고, 훈공대신들을 처리할 때도 신돈을 내세웠다. 허나 지금은 마땅히 내세울 만한 사람이 없으니 폐신들 같은 세력을 키울 수밖에 없을 것이었다. 이건 원의 속국으로 전락한 이래 고려왕들이 취한 행동이었다.

최영은 공민왕의 행동을 당분간 지켜볼 수밖에 없었다.

공민왕은 1372년 3월에 명과의 관계를 더욱 돈독히 하기 위해 정요위에 공문을 보내도록 조치했다. 원의 잔당들이 고려를 침구해 왔다는 사실을 알리면서 기샤인테무르를 사로잡을 경우 고려로 압송해 줄 것을 요청하는 내용이었다. 고려가 북원 세력과 대적하고 명과 협력하겠다는 뜻을 알리고자 함이었다.

또 지밀직사사 홍사범 등을 명의 조정으로 보내 촉 지방에서 할거하고 있던 명승의 항복을 받아 진압한 것을 축하하도록 하였다. 1372년 4월엔 민부상서 장자온을 명의 조정으로 보내 탐라 토벌을 요청하는 표문을 올리도록 하였다. 명에 말을 바치려고 비서감 유경원을 유지별감 겸 간선어마사로 임명해 탐라로 보냈는데, 탐라 사람들이 1372년 4월에 유경원과 목사 겸 만호 이용장을 살해하고 반란을 일으키는 바람에 말을 가지러 간 예부상서 오계남이 섬에 들어가지 못하고 돌아왔다는 내용이었다. 말을 못 바친 것은 고려의 성의가 부족해서가 아니라 탐라의 반란 때문이라는 설명이었다. 그래서 본토의 말 여섯 필을 오계남 편에 바치게 한다는 것이었다.

명에서 1372년 5월 과거 원의 원사를 지낸 연다마시리와 손내시를 보내오자 공민왕은 영빈관까지 출영해 맞이했다. 이들은 진후량과 명승의 일가족들을 고려로 보내어 살게 하려는 것이었다. 진후량과 명승의 잔당들이 반란을 일으킬까 봐 그 일가족들을 고려로 보내 격리시키려는 의도였다. 이건 완전히 고려를 속국으로 대하는 태도였다.

공민왕은 심히 불쾌했지만 욱일승천하는 명의 눈치를 보지 않을 수 없었다. 그런데 손내시가 불은사의 소나무에 목을 매어 자살하는 사태가 발생했다. 게다가 정당문학 한중례가 난수산 지역 해적들의 배를 사들였는데, 그 사실을 들은 주원장이 돌려보내라고 요구하고 나왔다. 이미 배가 파괴되었는지라 한중례를 하옥하고 신속히 배를 수리하도록 지시할 수밖에 없었다.

명은 고려에 고압적 태도로 나오고 있는데, 왜구의 침구는 더욱 극렬해졌다. 1372년 3월 왜적이 전라도 순천, 장흥, 탐진 등을 침구했고, 4월에도 동계의 진명창을 약탈했다. 6월에는 강릉부와 영덕현, 덕원현을 침구했다. 이때 이춘부의 아들 이옥이 동계의 관노로 있었는데, 부사와 안렴사가 이옥이 용맹스럽고 날래다는 말을 듣고 군사를 주어 막게 하였다. 이옥이 힘껏 싸워 왜적을 물리치자 공민왕은 이옥에게 안마를 내리고 그 역을 면제시켜 주었다. 반면에 1372년 6월 왜적이 동북계의 안변과 함주를 침구해 부녀자들을 잡아가고 미곡 1만여 석을 약탈하자 존무사 이자송을 파직시키고, 안변부사 장백안을 곤장 87대를 치도록 명했다. 왜적이 다시 함주와 북청주를 침구해오자 만호 조인벽이 군사를 매복시켜 70명이 넘는 적의 목을 베자 봉익대부로 승진시켰다.

공민왕은 이런 와중에도 수시로 왕륜사에 들러 영전 공사의 진척 상황을 둘러보고 점검하였다. 1372년 5월에 이르러 영전의 정문이 완성되었는데 웅장하고 화려하지 않다고 철거시키고, 6월에는 수릉(임금의 릉)을 정릉 곁에 짓도록 하면서 백관들로 하여금 품계에 따라 석재를 운반할 일꾼을 내도록 지시했다. 7월에 영전의 종루가 완공되었지만 건물이 장려하지 못하다며 다시 고쳐 짓게 했고, 8월에는 영전의 취두 모형이 완성되었는데 그 장식에 무려 황금 650냥과 백은 800냥이 소요된 것이었다.

공민왕은 왕권의 상징인 영전공사만이라도 마무리 짓기 위해 안간힘을 쓰고 있었다. 허나 마암 공사도 중단되고 전제적 왕권을 세우려 했던 꿈이 깨지자 세상이 허망하기 짝이 없었다.

공민왕은 허무한 심사를 달래기 위해 승려들을 불러 무상가를 밤새도록 부르게 하였다. 무상가는 세상사가 모두 허망하고 무상하므로 반조자성하고 염불하여 극락왕생할 것을 권한 불교 가사였다.

허나 국왕의 자리에 있는 이상 왕위를 지켜야 했다. 공민왕은 먼저 조정을 정비했다. 윤환을 파면하고 경복흥(경천흥)을 좌시중으로 임명하였다. 그리고 마침내 공민왕은 왕권의 안위를 위하여 1372년 10월엔 자제위를 궁중에 설치하였다. 신변 호위를 맡기면서 충복을 키워 왕권을 안정시키기 위함이었다. 하나같이 젊고 장래가 촉망되는 대신들의 자제들로 구성하였다. 공민왕은 홍언박의 손자이자 홍사우의 아들인 홍륜, 찬성사 한방신의 아들인 한안, 밀직부사 권용의 아들인 권진. 홍언박의 손자이자 홍사보의 아들인 홍관, 평리 노진의 아들인 노선 등을 선발하여 자제위에 배속시켜 김취려 장군의 증손인 대언 김흥경으로 하여금 총괄하도록 하였다. 자신을 위해 기꺼이 목숨도 바칠 충신이 필요한 것이었다.

충성스러운 신하를 원할수록 공민왕은 노국공주가 더욱 그리워졌다. 그에게 진정한 충신은 노국공주 단 한 사람이었다. 공민왕은 정릉으로 가서 노국공주의 제사를 지냈다. 묘역을 배회하니 더한 슬픔이 몰려왔다. 공민왕은 그리움에 못 잊어 정자각에서 노국공주의 영정을 놓고 마치 살아 있는 사람을 대하듯 몽골 음악을 부르며 술잔을 주고받았다. 환궁하는 길에 영전 공사를 잘 감독하라며 환관 김사행에게 안장 딸린 말을 상으로 내려 주었다.

이렇듯 왕권을 안정시키며 국왕의 권위를 세우려고 하는데, 왜적의 배 27척이 양천을 침구해서는 사흘 동안이나 머무르며 가지 않았다. 이에 장수들이 군사를 거느리고 출전했는데 성중애마 소속으로 수전에 익숙하지 못한지라 전투에서 대패하고 말았다. 왜적은 고려군 원수의 지휘용 깃발과 북을 탈취한 후 강화 사람들에게 넘겨주고 가기까지 했다.

국가로서의 체통과 국왕으로서의 위엄이 완전히 짓밟힌 꼴이었다. 이를 바로잡아야 했다. 공민왕은 이 상황을 극복하고자 각 관청의 성중애마와 5부 방리의 사람들을 5군에 분산해 예속시켰다. 그리고는 친히 5군을 거느리고 출전하여 승천부와 백마산을 거쳐 유숙까지 하며 망포봉으로 나아갔다. 무너진 나라의 체통을 세우고 국왕으로서의 위세를 과시하고자 하는 안간힘이었다. 그런데 판사 홍사조가 그런 공민왕의 속도 모르고 갑옷을 착용하지 않고 나타났다. 공민왕은 군사의 기강을 엄히 세우고자 그에게 상형을 가하고, 또 개성 참군 김신검이 교량을 수리해 놓지 않는 것에도 곤장을 때리게 하였다.

경포봉에 올라 함선을 살펴본 후 용천사봉에서 유숙했는데 호위 태세가 허술하기 짝이 없었다. 국왕이 직접 수군을 사열하고 있는 중인데, 이런 정도의 기강밖에 세워지지 않는 것에 절로 한숨이 나오면서 화가 불끈 치솟았다. 공민왕은 제조관들 또한 장형을 가하고는 찬성사 안사기에게 분명한 어조로 밝혔다.

"이번 행차는 놀러온 것이 아니라 군대의 전투대비 태세를 점검하고자 하는 것이었소. 경인년(1350년) 이후 계속 침구해오는 왜적을 충분히 당해낼 수 있는데도 백성들이 포로로 잡혀 가고 온 나라가 이토록 제자리를 찾지 못하고 혼란스럽게 된 것은 용병에 규율이 없고 명령이 엄격하지 않기 때문인 것이오. 과인이 친히 통솔하는데도 명을 따르지 않는 자가 있는데, 하물며 과인을 대신하는 장수가 지휘하면 도대체 어떤 상황이 벌어지겠소? 경은 내 깊은 뜻을 헤아려 금후로는 군령을 반드시 준수하도록 만드시오."

공민왕은 행차를 다녀온 후 1371년 1월 바닷가의 여러 군들을 잘 보호하고 육성하지 못한다며 안집별감을 각 군에 파견하였다.

공민왕은 나라의 안위에 관련된 대륙의 정세 변동에는 항상 민감하게 반응했다. 1372년 5월에 카라코룸으로 진격했던 명의 군사는 북원의 코케테무르에게 대패하였고, 북원은 그들의 세력을 점차 남하시켜 오는 중이었다. 요동에서도 나하추는 1372년 11월 명의 요동 최고의 군량 보급 창고인 우가장을 공격하여 양식 10

만 석을 불태우고 병사 5,000여 명을 참살하였다. 명에 대한 북원의 대반격이었다. 북원의 세력이 여전히 만만치 않게 유지되고 있음을 보여준 사건들이었다.

이런 성과에 힘입어 북원의 소종은 1373년 2월 바투테무르와 예산부카를 고려에 파견해 왔다. 요동을 공략하며 북원을 적대시해 온지라 공민왕은 이들을 어찌 대해야 할지 망설였다. 그래서 신료들에게 억류할지, 돌려보낼지, 아니면 명으로 압송할지를 놓고 의견들을 물었다. 신료들은 하나같이 북원이 아직까지는 건재한 이상 적대 관계를 형성할 필요가 없다고 주장하였다. 공민왕 또한 북원의 세력이 만만치 않다면 그들과의 만남을 회피할 이유가 없었다.

공민왕이 적대시했던 북원과 다시 화친을 염두에 두는 것은 명이 요구하는 고려의 부담이 만만치 않기 때문이었다. 명은 고려에 말을 바치라고 강력히 요구하고 있었다. 군마는 곧 군사력이었고, 고려 또한 군마가 절실했다. 고려는 마지못해 1372년 11월에 대호군 김갑우를 명에 보내 제주 말 50필을 바치도록 했다. 그런데 명은 그 정도로 그칠 심산이 아니었다. 명은 1372년 9월에 장자온을 통해 제주를 토벌하라고 요구하고 나왔다. 군마가 필요하니 제주를 정벌해서라도 말을 바치라는 압박이었다. 명의 부당한 요구에 끌려다니지 않을 수 있다면 북원과의 화친을 마다할 이유가 없었다. 허나 쇠락해가는 북원이 얼마나 세력을 뻗칠지 알 수 없는 상황에서 명의 눈을 의식하지 않을 수 없었다.

공민왕은 원의 사신을 야심한 밤에 접견하였다.

"눈병이 있어 해만 보면 크게 악화되므로 밤에 접대하는 것이니 양해해 주기 바라오."

북원의 사신 또한 공민왕의 행동을 이해한다는 듯한 태도를 보이며 그들의 뜻을 전했다. 코케테무르를 재상으로 임명하여 명의 군사를 격파하고 나라를 다시 일으켰으니 북원과 협력하여 명을 몰아내자는 주장이었다. 공민왕은 고개만 끄덕이며 아무런 답변을 하지 않았다. 허나 북원 사신이 귀국하는 편에 원 소종에게 모시베를 선물로 보내주었다.

공민왕은 대륙의 정세를 더욱 면밀히 파악하기 위해 판사 장자온을 정요위에 보내 요동을 경유하여 명과 통교할 것을 요구하였다. 허나 명의 정료위 총병관은, 고려 사신은 입조할 때 바닷길만 사용하라는 황제의 지시가 떨어졌다며 장자온을 그냥 돌려보냈다. 고려의 사신들이 요동을 통과하면서 각종 정보를 수집하려는 것을 명은 경계하고 나온 것이었다.

그런데 명과 북원을 상대로 등거리외교를 펼쳐 나가려는 조정의 움직임을 모른 강계만호 강영은 나하추가 문카라부카를 파견해오자 그 수행원 10여 명을 살해하고 재물을 약탈하였다. 그 소식을 보고 받은 공민왕은 즉각 강영을 소환해 순위부에 하옥시키고서는 북원과 적대할 의사가 없다는 뜻으로 원래 고려인인 문카라부카를 판적객시사로 임명하였다.

공민왕은 정무에 임하고는 있었지만 순간순간 모든 게 허망하게 여겨졌다. 싫증이 묻어났고, 그때마다 무력감에 빠져 허공을 한참 동안 바라보기만 했다. 여기서 빠져 나오고 싶었다. 그럴수록 강력한 국왕의 존재감을 내세우며 과시하고 싶었다. 전제적 왕권을 세우려고 했던 강렬한 미련이 가슴속에 들끓어 올랐다.

공민왕은 밤늦게 홍륜과 한안 등의 자제위를 불러들였다. 그리고는 궁궐의 젊은 여자 종을 방으로 들어오게 해서는 보자기로 얼굴을 가리게 하고 이들에게 음란한 행동을 하라고 지시했다. 어떤 경우에도 왕의 명령에 복종하게 하기 위함이었다. 그것을 옆방에서 지켜본 후 자신의 명에 충실히 따른 자에게는 상을 내려주었다.

이런 일을 몇 번 하고 나자 이 또한 성에 차지 않았다. 더욱 강력한 상황을 만들어야 했다. 완전한 왕의 충복이 되자면 거의 수용 불가능한 여건에서 자신의 말을 따르느냐, 그렇지 않느냐를 살펴보아야 했다.

공민왕은 자제위를 대동하여 왕비인 정비와 혜비, 신비, 익비 등을 차례로 찾아갔다. 왕의 여자까지 건드릴 수 있느냐를 시험하기 위함이었다. 공민왕은 그들에게 강제로 욕보이라고 명했다. 정비와 혜비, 신비는 죽기로 거부하는지라 어쩔 수 없이 돌아 나왔다. 마지막으로 익비의 처소에 들려 통정하게 지시했다. 익비가 거부하고 나오자 공민왕은 칼까지 뽑아 위협하였다. 익비가 겁이 나 할 수 없이 응하게 되었다. 공민왕은 옆방에서 지켜보면서 허탈하게 웃었다.

공민왕은 자제위를 충복으로 삼아 왕권의 안위를 다지면서 이
제 자신의 뒤를 이을 후계 문제를 풀어가고자 하였다.

공민왕은 명덕태후를 찾아 모니노를 후사로 삼기 위해 취학시
켜서 성균직강 이숭인으로 하여금 글을 가르치게 하겠다고 청했
다. 허나 명덕태후는 자제위를 대동하고 벌인 행동들을 못마땅하
게 여기며 심드렁하게 나왔다. 공민왕이 따지듯 말했다.

"소자가 지금 명수가 다하여 죽게 되었는데, 지금 후사를 세우
지 않는다면 사직을 누구에게 맡기겠습니까? 또 영전의 역사는
누가 내 뜻을 계승해 완성하겠습니까?"

"영전의 장엄하고 화려한 공사로 인해 백성들이 괴롭힘당하고
재물을 손상시킴이 이보다 클 수가 없습니다. 홍수와 가뭄의 재
해도 이 일로 말미암았으니 청하건대 그 역사를 파하도록 하세
요. 또 신하들이란 집을 나와서는 왕명을 따르지만 들어가서는
집안을 다스려야 하는데, 김흥경 등 여러 자제위들은 밤낮으로
궁에만 있고 집에 돌아가지 못하니, 어찌 주상을 원망하지 않겠
습니까? 이제 마땅히 자제위들로 하여금 윤번으로 숙위하게 하세
요. 그리고 지금 주상은 해가 중천에 뜬 한낮이 되어서야 일어나
고 있는데, 마땅히 일찍 일어나고 밤늦게 자면서 친히 국정을 듣
고 처리하도록 하세요. 이 늙은 어미의 소원입니다."

공민왕이 불편해하며 밖으로 나가려 하자 태후가 공민왕을 붙
잡고 호소하였다. 공민왕은 마지못해 그러겠다고 대답하였다.

공민왕은 후계 체제를 착착 밟아나갔다. 공민왕은 1373년 7월 지신사 권중화를 전 정당문학 이색의 집으로 보내 문신들을 모아 놓고 모니노의 이름을 다시 짓게 하였다. 거기서 여덟 글자를 추천받았는데, 그중 우를 골라 이름으로 삼았다. 그리고 시중 경복흥, 밀직제학 염흥방, 정당문학 백문보를 불러 의논한 후 왕우(우왕)를 강녕부원대군으로 책봉하고 백문보와 전녹생, 정추를 사부로 임명하여 가르치게 하였다.

공민왕은 대외적으로 북원의 대반격이 이뤄지는 정세 속에서 등거리외교를 펼쳐가며 명과의 우호적인 관계를 계속 유지하려고 하였다. 1373년 6월 전 계림윤 김유 등을 명에 보내 황제의 생일과 신년을 하례하도록 하였다. 7월에도 판선공시사 주영찬을 보내 천추절을 축하하고 제주의 목호 초쿠두부카가 진상한 말 19필과 당나귀 2필을 바치게 했다.

공민왕의 노력에도 명과의 우호 관계는 점차 더 삐거덕거려 나갔다. 찬성사 강인유와 동지밀직사사 김서, 성원규, 판도판서 임완, 서장관 정몽주가 고려로 돌아와 보고한 것은 고려가 북원과 손잡은 것을 의심하며 단교할 의사까지 내비쳤다는 것이었다. 홍사범 등의 일행은 1372년 4월에 명이 촉 지방에서 할거 하고 있던 명승의 진압을 축하하기 위해 파견되었다가 돌아오는 과정에서 풍랑을 만나 홍사범 등은 익사하였고, 정몽주 등은 표류하다가 명으로 떠밀려서 간신히 살아남아 명의 중서성에 이 사실을 알리고 다시 돌아오게 된 것이었다. 명이 이들에게 보낸 명 황제의 칙서와 중서성의 문서에는 환관 손내시의 죽음과 요동에서의 나하추가 우가장을 공격한 것 등을 예로 들면서 고려가 북원에 가담한 것이 아닌지 의심하고 있으며, 사신들을 계속 파견하는 것도 정탐 활동을 하기 위한 것으로 여기고 있음을 숨기지 않았다. 그래서 사신을 3년에 한 번씩 파견하라고 하면서 계속 정탐활동이나 하고 북원과 협력할 경우 원정을 단행할 수도 있다고 위협까지 가하고 나온 것이었다.

북원과의 관계를 전면적으로 끊고 명에 완전히 굴복하라는 식의 명의 압력이 가해지고 있는 조건에서 왜구의 침구는 계속 이어지고, 도리어 그 강도가 더욱 심해졌다. 1373년 2월에는 다행스럽게 왜적이 구산현의 삼일포를 침구하자, 경상도의 도순문사로 있었던 홍사우가 대비하고 있다가 이들을 궤멸시켰다. 이 공격으로 물에 빠져 죽은 왜구가 천여 명에 이르렀으며, 나머지 왜적들은 산으로 도주하였으나 그들마저 뒤쫓아 가 사면에서 공격하여 2백여 명의 목을 베었다.

1373년 3월에도 왜적이 경상도 하동군을 침구하였고, 4월부터 7월 사이엔 왜적의 배가 동강과 서강에 집결해 양천을 침구하고서 한양부까지 침입해 민가를 불태우고 살육과 약탈을 자행하였다. 인근 수백 리가 소란해졌으며 개경까지 불안에 떨게 되었다. 평리 유연으로 하여금 출진해 동강을 수비하게 하였다. 그리고 내부부령 이걸생을 체복사로 보내 강화만호 하을지와 한양윤 신렴에게 왜구를 막아내지 못한 책임을 물어 장형을 가한 후 봉졸로 유배 보냈다. 왜구의 침입이 점차 극렬해짐에 개경 5부의 백성들로 구성된 방리군을 점검하기 위해 도총도감을 창설하였다. 1373년 8월에는 강중상을 경상도 도순문사, 김횡을 전라도 도순문사로 각각 임명하여 대비케 하였다. 또 의용좌·우군을 설치해 문하평리 유연과 밀직사 변안열로 하여금 좌군과 우군을 각각 지휘하게 했다. 그럼에도 왜구의 침구에 대한 대응은 별반 나아지지 않았다.

대외 정세의 변화 속에서 고려가 적극 대처하자면 왜구의 침구부터 막아내어 내정을 안정시켜야 했다. 이를 위해 공민왕은 단호하게 상벌을 엄히 추궁하여 나갔다. 1373년 9월 왜적이 해주를 침구해 목사 엄익겸이 살해당하는 일이 벌어지자 목사를 구해내지 못한 책임으로 향리들을 처형하라고 지시했다. 또 이걸생이 개경까지 불안에 떨게 했던 하을지 등에게 가벼운 형벌을 내렸다는 이유로 그를 교살하라고 명했다. 서해도 만호 허자린이 왜적을 막아내지 못하자 삼사좌윤 정단봉을 체복사로 보내 장형에 처하게 했다. 그런데 정단봉이라는 자는 사적인 감정으로 허자린의 목을 졸라 죽였다. 허자린의 동생이 억울함을 호소하자 정단봉은 도망쳐 버렸다.

군대의 기강마저 엉망이 되어 버린 상황 앞에 공민왕은 망연자실했다. 요동 공략은 실패로 돌아갔는데, 명의 압력은 가중되고 왜구의 준동은 날이 갈수록 극심해지고 있었다. 획기적인 대책이 필요했다. 좌사의대부 우현보와 좌헌납 김윤승, 서균형, 최적선, 노숭 등이 상소를 올려왔다.

"근년 들어 왜적들이 더욱 광포해져 장수를 살해하고 백성들을 노략질하니 바닷가의 주, 군마다 소란하기 짝이 없사옵니다. 심지어 경기 지역을 재차 침범하는 등 전혀 겁내거나 꺼리는 것도 없으니 다가올 후환을 참으로 예측하기 어렵사옵니다. '적은 선박의 운항에 능하니 해전으로는 안 된다. 만약 함선을 건조한다면 백성들을 더욱 곤궁에 빠뜨릴 뿐이다.'라고 하나 이는 맞지 않사옵니다. 지금 동·서강에 모두 방어군을 배치했으나 적이 바다를 통해 의기양양하게 침범해 오면 아군은 해안에서 속수무책으로 바라만 보고 있을 따름이니 아무리 백만의 정예군이 있다 한들 바다에서야 어찌하겠사옵니까? 전함을 건조하고 병기를 착실히 준비하게 하시옵소서. 그리하여 조류를 따라 멀리까지 적을 몰아내고 요충지를 막아버리면 적이 아무리 물에 익숙한들 어찌 날아 건너올 수야 있겠사옵니까?"

공민왕은 결단을 내릴 수밖에 없었다. 이 문제를 풀 수 있는 사람은 최영밖에 없었다. 최영은 이미 그 전부터 함선 건조와 군력 강화를 일관되게 강력히 주청해왔던 장수였다.

1373년 10월 공민왕은 왕위를 위협할 세력으로 지금껏 경계하였던 최영을 불러들였다.

"경의 충언을 받아들였다면 나라꼴이 이리되지 않았을 것을……."

최영은 공민왕을 쳐다보기만 하였다. 공민왕이 다시 말을 이었다.

"장군, 이 나라를 다시 일으켜 주시오?"

단도직입적인 공민왕의 주문에 최영은 자못 놀라지 않을 수 없었다.

"전하, 신이 무어라고 어찌 그런 말씀을 입에 올리시옵니까? 말씀을 거둬 주시옵소서."

공민왕이 이미 결심을 굳혔다는 듯 다시 말했다.

"내 장군을 6도순찰사에 임명할 것이오. 장수들과 수령들의 폐출이나 승진, 군호의 편성이나 전함의 건조 등은 물론이고 죄를 지은 자에 대해서 직접 처단하여도 좋소. 전적인 군권을 주겠소. 이리 부탁하오."

최영은 어안이 벙벙하였다. 허나 단호히 대답하였다.

"신, 명을 받들어 거행하겠사옵니다."

최영은 그리 대답한 건 공민왕을 믿어서가 아니었다. 침입해오는 외적을 막아내는 건 장수로 당연한 소임이었다. 허나 그보다 더 중요한 건 기울어져 가는 나라를 일으킬 또 한 번의 기회가 그에게 찾아온 셈이었다. 이 기회를 살려내야만 했다. 최영은 궁궐을 걸어 나오면서 두 주먹을 불끈 쥐었다.

6

명의 압박으로 진행된 탐라 정벌

　공민왕의 명을 받은 최영은 먼저 호소하고 나섰다. 강력히 밀고 나가자면 어떻게든 신료들의 협조를 받아야만 했기 때문이었다. 그렇지 않고서는 아무 것도 처리할 수 없었다. 그게 고려가 처한 현실이었다.

　홍건적 침입과 덕흥군의 변란, 거의 매년 해를 거르지 않고 침구해오는 왜구의 준동으로 백성들의 상태는 생존의 한계를 뛰어넘어선 지 오래였다. 쓸 만한 장정들은 대부분 중앙군과 주현군의 군호에 편성되어 있었다. 군역을 부담하면 전정연립으로 토지가 지급되어야 하나 그것도 여의치 못하여 거의 자비로 부담해야 하는 형국이었다. 백성들은 견디지 못하고 권세가나 사원 농장에 의탁하였다. 권세가나 사원은 이들을 농장에 받아들이고서는 사

패전을 지급받는 땅처럼 꾸며 탈점하였다. 나라에 걷히는 조세는 더욱 부족하게 되어 남아 있는 백성들에게 가중되어 전가되었다.

전면적인 개혁이 이뤄지지 않고서는 어떻게 손쓸 도리가 없었다. 하지만 외적의 끝없는 침입 앞에 당장 나라의 방어가 시급한지라 대대적인 훈공을 부여하며 독려하는 식으로 대응하였다. 관직을 부여받은 수가 기하급수적으로 불어났다. 정책 결정도 쉽지 않았고 추진력도 없었다. 그렇게 된 것은 국가의 중대사를 결정하는 재추의 합의기관인 양부의 구성원이 원래 소수의 재상과 추신으로 이뤄졌지만, 충렬왕 이후 도병마사가 도평의사사로 개편되면서 재추의 수가 늘어나고, 거기에다가 삼사, 좌·우사까지 참여하니, 그 수가 수십 명에 이를 정도로 불어났기 때문이었다. 자연 뇌물이 성행하고 국가의 기강은 완전히 해이해졌다. 관료 체계가 엉망이고, 뇌물로 해서 관직을 꿰차고 있는 자가 수두룩했으니 개혁이라는 것 자체가 성립되지 않았다. 그저 관행이라는 식으로 움직일 뿐 어느 것 하나 제대로 시행될 리 없었다.

이를 개혁하기 위해 신돈 시기에 전권을 부여하며 전민변정도감을 설치하여 진행하였으나 초창기를 지나면서부터 유명무실화되어 갔다. 도리어 초기에 불어난 조세 수입으로 문수회나 열고 영전 공사를 강행하였으니 재정이 더욱 고갈되어 갔다. 게다가 전제 왕권을 세우려는 공민왕의 눈치나 보고 어느 누구 하나 입바른 소리를 하지 않으니 조정의 기강은 더욱 허물어졌다. 신료들은 무너져 내린 조정을 바로잡으려 나서서 공민왕의 눈총을 받기보다는 하나같이 나라가 어찌 되든 개의치 않고 자신들의 사사로운 이익을 추구해가거나 무사안일주의에 물들어 그저 하루하루를 보내가는 형국이었다. 이를 안 공민왕이 상벌을 엄히 추궁하며 기강을 세우려고 뒤늦게 나섰으나 이미 역부족인 상황이었다.

허나 그렇다고 해서 손 놓고 있을 수만은 없었다. 공민왕이 전권을 주고 맡겼다는 것은 강력한 힘을 행사하라는 뜻이었다. 강권을 동반하지 않고서는 불가능하다는 것을 조정 신료들의 움직임 속에서 누구보다 공민왕이 잘 알고 있다는 뜻이었다. 최영은 먼저 도평의사사에서 단호하게 뜻을 밝혔다.

"지금 어느 것 하나 제대로 된 것이 없습니다. 허나 지금 상황은 매우 엄중합니다. 대륙의 정세가 요동치는 가운데 지금껏 쫓겨가기만 하던 북원이 명의 군사를 격파하고 세를 모아 남하하려고 하고 있고, 명은 혹시 고려가 북원과 협력하고 있는 것이 아닌가 하며 의심의 눈초리로 바라보며 압박을 가해오고 있습니다. 명과 북원 간의 대결이 어찌 결정되든 우리 고려로서는 지금껏 수복하지 못했던 저 요동과 만주 땅을 되찾아야 합니다. 이것이 태조 왕건이 고려를 세운 이래 우리 고려의 한결같은 의지입니다. 그런데 지금 왜구는 한 해를 거르지 않고 침탈하며 괴롭히고 있습니다. 왜구의 약탈과 살인, 파괴로 인해 백성들은 삶에 안착하지 못하고 피폐해지고 있고, 조운선마저 제대로 운행되지 못해 나라살림조차 제대로 돌보지 못할 지경에 이르렀습니다. 고려의 신하라면 이 위급한 상황을 수수방관할 수 없으며 여기에서 기필코 벗어나기 위해 모든 노력을 아낌없이 바쳐야 할 것입니다. 아무리 어렵고 험난하다고 하더라도 이로부터 벗어나야만 살 길이 열리고, 저 요동과 만주 땅도 되찾을 수 있습니다. 이 위난의 시기를 극복하고자 법령을 엄히 적용할 것이니, 나라의 중추적 역할을 맡고 계시는 분들의 적극적인 협조를 재삼재사해서 부탁드리는 바입니다."

공민왕으로부터 전권을 부여받은 최영의 말인지라 아무도 이의를 제기하지는 않았다. 허나 그들의 표정은 하나같이 불편한 심기를 그대로 내보였다.

최영은 이들의 눈치나 보고 있을 수는 없었다. 단호하게 밀고 나가야 했다. 이 기회를 살리느냐, 그렇지 못하느냐는 고려가 다시 중흥의 길을 가느냐, 그렇지 못하느냐와 직결되고 있었다. 아니 당장 국가의 안위마저 위태로워질 지경이었다. 그렇다고 하여 당장 왜구를 막아내기 위한 임시방편적인 조치에 머무를 수는 없었다. 그 근원적인 조치를 취해야 했고, 그것은 강력한 수군의 육성이었고, 그 바탕이 되는 전함의 건조를 밀고 나가야 했다.

전함의 건조를 적극 밀고 나가기 위해서는 우수한 전함을 견본으로 만듦으로써 왜구의 침구를 강력히 방어할 수 있다는 것을 실물로 확인시켜 주는 것이 급선무였다. 그러면 왜구를 막아내기 위한 결전의 의지와 기세를 돋울 수 있고, 그 힘으로 국가 방위 정책 또한 전방위적으로 강력히 추진할 수 있을 것이었다.

최영은 군호를 장적에 올려 전함을 건조하도록 하였다. 그리고 부족한 세수를 과렴하기 위해 관직을 사사한 나이 70세 이상 된 사람들에게 품계에 따라 쌀을 차등 있게 내어 군수를 보충하도록 조치하였다. 그러자 반발이 제기되었다. 어떻게 나이 많은 노인네들에게 세를 부담시키게 하느냐는 것이었다. 반발 세력을 초장부터 억누르지 않고서는 일을 제대로 추진할 수 없을 것이었다. 최영은 단호하게 반박했다.

"그러면 가진 것도 없고, 지금 부담하는 조세만으로 허리가 휘어져 도망치는 백성이 한둘이 아닌데, 그럼 그들에게 부담시켜야 하겠습니까? 거듭 말하지만 지금은 나라가 위기에 처한 비상시국입니다. 비록 나이가 많더라도 관직을 통해 재산이 있는 사람들이 그런 정도는 부담할 수 있으니 좀 해야 하지 않겠습니까? 이 위기 상황을 극복하기 위한 불가피한 조치이니 따라들 주세요."

최영은 꾹 참고 설득하고자 들었다. 더 힘들게 사는 백성들은 국가적 시책에 묵묵히 따라주고 있는데, 도리어 살만한 작자들이 그 몇 푼 안 되는 것을 내기 싫어서 반발하고 나온 태도가 한심스럽기 짝이 없었다. 저런 사람들이 옛날에 관직에 앉아서 나라를 다스렸으니 나라꼴이 요 모양 요 꼴인 것이었다.

그럴수록 최영은 전함 건조를 강력히 밀어붙였고, 수시로 현장에 나아가 적극 독려하였다. 우수한 전함이 건조되어 그 실물을 확인시켜 준다면 그 불만세력을 잠재울 수 있을 것이었다.

최영의 다그침에 전함 건조 일꾼들은 밤을 새다시피 공사에 전념하였다. 그리하여 전함은 매우 빠르게 완성되었다. 이제 이 전함을 시험해보아야 했다.

공민왕은 전함이 건조되었다는 소식에 매우 기뻐하면서도 놀라워하였다. 어떻게 그렇게 빨리 완성할 수 있느냐 하는 것이었다. 그리고 그게 최영의 충심이라고 이해하였다. 그리고는 전함에 각별한 관심을 표명하며 직접 참관하겠다는 소식도 알려왔다.

공민왕은 먼저 정릉으로 행차하였다. 정릉은 자신의 무덤이 될 수릉과 노국공주의 릉과 영전이 있는 곳으로 왕권의 상징이었다. 공민왕은 위세를 보여주듯 백관들에게 융복을 입고 호종하게 하였으며, 자제위는 모두 붉은 옷에 검은 웃옷을 걸치고 말을 타며 앞에서 인도하게 하였다.

정릉에 도착해서는 친히 제사를 지내고 밤늦도록 주연을 베풀어 풍악을 울렸다. 거기서 하루를 머무른 다음 서강성으로 나와 또 유숙하였다.

공민왕이 전함 건조에 얼마나 중요한 의미를 두고 있는지 알 만한 행보였다. 이제야말로 왜구를 바다에서 퇴치할 수 있는 길이 열리게 되는 것이었다. 국왕의 권위를 세울 수 있는 길이기도 했다.

공민왕은 기꺼운 모습으로 새로 건조한 전함을 살펴보며 만족스러운 듯 고개를 끄덕거렸다. 이제 무기의 성능을 시험하여야 했다.

모두들 숨을 죽였다. 마침내 화통에서 화전이 발사되었다. 허나 멀리 날아가지도 못하고 불꽃 또한 크게 일지 못했다. 그저 축제를 벌이는 유희 중의 불꽃놀이에 지나지 않았다. 순식간에 정적이 감돌았다.

최영은 적이 당황스러웠다. 그러나 이대로 주저앉을 수는 없었다. 그래서 다시 한번 발사를 명했다. 허나 또 발사된 것 역시 똑같았다. 계속적인 실패에 그동안 최영에 쌓인 불만이 쏟아져 나왔다. 일이라는 게 순서가 있는 법인데, 무조건 밀어붙이기만 한다고 해서 되겠느냐는 것이었다. 최영은 공민왕 앞에 무릎을 꿇었다.

"소장, 죽을죄를 지었사옵니다. 신을 벌하여 주시옵소서."

"화약을 제조하지 못하는 것이 어찌 장군의 탓이겠소."

공민왕은 실망스러워하면서도 더 이상 최영을 문책하지 않고 그 자리를 떠나갔다.

최영은 긴 한숨을 토해낼 수밖에 없었다. 전함을 빨리 건조하려는 마음에 직접 화약을 제조할 수 있는지를 살펴보지 않는 것이 실책이었다. 허나 그것을 알았다 한들 그건 기술적인 문제로서 자기 손으로 해결할 수 있는 부분이 아니었다. 암담해지는 기분이었다. 더 많은 전함을 만들어 완전히 왜적을 바다에서 퇴치하려던 계획이 수포로 돌아갈 수 있기 때문이었다.

아니나 다를까 이 실패를 계기로 조정의 신료들은 벌떼처럼 일어나 전함 건조보다는 화약 제조법을 먼저 강구한 다음에 전함을 건조해야 한다고 주장하고 나섰다. 전함 건조를 위해 과렴했던 세 부담을 지지 않으려는 속셈이었다. 최영으로서도 막을 도리가 없었다.

허나 군사의 기강을 잡는 것은 게을리할 수 없었다. 이것마저 처리하지 않는다면 왜구의 침탈에 속수무책일 수밖에 없었다.

최영은 단호하게 양광도 도순문사 이성림이 왜적을 막지 못한 책임을 물어 그를 장형에 처한 후 봉졸에 편입하고 도진무 지심은 참형에 처했다. 도순문사까지 과감히 처벌해버리는 최영의 살벌한 징계에 못마땅해 한 자들은 최영을 비방하고 나왔다. 최영을 그대로 놔두었다가는 언제든지 자신들 또한 그 징계의 대상이 될지 모르기 때문이었다. 그 때문에 조신들의 자질을 몰라본다는 등 김흥경의 맘에 들기 위해 이성림을 처벌했다는 식으로 말들을 퍼뜨리고 나왔다.

사실 이성림과 김흥경은 여자 문제 때문에 서로 사이가 틀어져 있었다. 김흥경이 소근장이라는 창기를 좋아했는데, 이성림이 그 여자와 잠을 자고 나오는 것을 알게 된 것이었다. 김흥경이 이성림을 희롱하며 말했다.

"재상으로서 창기의 집에서 자는 것이 옳겠습니까?"

이성림은 그런 일이 없다며 잡아뗐다.

허나 김흥경은 공민왕의 총애를 내세워 이성림을 내쫓았는데, 마침 이성림이 패배하자 최영이 김흥경에게 아부하기 하기 위해 죽이고자 했다는 것이었다. 그런데 이성림 또한 공민왕의 총애를 받은 염제신의 아들 염흥방이 구해 주어 그 정도의 처벌을 받게 되었다는 것이었다. 염제신의 둘째 부인인 권한공의 딸은 이성림의 어머니였기에 염흥방은 이성림과 어머니는 같고 아버지가 다른 의붓아우 관계였다.

허나 최영은 그들 사이의 관계엔 별 관심이 없었다. 최고 직책의 장수가 그에 합당한 책임을 져야 했기 때문이었다. 윗자리에 있다고 처벌을 피한다면 하급 장수들과 장졸들 또한 문책해야 할 명분이 없었다.

최영의 조치에 공민왕은 순순히 따라주며 1373년 11월에 밀직부사 성대용을 양광도 도순문사, 밀직 김선치를 삭방도 도순문사로 각각 임명했다.

최영은 1373년 11월에도 전라도 도순문사 도흥이 왜적을 막지 못한 책임으로 그를 파직시켰다. 도흥은 1373년 4월에 왜적 2명을 포로로 바치고 노획한 병장기도 조정에 바친 자였다. 허나 그렇다고 해도 그 실책을 눈감아 줄 수는 없었다. 경계에 만전을 다해 왜적을 단호하게 막아내라는 요구였다.

허나 강한 처벌만이 능사는 아니었다. 나라의 기강이 허물어져 있으니 어쩔 수 없이 하는 것일 뿐이었다. 이의 근원적 해결은 전함을 건조하면서도 화약 제조법을 알아내어 그것을 무기화하는 데에 있었다. 그런데 고려에서는 아직 화약을 제조할 수 있는 기술이 없었다. 원과 명이 화약 제조법의 비책을 알고 있으나 알려 주지 않을 것이었다. 북원은 고려가 적대적 관계로 들어섰다고 판단하고 있으니 가르쳐줄 리 만무했다. 그렇다면 명이었다. 그런데 명도 고려에 불신의 눈길을 보내는 형국이었다. 등거리외교를 펼쳐야 하는 고려의 처지로선 그 의구심을 풀어야만 했다.

공민왕은 벌써 1373년 10월 밀직부사 주영찬과 판전공시사 우인열 등을 명으로 보내 신년을 하례하게 하면서 그 의심을 해소시키고자 하였다. 주영찬은 이미 1373년 7월 판전공시사로 명에 갔었는데, 진작 원에 들어갔던 딸이 명의 포로가 되었다가 궁녀로 뽑혀 황제의 총애를 받고 있었다. 그래서 고려에서는 주영찬을 밀직부사로 승진시켜 보낸 것이었다.

고려에서는 이들을 보내 손내시의 죽음은 두 사람이 같이 잠을 잤는데, 어떻게 고려에서 아무도 모르게 살해할 수 있었겠느냐면서 그 두 사람이 서로 싸워서 그리된 것으로 해명하고, 고려는 명과 계속 통교를 원한다는 뜻을 전하도록 하였다. 허나 안타깝게도 주영찬, 김잠, 조신 등이 탄 배가 영광의 자은도에서 파선해 모두 익사했으며 우인열과 송문중 등만 살아서 돌아오게 되었다.

그렇다면 다시 보내야 했다. 최영은 이 사절단으로 하여금 화약 제조법을 명에 요구하기로 하였다. 명은 자신들 또한 왜구 문제로 골치 아팠기에 고려에 왜구 토벌을 강력하게 주문하고 있었다. 그것을 역이용하자는 것이었다.

최영은 공민왕을 알현해 이를 주청하였고, 공민왕 또한 흔쾌히 받아들였다.

공민왕은 1373년 11월 주영찬을 대신해 밀직부사 장자온을 명으로 보내 중서성에 공문을 전하도록 지시했다.

"왜적이 소란을 일으키며 출몰한 지가 벌써 20년이 넘었습니다. 그동안 본국 연해 주군의 요해처에 군사를 배치해 방어하게 했을 뿐 바다까지 나가 격추하라고 지시하지는 않았습니다. 최근 들어 적들의 기세가 너무 등등한지라 백성들의 근심을 근절하고자 이제는 바다에까지 나가 추격 체포하려고 새로운 전함을 건조하고 있습니다. 왜적들을 격퇴한다면 명에 출몰하는 왜구들 또한 잠재워줄 것이니 그 또한 명으로서도 이로울 것입니다. 그런데 안타깝게도 함선에서 사용할 병기와 화약, 유황, 염소 등의 물품을 조달할 길이 없는지라 부득이하게 부탁드리는 바이니 왜적들을 격멸할 수 있도록 상기 물품들을 보내 주기기 바랍니다."

최영은 자기 나라를 자신의 힘으로 지키지 못하고 외국에 무기의 제조법을 가르쳐 달라고 요청하는 자신의 모습에 참담하기 짝이 없었다.

"너무 상심하지 마십시오. 형님도 명이 그 비법을 가르쳐 줄 것이라고 생각한 것은 아니지 않습니까? 단지 명이 하도 압박을 가해오니 어찌 나오는지 한번 떠보자는 것이겠지요."

고군기가 최영을 위로하였다. 그러더니 고군기가 웃으며 다시 말했다.

"혹시 압니까? 명의 주원장이 갑자기 성인군자가 되어 우리 고려가 감나무 밑에서 홍시 받아먹듯 할 수 있게 해줄지 말입니다."

스스로 어이없는 말이라는 것을 아는지라 고군기가 웃었고, 최영도 따라 웃었다. 너무 맥없어 하는 최영의 모습에 고군기가 일부러 최영을 웃게 하려고 한 말이었다. 최영이 웃음을 그치고 다시 물었다.

"명이 어찌 나올 것 같은가?"

"명으로서야 허풍치고 압박하는 것밖에 뭐 다른 수가 없지 않습니까? 15만이라는 정예군사가 북원을 공격하다가 궤멸되어 버렸는데, 그걸 회복하려면 시간이 걸릴 수밖에요. 지금 북원과 싸우고 있고, 요동도 완전히 장악하고 있지도 못한 상태에서 군사를 배에 싣고 와서 고려를 공격할 수 있겠습니까? 그거야 요동을 놓고 맞닥뜨리게 될 때에나 벌어질 일이지요."

최영이 긴 숨을 내쉬었다. 명이 북원과 대립할 때 고려가 일부러 서두르지 않아도 명이 더 접근하려고 나설 것이었다. 그러면 더 유리한 위치에서 관계를 풀어갈 수 있을 것이었다. 그런데 신돈의 통치 시기에 모든 것을 망쳐 버렸다. 요동을 차지하지도 못하면서 군사를 동원해 북원 세력과의 관계도 틀어지고 명의 압박만 자초한 꼴이었다.

"고려가 북원 세력과 연합할 것을 우려해 통교할 것이라는 거지. 헌데 그러면 뭐하나? 북원의 세력을 격파하는 데 필요한 군마를 우리 고려보고 마련하라고 떠넘기려는 심보가 아닌가?"

최영의 탄식에 고군기도 깊은 한숨을 내쉬었다. 군사력을 강화해야 할 판에 도리어 군마를 내주고 있으니 한심스러운 짓이었다. 원과 똑같이 제국의 행세를 하려드는 명이 강해지면 그만큼 고려로서는 이득 될 것이 없었다.

"고려의 처지가 이러한데, 내가 6도순찰사로서 지금 하고 있는 모습을 보면 한심하기가 이를 데 없구먼."

최영이 정말 기운 없어 하는 것은 자신이 더 이상 그 무엇을 할 수 없다는 데에 있었다. 상벌을 엄격히 적용하여 군대의 기강과 규율을 세우려고 하였으나 그게 먹혀들지 않았다. 그저 강권으로 엄벌만 내리려 한다는 비난만 받고 있었다. 뇌물로 서로 한통속이 된 이들은 한사코 최영을 비난하면 고립시키려 들었다. 조정내에서 외톨이 신세로 전락한 꼴이었다.

공민왕도 조정의 분위기를 일찌감치 감지하고 있었다. 그러나 지난날과 다르게 왜구의 침투가 단순한 약탈에서 벗어나 살인과 방화에까지 이르자 왜적에 대한 대책을 강화해 갈 수밖에 없었다. 1374년 1월 양광도와 전라도에 안무사를 파견해 포왜만호를 겸직하게 하였고, 김횡을 경상도 도순문사로 임명해 대비케 하였다. 그리고는 왜적을 막아낼 방도를 신료들에게 주문하고 나왔다. 검교 중랑장 이희가 상서를 올렸다.

"지금 왜구가 무척 성한데, 배에 익숙하지 않은 백성을 몰아다 수전을 벌이게 하니, 늘 패전하게 되옵니다. 신은 바닷가에서 자란 탓에 수전을 조금 익혔사오니, 원컨대 바닷가에 사는 백성들로서 배를 부리는 데 익숙한 자들을 거느리고 힘써 싸우게 한다면, 공을 세울 수 있을 것이옵니다."

공민왕이 분통한 듯 신료들을 질책하고 나섰다.

"초야의 신하인 이희 같은 사람도 이러한 계책을 올리는데, 백관과 위사 가운데에는 일찍이 이희와 같은 사람이 한 사람도 없단 말인가?"

공민왕의 호통에 위사 유원정이 그렇지 않다는 듯 나서서 아뢰었다.

"중랑장 정준제(정지)는 이미 왜적을 토평할 계책을 초안해 놓았지만 다만 올리지 못했을 뿐이옵니다."

그때 정지는 쉬구치로 전각 계단에서 왕을 호위하고 있었다. 공민왕이 정지를 바라보며 물었다.

"정말 그러한가?"

정지는 즉시 전략 초안을 주머니에서 꺼내어 공민왕에게 바쳤다.

"바닷가에서 성장한 자와 수전에 자청하는 자를 뽑아 신등으로 하여금 거느리게 한다면, 5년을 기약하여 바닷길을 깨끗하게 할 수 있사옵니다."

이희와 거의 같은 안이었다. 공민왕은 크게 기뻐하며 이희를 양광도 안무사, 정준제를 전라도 안무사로 임명하면서 왜인추포만호를 겸하도록 하였다.

공민왕이 이들을 내세운 것은 전함을 건조해 수군을 육성하려고 하는 최영에게 그 힘을 실어주고자 하는 것이었다.

허나 공민왕의 그런 조치는 그 반대의 결과를 낳았다. 이희와 정지의 임용을 계기로 신료들은 전함의 건조와 수군의 육성을 이들이 책임지고 수행할 것을 요구하고 나왔다. 명분은 그럴싸했으나 상벌을 엄히 집행해 전함 건조와 군사의 기강을 잡아나가고자 하는 최영을 그 일로부터 떨쳐놓기 위한 계책이었다. 이희와 정지가 주장한 바를 실현하려면 더욱더 전함의 건조를 다그쳐나가야 하였고, 군사의 규율을 잡아가야 했다. 전함 건조를 위한 세 부담에서부터 반발에 직면하고 있기에 강권을 동원해야만 했다. 그런데 이희와 정지 같은 하급 직책 자가 강력히 밀어붙일 수는 없는 일이었다. 부유한 자들이 그 조그만 세 부담이 싫어 사실상 최영을 그 일에서 배제시킴으로써 전함 건조를 유명무실화하려는 것이었다.

최영은 이희와 정지에게 자신이 할 수 있는 한 최선을 다해 도와줄 것이니 수군을 육성하는 데 전력을 기울여달라고 부탁할 수밖에 없었다. 그 결과 국가적 차원에서 전함을 건조하고 수군을 육성하려는 최영의 주장은 공허한 외침에 불과하게 되었다. 신료란 작자들이 얼마나 눈앞의 자기 욕심만 추구하고 무사안일주의 방식으로 일을 처리하려고 하는지 실감할 수밖에 없었다.

최영의 탄식이 터져 나왔다.

"이 중대한 시기에 그래도 공민왕이 나라를 위기에서 구해달라고 6도순찰사라는 직책으로 전권까지 내려주며 일을 맡겼는데, 고작 몇몇 사람이나 내치기나 하고, 정작 해야 할 일을 못 해내고 있으니 정말 얼굴을 들 수가 없구먼."

"형님이 왜 그리 자책하시는 겁니까? 최선을 다했으니 형님 탓이 아니지 않습니까? 일이 성사되려면 임금과 신하, 백성이 애국충정으로 합심하여 나가야 하는데, 우국충정은 어디 오간데 없고 도리어 자기 이권 차리는 데만 눈이 멀어 있으니, 그게 쉽사리 이뤄진다는 것 자체가 도리어 더 이상한 것이지요. 공민왕도 이미 눈치 채고 있을 것입니다."

공민왕은 최영에게 6도순찰사의 직을 맡겼으면서도 여직껏 그래왔듯 왕권의 안위에 대해서는 결코 물러섬이 없었다. 1373년 12월의 석기 사건도 그랬다. 석기는 충혜왕의 은천옹주 임씨 사이에 태어난 서자였는데, 1356년 기철 일당을 척결할 당시 충정왕의 잔존 세력을 몰아내기 위해 모반사건으로 엮어 손수경 등을 목 베고 석기를 제주 수정사로 안치하게 하였다. 그런데 이안과 정보 등은 배에 오르자 석기가 투신하여 자살했다고 보고하였다. 그런 석기를 1373년 12월 평양윤 전녹생이 다시 잡았다고 알려온 것이었다. 공민왕은 석기를 참형에 처해 그 목을 개경으로 보내라고 지시하였다. 이와 관련하여 거짓 보고를 한 이안과 정보, 그리고 석기가 도망치도록 도운 그의 외조부 임신을 처형하였다.

공민왕은 왕위의 위험 세력인 석기 일당을 처형하고는 1374년 1월 자신의 뒤를 이를 강녕부원대군(우왕)을 내세우기 위해 그의 시학으로 강녕부승 왕강, 한상질, 주부 정목, 염치화를 임명하였다.

1374년 2월에는 이무방을 정당문학으로 임명했다. 국장의 묘도는 반드시 대관으로 하여 서명케 하여 봉하는데, 묘를 봉한 관리는 현달하지 못하는 경우가 많다 하여 대개 회피하고 꺼려했다. 그런데 이무방이 장령으로서 정릉을 봉하니 공민왕이 그 충심을 높이 사 등용한 것이었다.

그러나 공민왕에게 있어서 가장 중요한 것은 자제위를 통한 자기 측근 세력을 키우는 것이었다. 그것은 자제위를 총괄하고 있는 김흥경에 대한 적극적인 지원이었다. 공민왕은 1373년 9월 김흥경의 청을 받아들여 그의 어머니 적선옹주 유씨를 교주도, 강릉도, 양광도 3도의 기은사로 삼았다. 향을 받들고 가는 수레가 10여 필이었으며, 그 위세에 관할 아래에 있는 수령들이 앞다투어 뇌물을 바쳤다.

김흥경은 임금의 총애를 바탕으로 1374년 1월 그의 어머니 국대부인 유씨가 녹으로 받은 쌀과 베가 나쁘다고 광흥창의 관리를 궐문 밖에서 곤장이나 치고 나왔다. 또 안사기 등과 어울려 대궐 안에서 풍악을 벌이며 사사로이 연회를 베풀기까지 하였다.

임금이나 폐행이나 하는 짓거리가 한심스럽기 짝이 없었다.

최영과 고군기는 한동안 말이 없었다. 왜구의 준동으로 나라가 한시도 편안한 날이 없는데, 이것을 근원적으로 막아내기 위한 적극적인 대책을 밀고 나가지 못한 것에 대한 무력감이 엄습해왔다. 선인의 후예로서 이건 절대 금기시되는 모습이었다. 어떤 경우에도 낙천적으로 바라보며 그 활로를 열어나가야만 했다. 고군기가 다시 입을 열었다.

"하늘은 스스로 돕는 자를 도운다고 하지 않습니까? 그 화약의 제조 비법이라는 것도 찾으려고 하면 찾아지지 않겠습니까?"

"동생이 설마 그 일을 하려고?"

최영이 눈을 동그랗게 뜨며 물었다.

"왜구에 대책을 세워야만 저 대륙을 쳐다볼 수 있지 않습니까? 그만큼 중차대한 일인데……. 아무려면 형님보다는 제가 더 낫지 않겠습니까? 안 그렇습니까?"

웃으며 얘기하는 고군기의 말에도 최영은 대답할 수 없었다. 전략, 전술에 관한 한 세상에 내로라하는 인재인데, 그 상황과 조건을 만들어주지 못해 화약 제조라는 기술적 문제에 매달리게 한 것만 같아 너무 미안할 뿐이었다. 허나 고군기는 그런 것에는 전혀 개의치 않는 표정이었다. 고군기가 이내 다소 진지한 표정을 지으며 다시 입을 열었다.

"그건 그렇고, 형님, 요즈음 이상한 소문이 돌던데. 입 밖에 꺼내기도 좀 민망스럽고……."

"뭔데 그리 뜸을 들이는 건가? 그냥 말해보게?"

최영이 답답하다는 듯 되물었다.

"공민왕이 궁중에서 자제위 소속 젊은이들과 밤마다 난잡한 짓을 벌인다고 하던데, 그게 사실인 겁니까?"

"나도 그런 소리는 듣긴 들었네만 잘 모르겠네. 헌데 그건 왜

물어보는 건가?"

고군기의 심상치 않는 표정에 최영이 다시 되물었다.

"기우일지 모르지만, 불안한 예감이 들어서 그럽니다. 원래 부화방탕한 짓을 어울려서 하다 보면 항상 끝이 좋지 않지 않습니까?"

최영은 한없이 암담해지는 기분이었다. 고군기의 예측은 거의 틀려본 적이 없었다. 공민왕이 자신에게 6도순찰사의 직을 임명하고 이희와 정지에게 수군을 육성하도록 하는 것을 보면 정신을 차린 줄 알았는데, 그게 아닌 것이었다. 제정신을 차리지 못하고 있는 것도 그렇지만, 만일 무슨 사단이라도 일어난다면 이 나라 꼴이 어찌될 것인지 떠올려보니 차라리 두렵기까지 했다.

최영의 우려를 아는지 모르는지 공민왕은 왜구의 침구에 대해서는 단호히 대처해 나가려 하였다.

공민왕의 적극적인 주문에 왜구가 안주를 침구하자 목사인 박수경이 적과 싸워 물리쳤다. 그러나 경상도에 침구한 왜적에 의해 병선 40척이 파괴되고 수많은 전사자가 발생하고 말았다. 공민왕은 안 되겠다 싶어 1374년 3월 최영을 또 경상, 전라, 양광도 도순문사로 임명해 이를 해결하라고 지시하였다. 그만큼 공민왕은 이 위기를 극복할 수 있는 장수는 최영밖에 없다고 믿고 있는 것이었다. 그런데 헌사에서 최영의 임명을 노골적으로 반대하고 나섰다.

"최영이 일찍이 6도순찰사가 되었을 때 전국을 떠들썩하게 하고 어수선하게 하였사옵니다. 그런데 또다시 3도의 순문사로 삼을 수는 없사옵니다."

최영은 눈앞이 깜깜해지면서 눈물이 쏟아질 것만 같았다. 다른 누구도 아닌 신료들의 반대에 직면해 나라에 충성할 길도 막힌 것이었다. 강권을 동원해서라도 나라를 위기에 구해내고자 하였건만 조정 신료들은 자신들의 눈앞의 이익만 생각하고 그의 태도를 못마땅하게 여긴 것이었다. 최영은 공민왕 앞에 울먹이는 소리로 아뢰었다.

"신은 진심으로 나라를 위하여 목숨을 바치려 하였사옵니다. 그런데 이런 비방을 듣게 되었으니, 청컨대 신의 직임을 파면하시옵소서."

공민왕은 최영을 한참이나 내려다보았다. 고지식하기 짝이 없지만 청렴결백하게 전혀 사욕을 추구하지 않고 나라를 위해서라면 불길 속이라도 뛰어들 장수였다. 그 때문에 몸을 사리고자 하는 대신들에게 배척을 당하고 그 주위엔 사람이 없는 것이었다. 이런 조정의 현실을 공민왕은 누구보다 잘 알고 있었다. 그렇지만 그 일을 해낼 만한 장수가 최영밖에 없다고 여겼기에 내세웠건만 도당과 대간에서 반대하고 나온 것이었다. 공민왕은 어쩔 수 없다는 듯 대체할 만한 사람을 천거하라고 지시하였다.

그리하여 공민왕은 김유를 서북면 조선사로 임명하고는 찬성사 안사기를 보내 최영을 위로하게 하였다. 최영의 충심을 모르는 것이 아니라 조정의 공론이 그러하니 이해해 달라는 것이었다.

그러더니 공민왕은 1374년 4월에 조정을 정비하기 위해 이인임을 파직하고 염제신을 문하시중으로 임명하였다. 그리고는 최영을 비판했던 대사헌 김속명을 파직시키고 지평 최원유를 연안부사로 좌천시켰다. 대신에 문하평리 유연으로 하여금 대사헌을 겸직하게 하고 개성부사 전녹생을 최영 대신 경상도 도순문사로 임명하였다. 최영에게는 그 충심을 의심하지 않는다며 진충분의 선위좌명정난공신의 칭호를 하사하고 또다시 위로해주었다.

허나 왜구의 침구는 더욱 극성을 부렸다. 1374년 4월에 왜적이 배 350척을 동원해 경상도의 합포를 침구해 군영의 병선을 불사르고 5천여 군사까지 살해하였다. 공민왕은 처참한 파괴 소식에 분노하며 조림을 보내 그 책임자인 경상도 순문사 김횡을 사형에 처한 후 토막 낸 시신을 각 도에 조리돌리게 하였다.

그러나 다시 목미도에서 침구한 왜적과 싸운 전투에서 서해도 만호 이성과 부사 한방도, 최사정이 패배하고 전사하였다. 왜적이 자연도에 침구하자 1374년 5월에 전 시중 이인임을 동·서강도 통사로 임명해 승천부에 출정해 진을 치며 대비케 하였다.

왜적이 강릉을 침구하고, 다시 경주와 울주를 침구해 왔다. 판서 최공철을 강릉도만호로 임명해 대비케 하였다.

왜적이 전국을 들쑤시는 상황이었지만 고려의 조정은 명에서 보낸 예주부사 임밀과 자목대사 채빈을 위해 잔치를 열어주느라

부산스럽기 그지없었다. 임밀과 채빈 등은 1374년 4월에 명에서 파견되어 왔는데, 원에서 기른 말이 제주에 많이 있을 것이니 좋은 말 2,000필을 골라서 보내라는 것이었다.

조정에서는 문하평리 한방언을 탐라로 보내 말을 가져오도록 조치했다. 지난번에는 1372년 4월 제주에서 반란을 일으켰다는 핑계로 단지 장자온 편에 본토의 말 6필만 보냈는데, 이번엔 1372년 6월 제주 사람들이 반적들을 죽이고 반란 통에 죽은 줄 알았던 판관 문서봉을 목사로 임명해 달라고 투항해 왔기에 그런 구실도 댈 수 없었다. 더욱이 1374년 2월 밀직부사 정비와 판사 우인열 등을 보내 해상에서 조난 사고가 일어나고 예정된 시일도 제대로 맞출 수 없기에 육로를 통해서 통교해 달라고 보낸 상태였다. 제주에서 반란이 일어날 때도 군마를 얻기 위해 제주를 토벌하라고 요구할 정도였으니 명과 화친을 요청한 상황에서는 더더욱 말을 바쳐야 하는 꼴이었다.

제주에서 말이 보내질 때까지 임밀과 채빈을 위해 잔치를 열어 주었는데, 그들의 행패가 사람들의 눈살을 찌푸리게 만들었다. 채빈은 기녀가 자기 모자에 꽃을 단정하게 꽂지 못했다고 해서 화를 내고, 자기 말을 잘 듣지 않는다고 토라져 말을 달려 돌아가겠다는 식이었다. 그 책임으로 시중 염제신이 광주로 유배에 보내졌고, 김흥경을 보내 금교역까지 따라가 잘 달래서 데려오게 해야 했다, 채빈은 포악하기 그지없어 걸핏하면 사람들을 때리고 욕을 퍼부으니 시중 이하 모든 재상들이 모욕을 당할 정도였다.

당시 영빈관에서 그들을 매우 융숭하게 대접하는 통에 부고의 재물이 바닥나 버렸다. 그 때문에 각 관아로 하여금 차례로 위로연을 열게 해야 했다.

또 임밀과 채빈의 요구에 따라 관반인 조민수와 홍상재를 발탁해 밀직으로 임명하고, 또 채빈의 비위를 잘 맞춘 기생의 아비에게는 낭장의 벼슬을 내려주었다.

그런데도 공민왕은 1374년 6월 폭우로 인해 영전에 비가 새자 대노하여 정릉의 동역관인 찬성사 한방신과 평리 노진을 하옥시키고 장형에 처했다. 영전 공사가 그토록 오랜 시일을 끄는 동안 그 고통이 말이 아닌데도 공민왕의 확고부동한 태도에 어느 누구도 감히 그 말을 입 밖에 꺼내지 못했다.

공민왕은 염제신 대신에 경복흥을 문하시중, 이인임을 수문하시중으로 임명했다.

공민왕의 마음은 참담했다. 명의 사신 앞에 꼼짝 못하는 자신의 처지가 얼마나 한심한지 느끼지 않을 수 없었다. 그러나 그것을 내색할 수는 없었다. 도리어 더 호방한 척하였다. 공민왕은 시구를 읊었다.

"남풍은 천하만국에 훈훈히 불고, 달빛은 온 땅에 가득하도다."

고려 조정은 명과의 관계를 우호적으로 풀려고 했지만 더 꼬여만 갔다. 우선 1374년 7월 한방언이 제주에 도착하자 목호(牧胡, 목자)인 시데르비스와 촉투부카, 관음보 등이 거절하고 말 3백 필만 보낸 것이었다. 어떻게 명에게 군마를 바쳐 원을 공격하는 데 사

220

용할 수 있게 하겠느냐는 것이었다.

　게다가 정비 등이 명으로부터 귀국하여 주원장의 조서를 가지고 왔는데, 김갑우 등이 가져온 말 49필이 거의 쓸모가 없는 것이었다면서 기만행위를 한 것이 아닌지 의심하고 나왔다. 병기와 화약을 요구한 것에 대해서는 초 50만 근을 수집해 모으고 유황 10만 근을 구해서 가져오면 명에서 화약을 제조해 고려로 보내줄 것이라고 하였다. 큰 기대를 건 것은 아니었지만 역시 명은 고려의 요구를 사실상 거부한 것이었다.

　공민왕은 명에게 군마를 제대로 전달하지 못한 책임을 물어 대호군 김갑우와 역관 오극충을 사형에 처했다. 그리고 종친과 재추, 대언 이상의 관직에 있는 사람들로 하여금 한 사람당 말 1필씩을 내도록 하여 명의 공물로 바칠 말을 보충하게 하였다. 하지만 임밀 등은 그 정도에 멈추지 않고 강력하게 뻗대고 나왔다.

　"제주의 말이 2천 필에 미달하면 황제가 필시 우리들을 도륙할 것이니 차라리 지금 왕의 손에 죽겠사옵니다."

　이건 사실상 제주를 토벌하라는 요구였다. 공민왕은 어찌하지 못하고 그에 응할 수밖에 없었다.

　문하찬성사 최영을 양광·전라·경상도 도통사, 밀직제학 염흥방을 도병마사, 삼사좌사 이비를 양광도 상원수, 판밀직사사 변안열을 그 부원수, 찬성사 목인길을 전라도 상원수, 밀직 임견미를 그 부원수, 판숭경부사 지윤을 경상도 상원수, 동지밀직사사 나세를 그 부원수, 지문하사 김유를 삼도조전원수 겸 서해·교주도 도순문사로 임명해 제주를 토벌하게 명했다. 전함이 314척이며 정예군이 25,605명이었다.

만일의 사태를 대비해 문하평리 유연을 양광도 도순문사, 지밀 직사사 홍사우를 전라도 도순문사로 임명해 뒤에 남아 진지를 구축하고 대비하도록 지시했다.

공민왕은 최영을 불러들였다. 한참 동안 최영을 지긋이 바라보기만 했다. 회한이 가득한 눈길이었다. 마침내 입을 열었다.

"내 일찍이 장군의 충언을 받아들였다면 내 이런 꼴을 당하지 않았으련만……."

자조 섞인 공민왕의 말에도 최영은 듣기만 할 뿐 아무런 대답을 하지 않았다. 후회해봤자 아무런 소용이 없는 일이었다. 게다가 지금에 이르러서 공민왕이 그에게 신임을 표시하고 있다고는 하나 공민왕을 완전히 믿을 수 있을 만큼 불신이 사라진 것도 아니었다. 공민왕의 다음 말이 이어졌다.

"이리 새끼 몰아내기 위해 온 힘을 기울여 그 뜻을 이룬가 싶었더니, 어느 틈에 늑대 새끼가 달려들어 팔다리를 물어뜯는구려."

공민왕이 자신의 신세를 한탄하는 소리였다. 공민왕은 왕위에 오른 이래 줄곧 원의 간섭에 시달렸기에 그로부터 벗어나기 위해 몸부림쳤다. 왕위마저 위태로웠으니 원은 공민왕에게 숙명적인 적이었고, 무서운 상대였다. 그 때문에 명이 흥기하는 틈을 이용해 북원과의 대결을 감수하면서 저 요동을 차지하려고 한 것이었다. 그런데 요동도 수복하지 못하고 명에게 책잡혀 원과 똑같은 꼴을 당하게 생겼으니 기가 막힌 것이었다. 서러움이자 서글픔이었다.

최영은 그 심정을 누구보다 잘 알 수 있었다. 고려가 그리 처하게 될 것을 가장 우려한 것이었다.

최영은 이제야 공민왕이 대륙의 정세 속에 고려가 놓인 처지를 똑바로 바라보기 시작했다는 생각에 울먹이는 목소리로 외쳤다.

"전하!"

공민왕이 다시 차분한 어조로 말했다.

"장군이 나를 잘 믿지 못하는 것도 잘 아오. 허나 난 장군을 믿소."

"황공하옵니다."

"태조 왕건의 북진 정책의 뜻을 받들어 저 요동과 만주, 대륙을 되찾으려는 장군의 그 깊은 심중을 어찌 모르겠소? 그래서 내 부탁하고자 하오."

"하명 하시옵소서."

공민왕이 마음을 다잡듯 단호한 어조로 말했다.

"내 대세를 그르쳐 이 지경에 이르렀지만 계속 이리 당할 수만은 없지 않겠소?"

"맞사옵니다. 아직 늦지 않았사옵니다. 전하께서 이 고려를 다시 중흥의 길로 이끌고 나가신다면 신은 충심을 다해 받들 것이옵니다."

공민왕의 의지를 느낀 최영이 뚜렷한 음성으로 화답하였다

"내 믿을 수 있는 사람은 장군밖에 없소. 어쩔 수 없이 탐라 정벌에 응하긴 했지만, 늑대 새끼에게 군마 2,000마리나 내줄 수는 없지 않소? 장군께 절월을 내려 지휘권을 줄 것이니 알아서 처리해 주시기 바라오."

"신, 목숨을 다해 명을 받들겠사옵니다."

공민왕은 역시 영민했다. 명이 원처럼 제국의 행세를 하니 공민왕으로서는 달가울 리 없었다. 허나 명은 힘을 뻗쳐가는 신흥국이고 북원은 쇠락하는 나라이니 앞으로 전개될 상황도 염두에 두어야 했다. 그러니 자기 뜻을 대신해서 수행할 사람을 찾는 것이었다. 그가 바로 최영이었다. 공민왕의 그런 수법을 누누이 지켜보았기에 최영이 그걸 모를 리 없었다.

허나 최영은 개의치 않았다. 공민왕이 명의 속박으로부터 벗어나려고 마음먹은 것 자체가 고려가 다시 새롭게 흥기할 수 있는 발판이 될 수 있었다. 그것만이라도 감지덕지할 일이었다.

허나 최영의 마음은 착잡할 수밖에 없었다. 탐라 원정은 고려로서 아무 이득 될 게 없었다. 도리어 위험부담만 따르고 군력 낭비만 초래하는 꼴이었다. 원정을 가다가 바다에서 왜적과 부딪칠 경우 수전에 강한 왜구와의 싸움이 어찌 될지 장담할 수 없는 일이었다. 만약 바다에서 정예군을 잃을 경우 고려는 군사적으로 다시는 회복하기 어려운 처지에 빠질 수도 있었다. 목호들의 반란이 일어났다고 하나 그건 고려가 명과 협력해 원을 공격하려 하기 때문이었고, 또 탐라에 파견된 관리가 탐욕을 부려서 일어난 것에 불과했다. 결코 탐라가 고려의 관할 영역이 아니라고 주장하지 못했다. 요동의 문제가 해결되면 자연 풀어질 사항이었다. 도리어 요동을 둘러싸고 명과 대적할 때 그들을 앞세울 수도 있었다. 지금 시기에 탐라를 정벌한 것은 오직 명의 요구와 이익 때문이었다. 요동 땅을 수복하려는 고려의 의도를 경계하여 고려군의 전력을 소모시키면서 자신들의 군마의 수요를 충당하기 위함이었다.

허나 토벌을 하기로 한 이상 목호들의 반란을 완전히 제압해야 했다.

재추들이 장수들을 전송해주었지만 최영의 가슴은 무겁기만 하였다.

1374년 8월에 이르러 원정군이 나주에 당도하자 열병식을 거행한 후 최영은 장수들을 향해 입을 열었다.

"주상께서 나에게 반역자들을 토벌하라는 분부를 내리셨으니 내 말은 곧 주상의 명이라는 것을 유념해 주기 바라오. 내 명령을 따르기만 하면 모든 일이 순조롭게 이뤄질 것입니다."

최영의 말에 모든 장수들이 모자를 벗고 예를 표시하였다. 최영이 다시 입을 열었다.

"각 도에서 온 전선들이 뒤섞여서는 안 될 것이니 돛대 위에 깃발을 세워서 쉽게 식별할 수 있도록 하시오. 전선에는 두목관을 두어 행동을 통제할 것이며, 만약 왜구와 마주치면 좌우에서 협

225

공하도록 하시오. 그들을 사로잡는 사람에게는 벼슬과 상을 크게 내릴 것입니다."

최영의 얘기에 장수들은 고개를 끄덕였다. 최영은 제주에 도착해서의 군사 지침도 하달하였다.

"탐라에 도착하면 각각 전함을 이끌고 일시에 폭풍처럼 진격해야 할 것입니다. 뒤처져서는 안 된다는 것입니다. 군사들이 각자 목적지를 점령하면 봉화를 올려 서로 보고하고, 전 부대는 도통사의 뿔피리 소리를 신호로 움직이되 이를 절대 어겨서는 안 될 것입니다."

최영은 잠시 말을 멈추었다. 장수들은 그런 것은 우리들도 다 잘 알고 있으니 빨리 끝내기를 바라는 눈치였다. 하긴 전투에서의 상황은 말이 아닌 실전 행동이 중요했다. 최영이 다시 말을 이었다.

"성을 공격할 때에 백성들 가운데 역적 카치(哈赤. 목호)와 한 무리가 되어 우리 명령에 따르지 않는 자들도 있을 것입니다. 그들은 군사를 동원해 죽여야 할 것이지만 항복하는 자는 공격해서는 안 됩니다. 적 괴수들의 가산은 모두 관아로 거두어들일 것입니다. 마찬가지로 공사의 계약서와 금패, 은패, 인신, 마적 등을 발견하면 모두 관청으로 옮기고, 발견한 군사들에게는 상을 줄 것입니다. 불당이나 도전, 신사를 지키는 사람들은 함부로 대해서는 안 됩니다. 힘써 싸우지 않는 자는 벌을 내릴 것이며, 금은보화가 탐이 나 탈취하려고 하는 자는 군법으로 다스릴 것입니다."

최영의 지시에 따라 고려군은 일사불란하게 항진하여 검산곶에 도착하였다. 그러나 최영은 결코 서두를 생각이 없었다. 임밀과 채빈의 움직임을 주시하였다. 그런데 개경에서 온 자의 보고에 의하면 명에 보낼 군마의 수효를 못 채웠다고 한방언이 장형에 처한 후 유배 길에 오르게 되었다는 소식이었다.

최영은 더욱 시일을 끌었다. 그러자 장수들이 건의하고 나섰다.

"출항한 지 이미 오래되었고 바람도 점점 높아지고 있으니 행선을 서둘러야 할 것입니다."

그러나 최영은 나직한 음성으로 대답했다.

"오늘은 바람새가 좋지 않고, 또 1백 척에 이르는 서해도의 전함도 도착하지 않았으니 어찌 먼저 갈 수 있겠소?"

장수들은 전혀 최영답지 않은 행동에 어리둥절하고 답답해했다.

최영은 장수들의 성화에 못 이겨 항해하여 보길도에 이르자 다시 머무르려고 하였다. 바람이 일지 않는다는 이유였다. 그러자 장수들이 또다시 항의하였다.

"전투에서 가장 중요한 것은 신속한 기동인데, 장시간 체류하면서 진격하지 않다가 뒤에 만약 책임을 따지게 되면 장차 누가 허물을 받겠습니까?"

장수들의 채근에도 최영은 응하지 않았다. 최영 또한 속이 탈뿐이었다. 공민왕과 한 약속을 이들에게 발설할 수는 없는 노릇이었다.

염흥방까지 나서서 장수들의 말을 듣지 않을 수 없다고 하자, 그제야 최영은 중의를 따랐다. 그러나 가급적 지체시키도록 했다. 그런데 오시가 되자 변안열 휘하의 군사가 먼저 배를 출항시켰다. 최영이 대노하여 그 군사를 돛대에 매달아 군율을 과시했다. 그러나 최영이 왜 지체하는지 그 의중을 모른 이들은 거세게 반발하고 나왔다. 토벌 그 자체가 목적이라면 이건 군사 전략상 있을 수 없는 일이었다. 최영도 그걸 이해했다. 그래서 여러 도의 배들이 돛을 올리며 일제히 출항하자 최영도 부득이 닻을 올리고 배를 출항하도록 명령을 내렸다. 서해도의 배들도 뒤따라왔다.

처음엔 항해가 순조로웠으나 도중에 태풍을 만나 선단이 뿔뿔이 흩어졌다. 해가 저물어 추자도에 도착할 무렵 갑자기 비바람이 크게 몰아쳐서 배가 벼랑의 바위에 부딪히는 바람에 닻줄이 많이 끊어지고 노도 잃어 버렸다.

최영은 추자도에 머무르며 부서진 배를 수리하도록 하였다. 그리고 군막에서 나와 사색에 잠겼다. 고려가 처한 현실을 생각하며 어떻게 일으켜 세울 것인가의 고뇌였다. 그런데 그곳에 사는 한 주민이 최영을 보고 아는 체를 하며 인사를 올렸다. 최영도 답례하고는 목이 말라옴에 물 한 잔 마실 것을 부탁했다.

최영이 그 주민을 따라 마을 어귀로 들어섰는데, 그곳 어민들의 삶이 궁핍하기 그지없었다. 곧 쓰러질 것 같은 오두막집에 사람의 몰골이 하나같이 말라비틀어진 빗자루 같았다. 애들마저 가죽만 남아 있을 정도로 여윈 상태였다. 먹을 것이 없어서 근근이 목숨이나 연명하는 처지였다.

최영은 군사들에게 명해 식사할 때 어민들에게도 먹을 것을 나뉘주라고 명했다. 그리고 어민들을 향해 이곳은 바닷가이니 고기를 많이 잡으면 먹을 것을 해결할 수 있을 것이라고 하면서 어망을 만들어서 고기 잡는 방법도 가르쳐주었다. 유배에 처해 남해 지역에서 귀양살이할 때 그곳 어민으로부터 배워 둔 것이었다.

나흘간 추자도에 머문 고려군은 다시 항해하여 이튿날 제주에 도착하였다.

최영은 즉시 장수들을 부대별로 편성해 네 방향에서 나누어 공격하도록 명했다. 시데르비스와 촉투부카, 관음보 등이 기병 3천여 기로 명월포에서 저항하고 나왔다. 최영은 전 제주목사 박윤청에게 효유하도록 하였다.

"지금 군대를 동원해 죄를 묻는 것은 부득이한 형편 때문이다. 적의 괴수를 제외한 성주와 왕자, 토관, 군민들은 모두 예전처럼 안심해도 괜찮을 것이며, 비록 적 편에 가담했다 할지라도 항복해 귀순하면 관대한 처분을 받을 것이다. 명령을 어길 경우 대군이 진군을 시작할 것이니 그때는 누구든 처참히 죽게 되고 후회해도 소용이 없을 것이다."

최영은 장수들과 함께 해안에 상륙했다. 그러나 군사들이 머뭇거리며 진격하지 않았다. 전투에서의 머뭇거림은 곧 패배였다. 최영은 부득불 비장 한 명의 목을 베어 조리돌렸다. 엄격한 군율 집행이 이뤄지고서야 대군이 일제히 진격하였다. 좌우로 맹공을 펴 적을 대파했으며, 그 승리의 기세를 몰아 30리까지 적을 추격했다. 이 싸움으로 얼마나 적의 말을 많이 노획하였는지 모든 병사들이 기병 역할을 할 수 있을 정도였다.

날이 저물자 명월포로 되돌아와서 해안가에서 숙영했는데, 적들이 기습해 1372년 6월에 투항해 왔을 때 파견한 안무사 이하생을 죽이고 도주하였다.

장수들이 한라산 아래에 진을 치고 군사들에게 휴식을 취하게 하였는데, 적의 괴수 세 명이 접근해 싸움을 걸다가 짐짓 패주하는 척 도주하였다. 아군을 효성과 오음 들판으로 유인한 후 기병으로 덮치려 한 계략이었다. 최영은 유인작전임을 눈치 채고 정예군으로 급히 뒤쫓게 하니 적의 괴수가 한라산의 남쪽에 있는 호도로 도망쳐 들어갔다.

최영은 전 부령 정룡을 보내어 빠른 전함 40척으로 섬을 포위하게 지시하고, 그 또한 정예군을 이끌고 뒤따라갔다. 시데르비스가 처자와 그 일당 수십 명을 이끌고 섬 밖으로 나오자 이에 촉투부카와 관음보도 처형을 면하지 못할 것임을 알고 벼랑에 몸을 던져 자살하였다.

최영이 시데르비스와 그의 세 아들의 허리를 잘라 처형하게 하고, 촉투부카와 관음보의 머리를 베어 지병마사 안주 편에 조정에 바치도록 명했다.

그러나 동도의 카치와 시도시멘, 조장홀고손 등은 아직도 수백 명의 군사를 거느리고 성에 웅거하면서 항복하지 않았다.

최영이 여러 장수들을 거느리고 성을 공격하자 적들은 패주해 달아났다. 추격해 적도를 사로잡은 후 잔당을 찾아내어 모두 죽이니 죽은 적의 시체가 줄을 지었다. 탐라 원정 과정에서 금패 9개, 은패 10개, 인신 30개와 말 1천 필을 노획했다.

이제 시급히 탐라를 안정시켜야 했다. 최영은 노획한 인신은 만호와 안무사, 성주, 왕자 등에게 주고, 말은 여러 고을에 나누어 주어 기르게 하였다. 군졸들 가운데 말이나 소를 도살해 먹는 자가 있으면 엄격히 군율을 적용하니, 모든 군사들이 두려워하며 조금도 군율을 어기지 않았다. 이로써 탐라는 신속히 평화를 되찾아갔다.

7

공민왕이 시해되며 조정은 혼란에 휩싸이고

임밀과 채빈은 고려가 군사를 동원해 제주 토벌을 강행하고 나서야 돌아가겠다고 공민왕에게 알려왔다.

공민왕은 그들이 가증스러웠다. 그들이 벌인 횡포는 지난날 원에서 보낸 사신들보다 더하면 더했지 결코 못하지 않았다. 공민왕은 속 쓰린 마음을 뒤로하고 궁중에서 송별연을 열어 주었다. 임밀이 감사를 표시했다.

"이곳으로 와서 국왕으로부터 이리 후한 대접을 받았사온데, 이제 작별하게 되었으니 그만 눈물이 앞을 가리옵니다."

이별의 서운함에 임밀이 눈물을 보이자, 공민왕과 신료들도 따라서 눈물을 흘렸다. 허나 그 의미는 사뭇 달랐다. 그들은 이 같은 귀인 대접을 언제 다시 받아보겠느냐는 아쉬움의 눈물이었지만, 공민왕과 신료들은 그들이 올 때마다 시달려야 하는 고려의 처지를 서글퍼하는 통곡의 울음이었다.

공민왕은 1374년 9월 임밀과 채빈의 귀국길에 밀직부사 김의에게 군마 3백 필을 요동의 정료위로 수송하게 명했다. 동지밀직사사 장자온에게는 요동으로 조공 길을 터준 데 대해 사의를 표하게 하였다.

공민왕은 명과 화친 관계를 맺으면서 우선적으로 왕위의 계승 문제를 일단락 지어 놓고자 했다. 원을 대신해 제국 행세를 하려 드는 그들의 행태로 보아 고려의 내정에 시시콜콜 개입하고 간섭해 나설 것이었다. 명의 간섭으로부터 왕실의 안정을 이룩하자면 우선 왕우(우왕)의 신분부터 왕위의 계승자에 걸맞게 만들어 주어야 했다. 공민왕은 왕우의 생모인 궁인 한씨의 부친 한준과 조부 한평, 증조부를 면양부원대군으로, 외조부 한량을 면성부원대군으로 추증하였다.

그런데 북원에서 온 호승이 원에서 심왕 톡토부카를 고려 국왕으로 삼으려 한다는 소문을 전해 왔다. 명의 공격을 방어할 정도가 되었으니 제 버릇 개 못 준다고 또 고려 왕위를 걸고넘어지는 모양이었다.

공민왕은 단호하게 대처했다. 호승과 그 말을 전해 들은 강순룡을 즉시 수감하고 문초하게 하였다. 그 호승이 들었다고 자백한 이가 전 찬성사 우제의 노비였다. 우제의 노비가 북원에 장사하러 갔다가 그 소문을 듣고 얘기한 것이었다. 그 노비를 체포하려 했지만 도주해 버려 호승과 강순룡은 풀어주고 대신 우제를 순위부에 수감시켰다.

공민왕은 왕권의 위엄은 고사하고 왕위의 안위에 매번 근심하고 불안에 떨어야 하는 자신의 처지가 한없이 씁쓸하게 다가왔다. 허전한 심사를 달램 겸 왕륜사의 영전으로 행차했다. 화원에서 주연까지 벌였다. 술이 거침없이 빨려 들어갔다. 공민왕은 대취한 채 밤늦게야 궁중으로 돌아왔다.

취기가 올라와서인지 모든 게 허망하게 보였다. 왕위에 올라 고려를 중흥시키고자 했던 초창기 시절의 희미한 기억만이 아련하게 다가올 뿐이었다. 자제위를 설치해 자신의 충복으로 키우려고 했건만 그들 또한 왕명을 따르지 않고 막 나가는 모습이었다. 그 내막을 알게 된 건 어제 최만생으로부터 보고를 들었기 때문이었다.

"익비가 임신한 지가 이미 5개월이 돼 간다 하옵니다."

공민왕은 화가 치솟았다. 이놈들이 왕명을 사칭해 익비를 범한 것이었다. 익비 또한 그걸 알았을 터이지만 응한 모양이었다. 공민왕이 다시 물었다.

"그 애비가 누구라고 하더냐?"

"익비의 말로는 홍륜이라고 하였사옵니다."

이놈들이 짝짜꿍이 되어 잘 놀아나고 있다는 생각에 공민왕은 일순간 분노가 솟구쳐 단호한 어조로 말했다.

"내 명도 없이 그런 짓을 범했단 말이냐? 왕명이 얼마나 지엄한지 그것을 보여줄 것이야. 최만생 너도 마찬가지다."

공민왕은 홧김에 그 말을 내뱉었으나 실상 그 일은 그가 자초한 것이었다. 그렇다고 그걸 모른 체 넘어갈 수도 없었다.

모든 것이 뜻대로 되는 게 없었다. 미래도 밝아 보이지 않았다. 명과 북원의 압박을 받으면서 수모를 참고 버텨 내야 할 일이 까마득하게 다가올 뿐이었다. 이 모든 걸 풀자면 자기 힘이 있어야 했고, 그건 곧 왕권의 강화였다. 헌데 전적으로 믿고 맡길 충신이 하나도 없었다. 그렇다고 포기할 수도 없는 노릇이었다. 자기 대에 고려 왕실이 끊기게 할 수는 없었다. 자신의 아들인 왕우가 자기 뒤를 잇게 만들어야 했다. 그것이 선대 왕실에 대한 그의 의무였다.

되뇌며 생각할수록 어찌하여 이런 지경에 이르게 되었는지 회한만이 엄습해 왔다. 공민왕의 눈가에 노국공주의 모습이 선연히 떠올랐다. 환하게 웃는 모습이었다. 모든 걸 내려놓고 빨리 자기에게 오라는 손짓이었다.

공민왕의 침전 밖에서는 최만생과 홍륜, 권진, 홍관, 한안, 노선 등이 소리 없이 움직였다. 최만생과 홍륜 등의 손에는 칼이 쥐어져 있었다.

이들은 공민왕을 시해하기로 작정한 것이었다. 최만생은 어제 공민왕이 내뱉은 말을 듣고 홍륜과 권진, 홍관, 한안, 노선 등에게 그 사실을 전했다. 그들은 공민왕의 성정을 누구보다 잘 아는 자들이었다. 얼마 전만 하더라도 공민왕은 자신이 총애하는 정랑 민이를 몽둥이로 때려 죽게 만들었다. 재추들이 각 도의 안렴사를 천거했는데, 민이가 외직으로 나가겠다고 하자 자기에게 충성을 바치려고 하지 않고 떠나가겠다는 것으로 여기고 엄벌을 내린 것이었다. 아무리 총애를 받아도 한번 왕의 눈 밖에 나면 살아남지 못했다. 목숨을 보전할 수 있는 길은 단 하나 먼저 손을 쓰는 것뿐이었다.

그들은 두려움에 떨면서도 침전의 문을 조심스럽게 열었다. 최만생이 가장 앞에서 움직였다. 그들이 들어가자 공민왕이 누군가를 향해 손짓하고 있었다. 내친걸음에 최만생은 곧바로 공민왕을 향해 달려 들어가 칼로 찔렀다. 피가 사방으로 튀겼다. 그런데도 공민왕은 술에 취해 정신을 못 차린 듯 누군가를 향해 웃는 듯하더니 숨을 거두었다. 공민왕 제위 23년(1374년) 9월의 일이었다.

공민왕의 죽음을 확인하고서도 그들은 두려움에 떨며 어찌할지 몰라 서성거렸다. 그러던 중에 최만생이 갑자기 밖으로 뛰쳐나가면서 도적이 들어왔다며 소리치며 달아나자, 모두들 따라나가며 흩어져 사라졌다. 위사들은 그 소리를 들었지만 벌벌 떨기만 할 뿐 어느 누구 하나 현장을 확인하려 들지 않았다.

한참 후에야 이강달이 달려와 침전으로 들어가서 처음으로 공민왕이 시해당한 사실을 확인하였다. 이강달은 명덕태후에게 알리도록 한 후 공민왕의 몸이 편치 않다며 어느 누구도 출입하지 못하도록 엄금하였다. 새벽녘에 명덕태후가 강녕대군 왕우를 대동하고 내전에 나타났다. 죽음을 확인한 명덕태후는 아무 일이 없는 것처럼 시위를 예전과 똑같이 하도록 명하면서 왕명으로 재상 경복흥과 이인임, 안사기 등을 서둘러 불러들였다.

먼저 시급하게 해야 할 일은 시해자를 체포하는 일이었다. 그 자를 잡아야 무엇 때문인지 그 목적을 알 수 있고, 그 다음 차례의 움직임을 막아낼 수 있었다. 이인임은 중 신조를 의심하였다. 신조는 천태종 계열의 승려로서 공민왕의 총애를 받아 항시 대궐 안에 있다시피 한 자였다. 꾀가 많은 데다 완력도 셌기에 모의하여 난을 일으킨 것이라면 가장 유력한 혐의자였다. 이인임은 곧바로 신조를 하옥시켰다. 그런데 시해 현장을 살펴보던 중 병풍에까지 피가 흩뿌려져 있었고, 최만생의 옷에도 피가 묻어 있는 것이 발견되었다. 곧장 최만생을 하옥시켜 국문하였다. 최만생은 일의 자초지종을 자백하였다. 이에 홍륜과 권진, 홍관, 한안, 노선 등을 체포하여 수감하였다.

역모를 획책한 것이 아니라 우발적 사건에 의해 저질러졌다는 것이 밝혀진 상황에서 이제 누구로 하여금 왕위를 잇게 하느냐가 초미의 관심사로 등장했다. 명덕태후와 문하시중 경복흥은 종친을 왕으로 세우려고 하였다. 반면에 수문하시중 이인임은 왕우를 내세웠다. 이번 사건에 관련된 홍륜과 홍관은 명덕태후의 조카인 홍언박의 손자들이었고, 경복흥의 어머니는 명덕태후의 아버지인 홍규의 외손녀였기에 이번 시해 사건과 인척관계로 얽히게 된 것이었다. 왕을 시해한 이상 처벌받지 않을 수 없을 것이니 왕우를 내세울 경우 묘하게 척지는 관계가 되지 않을 수 없었다. 게다가 고려의 현실을 생각하면 나이 10살의 어린 왕이 이끌어가는 건 왕권의 불안을 야기할 것이었다. 반면에 이인임은 외척을 청산할 수 있어 자연스럽게 그들을 권력으로부터 배제시킬 수 있는 좋은 기회인 데다가 나이가 어린 왕이니 손쉽게 조정을 좌지우지할 수 있는 길이 열리는 셈이었다.

서로 양보하지 않음에 결론이 도출될 수 없었고, 도당에서는 서로의 얼굴만 쳐다볼 뿐이었다. 판삼사사 이수산이 타협안을 제시하였다.

"오늘의 계책은 마땅히 종실에 있다 할 것입니다."

그에 따라 종실인 영녕군 왕유와 밀직 왕안덕의 발언에 모두들 시선이 집중되었다.

"공민왕께서 강녕대군을 후사로 삼았음이 명백하거늘, 그 뜻을 버리고 어디에서 구한단 말입니까?"

종실들이 강녕대군을 낙점함으로써 나이 10세인 왕우가 고려왕으로 옹립되어 왕위에 오르게 되었다.

먼저 공민왕의 시해 사건과 관련된 인사들이 처벌되었다. 최만생과 홍륜은 팔다리가 수레에 찢기는 거열형에 처해졌다. 한안과 권진, 홍관, 노선 등도 그들의 아들들과 함께 모두 효수되고, 가산은 몰수되었다. 그들의 처첩들 또한 유배되어 관비로 처해졌다. 홍륜의 아비 홍사우, 한안의 아비 한방신, 노선의 아비 노진, 권진의 아비 권용, 홍관의 아비 홍사보 등은 곤장을 쳐서 먼 고을로 귀양 보내는 것은 물론이고 친숙질과 종형제들도 역시 똑같은 처벌을 받았다. 환자 김사행은 공민왕에게 아첨하여 수릉 공사를 크게 일으켰다 하여 익주의 관노로 삼고 가산도 몰수하였다. 자제위를 총괄하던 김흥경 또한 언양에 귀양 보내졌고, 집도 적몰되었다.

우왕은 보방에 공민왕의 빈소를 차리고 재추와 함께 초상을 고하며 애도의 의식을 거행했다.

최영은 공민왕이 시해되었다는 소식을 접하고 장수들과 함께 빈소를 찾았다. 최영 일행은 제주 목호들의 반란을 토벌하고 추자도에 다시 들렀다가 이제야 막 개경으로 올라온 참이었다. 최영은 공민왕에게 보고를 올렸다.

"신, 명을 받들어 탐라를 정벌하고 왔사옵니다. 그런데 어찌하여 이렇게 누워 계신 것이옵니까? 소장에게 저 만주와 요동 땅을 기필코 수복하여 고려의 중흥을 이룩하자고 말씀하신 것이 소장의 귀에는 생생하기만 한데, 어찌하여……. 누워 계시지 마시고, 어서 일어나시옵소서."

최영의 눈가에는 한없이 눈물이 흘려 내렸다. 고려의 앞날과 공민왕의 인생을 생각하니 통곡만이 나올 뿐이었다. 이제사 대륙의 정세를 똑바로 보면서 새롭게 시작하자며 최영에게 악수를 내민 것이건만, 끝내 버텨주지 못하고 시작해 보기도 전에 그 누구도 아닌 자신의 심복으로 키우려고 했던 자들에 의해 피살된 것이었다. 참으로 가련하기 짝이 없는 왕이었다.

239

공민왕은 그토록 사랑하고, 충신이었던 노국공주의 릉인 정릉 서쪽에 나란히 안장되었다. 그 릉의 이름은 현릉이었다.

왕위에 즉위한 우왕은 먼저 전국에 사면령을 내렸다. 여기에는 신돈의 당류도 포함되었다.

1374년 11월엔 우왕의 생모인 한씨에게 순정황후라는 시호를 추증했다. 그리고 밀직사 장자온과 전공판서 민백훤을 명에 보내 공민왕의 부음을 전하면서 시호를 내려주고 왕위 계승을 승인해 줄 것을 요청하도록 하였다.

허나 시해사건과 관련하여 어디까지 처벌할 것인가가 골칫거리 문제로 여전히 남아 있었다. 먼저 김흥경에 대한 처리였다. 오헌이라는 자가 최영을 찾아와 아뢰었다. 홍륜 등이 모의한 것을 듣고 김흥경에게 고하였는데, 김흥경은 그들이 공민왕의 총애를 더 받고 있는지라 자기 말을 믿지 않고 도리어 해를 당할까 봐 망설이다가 감히 아뢰지 못하였다는 것이었다. 추후에 이 사건의 진상이 알려져 처벌받기보다는 미리 고하여 그 화를 피하자는 심사였다.

최영은 오헌의 고발에 김흥경의 유배지에 보내 서로 대면토록 하였다. 김흥경이 오헌을 바라보며 입을 열었다.

"네 나이 어릴 때에 선왕께 내가 너를 천거하였거늘, 은혜는 못 갚을망정 도리어 나를 해치려 드는 것이냐?"

"내가 홍륜 등의 역모를 공에게 고한 건 그것이 공의 은덕에 보답하는 길이라 여겼기 때문입니다."

오헌의 반문에 김홍경은 대답하지 못했다. 이로 인해 김홍경 또한 목숨을 부지하지 못하고 복주되었다.

조정이 어수한 중에 나하추가 자기 아들 문카라부카를 보내와 낙타 두 마리와 말 네 필을 바쳤다. 그리고는 공민왕의 변고를 알고 시급히 발길을 돌려 요동으로 되돌아갔다.

조정이 정비되지 못한 속에서 외교적 마찰이 발생할 수 있는 사건마저 터져 나왔다. 명 사신 임밀과 채빈을 호송하던 밀직사 김의가 그들을 해치고 도주한 사건이었다. 임밀과 채빈은 정료위로 향하는 도중에도 계속 지체하며 머물면서 나아갔다. 그때마다 연회를 벌이고는 주정을 부리며 매번 김의를 죽이려고 하였다. 고려 내에서도 이들의 횡포 때문에 원성이 자자했는데, 떠나가면서까지 그 짓을 벌이자, 원래 호인이었던 김의는 분노가 폭발할 지경이었다. 마침 찬성사 안사기가 찾아온 이후 그는 마음의 결단을 내리게 되었다.

안사기가 몰래 김의를 만난 것은 이인임의 말을 전하기 위해서였다. 이인임에게 어떤 자가 나타나 속닥거렸다.

"예로부터 임금이 시해당하면 재상이 먼저 그 죄를 받는 법입니다. 명의 주원장이 만약 선왕의 변고를 듣는다면 반드시 그 죄를 묻게 될 것입니다. 그러면 공은 화를 면치 못할 것이니 차라리 그럴 바에는 북원과 더불어 화친을 도모하는 것만 못할 것입니다."

이인임 또한 그럴 가능성이 농후한지라 명과의 관계를 껄끄럽게 만들 명분이 필요했다. 더욱이 명이 강해지도록 군마를 넘겨줄 이유도 없었다. 이인임은 안사기와 의논한 끝에 명 사신들을 전송해주기 위해서라면서 안사기로 하여금 뒤쫓아 가게 하여 김의를 만나 설득시킨 것이었다.

김의는 사신 일행이 개주참에 이르렀을 때 마침내 실행에 옮겼다. 그에게 못되게 굴었던 채빈과 그의 아들을 즉각 살해하고 임밀을 붙잡아 군사 3백 명과 함께 군마 2백 필을 이끌고 나하추에게로 달려가 버렸다. 장자온과 민백훤은 명의 문책이 두려워 그 사실을 정료위에도 알리지 않고 도망치다시피 고려로 되돌아와 버렸다.

조정에서는 1374년 12월 삼사좌사 이희필을 서북면상원수로 임명하여 만일의 사태에 대비토록 했다.

명의 사신을 살해하고 북원으로 도주한 김의 사건은 고려 조정에 심각한 분란을 야기시키게 될 것이었다.

작금에 벌어진 사태에 최영과 고군기는 한동안 입을 열지 못했다. 고려의 앞날이 우려스러울 뿐이었다. 공민왕의 시기엔 그래도 왕이 권한을 행사하며 조정을 이끌어갔으나 나이 어린 우왕이 이런 분란을 수습하며 헤쳐나가기는 어려울 것이었다. 더군다나 공민왕의 시해와 연관된 자들이 하필이면 하나같이 왕의 외척과 조정 대신들의 자제들인지라 조정의 정비에도 불안을 초래할 것이었다. 서로 어린 왕을 조정하고자 치고받고 싸울 것이 명확했다. 엎친 데 덮친 격으로 우왕의 사부로 있었던 백문보마저 1374년 12월 세상을 하직하고 말았다. 한단 선사께서 우왕을 잘 보필하여 고려의 중흥을 일으키고자 안배했던 그 마지막 고리마저 끊어진 셈이었다. 모든 게 첩첩산중이었다.

최영이 조심스럽게 입을 열었다.

"조정이 어찌 흘러갈 것 같은가?"

한시바삐 조정이 안정화되어야 왜구의 침구든, 명과 북원에 대한 외교 사항이든 그 대책을 마련해 수행할 수 있었다. 헌데 조정의 상황이 묘하게 실타래가 엉킨 양 꼬여 버렸다. 원래 어린 왕이 즉위하면 왕의 어미인 황후의 외척이 자연스레 조정을 장악하기 마련이었다. 충목왕과 충정왕 때에도 그들의 생모인 덕령공주와 희비 윤씨가 권력을 행사했다. 헌데 우왕의 생모 한씨는 죽었고, 할머니인 명덕태후는 공민왕의 시해 사건과 관련되어 그 인척들이 처벌을 받았다. 권력을 행사해가야 하는 명덕태후로서는 팔이 꺾인 꼴이었다.

고군기가 대답했다.

"일단 명덕태후와 이인임은 우왕의 집권 과정이 안정적으로 이뤄지도록 서로 손을 잡겠지요. 허나 우왕을 즉위시킨 공은 이인임에 있고, 명덕태후는 날갯죽지가 꺾인 처지가 아닙니까? 이로 보건대 이인임 세력이 명덕태후의 세력을 점차 배제하면서 장악해 들어갈 것입니다. 지윤과 손을 잡고서 말이죠. 허나 권력은 나눠 가질 수 없으니 추후엔 이인임과 지윤 또한 서로 아귀다툼을 벌이지 않겠습니까?"

우왕이 왕위에 오른 후 조정의 세력은 크게 권신으로 대표되는 이인임 세력, 명덕태후 세력, 우왕의 유모 장씨와 연결된 지윤 세력, 무장 세력, 그리고 환관과 권신을 배제하려는 유자 세력 등이 서로 난립하며 이합집산하는 형국이었다. 그러나 그 주류는 주되게 이인임 세력으로 결집되었다.

우왕의 직접적인 후원 세력은 유모 장씨와 환관이라고 할 수 있었다. 유모 장씨는 일찍이 뇌물 바치기로 유명한 김횡이 신돈에게 바친 금장이라는 여자였다. 금장은 그때로부터 유모로서 우왕을 보살펴왔다. 지윤은 그의 아내로 하여금 우왕의 유모 장씨와 교분을 맺어 궁중에 출입하게 하면서 우왕과의 관계를 돈독히 다져오고 있었다. 유모 장씨와 연결된 지윤 세력은 아직은 우왕의 힘이 약했기에 이인임에게 기대지 않을 수 없었다. 명덕태후 또한 공민왕의 시해 사건과 관련하여 인척이 결부되었기에 대신들과 이해관계가 연결된 이인임에게 의탁하지 않을 수 없었다. 반면에 무장 세력의 일부를 독자적으로 이끌고 있는 최영은 어떤 파당에도 끼지 않으려 하였다. 이인임은 이런 제반 세력을 끌어 안음으로써 자신의 권세를 다지고자 하였다. 허나 추후 우왕이 장성하게 되면 우왕과 가장 가까운 유모 장씨의 입김이 커지게 될 것이니 그때 또 그들끼리 싸우지 않겠느냐는 대답이었다.

"참으로 답답할 일일세. 모든 힘을 하나로 모아 고려 중흥의 길로 나아가야 하건만 서로 권세를 잡으려고만 하니……. 지금 조정 돌아가는 꼴만 봐도 이인임과 지윤의 세력이 얼마나 기세등등한지……."

최영이 다시 말을 이었다.

"헌데 이번 김의 사건을 처리하는 것을 보면 너무 어이없는 일이 아닌가? 분명 이 일에 이인임이 관련되어 있을 것인데, 어떻게 그 따위로 일을 처리할 수 있단 말인가?"

최영이 이인임을 의심한 데에는 그만한 이유가 있었다. 조정에서 1374년 12월 판밀직사사 김서를 명과 북원 두 나라가 아니라 북원에만 보내 고려의 국상을 알리도록 조치한 것 때문이었다. 최영의 말이 계속 이어졌다.

"자기 딴에는 친명 일변도의 외교정책을 수정하려고 한 것이겠지만, 명 사신을 죽이고 도주하게 하면 어떻게 되겠는가? 명으로부터 불신받고 원으로부터 약점 잡힌 꼴이 될 것인데, 그리해서 어떻게 명과 북원 두 나라를 상대로 적극적인 외교 정책을 펼쳐 나갈 수 있겠는가?"

"그러게 말입니다. 자신이 재상이니 공민왕의 시해 사건이나 김의 사건 등에 대해 명으로부터 그 책임을 문책받을까 봐 그걸 꺼리고 그리한 것일 텐데……. 결국 그건 다 나라를 위한 대국적 관점에서 임하지 못하고 자기 이해관계를 우선으로 해서 책략을 펼치려고 하기 때문이 아니겠습니까? 허나 그 때문에 북원에 접근하고자 하는 이인임의 외교 정책은 내부 반발에 직면하게 될 것입니다."

벌써 성균 대사성 정몽주는, 조정에서 계속 명에 사신을 보내지 않자 대의를 밝히고 나왔다.

"선왕의 변고를 마땅히 상세히 아뢰어 상국으로 하여금 의혹이 확 풀리도록 해야 할 것이거늘, 어찌 빨리 결정짓지 못하여 화를 자초하려고 하는 것입니까?"

전교령 박상충과 성균 사예 정도전도 재상들에게 촉구하고 나섰다.

"속히 사신을 보내어 국상을 당한 사실을 고하여야 합니다."

명으로의 사신 파견을 계속 주장하고 나오자, 이인임이 넌지시 반문하였다.

"모두들 두려워하고 꺼리고 있지 않는가? 그런데 누가 가려고 한단 말인가?"

이인임의 말을 들은 박상충이 판종부시사 최원에게 부탁하였다.

"왕이 시해를 당하였는데도 고하지 않는다면 황제가 반드시 의심할 것이오. 만일 죄를 묻는 군사적 징벌이 일어나게 된다면 온 나라가 모두 그 화를 받게 될 것인데, 재상은 이를 염려하지 않으니, 경이 사직을 위해 갈 수 있겠소?"

"저로 인해 사직이 진실로 편안해질 수만 있다면 어찌 목숨 바치는 것을 마다하겠습니까?"

최원이 결심을 밝힘에 따라 박상충이 이인임에게 고하자, 조정에서는 1375년 1월 최원을 명에 보내 국상을 알리고 공민왕의 시호와 우왕의 왕위 계승에 대한 승인을 요청토록 하였다.

등거리외교를 펼치기 위해 명과의 관계를 푸는 건 자연스러운 움직임이었다. 허나 고군기는 긴 한숨을 내쉬었다.

고려의 목표는 저 요동과 만주 땅을 되찾는 것이었다. 하루빨리 왜구의 침탈을 막아내어 남쪽으로부터 우환거리를 제거한 다음 한시바삐 북쪽으로 방향을 돌려야 했다. 그때까지 등거리외교로 시간을 벌면서 점차 북원의 세력을 아우르는 방향으로 전개하여 나가야 했다.

북원의 나하추의 군대는 1374년 11월 명의 정료위를 공격하였으나 별다른 성과를 얻지 못하고 퇴각하였다. 요동 방면에서 북원의 세력이 공세를 가하며 아직 우세를 점하고 있기는 하나 명의 세력이 만만치 않게 형성되고 있음을 드러낸 것이었다. 명이 요동 방면에까지 강해지면 고려의 목적 실현에 더 큰 장해가 형성되는 꼴이었다. 북원이 쇠락하면 요동과 만주는 고려와 명의 싸움에 결정될 것이었다. 새로 흥기하는 명과 일전을 불사할 각오가 갖춰져야 했다. 그때까지 능숙한 외교 책략이 구사되어야 했다. 헌데 조정에서 외교 정책을 놓고 벌인 논란을 보면 능숙한 외교전술은 고사하고 등거리외교마저 매끄럽게 풀어가지 못하는 모양새였다.

최영이 고군기의 걱정스런 안색을 보고 물었다.

"왜 앞으로 등장하게 될 유자들의 태도가 걱정이 되는 건가? 허나 지금이야 명의 오해를 풀어야 할 것이 아닌가?"

"그런 차원이라면 뭐가 걱정이겠습니까? 허나 형님도 아시다시피 중화주의에 빠진 유자들의 모습이 어떠했습니까? 더욱이 지금 성균관의 중창으로 등장하게 될 유자들은 지난날의 유자하고도 또 질이 다릅니다. 철두철미 중화사대주의에 빠진 자들이라는 겁니다. 그런 자들이 들고 나올 외교 정책이라는 것은 보나마나 뻔하지요."

고려는 송과의 교류가 활발하게 이뤄졌기에 주희의 주자학도 보급되었다. 주희의 주자학(성리학)은 예전 유학과는 차원을 달리하였다. 주자학은 도교와 불교의 논리를 차용하여 학문과 사상에서의 패권을 추구하였다.

유학과 주자학(성리학)은 계보 상으로는 서로 연결되어 있으나 시대적 역할에서 큰 차이가 존재하였다. 유학의 시조인 공자는 춘추전국시대의 사람이었다. 춘추전국시대는 백가쟁명의 시대라고 할 만큼 여러 학문과 사상이 꽃 피웠고 난립하였다. 유가 사상만이 아니라 노자와 장자의 도가 사상, 묵자의 겸애설, 한비자의 법가 사상 등이 그것이었다. 진시황제는 법가 사상에 의해 중국을 통일하였다.

제 각기 만발한 학문과 사상은 사상사의 발전과 사회 발전의 요구에 따라 서로 통합과 분리 과정을 겪게 마련이었다.

진, 한에 이어 위진남북조 시기에 이르자 학문과 사상은 크게 세 부류로 정립되었다. 도교와 유교, 외래에서 전래된 불교였다. 사상사의 발전 요구로 볼 때 이는 매우 자연스런 흐름이었다. 사상과 학문이 발전하자면 세상을 바라볼 수 있는 그 근본 바탕인 형이상학적 철학 문제가 해결되어야 했고, 또 세상 만물의 생성과 변화 및 그 근원에 대한 본질적인 이해 문제가 해명되어야 했고, 아울러 인간은 사회를 구성해서 살아가기에 그에 대한 답을 내와야 했기 때문이었다. 도교는 태극과 도라는 개념을 도입한 우주론적 이해에 기초하여 무위자연의 인생관을 제시하였고, 불교는 공이라는 개념으로 세상 만물의 생성과 변화, 근원을 인간의 심적 이해와 통일시킨 논리 철학으로 성불의 길을 제시하였으며, 유학은 예에 맞는 사회적 질서를 세우는 기초 하에 수신의 길을 제시하였다. 세 사상은 각기 한 분야에서 해답을 제시하는 우월성을 가졌기에 나머지 여타 사상을 흡수하여 통일시키며 정립시켜 나갔다.

허나 사상사는 또다시 이들의 통합을 요구하였다. 불교는 도교의 도라는 우주론적 개념까지 포괄하여 깨달음을 밝혀내는 선종의 사상까지 수립하였다. 이로 인해 위진남북조시대에 이어 수, 당의 시대에 이르기까지 불교의 우세가 이어졌다.

하지만 송 시기에 이르러 주희가 주자학을 성립시키면서 유교가 우세를 점하게 되었다. 그런데 유학은 불교와 도교와는 본질적으로 다른 차이점이 존재하였다. 유학은 학문과 사상의 독점과 패권의 추구를 그 자체 내에 잉태하고 있었기 때문이었다. 도교는 무위자연의 삶을 살아가면 되고, 불교 또한 깨달음을 얻어 성불하면 그만이었다. 서로 경쟁하거나 독점해야 할 아무런 이유가 없었다. 그 때문에 도교와 불교가 성행해도 다른 학문에 대한 사상과 억압이 있을 수 없었다. 하지만 유학은 예에 입각한 차별적 사회 질서를 세워야 하는 것이니 그에 저촉되는 학문과 사상은 부정되어야만 했다. 유학에 입각에 쓰인 수많은 역사서가 왜곡되어 서술된 것도 이 때문이었다.

더욱이 유자들은 수신제가치국평천하라고 하듯이 입신양명을 추구하였다. 어떤 사회이든 국가를 유지하자면 관료들은 필요불가결하게 요청되었다. 특별한 기술이나 자질이 요청되는 것이 아닌 이상 관리를 선발해야 했는데, 거기에 맞게 제시한 사상은 주되게 유학일 수밖에 없었다. 과거제의 실시가 그것이었다. 유자들은 과거를 통해 계속 정계에 등장하였는데, 그들은 자신들의 학문과 사상적 관점에 따라 관리가 등용되고 독점되어야 한다고 여겼다. 유학을 모르고 관리가 되는 것을 비난하고 조소하는 것이 그런 형태였다.

허나 주자학이 등장하기 전까지는 우주론적 이해에 기초한 무위자연의 삶을 제시하는 도교나 세상 만물의 생성과 변화, 근원을 인간의 심적 이해와 통일시킨 논리 철학에 바탕을 두어 성불을 제시하는 불교의 이론 앞에 유학은 왜소하기 짝이 없었다. 감히 이들의 사상을 사문난적이라고 매도할 형편이 되지 못했다.

하지만 주희가 주자학을 성립시키면서 이런 상황은 달라져 버렸다. 주희는 유학에 도교와 불교의 논리를 차용하여 전일적인 체계를 세우고자 하였다. 무극이태극이라는 도교의 우주론적인 논리와 세상 만물의 생성, 변화와 근원을 이해하려는 불교의 논리철학을 이용하여 역과 음양, 오행을 끌어들였고, 성즉리라는 인간학적 이해로 결부시켰다. 천지지성(天地之性, 본연지성)과 기질지성(氣質之性)이라는 이해는 차별적 사회 질서의 수립이 정당하다는 논리의 보증이었다. 인간의 도덕과 선악이 하늘로부터 부여된 것이라는 근거가 제시된 것이었다. 군신과 부자, 남녀 관계의 차별성은 당연했고, 한 나라를 넘어 세계 질서도 그 위계질서에 따라 정립되어야 했다. 그것은 곧 중화주의 사상에 의해 세계가 질서 지워져야 한다는 중화 패권의 주장이었다.

이 논리에 따르면 세상은 중화를 모두 섬겨야 했고, 그에 맞지 않는 사상은 사문난적으로 척결되어야 했다. 격물, 치지, 성의, 정심, 수신, 제가, 치국, 평천하는 그들의 간단명료한 주장이었다. 성리학이라는 것 자체가 성명의리지학을 줄인 말로써 옳은 이치를 밝히는 학문이라는 것이었다. 하늘의 뜻에 따라 사회적 질서를 세우려고 하는데, 옳지 않다고 여겨지는 철학과 사상을 용인하는 것 자체가 이율배반이었다. 오직 하나의 사상과 사회적 질서만이 존재해야 한다는 유일패권의 등장이었다. 사회에 큰 영향력을 발휘하고 있는 불교를 배척하는 척불론이 나오는 것은 자연스러운 행위였다. 허나 불교의 논리철학을 차용했으니 불교에 대한 근본적인 비판을 할 수는 없었다. 단지 성불하기 위해 세속을 떠나 출가하는 것에 대해 사회적 질서의 근간을 어지럽힌다거나 깨달음의 길을 걷는다면서 도리어 화려한 집에서 탐욕을 누리고 사는 것이 과연 수행에 적합하냐는 비판에 지나지 않았다.

이런 주희의 사상이 고려 말기 전까지 전혀 전파되지 않는 것은 아니었다. 그런 서적이 도입되었기에 김부식 같은 이는 중화를 흠모하는 모화사상에 빠져 유학에 맞는 국제적 질서를 지키고자 하였다. 모화사상과 사대주의 정신으로 묘청 세력을 진압하였으며, 그런 사상에 입각하여 집필한 사서가 삼국사기였다.

그런 중화사대주의는 오래갈 수 없었다. 대륙의 강력한 북방 세력으로 성장한 요와 금에 조공을 바치면서 근근이 연명하는 송을 보고 중화사대주의에 빠진다는 것 자체가 더 이상한 일이었다. 고려의 유학자들은 주자학을 받아들이면서도 중화의 패권주의를 받아들이기보다는 송과 요, 금, 그리고 고려라는 삼각관계의 세력 균형에 의거하여 고려 또한 황제 국가로서의 위상을 갖는 것이 가능하다는 논리로 수용하였다. 당연히 도교와 불교의 합리성 또한 인정하였다.

원 제국이 등장하면서 상황은 또다시 변했다. 주자학은 더욱 전면적으로 보급되기에 이르렀다. 원은 제국으로서의 패권을 주장하였고, 고려는 원의 속국으로 전락하면서도 원 세조로부터 고려의 전통적인 풍속과 제도를 그대로 지켜도 좋다는 허락을 받아내 국가적 위기 때마다 그것을 근거로 삼아 고려라는 나라를 지켜 내려고 하였다.

원이 북원으로 쫓겨 나고 명이 신흥강국으로 등장해 중화 패권주의를 행사하려 들면서 사정은 완전히 달라져 버렸다. 주자학의 중화사상과 명이 강국으로 등장한 대륙 정세의 현실이 서로 일치하게 된 것이었다. 명의 주원장은 자신들이 원을 계승했다고 하면서 요동과 만주는 원래 한족의 지배 영역도 아니었으면서도 그에 대한 지배권까지 주장하고 나왔다. 원이 지배한 영토는 다 자기네 땅이라는 논리였다. 고려 사람이라면 당연히 이에 반발하여야 하였다. 하지만 신돈의 성균관 중창 과정을 통해 성장한 유학자들은 그런 성리학적 이론에 맹종하는 자가 나타나게 되었다. 이들은 그 이전의 유자들과는 근본적으로 다르게 중화사상에 물든 자들이었다. 공민왕이 북원이 곧 망할 것으로 여기고 친명 일변도 정책을 펼친 것 또한 그런 중화사대주의 사상의 정치 세력들이 고려 조정에서 자연스럽게 형성되도록 일조하였다. 그들에게 있어서 주자학은 유자들에 의한 관료 독점이었고, 중화사상에 맞는 국제적 질서의 재편이었다. 이들은 간관이라는 제도를 통해 이를 적극 주장하고 나섰다. 이들에게 등거리외교를 기대한다는 것 자체가 어불성설이었다.

고군기의 근심을 알아본 최영이 탄식조로 말했다.

"고운 최치원 선사께서는, 단군조선의 풍류도는 도교와 불교,

유교 등 삼교를 자체 내에 다 포함하고 있다고 말씀하셨는데, 후손이라는 작자들이 그 위대한 사상과 정신을 섬기지는 못할망정 다 던져버리고 도리어 중화 사대주의에 빠져 허우적대고 있는 걸 보면 지하에서 통곡하시겠구먼."

암담해지는 고려 조정의 현실이었다. 잠시 침묵이 흘러내렸다. 고군기가 우울한 기분을 털어버리기라도 하듯 다시 입을 열었다.

"바쁠수록 돌아가라고 하지 않습니까? 우리 고려의 힘을 키우는 것이 상책이겠지요. 그것만큼 확실한 방안이 어디 있겠습니까? 형님도 아시는지 모르겠지만, 군기감에 최무선이라는 사람이 있는데, 그 사람이 화약 제조에 대한 열정이 대단하더이다."

"자네도 만나 본 모양이군."

최영이 화답하면서 다시 말을 이었다.

"나도 그 사람을 좋게 보고 지난번 전함을 만들 때 믿고 시도했지 않았는가? 그만 낭패를 보고 말았지만……. 나는 계속 밀어주고 싶네만 조정 대신들이 쉽사리 그의 말을 믿으려 하지 않는구먼."

씁쓸해하는 최영의 모습에 고군기가 다시 말했다.

"화약 제조법이라는 것이 그리 쉽게 얻어지는 것은 아니지 않겠습니까? 더욱이 그 일의 성사는 이 고려를 중흥시키는 길로 나가느냐 마느냐와 관련된 관건적 문제인데……. 형님께서 좀 적극적으로 지원을 해 주시지요. 분명 큰일을 해내고 말 사람이라니까요."

"동생이 그리 말하니 내 사비라고 털어서 그리해 주어야 하겠구먼. 헌데 조정의 눈도 있고 하니 동생이 맡아서 해 주게. 이 조정이라는 곳이 자기 이권다툼 하느라고 한 치도 양보하려 들지 않는단 말일세."

최영과 고군기는 조정의 혼란과 관계없이 왜구에 대한 나름의 대책을 세워 나가고자 했다. 침구해오는 왜적을 바다에서부터 적극 퇴치하려는 노력이었다. 왜적의 침략 소동으로부터 벗어나야 백성들을 안착시키고 저 요동과 만주 땅을 되찾는 데에 온 나라의 전력을 기울일 수 있기 때문이었다. 실낱같은 희망만 있다면 붙잡아야 했다.

왜적은 그 와중에도 경상도 밀성으로 침구해와 관아를 불사르고 인명을 살상하고 재물을 노략질했다. 왜구의 병력이 많고 강한지라 만호의 힘만으로는 막을 수가 없을 정도였다. 조정에서는 호군 최인철을 현지로 보내 전력을 보강했다.

1375년 1월 우왕은 보제사에서 백일재를 지내고 마침내 상복을 벗었다. 비록 나이 11살에 불과했으나 왕으로서 책무를 다하기 위해 처음으로 서연을 설치했다. 죽은 백문보를 대신해 기존의 사부였던 정당문학 전녹생과 함께 이무방을 스승으로 임명했다. 그리고는 백관들로 하여금 백성들을 편안하게 할 계책을 적어 각자 제출하도록 했다. 하지만 간관들은 우왕의 요구보다는 나이 어린 임금 옆에서 권력을 휘두르게 될 폐행들을 먼저 제거하고자 시도하였다.

1375년 3월 대사헌 송천봉이 상소하였다.

"환자 윤충좌는 일찍이 선왕 앞에서도 감히 화를 내고 칼로 머리털을 잘랐으니 그 불충하고 불경한 죄는 목을 베도 용납되지 않을 것이옵니다. 권세를 마음대로 부려 뇌물을 받아 관직을 제수하며 토전을 널리 점유하여 나라를 그르치고 백성들을 해쳤으니 직첩을 회수하고 가산을 적몰하시옵소서."

이 상소를 시작으로 여기저기서 간관들이 동조하고 나섰다.

"환관의 녹봉을 삭제하라고 청원하였고, 또 전 상호군 이미충과 전 전공 총랑 서능준이 내탕고의 물건을 도용했다고 탄핵하였으나, 주상께서 윤허하지 않으시어 안팎에서 실망하고 있사옵니다. 환관 윤충좌는 사특하고 음흉하여 권세를 제 맘대로 휘두르면서 김사행, 윤상 등과 함께 서로 나쁜 짓을 저질렀는데 김사행과 윤상은 찬축되었지만 윤충좌는 홀로 작명까지 받았고, 교활한 환관 황중길과 부자간의 인연을 맺어 좌우에서 모시며 성총을 흐리게 하고 있사옵니다. 마땅히 헌사의 말을 좇아 네 사람의 죄를 바로잡으시옵소서."

조정에서는 윤충좌와 황중길, 이미충, 서능준의 관직을 삭탈하고, 이미충과 서능준은 하옥까지 시켰다. 윤충좌는 결국 먼 지역으로 유배되었다.

허나 조정의 분란은 김의의 명 사신 살해 사건을 계기로 명과 북원과의 외교관계를 어떻게 정립시켜 갈 것인가를 두고 표출될 수밖에 없었다. 어떤 태도를 취하느냐에 따라 정치적 색깔이 명확히 드러나게 된 형국이었다. 명은 물론이고 북원과의 관계도 대책을 마련해 시급히 대응해가야 했다.

나하추는 1375년 1월 사자를 보내와 공민왕에게는 후사가 없는 것으로 아는데, 누가 왕위를 이었느냐고 묻고 나왔다. 북원에서는 공민왕의 죽음을 계기로 심왕인 톡토부타를 왕으로 책봉하여 고려를 자신들의 손아귀에 쥐려고 획책하고 있었다.

고려 내정에 간섭해 나오는 북원의 태도에 명과의 화친을 바라는 세력은 북원과 가까워지려는 외교정책에 반발하며 1375년 3월 판사 손천용을 명에 보내 공마 100필을 바치도록 하였다. 거국적인 양당외교로 등거리외교를 능숙하게 펼쳐야 하건만 서로 자기 정치 외교적 입장만을 관철하기 위해 따로따로 움직임으로 해서 성과는 없고 도리어 국가적 손실만을 초래하는 꼴이었다.

친원과 친명 정책을 두고 서로의 입장이 팽팽히 맞서게 되자, 1375년 4월 이인임은 신료들 간의 갈등을 봉합하면서도 자신의 정치적 입지를 강화하고자 시도하였다. 그것은 조정 신료들과 함께 태조의 어진이 봉안된 곳인 효사관에 나아가 맹세하는 것이었다. 이인임은 조정 신료들을 대표하여 분명한 어조로 밝혔다.

"일부 무뢰한 자들이 심왕 톡토부카를 부추기어 북쪽 변방으로 와서 왕위를 엿보고 있사옵니다. 조정 신료들 모두는 함께 맹세하건대, 힘을 다해 신왕을 끝까지 받들어 모실 것이옵니다. 이 맹세에 변함이 있으면 천지와 종사가 반드시 큰 벌을 내릴 것입니다."

이인임은 이 맹세식을 통해 우왕을 즉위시킨 공이 자기에게 있음을 은근히 과시하면서 북원과 가까워지려고 하는 것 또한 종묘사직을 위해서이지 다른 의도가 없다는 것을 밝히고자 한 것이었다.

허나 친명 세력은 이인임의 맹세 따위에 순종하며 자신들의 입장을 철회할 생각이 추호도 없었다. 친명 세력이 먼저 친원 세력을 공격하고 나왔다. 김의의 종자가 고려로 돌아왔는데, 안사기가 이 자를 만난 것이 그 계기가 되었다.

박상충이 먼저 상소를 올리며 칼날을 치켜세웠다.

"명 사신을 죽인 김의의 죄는 마땅히 깨물어야 할 것인데, 도리어 재상이 그 종자를 대우함이 매우 후한 것으로 보아, 이는 안사기가 김의를 사주해서 사신을 죽인 것이 분명하옵니다. 그 종적이 명확히 드러났는데도 지금 만약 그의 죄를 바로잡지 않는다면, 사직에 미치는 화가 이로부터 시작될 것이옵니다."

이인임은 그와도 관련된 사안인지라 상소를 잠시 보류해 두었다. 그런데 때마침 판사 박사경이 북원에서 돌아와 명덕태후에게 아뢰었다.

"나하추가 말하기를, '그대 나라의 재상이 김의를 보내와서는, 왕이 훙(薨)하고 후사가 없으니, 원컨대 심왕을 받들어 임금으로 삼게 해 달라고 요청했기에 황제께서 심왕을 그대 나라의 임금으로 봉한 것인데, 만약 전왕의 아들이 있다면 조정에서 심왕을 보낼 필요가 없겠다.'고 하였사옵니다."

이 말을 전해 들은 명덕태후는 이인임을 불러들여 물었다.

"내가 듣건대, 안사기가 김의를 보내어 북원에 간 것이 오래되었다고 하던데, 경은 그 사실을 정말 모르고 있는 겁니까?"

그리하여 명덕태후는 박상충의 소장을 도당에 내려보냈다.

우왕이 안사기를 하옥시키게 명하자, 안사기는 죽음을 피하지 못할 것임을 알고, 인가로 도망치더니 스스로 칼을 뽑아 자결하고 말았다. 조정에서는 그의 머리를 참수하여 저자에 효시하였다.

이인임 또한 안사기와 관련이 있는지라 해명하고 나섰다.

"김의를 북원에 보낸 것은 찬성사 강순룡, 지밀직 조희고, 동지밀직 성대용 등이었소이다."

안사기가 죽어 버렸으니 그가 누구와 공모하여 김의를 움직였는지 진상을 알 수 없게 되어 버렸다. 그 때문에 명 사신을 수행하도록 김의를 추천했던 자들이 그 죄를 뒤집어쓰고 유배에 처해졌다.

조정의 입장이 분분하고 서로들 자기 외교적 입장만을 관철하려고 드니 명과의 관계도 풀리지 않고, 북원과도 마찰이 생기게 되었다. 북원은 절호의 기회를 맞이했다고 보고 이 호기를 이용하려 들 것이었다. 북방에서는 북원이 고려를 넘보고 있다는 소문마저 들려왔다. 또다시 북방에 신경을 곤두세우지 않을 수 없게 되었다.

조정에서는 판밀직 이자송을 서북면 도순문사 겸 평양윤, 찬성사 지윤을 서북면 도원수, 문하평리 유연을 동북면 도원수로 임명하면서 각 도의 군사를 징발하여 북원의 침공에 대비하게 하였다. 허나 얼마 후 북방의 정세가 평안하다는 보고에 군사의 징발은 중지되었다. 그렇지만 밀직부사 최공철을 이성 상원수로 임명해 만일의 사태에 대비토록 했다.

이인임은 판밀직사사 이성림을 서북면 선위사, 밀직부사 조사민을 동북면 선위사로 임명하여 북원의 사신이 올 경우에도 대비했다. 그리고는 북원과의 관계를 외교적으로 해결하고자 백관과 연명으로 글을 만들어 북원의 중서성에 글을 올리려고 시도하였다.

"공민왕의 유명에 따라 원자 왕우로 하여금 왕위를 잇게 하고 판밀직 김서를 보내어 부음을 알리게 하였습니다. 그런데 톡토부카가 망령되게 딴마음을 먹고 왕위를 빼앗고자 하는 것을 알았습니다. 바라건대 그런 행위를 하지 못하도록 엄히 금하시기를 바랍니다."

허나 좌대언 임박과 전교령 박상충, 전의 부령 정도전은 선왕인 공민왕이 명을 섬기기로 계책을 정했는데, 이제 와서 북원을 섬기는 것은 부당하다며 서명을 거부하였다.

대외 외교 정책을 둘러싼 갈등은 북원의 사신이 고려로 파견되면서 더욱 증폭되었다. 북원은 공민왕이 북원을 배반하고 명에 귀부한 죄행이 있기에 시해 사건이라고 해도 그 죄를 용서한다고 하는 입장이었다.

그렇지만 이인임과 지윤은 북원과의 갈등을 봉합하기 위해 북원의 사신을 맞으려 하였다. 허나 삼사 좌윤 김구용과 전리 총랑 이숭인, 전의 부령 정도전, 예문 응교 권근 등은 도당에 글을 올리며 반대 입장을 분명히 밝히고 나왔다.

"북원의 입장이 용서한다는 것인데, 그런 북원의 사신을 맞이

한다면 온 나라의 신민이 모두 난적의 죄에 빠지게 되는 것이옵니다. 훗날 무슨 면목으로 선왕을 지하에서 뵐 수 있겠사옵니까?"

경복흥과 이인임은 그 글을 물리쳐 받지 않고, 전의 부령 정도전으로 하여금 북원의 사신을 맞아들이도록 지시하였다. 그러나 정도전은 그 명을 따르지 않고 경복흥의 집에 찾아가 자신의 뜻을 명확히 전달했다.

"저보고 사신을 맞이하라고 한다면 마땅히 사신의 목을 베어 올 것이며, 만약 그렇지 않으면 포박하여 명으로 보낼 것입니다."

정도전은 명덕태후에까지 찾아가 북원의 사신을 받아들이지 말 것을 호소하였다. 정도전의 노골적인 반발 행위에 화가 난 경복흥과 이인임은 정도전을 회진에 유배 보냈다.

허나 친명 정책을 추구하는 세력들은 한번 움켜쥔 명분을 결코 포기하려 들지 않았다. 성균 대사성 정몽주 등이 다시 상소하고 나섰다.

"북원의 조서에 우리 고려에 대역의 죄를 씌우고서는 용서한다고 하는데, 그런 사실도 없이 스스로 대역의 죄명을 덮어쓰게 된다면 신하된 자로 어찌 참을 수 있겠사옵니까? 전하께서 결단을 내리시어 북원의 사신을 잡아 두고 북원의 조서를 거두며, 오계남과 장자온, 그리고 김의가 데리고 간 자들을 포박하여 명에 보내면 애매한 죄가 저절로 밝혀질 것이옵니다. 또 정료위와 약속하여 군사를 양성하고 때를 기다리어 북쪽으로 향하겠다고 분명한 입장을 표시하면 북원의 남은 무리들은 자취를 감추고 널리 도망하게 되어 국가의 복이 무궁하게 될 것이옵니다."

친명 정책을 추진하고자 하는 세력들의 명분 있는 거듭된 반발에 조정에서는 찬성사 황상을 서북면 도체찰사, 좌부대언 성석린을 체찰사로 삼아, 강계로 가서 북원의 사신을 그냥 돌려보내도록 조치하였다.

허나 이인임 세력 또한 그대로 있지 않았다. 대사헌 이보림이 좌대언 임박을 탄핵하고 나온 것이었다. 북원과의 갈등을 해소하기 위한 방편으로 중서성에 글을 올리고자 한 것인데, 그에 서명하지 않았다는 이유였다.

이보림은 1375년 5월 판안동부사에서 사헌부 대사헌으로 임명된 관리였다. 이제현의 손자이기도 한 이보림은 정사를 엄정하게 보기로 이름을 떨치고 있었다. 경산부를 맡아 다스리고 있을 때, 말 주인이 그만 말을 밖에 내놓아 남의 보리 싹을 거의 다 뜯어먹는 사건이 발생하였다. 보리 주인이 화가 나 소송하려 하자 말 주인이 부탁하였다.

"나에게 보리밭이 있는데, 그 보리가 여물면 줄 것이니, 소송하지 말아 주시오."

그 말을 듣고 보리 싹 주인은 소송을 취하하였다. 여름이 되자 보리가 다시 싹이 나와 수확할 만하게 보였다. 그러자 말 주인이 다시 말했다.

"보리가 여문 것을 보니 내 보리를 주지 않아도 될 것 같구먼."

배상하지 않겠다는 소리에 보리 싹 주인이 소송을 제기하였다,

이보림은 그 사건의 진상을 듣고 곰곰이 생각하더니, 말 주인은 앉고, 보리 싹 주인은 서게 한 다음 명을 내렸다.

"함께 달리도록 하라. 늦는 자는 벌을 내릴 것이다."

당연히 말 주인이 질 수밖에 없었다. 말 주인이 따지고 나왔다.

"저 사람은 서고, 나는 앉았는데, 어떻게 이길 수 있겠습니까?"

이보림이 단호하게 대답하였다.

"보리도 역시 똑같은 것이다. 말이 먹고 난 뒤에 나온 싹이 제대로 여물 수 있겠느냐? 네가 말을 내놓아 보리 싹을 먹였으니 죄가 하나이고, 애걸하여 고하지 못하게 한 게 죄가 둘이며, 약속을 어기고 주지 않았으니 죄가 셋이다. 법을 문란하게 한 백성은 징계하지 않을 수 없다."

그리고는 곤장을 친 후에 보리를 배상하도록 판결하였다. 이처럼 정사를 매우 엄격하고 사리분명하게 처리하였기에 치적이 최상에 이르러 발탁된 것이었다.

이보림의 탄핵에 의해 임박은 관직을 박탈당하고 서인으로 강등되어 길안현에 유배되었다.

친명 정책을 주장하는 세력의 목소리에 조정에서는 1375년 5월 판전의시사 전보를 명에 보내 세공마를 또다시 바치게 했다.

하지만 명과 화친을 주장하는 세력은 그에 만족하지 않고 이번엔 아예 이인임과 지윤을 제거하려고 나섰다. 그들이 건재하는

한 친명 일변도 정책을 추진할 수 없다고 본 것이었다. 1375년 6월 헌납 이첨과 정언 전백영 등은 이인임과 지윤을 직접 겨냥하여 상소를 올렸다.

"시중 이인임이 은밀히 김의와 모의하여 천자의 사신을 죽였는데도 요행스럽게 죄를 면하고 있으니, 나라 사람들이 분통해하고 있사옵니다. 오계남이 정료위의 사람을 제멋대로 죽였고, 장자온은 김의가 사신을 죽인 사실을 정료위에 고하지 않았으니, 그 죄를 추국하여야 될 것인데, 이인임이 내버려 두었으니 그 죄가 하나이고, 근래에 찬성사 지윤이 서북면에 나가 진수하면서 김의의 서찰을 얻고도 상달하지 않고 이인임에게만 비밀히 주었는데, 전하께서 여러 번 찾은 연후에야 아뢰고는 '백성들이 의혹하지 않게 하려는 것'이라고 핑계하였으니 그 죄가 둘이며, 북원의 조서가 왔을 때 지윤이 그들이 말한 중요 부분을 삭제하고 베껴서 올렸으며, 이인임은 지윤으로부터 받은 북원의 조서를 즉시 올려 아뢰지 않았으니 그 죄가 셋이고, 백관과 함께 오직 전하만을 섬기겠다고 맹세해 놓고는 북원과 내통하여 심왕에게 공을 세워 화를 면하려고 간사한 짓을 벌였으니 그 죄가 넷이옵니다. 두 사람이 서로 입술처럼 의지하며 변을 선동하는지라 장차 닥쳐올 화를 예측할 수 없으니, 청컨대 이인임과 지윤의 목을 베고, 또 오계남과 장자온의 죄를 바로잡아 기강을 세우도록 하시옵소서."

조정에서는 소장을 보고 우선 헌납 이첨을 지춘주사로, 정언 전백영을 지영주사로 폄관하는 조치를 취하였다. 허나 이 정도로 끝날 성질의 것이 아니었다. 상대방이 죽이려고 작정하고 달려드는 판에 그대로 놔둘 수는 없었다. 그에 상응한 응징을 가하지 못한다면 장악하고 있는 권세를 내놓아야 했다. 이인임의 세력에서 반격이 개시되었다.

1375년 7월 응양군 상호군 우인열과 친종 호군 한이가 간관이 재상을 논죄하는 것은 작은 사건이 아니라면서 이첨과 전백영을 탄핵하고 나섰다. 조정에서는 이첨과 전백영을 하옥시키고 최영과 지윤으로 하여금 국문하게 하였다. 조정의 분분한 논쟁 속에서 그 불똥이 최영에게 튀어온 격이었다.

최영은 난감하기 짝이 없었다. 어느 쪽도 정도를 걷지 않는 그들 사이에 끼고 싶지 않았다. 허나 어느 한쪽을 편들어야 하는 상황에 직면하게 된 것이었다. 이인임의 책략 때문이었다. 이인임은 요동과 만주 땅을 되찾아 고려를 중흥시키려는 최영의 소망을 잘 알고 있었다. 그런 최영이 친명 일변도 정책을 반대할 것은 명확했다. 더군다나 일체 사심이 없고 공명정대하기로 소문난 최영이 판결을 자신에게 유리하게 내려주면 손쉽게 정적을 제거할 수 있는 명분 또한 쥐게 될 것이었다.

최영은 이인임의 속셈을 알아차렸지만 회피할 수 있는 마땅한 방도가 없었다. 다만 올바른 입장으로 국문에 임하면 될 것이었다.

최영은 이첨과 전백영의 죄를 따지고자 했다. 지윤은 그런 게 무슨 필요가 있냐면서 국문부터 가했다.

"너희 둘만이 그런 일을 꾸미지는 않았을 터, 같이 일을 꾸민

자들을 대라."

이첨과 전백영은 처음엔 자신들이 스스로 알아서 했다는 주장을 굽히지 않았다. 하지만 가혹한 국문에 못 이겨 그 초사를 전녹생과 박상충이 기초했다고 실토하기에 이르렀다. 전녹생과 박상충을 상대로 한 국문이 잇따라 이뤄졌다. 지윤은 이번 기회에 자신의 정적들을 제거하기 위한 절호의 기회로 삼을 심사였다. 무조건 단정부터 하고 나왔다.

"대의니, 명분이니 거들고 나오지만 실상은 간관들을 이용해 재상들을 비방하게 해 놓고 임금의 사부라는 직위를 이용해 조정 대신들을 주상으로부터 이간질시켜 권력을 탈취하려고 한 것 아닙니까? 어서 이실직고하지요."

전녹생이 강하게 부정하고 나왔다.

"천부당만부당한 소리요. 지금 명이 강하고 북원이 약하다는 것이야 모두가 다 아는 사실 아니오?"

"그럼 명이 강하다고 해서 고려에서는 계속 군마를 바쳐야 한단 말이요?"

최영의 반문에 박상충이 나섰다.

"강함을 저버리고 약함을 향하는 것은 오늘날의 계책이 아닙니다. 지금 당장 눈앞에 보인 것만 보지 말고 먼 훗날을 생각해야 합니다. 지금 북원과 화친하려고 하는 것은 먼 훗날 섶을 지고 불에 뛰어드는 격이나 다름없습니다."

최영이 다시 반문했다.

"먼 훗날이라? 지금 당장 어려움을 겪더라도 고려가 훗날 요동과 만주 땅을 되찾을 것을 생각하면 그걸 준비해야지. 구태여 친명 일변도 정책을 견지할 필요가 없지 않는가? 도리어 강하다고 하는 명이 더 강성해지면 우리 고려에겐 더 어려움이 가중되겠구먼. 차라리 등거리외교를 능숙하게 펼치지 못하도록 국론을 분열시키는 것이 먼 훗날을 놓고 볼 때 고려의 힘을 약화시키는 처사가 아니겠는가?"

박상충은 곧장 대답을 하지 못하고 머뭇거렸다. 지금껏 들어보지 못한 생소한 논리였다. 명이나 북원 입장에서의 친명이나 친원이 아니라 고려의 입장에서, 그것도 고려를 강국으로 발돋움시키려는 중흥의 입장에서 외교 정책을 바라보아야 한다는 주장이었다. 사리분별을 명확히 따지고 들고 나오는 최영의 모습에 지윤은 놀란 눈으로 그저 멍하니 지켜보기만 하였다. 당황한 기색이 역력했던 박상충이 이내 다시 반격하고 나왔다.

"친명 정책은 선왕의 일관된 정책이었습니다. 아무것도 바뀌지 않았는데, 죽자마자 외교 정책을 바꾼다는 것은 신하로서의 도리에 어긋나는 짓입니다."

최영은 박상충을 잠시 한심 어린 눈으로 바라보았다. 이들은 친명 사대주의 사상에 사로잡혀 공민왕의 참뜻을 제대로 바라보려고 하지 않는 것이었다. 최영이 다시 단호한 어조로 입을 열었다.

"선왕께서 왜 친명 정책을 폈는지 아는가? 곧 북원이 망할 것이라고 보고 명과 화친하여 저 요동과 만주 땅을 되찾고자 했기 때문이네. 헌데 북원의 세력이 만만치 않다는 것이 확인되고, 또 명에서 옛날 원의 제국처럼 군림하며 군마나 요구하니, 선왕께서는 친명 일변도 정책을 후회하셨소. 나보고 탐라 원정을 갈 때는 절대 명에게 군마를 넘겨주지 않게 하라고 엄명까지 하셨소. 무조건 속국으로 여기고 군마나 바치라고 하는 명과 점차 거리를 두려고 하셨단 말이오. 아시겠소?"

공민왕의 새로운 모습을 밝히는 최영 앞에 박상충은 말문이 막혔다. 그러나 유자로서의 자존심을 지키고자 다시 말했다.

"명은 천자의 나라입니다. 천자의 나라에 사대의 예를 취하지 않고서는 더 큰 화를 면치 못할 것입니다."

"유자들이 성인으로 섬기는 공자는 아들이 아버지가 양을 훔치는 사실을 고발하자, 그것은 예가 아니라고 하였지 않는가? 부자 관계같이 서로 친애하는 사이에는 허물을 덮어주는 것이 도리라고 본 것이네. 공자는 춘추필법으로 역사를 집필할 때에도 자기 나라의 허물을 애써 들추어내려고 하지 않았네. 그럼 고려의 유자는 어찌해야 하겠는가? 유자라고 하더라도 왜 고려의 유자로서 고려를 중히 여기고 존엄을 세우려고 하지 않는가 말일세."

최영은 그 말을 끝으로 국문장을 빠져나와 버렸다. 지윤은 최영에 의해 모든 죄상이 낱낱이 드러났다면서 더욱 국문을 가혹하게 가했다. 전녹생과 박상충은 유배 도중에 길에서 쓰려져 죽었으며, 이첨, 전백영, 방순, 민중행, 박상진은 장형에 처해져 귀양 보내졌다. 아울러 정몽주, 김구용, 이숭인, 임효선, 염정수, 염흥방, 박형, 정사도, 이성림, 윤호, 최을의, 조문신 또한 유배에 처해졌다.

이로써 이인임과 지윤 세력은 조정을 일정하게 장악할 수 있게되었다. 이런 때에 갑자기 수도 이전 문제가 불거져 나왔다. 수도를 이전하자는 주장은 왕이 새로운 세력을 기반으로 정국을 주도하고자 할 때 들고 나오는 상습적인 요구안이었다. 1375년 8월 서운관에서 근래에 천문에 이상이 나타나고 재변이 자주 발생하니 이어하여 재앙을 피해야 한다고 건의한 것이었다. 우왕은 도당에 천도 문제를 논의하게 하였다.

최영은 그 논의를 묵과할 수 없었다. 왜적을 방비하며 하루빨리 군사력을 보강해 나가야 할 판에 천도 공사나 벌리고 있으면 고려의 미래는 희망이 없었다.

"지금 큰 연고도 없이 갑작스레 구도를 버린다면 민심이 흉흉할 것이니, 경솔하게 움직일 수 없사옵니다."

최영의 단호한 반대 주장에 천도 논의는 곧 중지되었다.

최영이 친명 일변도 세력에 대해 단호한 입장을 보이면서 이인임과 지윤은 자신들의 권력을 강화하게 되자, 이번엔 최영의 환심을 사고자 시도하였다. 판사 안덕린의 죄를 경감시켜 주려고 순위부로 이감시켜 준 것이었다. 안덕린은 최영의 조카사위였는데, 사사로이 살인을 저지름에 양광도 안렴사 양이시가 형틀에 채워 헌사로 이송한 것이었다. 그런데 최영이 판순위부사로 있었기에 헌사에서 순위부로 보내어 죄를 가볍게 처리하도록 한 것이었다.

최영은 어이가 없었다. 사적인 욕심으로 일을 처리하게 하여 저들에게 코가 꿰이게 만들 심사인 것이었다. 지저분한 오물에 같이 몸을 담그게 함으로써 자기편으로 끌어당기기 위한 책략이었다. 그리되면 대의를 주장하고 나설 수 없게 될 것이었다. 최영은 단호하게 조치했다.

"안덕린이 죄 없는 사람을 죽였으니 당연히 헌사에서 재판을 받아야 하거늘, 어찌 이리 보낸단 말인가? 더욱이 내가 순위부에 있는 터에 어찌 불편부당하게 신문할 수 있겠는가?"

다시 안덕린을 헌사로 돌려보냈다.

친명 일변도 정책을 추구하는 세력이 조정에서 일부 제거되었다고 해서 북원과의 관계가 갑작스럽게 풀릴 수도 없었다. 여전히 대치하는 형국이었다.

1375년 8월 이성 만호로부터 급보가 전달되었다. 심왕 모자가 김의와 진봉사, 김서를 데리고 이미 신주에 도착했다는 소식이었다. 또다시 북원과의 전쟁이 일어날 조짐으로 여긴 민심은 두려움에 떨며 흉흉해졌다.

북원이 고려를 침략할 형편이 되지 못한 것은 분명했다. 허나 만일의 사태를 대비해야 했다. 나이 어린 왕이 즉위하여 왕권을 확립하지 못함으로써 발생하는 불가피한 조치이기도 했다.

조정에서는 즉시 지문하부사 임견미를 서경상원수, 밀직부사 상의 경보를 겸 도순문사, 문하평리상의 양백연을 안주상원수,

동지밀직 이원규를 원수, 찬성사 지윤을 서북면 도체찰사, 밀직부사 나세를 서해도 상원수 겸 도순문사, 밀직부사 박보로를 부원수 겸 도체찰사, 밀직부사 조인벽을 동북면원수, 문하평리 변안열을 부원수로 임명하고 각 도의 병사를 징발하게 하였다.

등거리외교를 능숙하게 전개하기 위해 거국적인 입장으로 외교정책을 추진해 나가야 했으나 서로 자기 정책적 주장만을 관철하고자 분분히 싸우는 통에 고려의 국가적 위상은 더욱 추락하게 되었다. 쇠락해가는 북원에게마저 약점이 잡힌 꼴이 되어 군사전력이 북방으로 향하게 되자, 왜구의 준동에 대한 고려의 대응은 더욱 어려워지게 되었다.

8

권력 다툼 속에 왜구는 극성을 부리고

고군기는 단고승을 데리고 최무선을 만나기 위해 걸음을 재촉했다. 예전 같지 않게 10대 후반에 이른 단고승을 따라가기에 발걸음이 무거웠다. 새로운 세대가 자라나고 있음이었다. 그의 나이도 어느덧 50대 후반에 이르러 머리엔 희끗희끗한 흰머리가 솟아나고 있었다.

고군기는 지금껏 무얼 하고 살아왔는지 생각함에 만감이 교차했다. 책략가로 자부하며 이 고려를 중흥시켜 대륙을 호령했던 옛 고구려의 영광을 재현시키려 했지만 실상 고려에서 그의 재주를 펼칠 길은 별로 없었다. 온갖 술수를 동원해 권력을 잡으려 하였다면 그리하지 못할 이유는 없었다. 허나 그렇게 해서는 홍익인간의 정신에 맞지도 않을뿐더러 단군조선과 고구려의 옛 영화를 실현하는 길로 나아갈 수도 없었다. 그건 탐욕일 뿐이었다. 때를 기다려 온 것은 그 때문이었다. 그저 세월이 유수처럼 흘러 버렸다. 단지 단고승과 같은 동량들을 키워낸 것만은 그의 자랑이었다. 허나 아직 고려는 저 애들이 조정에 나가서 뜻을 펼칠 수 있는 세상이 되지 못했다. 그것만큼은 꼭 이뤄주고 싶었다.

공민왕이 임금으로 있을 때에는 강력한 왕권을 틀어쥐고 있었기에 왕만 설득시키면 일을 풀어나갈 수 있었다. 허나 어린 우왕이 즉위한 이후론 그조차 성립되기 어렵게 되었다. 조정 내에서 힘의 역관계가 완전히 정립될 때까지 분란이 수시로 일어날 수밖에 없는 형국이었다. 그렇다고 지금 당장 고려가 시급히 해결해야 할 당면 과제를 방치할 수도 없었다. 무엇보다 왜구를 퇴치해야만 했다. 그것도 바다에서부터 격멸시켜야 했다. 거기에 백성의 삶을 안착시키고 국내를 안정시키면서 더욱 군사력을 강화해 요동과 만주 땅을 수복하는 방향으로 나아갈 수 있는 길이 열리는 것이었다. 그래서 바다에서 전함으로 왜선을 격파할 수 있는 화통 무기의 개발이 절실히 요구되었다.

최영이 전함의 건조를 적극 밀고 나가려 하였으나 화통 무기가 개발되지 못함으로 하여 난관에 부딪치고 있었다. 원의 속국으로 처한 이래로 고려는 수군을 양성하지 못했다. 그로 인해 왜구와의 수전에서의 전투는 고전을 면치 못했다. 수군을 단번에 양성할 수 없는 조건에서 수전에서의 승리를 보장하려면 우월한 무기를 장착하여야 했다. 최영은 당장 왜구의 침구를 막아내야 했으니 그 고리를 자신이 나서서 풀어주어야 했다. 고군기는 화약을 제조할 수 있는 기술자를 찾기 위해 백방으로 뛰어 다녔다. 그 결과 마침내 그 사람을 찾아낸 것이었다.

고군기가 처음 최무선을 만난 것은 최영이 전함을 건조해 거기에 화약을 무기로 사용하려다가 실패해 실의에 빠져 있을 때였다. 고군기는 화약 제조에 관심을 가진 사람을 수소문하며 찾아다니고 있었는데, 최무선이 왜구를 막는 데는 화약만한 것이 없다고 주장한 사람이라는 것을 알게 되었다. 그런 주장을 펼치는 사람이라면 무슨 획기적인 길이 열릴 수 있겠다 싶었다. 그런데 막상 만나 보니 다름 아닌 그가 최영의 전함 건조 때 화약을 제조하려고 한 그 당사자였다. 실망스러움에 고군기는 발걸음을 뒤로 돌리려 하였다.

"왜적들의 침구에 20년이 넘어가도록 백성들이 그 화를 면치 못하고 있는데, 어찌 화약 제조가 어렵다 하여 포기할 수가 있단 말입니까?"

그의 등 뒤에서 날카롭게 들려오는 최무선의 목소리에 고군기는 다시 자리에 앉았다. 그리고는 물었다.

"그러면 그에 대한 방도는 가지고 있습니까?"

"하늘이 무너져도 솟아날 구멍은 있다고 하였습니다. 찾아야지요."

고군기는 최무선의 얼굴을 유심히 바라보았다. 50에 가까운 나이에도 저런 열정과 집념을 가지고 있다는 것이 사뭇 놀라웠다. 실패했음에도 좌절에 빠져 있는 모습이 전혀 아니었다.

최무선과의 대화를 통해 그가 무려 20여 년 이상 동안 화약을 제조하는 비법을 알아내기 위해 연구에 몰두한 사람이라는 것도 알게 되었다. 얼마나 파헤쳤는지 의술과 병서, 점술, 무기 제조 등에 대해서도 거의 모른 것이 없을 정도로 통달해 있었다. 화약을 만드는 데에는 유황과 염초, 목탄이 필요하다는 것은 이미 터득한 상태였다. 허나 목탄과 유황이야 어떻게 구할 수 있었지만 염초를 어떻게 얻을 수 있는지 난망에 빠져 있다고 하였다. 그것이 화약을 제조하는 비법의 열쇠라는 것이었다.

고군기는 최무선의 말에 고개를 끄덕이며 공감을 표시했다. 왜구의 침입으로부터 백성을 지켜내야 한다는 신념으로 거듭된 실패를 무릅쓰고 우직스럽게 그 연구를 밀고 나가는 그 집념에는 심금이 울리기까지 하였다. 어떻게든 밀어주려고 최영에게 부탁해 국가적 지원을 받을 수 있도록 타진해 보았으나 고려의 조정은 그럴 계제가 되지 못했다. 대신 최영은 사비로 지원하겠다고 대답한 것이었다. 그때로부터 고군기는 최무선을 계속 만나오며 화약을 제조하기 위한 비법을 찾고자 노력해오고 있었다. 허나 거듭된 실패만이 이어졌다. 고군기는 또 다른 방법도 찾아볼 겸해서 최무선에게 조심스럽게 말을 건넸다.

"지금껏 정열을 다 바쳐 연구해 온 그 노력을 무시해서 하는 말은 아니니 섭섭하게 듣지 마오. 염초를 만들어 내기 위한 탐구를

275

계속해야 하겠지만, 혹시 화약 제조 비법을 알고 있는 사람을 찾아보는 것도 또 하나의 방편이 아닐까 하오. 그런 사람을 만나면 그 실마리가 쉽게 풀어질 수도 있지 않겠소?"

최무선은 곧장 대답하지 아니하고 고군기의 얼굴을 잠시 쳐다보았다. 고군기는 제안하긴 했지만 미안하기 짝이 없었다. 20여 년 이상을 연구해 온 사람을 믿지 못하고 그 비법을 아는 사람을 찾아보라고 권하는 것은 연구자의 자존심을 꺾는 일이었기 때문이었다. 허나 이것저것 따지고 있을 계제가 아닌 것이 이 고려의 현실이었다.

최무선은 이내 고군기의 제안을 흔쾌히 받아들였다. 지금껏 자신의 연구를 진심으로 믿어주고 후원해 준 사람에 대한 답례 차원이기도 했지만, 이 왜구의 침입에서 하루빨리 벗어나고자 모든 방법을 동원해보려는 고군기의 속마음을 이해했기 때문이었다. 고군기는 연구자로서의 존심까지 꺾으며 자기 제안을 선뜻 받아 준 것에 대해 최무선에게 진심으로 감사의 인사를 전했다.

그날 이후 최무선은 자신의 존심마저 버리고 비법을 아는 사람을 찾기 위해 동분서주하였다. 그런 그의 모습은 감동적이기까지 했다. 자신의 자존심보다는 나라와 백성을 위하는 마음이 그토록 강렬한 것이었다.

그런 최무선이 갑자기 그를 찾는다는 소식이 전달되었다. 그가 진행하는 일에 뭔가 큰 진전을 이룬 것임에 틀림없었다. 아니 그러기를 학수고대하는 심정이었다. 그만큼 지금 왜구에 대한 대책으로 화약 제조는 절실했다.

고려 조정에서는 왜구의 침구에 대해 외교적 대책을 찾기 위해 1375년 2월 판전객시사 나흥유를 일본 열도로 보냈다. 나흥유가 왜와의 화친을 추진하겠다고 주장하자 뾰족한 대책이 없었던 조정은 그 의견을 수용하였다. 그러면서 당장 침입해오는 왜구를 방어하기 위해 동지밀직 한방언을 양광도 부원수 겸 순문사로 임명했다. 그러나 한방언은 1375년 3월 경양현에 침구한 왜적을 맞아 싸웠으나 패전하고 말았다.

나흥유를 보낸 후 1375년 5월 왜의 등경광이 무리를 거느리고 와서 귀순을 요구하였다. 조정에서는 순천과 연기 등지에 거처하게 하고 양식까지 지급해 주었다. 지난 시기 왜구가 귀순하고 나서 1368년 11월 이후엔 얼마간 왜구의 침입이 사라졌기 때문이었다. 1375년 6월에도 왜인 공창 등 16명이 투항해 왔다.

조정에서는 이들의 투항이 진실로 귀순하려는 것인지, 아니면 규슈지역에서 북조와 남조의 싸움이 치열해져 임시방편으로 피난 온 것인지 잘 알 수 없었다. 그들의 행동들을 주의 깊게 주시하라고 지시했다. 그런데 얼마 되지도 않아 귀순한 왜인들이 다시 왜로 돌아가려고 하는 움직임이 포착되었다. 지난날 남해와 거제현에 거주했던 왜인들이 몰래 왜로 돌아간 후 왜구의 침구가 다시 전개되었다. 이것은 또다시 왜구의 침입이 전개된다는 것을 뜻했고, 그건 곧 이들이 고려의 상황을 정탐한 것을 기반으로 다시 왜구로 준동할 것이라는 의미이기도 했다. 이들이 그냥 살아서 돌아가게 할 수는 없었다.

1375년 7월 조정에서는 전라도 원수 김선치에게 은밀히 명을 내려 다시 열도로 돌아가려는 왜인 등경광 등을 사살하라고 명을 내렸다.

김선치는 술과 음식을 갖추어 그들을 대접하는 척하며 죽이고자 하였다. 그런데 그만 모의가 누설되어 등경광이 무리를 거느리고 바다로 도주해 버렸다. 겨우 3인만을 붙잡아 죽였을 뿐이었다. 그러나 김선치는 조정의 추궁이 두려워 70여 급을 참수하였다고 거짓 보고하였다. 나중에 발각되어 김선치는 수졸로 편배되었다. 허나 왜구를 살려두지 않으려는 조정의 엄정한 정책이 드러난 형국이니 침탈해 온 왜구들의 행태는 더욱 극성을 부릴 것이 틀림없게 되었다.

역시나 거주했던 왜인이 도주한 후 채 1달도 못 되어 왜적은 1375년 8월 전라도 낙안과 보성을 침구해 왔다. 조정은 시급히 도성 5부의 호수를 고쳐, 20간 이상의 집을 1호로 하여 군정 1명을 내게 하고 간수가 적으면 네댓 집을 아울러 1호로 편성하였다. 위기 상황을 맞아 현실적으로 군정을 낼 수 있는 방식으로 전환한 것이었다.

그런데 엎친 데 덮친 격으로 서북방면을 경계하는 이성 원수 최공철 휘하의 군사 2백여 명이 반란을 일으켜 북원으로 도주하는 사건이 발생했다. 고려의 전력이 북방으로 나아가 왜구에 대한 내부의 방비가 허술한 터에 그 북방 지역에서마저 군사 반란까지 겹치니 나라는 어수선하기만 하였다. 1375년 9월 왜선이 덕적도와 자연도에 집결하여 나타나자, 조정에서는 시급히 양광도, 전라도, 경상도의 군사를 징발하여 최영과 이성계에게 동강과 서강에서 군세를 과시하며 대비하게 하였다.

북원의 북방과 왜구의 남쪽을 한꺼번에 대비해야 했으니 고려의 상황은 힘겹기만 하였다. 그런데 서북면 도체찰사 지윤은 외적에 대한 대비에 만전을 기할 대신에 조정의 권세를 이용해 더 편한 자리를 요구하고 나섰다. 자신이 전방에서 싸우기보다는 군사를 동원해 뒤에서 지원하겠다는 것이었다. 조정에서는 지윤 대신에 삼사좌사 이희필을 서북면 도지휘사로 임명해 군사를 거느리고 나아가게 하였다. 군량과 군마도 부족한 형편이어서 각 절의 주지승에게 전마 한 필씩을 부담하게 하고, 각 사원에도 전조 또한 내도록 하여 군비로 충당하여 나갔다. 그러면서 밀직부사 이림을 서북면 선위사로 임명해 현지에서 동태를 파악하도록 했다.

1375년 9월 왜적이 양광도 영주와 목주 등을 침구해오자, 최영은 왜구의 기세가 더욱 거세질 것을 우려하며 자신이 직접 나가 싸울 것을 주청했다. 허나 우왕은 최영이 나이가 많다는 이유로 허락하지 않았다.

최영이 출전을 청한 것을 안 고군기는 더욱더 화약 제조 비법을 알아내고자 매달리지 않을 수 없었다. 이미 예측한 바이긴 하지만 왜구의 기세가 만만치 않아진 것이었다. 시급을 다투어 해결해야만 했다. 허나 서두른다고 해결된 사안이 아니었다. 최무선의 어깨에 달려 있었고, 그를 잘 방조해 주어야만 했다.

고군기와 단고승이 빠른 걸음으로 최무선의 집에 이르러 인기척을 내자 최무선이 한달음에 달려 나왔다.

"형님의 의견이 적중했습니다. 방도를 찾아냈다 말입니다."

최무선의 들뜬 목소리였다. 고군기의 손까지 덥석 잡으며 춤까지 출 기세였다. 그가 화약 제조법을 얼마나 찾고자 열망했는지 짐작할 만한 행동이었다.

"형님이 처음에 화약 제조 비법을 알고 있는 사람을 찾아보는 게 어떻겠냐고 제안했을 때 솔직히 서운하기도 하고, 또 믿기지도 않았죠. 그렇지만 형님의 진짜 속맘을 모르는 것도 아니고⋯⋯. 그래서 혹시나 하는 마음으로 압록강이나 벽란도에 틈틈이 나가 보았죠. 원이나 중국에서 온 자들 중에서 그걸 알고 있는 사람이 혹여 있을까 해서 말이죠."

최무선이 기쁨에 넘쳐 화약의 제조 비법을 얻어낸 내막을 얘기해 주었다. 벽란도에 나갔다가 중국의 강남에서 온 이원이라는 장사꾼을 만났는데, 그가 화약을 만드는 비법을 알고 있다는 것이었다. 믿기지 않아 속는 셈 치고 그를 자기 옆집으로 모셔 와서 정중히 대접하며 하나씩 물어보았다는 것이었다. 처음엔 발설하지 않으려 했지만 지극 정성으로 잘 대해주니 하나씩 얘기해 주었는데, 그걸 따라 해보니 염초가 얻어졌다는 것이었다. 마루 밑이나 온돌 밑에 쌓여 있는 먼지를 모아서 이갠 흙에 재와 오줌 같은 것을 섞어서 염초를 만들어 낸다는 것이었다. 그리고는 지금껏 자신이 직접 만들어 낸 염초를 보여주기까지 하였다.

"이것이 바로 그 염초라는 건가? 정말 장하구먼. 이건 이 나라와 백성을 구하고자 하는 자네의 집념과 열정이 이뤄낸 쾌거일세."

고군기의 진심 어린 축하였다.

"누가 뭐라 해도 형님께서 믿고 끝까지 밀어주지 않았습니까? 그게 가장 큰 힘이 된 것이지요."

최무선이 겸손하게 대답했다. 그러더니 이내 다시 힘 있는 어조로 말했다.

"본격적인 작업은 이제부터이지요. 염초를 만드는 비법을 알아내었으니 더 정밀화해야 하고, 아울러 염초와 유황, 목탄을 적당한 비율로 잘 혼합시켜 용도에 맞게 무기화시켜 내야 하니 말입니다."

"자네는 꼭 해내고 말 것일세. 나는 그걸 믿어 의심치 않네. 이제야말로 왜구를 저 멀리 바다에서 격멸할 수 있게 되었어. 자네의 그 큰 공은 결코 잊히지 않게 될 것이야."

고군기는 다시 한번 최무선을 고무해 주었다. 비로소 왜구를 바다에서 격멸하기 위한 대책을 세울 수 있는 길이 열리게 된 것이었다. 그러나 이를 무기화시킬 동안 왜구가 조용히 기다려줄 리 만무했다. 당장의 방어 대책이 시급하게 요구되었다.

1375년 10월 다행히도 북원에서 고려를 침략할 움직임이 일지 않고 있음이 확인되었다. 실상 대륙의 정세상 북원이 고려로 군사를 돌릴 수는 없었다. 허나 압록강 북쪽에서 누차에 걸쳐 적변이 일어났기에 고려에서는 김의가 북원의 군사를 대동하고 나타난 것이 아닌가 하고 의심하였다. 그런데 안주 상원수 양백연이 요심의 초적 오연 등 1백여 인이 안주에 침구해오자 그들 중 40여 인을 잡아 목 벰으로써 북원의 군사가 아니라 초적들의 준동이라는 사실을 알게 된 것이었다. 그동안 북방에 오랫동안 주둔함으로써 그곳 백성들의 고통은 이루 말할 수 없었다. 군량을 제대로 대어주지 못하니 군사들이 백성들에게 양식을 취하게 되었기 때문이었다. 조정에서는 북방으로 출정한 장수들을 소환하였다. 각 도에서 징발한 군사들 중 노약자들도 되돌려 보냈다.

왜구에 대한 대책 또한 정비되었다. 우선 양광도 안무사 정비와 순문사 한방언에게 왜적을 방어하지 못한 책임을 물어 수졸로 편배하였다. 대신에 예의판서 박인계를 양광도 안무사로 임명했다. 1375년 11월엔 하을지를 전라도 원수로 임명해 대비케 하였다.

그러나 왜적이 경상도 김해부를 침구하여 백성들을 도륙하고 재물을 약탈하며 관아까지 불태우고 나왔다. 도순문사 조민수가 막고자 나섰으나 크게 패하고, 대구현에서도 또다시 대패하여 많은 수의 군사마저 잃어 버렸다. 왜구는 더욱 기세를 올려 김해로부터 황산강을 거슬러 올라가 밀성까지 또 침구하려 하였다. 조민수가 다시 맞서서 왜구 수십 급의 목을 베었다.

그 승전보 소식에 우왕이 중사를 보내어 의복과 술, 구마를 내려 주었다. 조민수가 전문을 올려 사례하자 우왕이 좌정언 김자수로 하여금 회답하는 교서를 짓도록 명하였다. 김자수가 부당하다며 아뢰었다.

"조민수는 한 도의 군사를 거느리고 김해와 대구의 싸움에서 대패하여 군사를 많이 잃었으니, 밀성의 조그마한 승전의 공으로는 죄를 가릴 수 없사옵니다. 의복과 술, 구마를 내린 것만도 상이 지나쳤거늘, 거기에 어찌 교서까지 내릴 수 있단 말이옵니까? 회답하는 교서에는 공덕을 기록여하여야 하는데, 적을 만한 공이 없으니 감히 명을 받들지 못하겠사옵니다."

우왕은 자기 명을 따르지 않는 것에 화가 나 즉시 김자수를 순위부에 수감하게 하고, 찬성사 지윤과 사헌부대사헌 하윤원에게 국문하도록 명하였다. 하윤원은 1375년 11월 사헌부대사헌에 임명되었는데, "지비오단황천강벌(知非誤斷皇天降罰, 그른 줄을 알면서도 잘못 결정하면 하늘이 벌을 내린다)"이라는 여덟 글자를 종이쪽지에 써서 직무실 벽 위쪽에 걸어두고 사무를 처리하는 사람이었다. 그러나 그렇게 강직하다던 하윤원도 감히 임금의 명을 거부하고 나서지는 못했다.

우왕의 명에 따라 지윤이 임금의 분부를 어겼다고 연좌시켜 죄주려 하자, 김자수가 정중하지만 분명한 어조로 따지고 나왔다.

"선왕이 간관을 둔 것은 임금의 잘못을 보완하기 위함입니다.

283

예부터 왕의 말에 옳지 못함이 있으면 간관이 간쟁하는 것입니다. 원컨대 공들께서는 국가에서 간관을 두게 된 뜻을 깊이 살펴보시기 바랍니다."

김자수의 반발에 지윤이 핏대 세우며 곤장을 쳐서 유배시키려고 도당에 의논케 하였다. 우왕의 뜻을 내세워 처벌하고자 하는 지윤의 위세에 어느 누구도 감히 의견을 말하려 하지 않았다. 그러나 밀직부사 이보림이 나서서 단호히 말했다.

"김자수가 비록 보잘것없는 선비라 할지라도 간관일진대, 간관이 간언하는 말을 가지고 임금의 분부를 어겼다고 탓하는 것은 사람을 동쪽에 두었다가 제멋대로 서쪽으로 옮기는 격과 같습니다. 김자수의 죄는 아마도 이 일로써 논해서는 안 될 것입니다."

이보림의 주장으로 도당에서는 단지 유배시킬 것만 청했다. 우왕이 납득할 수 없다며 반문하고 나왔다.

"순위부에서 이미 그 죄를 의논해 결정했는데, 도당에서 지금 가볍게 처벌하고자 하는 것은 무슨 뜻입니까?"

우왕이 받아들이려 하지 않음에 우사 김속명이 명덕태후에게 아뢰어 선처를 부탁했다.

"간관이 비록 임금의 분부를 거스르더라도 죄주지 않는 것은 언로를 열어 놓기 위한 것이옵니다. 김자수의 죄를 엄중하게 논하는 것은 마땅하지 못한 것이옵니다."

김속명의 말을 들은 명덕태후가 우왕에게 청하였다.

"내가 늙어서 경험한 것이 많습니다만, 간관을 곤장 치고 욕보

284

였다는 소리는 일찍이 들어보지 못했습니다. 만일 그렇게 하면 사람들이 모두 입을 닫게 되어 장차 국사가 날로 그릇되게 될 것입니다."

이로 인해 김자수에게 곤장을 면케 하고 전라도 돌산수로 귀양 보냈다. 허나 지윤은 김자수가 낭사들과 의논했을 것이라고 여기고 간의 정우도 경상도 죽림수로 유배 보냈다.

신상필벌이 명확해야 했으나 우왕의 지시를 내세운 권력 다툼으로 변질돼 버린 꼴이었다. 우왕에게 무엇이 옳은지를 가르쳐주어 옳게 처리하는 방식으로 나아가야 했으나 그 비위를 맞추려는 식으로 진행되니 그 결말이 가히 개운치가 않게 된 것이었다.

신료들의 반발에 직면한 우왕은 한발 더 나아가 비록 나이 어렸지만 자신의 측근 세력이 필요하다는 것을 직감으로 이해하였다. 그러면서도 왕으로서 제 역할을 다하기 위해 서연에도 적극적이었다. 마침 대학을 읽다가 우부대언 윤방언에게 물었다.

"시경에서 '아름답도다, 문왕이여, 아아, 오래오래 빛나 공경하도다.'라고 한 것은 무슨 뜻입니까?"

상(은나라)으로부터 주 문왕으로 천명이 이어졌고, 천명을 받은 주 문왕의 공이 오래오래 빛날 것이라고 찬양한 것인데, 윤방언이 곧장 대답하지 못하고 머뭇거리자 우왕이 희롱조로 얘기했다.

"유자는 다 경서에 능통하리라고 여겼는데, 이제 보니 그렇지도 않은가 봅니다."

자신의 명을 감히 거부하고 나섰던 유자들에 대해 우왕이 보복 차원으로 비웃고 조롱하고 나온 것이었다.

우왕은 자신의 지지 세력을 형성하기 위해서도 힘을 기울였다. 그것은 환관들과 유모 장씨를 통해 청탁 들어온 자들에게 벼슬을 내려주는 것이었다. 우왕은 김선을 중방, 한충을 전법, 한략을 대관으로 각각 추천한 문서를 작성해 정방에 내려보냈다. 그중 한략은 우왕의 생모인 한씨의 친척으로서 명경과에 합격한 이래 외척의 연줄로 관작을 건너뛰어 제수받았는데, 이번엔 지평이 되기를 희망한 것이었다. 그러나 제조 경복흥이 반대하고 나섰다.

"제수가 다 끝났으므로, 다시 고칠 수 없사옵니다."

"지묵이 있는데, 다시 고치면 되지, 그게 뭐 그리 어려운 일입니까?"

우왕의 반문에 경복흥이 다시 정중하게 아뢰었다.

"옛 제도에 외척은 언관을 제수하지 못하오니, 청컨대 다른 벼슬을 제수하도록 하시옵소서."

"어찌하여 명을 따르지 않는 것입니까?"

우왕의 강요에도 경복흥이 물러나지 않아 끝내 제수되지 못했다. 우왕으로서는 아직 자신의 뜻을 관철시킬 수 있는 힘이 부족하였다.

나이 어린 임금이 외척과 권신들에 둘러싸여 힘을 행사하지 못하면 임금을 곁에서 모신 사람들 속에서 그에 대한 반발이 자연스레 나오기 마련이었다. 이들은 공민왕의 시해 사건과 관련해서 처벌의 문제점을 들고 나왔다. 자제위 소속 인물들이 하나같이 외척과 대신들의 집안이었기에 이들의 처벌을 통해 그들에 대한 공격으로 연결시키고자 한 것이었다. 허나 이것은 주되게 명덕태후의 입지를 약화시키는 것이었다.

1376년 1월 우왕의 사부이자 정당문학 이무방이 경복흥에게 따지고 나왔다.

"어찌하여 한방신과 노진의 집을 적몰하지 않습니까?"

"한안과 노선이 죄에 승복하지 않고 죽었기 때문이지요."

경복흥의 대답에 이무방이 사리에 맞지 않다며 다시 반문하였다.

"두 죄인이 스스로 대악임을 알고서 죽음에 이르러서도 승복하지 않는 것 아닙니까? 허나 그 진상이 다 드러나서 시역으로 논죄하였는데, 그 아비가 어찌 연좌를 면할 수 있단 말입니까?"

명덕태후와 인척관계이고, 공민왕의 시해 사건과 관련해서 대신들의 집안들과 어느 정도 이해관계가 일치했던 경복흥으로서는 이 사건을 거론하고 나온 처사가 참으로 불쾌했다. 하지만 이무방의 말에 반박할 수 없음에 마지못해 한방신과 노진의 집을 아울러 적몰하였다. 그러나 아직 우왕의 힘이 미약한 조건에서 이무방은 이 사건으로 파직되었다.

서로들 자신들의 세를 다지려고 분분히 다투는 속에 이인임과 지윤은 자신들이 조정을 장악한 권력을 기반으로 더욱더 그들의 세력을 확산시킬 기묘한 방안을 들고 나왔다. 그것은 북방과 남

287

방에서의 외적을 동시에 막기가 버거운 현실을 이용하여 그걸 해결한다는 명목으로 군사들에게 허직인 첨설직을 상으로 내려주자는 주장이었다. 관직을 매매하여 나라에 충성을 유도하자는 안이었다. 이인임과 지윤은 자신들이 정방 제조를 장악하고 있는 이점을 이용해 그들의 세력을 체계적으로 형성해고자 한 것이었다. 공민왕 때에도 시급한 군사적 대응을 위해서 그런 방식을 취했지만 이번엔 그들의 주장에 따라 그야말로 대대적인 방식으로 진행되었다. 종2품인 봉익대부로부터 7, 8품에 이르기까지 셀 수가 없을 정도여서 거재두량이라는 비난이 일어날 정도였다. 관직이 엄청나게 늘어나니 국가 재정은 더욱 악화될 수밖에 없었다.

이인임과 지윤이라는 권신이 등장하고 왕권은 채 안정되지도 못했는데, 우왕에게 그 출생이 의심받는 상황까지 연출되었다. 1376년 2월 신돈의 첩 반야가 밤에 몰래 명덕태후를 찾아가 자신이 우왕의 친어미라고 주장한 것이었다.

"내가 실제로 주상을 낳았는데, 어떻게 한씨를 어머니로 할 수 있는 것이옵니까?"

명덕태후는 어안이 벙벙하였다. 공민왕의 성정으로 보아 자기 아들이 아닌 사람을 아들이라고 할 위인이 아니었다. 허나 반야의 아들이 아니라고 확인해 줄 사람이 아무도 없었다. 생모인 한씨도, 공민왕도, 신돈도, 능우도 죽고 없으니 확인할 방법이 없었다. 그렇다고 반야를 그대로 놔둘 수도 없었다.

명덕태후가 반야를 쫓아내니 이인임이 그녀를 하옥시켰다. 대사헌 안종원이 이런 불상사를 초래한 김현을 탄핵하고 나섰다. 김현은 환관으로서 어린 우왕의 옆에 붙어서 제 맘대로 일을 처리하며 권세를 부리는 자였다.

"연성군 김현이 궁중의 일을 오로지 맡고 있으면서 반야가 곧바로 궁궐에 들어온 것도 막지 못하여 태후를 경동시키고 보고 듣는 이로 하여금 놀라게 하였으니, 바라옵건대 순군옥에 하옥시켜 단죄하도록 하시옵소서."

이 사건의 발생을 막지 못했다는 책임으로 김현은 회덕현에 유배되었다. 허나 이 사건을 매듭지으려면 우왕의 어미가 누구인가를 가려내야만 했다.

양부와 대간, 기로들이 흥국사에 모여 반야의 사건을 논의하기 위해 모였다. 허나 밀직 권중화가 서연에서 시강한다는 연유로 도착하지 못했다. 삼사우사 김속명이 참으로 답답하다는 투로 당리에게 한마디 내뱉었다.

"왕의 모후가 정해지지 않아서 속히 분별하여 국인의 의구심을 풀어 주어야 마땅하거늘, 이 시점에 서연의 진강이 뭐 그리 중하단 말인가?"

그리고는 다시 탄식조로 덧붙였다.

"이 세상 천하에 그 아비를 분변하지 못하는 경우는 설혹 있을 수 있겠으나 그 어미를 분별하지 못했다는 경우는 내 일찍이 들어본 바가 없다."

옳은 말이긴 했으나 듣기에 따라서는 현 임금을 경멸하는 언사이기도 했다.

그들이 서로 모여 논의하고자 했으나 실상 할 말이 없었다. 심정적으로야 반야가 저리 나오는 것을 보면 공민왕과 무슨 관계가 있는 것은 분명해 보였다. 허나 왕위를 지키려고 했던 공민왕의 성정을 보건대, 어미가 아닌 어미를 어미라고 하거나 아들이 아닌 아들을 아들이라고 할 사람이 아니라는 것을 그들은 너무도 잘 알았다. 그것도 공민왕 자신이 직접 명을 내려 죽인 신돈의 첩의 아들한테 자기 뒤를 계승해 왕위를 잇게 한다는 것은 언감생심 생각할 수도 없는 일이었다. 반야가 뭔가 오해하고 있음이 틀림없었다.

당초 신돈은 반야가 임신해 만삭이 되자, 자기 친구인 승려 능우의 모친 집으로 가서 해산하게 하였다. 반야는 7일이 지나 돌아오고 능우의 어미가 기르다가 1년도 못 되어 아이가 죽자 능우가 책망당할까 두려워 아이가 병이 들었다고 하면서 다른 곳에서 키우겠다고 하여 허락을 받아 내었다. 1년 뒤 다른 아이를 데려왔는지라 반야는 자기 아이가 아닌 줄을 모른 것이었다. 하지만 그들로서는 확인할 방법은 없었고, 달리 생각할 수도 없는 결론이었다.

대간과 순위부에서 반야에 대한 합동 치죄가 이뤄졌다.

"네가 주상의 진짜 어미라면 선왕이 살아 계셨을 때에 왜 그 사실을 밝히지 않았단 말이냐?"

"첩의께서 선왕에 의해 죽음을 맞이하였는데, 그런 상태에서 어떻게 그 사실을 고할 수 있었겠습니까?"

"역적 신돈을 첩의라고 말하는 것을 보니, 너는 본시 신돈의 첩으로써 신돈을 죽인 원수를 갚고자 생모라고 거짓 주장을 하고 나온 것이 분명하구나. 혼자서는 그런 생각을 못했을 터 누구로부터 사주를 받았는지 이실직고하라."

"어찌 어미가 아닌데도 어미라고 주장하는 법이 있단 말입니까?"

"그러면 선왕께서 거짓말이라도 했단 말이냐? 네가 진짜 주상의 어미라고 한다면 왜 처음부터 끝까지 네가 주상을 키우지 않았단 말이냐? 게다가 너의 한미한 집안을 생각한다면 자식이 잘되기를 바라는 마음에 결코 생모라고 주장하며 나타나지 않았을 것이다. 그게 진짜 어미의 마음일 것이다. 허나 너는 왕의 어미라고 스스로 주장하고 나섰으니 이건 거짓을 사실로 만들어 너의 사사로운 욕심을 채우려고 하는 것이거나 아니면 역적 신돈의 복수를 하고자 하는 것일 뿐 그 아들에게는 아무 이익이 없고 해만되는 일인데, 어찌 어미로서 그런 짓을 할 수 있단 말이냐? 이것이 네가 어미가 아닌 증거인 것이다."

이미 내려진 결론을 가지고 단죄된 국문이었다. 반야는 끌려가면서 억울하다며 새로 건축한 중문을 가리키며 소리쳤다.

"하늘이 내 억울한 사정을 안다면 저 문이 반드시 무너지고 말 것이다."

마침 사의 허시가 안으로 들어서는데, 문이 저절로 무너졌다. 허시는 가까스로 피해 목숨을 건졌다. 반야는 판결에 따라 임진

강에 던져져 익사되었고, 그 친족인 판사 용거실도 참형에 처해졌다.

허나 이 사건은 반야의 처벌로만 끝날 수 없었다. 권력 다툼 속에서 김속명이 내뱉은 말은 그를 공격하기에 좋은 빌미가 되었다. 이인임과 지윤은 자신의 세가 강화되자 명덕태후의 영향력까지 차단하고자 들었다. 김속명은 명덕태후의 친척으로 눈엣가시 같은 존재였다.

김속명은 조정을 장악해 간 이인임과 지윤의 정사 농단에 노골적으로 불만을 드러내놓고 있었다. 병을 핑계하고서는 사직하여 집에 칩거하기도 하였다. 마지못해 병문안 차 이인임과 지윤, 경복흥은 김속명의 집을 찾아갔다. 김속명이 한심스러운 조정 상황을 거론했다.

"옛 제도에 의하면 양부는 중서성 5인에 추밀원 7인뿐이었는데, 지금은 제수된 재추가 50인에 이르니, 그 논의의 분분함을 어찌 감당할 겁니까?"

관직을 함부로 남발함으로써 빚어진 사태에 대한 책임을 물은 것이었다. 이것은 이인임과 지윤이 재추의 수를 늘림으로써 자신들의 세는 강화하고 나머지 여타 세력을 약화시키기 위한 술책에 의해 비롯된 것이었다. 재추의 수가 많으니 김속명 같은 이가 아무리 조정에서 주장하고 나서 봐야 씨알이 먹히지 않는 것이었다.

"마지못해 그리하는 것 아닙니까?"

경복흥도 그런 조정 현실이 답답한 듯 한숨을 내쉬었다. 김속명이 잘못된 조정 현실을 들추어내듯 다시 입을 열었다.

"지금 재추로서 자리만을 차지하고 있으면서 녹봉을 도둑질하고 마음이 바르지 못한 것은 나만한 사람이 없을 것이오."

"공의 마음이 바르지 않다면 그 누구를 보고 바르다고 할 수 있겠습니까?"

이인임이 김속명을 다독이고자 추켜세우고 나왔다. 하지만 김속명은 단호한 어조로 대답했다.

"내가 도당에 무위도식으로 자리만 지키고 있다가 무릇 서명할 때에, 마음으로는 그르게 여기면서도 입으로는 옳다고 하고 있으니, 마음이 바르지 못하기가 어느 누군들 나만한 이가 있겠습니까?"

이인임과 지윤이 제멋대로 조정을 이끌어가고 있다는 불만을 직접 표출한 것이었다. 이인임과 지윤은 이때부터 김속명을 제거하려고 벼르고 있었다. 하지만 명덕태후의 후광이 있는 데다 방안이 마땅치 않아서 지금까지 끌어온 것이었다. 헌데 좋은 명분이 생겼으니 이를 놓칠 리 없었다.

사의 허시와 김도 등이 김속명을 탄핵하고 나왔다.

"신하로서 불경한 죄는 이보다 더 큰 것이 없을 것이옵니다. 근래에 흥국사에 모여 의논할 때, 김속명이 감히 입에 올릴 수 없는 말을 담았으니, 불경함이 어찌 이보다 심하겠사옵니까? 청건데 국문하여 죄를 다스리도록 하시옵소서."

명덕태후가 힘써 나섰으나 막아내지 못하고 김속명은 문의현
에 유배에 처해졌다. 사헌부 지평 송제대도 파직시켜 지태안군사
로 내쳐졌다. 지윤의 아내가 우왕의 유모 장씨와 가까워지면서
궁중에 출입해 권세를 구하고 뇌물을 받자, 김속명이 그걸 비난
하면서 송제대가 지윤이 유모 장씨와 모종의 관계를 맺은 것을
탄핵하려 하였는데, 집의 김승득이 지윤에게 그 사실을 알려서
그리 조치한 것이었다. 이로써 이인임과 지윤 세력은 명덕태후의
영향력을 배제하면서 조정의 권세를 더욱 장악하여 나갔다.

최영은 조정의 권력 다툼에 한숨만이 새어 나왔다. 그로서도
어찌할 수가 없었다. 공민왕이 적극 밀어준 시기에도 반발에 부
딪쳐 해결하지 못했는데, 지금 상황에서는 더더욱 공허한 외침으
로 되돌아올 뿐이었다. 친명과 친원의 외교 정책을 둘러싸고 대
립하면서 명과 북원과의 관계는 거의 진척되지 못하고 여전히 풀
리지 못했다. 형식적으로야 친명 일변도 세력이 제거되었으니 등
거리외교가 고려의 정책으로 자리 잡았다. 그걸 능숙하게 전개하
여야 하는데, 티격태격하고 싸웠던 그 결과로 인해 도리어 명과
북원의 양쪽으로부터 더 험한 꼴을 당하는 형국이었다.

정세는 시시각각 또다시 변해가고 있었다. 요동의 북원세력이
명의 정료위를 압도하지 못함이 드러난 것이었다. 요동의 북원세
력은 나하추가 북원의 승상으로 임명되면서 그 휘하로 집결하였

다. 명과 북원과의 전쟁이 치열하게 전개되니 각개 분산되어 있었던 세력이 결집한 것이었다. 그 집결된 힘을 기초로 1375년 12월 나하추는 정료위를 공격하였다. 허나 그 결과는 명의 도지휘 섭왕에게 완전한 대패였다.

조정에서는 1375년 12월 밀직부사 김보생을 명의 조정으로 보냈다. 허나 풍랑 때문에 되돌아오자 1376년 1월 다시 보냈다. 1376년 2월에는 이지부를 정료위에 보내 친선을 도모하면서 군사 정세를 살피게 하고, 이원실은 나하추를 예방하게 하였다. 그 결과 이제 요동에서마저 명이 급속도록 세력을 확산시켜 가는 정세를 파악하게 되었다. 조정에서는 명과 화친을 맺기 위해 1376년 3월 판사 김용을 다시 정료위에 파견하였다.

그동안 북원의 침공에 대비하기 위해 장기간 서북면에 군사가 주둔하여 백성들의 양식을 이용했던 바람에 그곳 사람들은 먹을 양식이 떨어져 그 고통은 이루 헤아릴 수 없게 되었다. 급기야 조정에서는 1376년 4월 이숙림을 완호사로 보내 굶주린 백성들을 구휼하게 하였다. 1376년 5월에도 지인 윤사례를 시켜 그 지역의 각 역참에도 베 1,500필을 가져다 나눠주도록 하였다.

어느 것 하나 안정되지 못하고 혼란스러웠다. 이런 시기에 신돈이 주살된 이후 1371년 공민왕에 의해 왕사로 임명되었던 승려 혜근이 양주 회암사에서 문수회를 크게 열었다. 공민왕이 피살된 이후, 침체된 불교를 중흥시키고자 하는 노력의 일환이었다.

사회가 혼란스러운지라 안식처를 찾고자 하는 마음에 귀신을 불문하고 남녀 백성들이 피륙과 과일, 떡 등을 바치며 몰려들었다. 어찌나 인파가 몰렸는지 절 문이 메어질 정도였다. 허나 신돈의 실각 이후 불교 세력이 약화된 데다가 성균관의 중창으로 전일적인 체계로 확립된 주자학이 급속히 보급되면서 자신들의 사상적인 우위를 주장하는 조정의 유자들은 그런 불교의 중흥 시도를 결코 좌시하지 않았다.

처음엔 사헌부의 이속을 보내 부녀자의 출입을 금지하였다. 도당에서도 관문을 닫으라고 지시를 내려 막고자 했다. 하지만 계속 밀려드는 인파를 막을 수가 없자 혜근을 경상도 밀성군으로 내쫓아 냈다. 혜근은 가는 도중 여흥 신륵사에서 죽음을 맞이하였다. 불교를 숭배했던 고려에서 그것도 한때 왕사였던 혜근이 조정에 의해 쫓겨 나 죽음에 이른 사건은 고려 정국이 어떻게 흘러갈지를 단적으로 보여주는 모습이었다.

우왕은 조정의 분란과 대륙의 정세를 지켜보며 1376년 5월부터 말 타기를 배우기 시작했다. 지금껏 서연에 적극 참여하며 열중하였으나 그보다는 군사적 힘이 중요하다는 생각을 어린 나이임에도 직감으로 인지하기 시작한 것이었다. 타구 놀이도 관람하며 세상을 이해하려 들었다.

명은 나하추의 공격을 분쇄하자 고려에 더욱 압박을 가해왔다. 정료위에 파견했던 판사 김용이 1376년 6월 고려로 돌아왔는데, 그 편에 고가노의 글을 보내왔다. 고가노는 홍건적의 2차 침략 때 고려에서 쫓겨 도주한 홍건적의 두목인 사유이와 파두반을 죽여 홍건적을 괴멸시킨 원의 세력이었다. 그러나 유익이 명에 귀순한 이후 고가노도 그 길을 따라 1372년에 명에 투항한 자였다.

"저는 과거 원나라 때 공민왕과 협동 작전을 펼쳐 홍건적의 무리를 괴멸시켰으며, 귀국을 지극 정성으로 대우하였습니다. 지금은 홍무 5년(1372년)에 명에 귀부한 이래로 필설로 다할 수 없는 두터운 은혜를 받고 있습니다. 그런데 고려에 파견되었던 채빈 등은 살해되었고, 고려는 북원의 코케테무르, 나하추 등과 교류하며 표리부동한 태도를 보이고 있습니다. 그러나 명이 흥기하고 북원이 쇠퇴하는 대륙의 정세를 모르지는 않을 것입니다. 저 무지한 나하추의 군대가 1375년 12월 깊숙이 침입해 들어왔지만 제대로 싸워보지도 못하고 스스로 궤멸되어 버렸고, 다행히 금산자에 도착했지만 백에 한둘도 삼아남지 못한 사실을 곰곰이 생각해 보시기 바랍니다. 만약 사신 김용을 보내 말한 것처럼 제후국의 지위를 유지하려 한다면, 팔방의 신하와 같은 마음으로 하루빨리 나라를 다스리는 능숙한 원로대신을 보내거나 조공할 말을 가지고 와서 총병관 정해후와 같은 대관인에게 귀국의 사정을 설명하시기 바랍니다. 아울러 전날 요양의 병란을 피해 귀국으로 간 백성들을 빨리 돌려보내 주시기 바랍니다. 먼저 기해년(1359년) 이래 병란을 피해 귀국으로 간 남녀 백성의 명단을 자세히 작성해 가지고 와서 총병관 대인에게 보이십시오. 앞서 파견했던 채빈 등이 거둬들였던 말의 수가 채워졌으면, 가능한 한 빨리 사람을 보내어 명에 보내 주십시오. 이번에도 사람을 보내지 않는다면 거 짓말한 것으로 간주할 것이니 귀국에서 다시 무슨 말을 할 수 있 겠습니까?"

최영은 고가노의 글을 보고 통분을 금치 못했다. 명은 이제 고 려의 핏줄인 백성이라도 원의 요동에서 살았다고 하면 명의 백성 이니 돌려보내라고 주장하고 나온 격이었다. 그렇지만 명이 흥기 할 것이라고 보고 친명 정책을 추진하고자 하는 세력들은 명과 화친하는 길이 열렸다고 좋아하였다. 최영은 그런 관료들의 모습 에 눈물이 앞을 가렸다. 그들은 김용이 협상을 잘했다며 은 50냥 을 상으로 내려주라고 주청하기까지 했다. 명에 대한 이런 사대 의식의 추진에 위기의식을 느낀 서운관에서는 도선밀기에 의해 모든 제도는 일체 우리 전래 풍속을 따르고 다른 나라의 풍습을 금지하게 하라는 주청을 올렸다.

최영은 이제 사실상 명과 상대해야 할 시기가 점점 다다르고 있다는 것을 직감했다. 하지만 고려는 전혀 그런 대비가 갖춰지 지 못하고 있었다. 도리어 혼란스럽기만 하였다. 대륙의 정세가 급변해가는 상황 앞에서도 고려는 자기 힘을 키우지 못하고 제자 리걸음만 하고 있는 꼴이었다.

이 모든 것의 근원은 조정이 똑바로 서지 못한 것과 함께 거의 한 해를 빠지지 않고 침구해온 왜구의 준동 때문이었다. 아무리 강한 쇠라도 계속해서 물이 스며들면 녹이 슬어 절로 부서지는 것은 막을 수 없는 이치였다. 왜구의 침구로 해서 백성들은 안착할 수 없었고, 국가 재정은 근본적으로 흔들릴 수밖에 없었다. 조운마저 원활하게 수행할 수 없는 형편이었으니 국정이 제대로 돌아갈 리 없었다. 아무리 어렵다고 하더라도 수군을 육성해서 그들을 제압해야 하는데, 그걸 적극적으로 밀고 나가지 못하니 뾰족한 대책이 나올 수 없었다. 참으로 답답하기 짝이 없는 현실이었다.

저 요동과 만주 땅을 되찾기 위해서는 기필코 왜구의 준동을 차단시켜야 했다. 헌데 도리어 왜구의 기세는 꺾일 줄 모르고 더 높아가기만 하였다.

조정에서는 안무사와 병마사를 끊임없이 파견했고, 상벌을 엄히 적용해 대비하도록 하였다. 하지만 그건 수동적인 방어일 뿐이었다. 왜구가 기승을 부리면 속수무책으로 당하는 꼴이었다.

왜구는 1376년 3월 경상도 진주를 침구하더니 6월 들어 고성현에 나타나 불을 지르고 노략질하며 임주까지 침략해 들어왔다. 급기야 7월에는 왜적의 배 20여 척이 전라도 원수영을 침구한 후 다시 영산을 공격해 아군의 전함까지 파괴하고, 나주를 침구해 노략질하였다. 이렇게 터무니없는 큰 피해를 당한 것은 전라도 원수 하을지가 유영이 자기 대신에 온다는 말을 듣고 교대하기도 전에 진주의 농장으로 돌아가 버렸기 때문이었다. 그 틈을 타서 왜적이 침구하니 방어할 지휘관이 없었다. 조정에서는 하을지를 하동현에 장류하였다.

전라도 원수 유영이 영암에서 왜구를 공격했으나, 왜적은 부여를 침구하고 이어 공주까지 침입하였다. 목사 김사혁이 막아 나섰으나 패전하고 공주까지 함락되었다. 양광도 원수 박인계가 나서서 이를 즉시 수습하려 하였다. 먼저 구원하라는 명을 듣지 않아 공주가 함락된 책임으로 속현 회덕현의 감무 서천부를 참수하였다. 왜적이 다시 석성을 침구하고 다시 연산현 개태사 쪽으로 향하자 박인계가 단호히 맞서 싸웠다. 허나 그만 말에서 떨어져 피살되고, 개태사마저 도륙 당하기에 이르렀다.

최영은 박인계마저 패하여 죽었다는 소식에 아연 놀라지 않을 수 없었다. 박인계는 어진 장수로서 민심을 크게 얻고 있었을 뿐만 아니라 꽤 유능한 장수였다. 그런 장수마저 패할 정도라면 왜구의 기세를 짐작하고도 남았다. 욱일승천하는 왜구의 기세를 기필코 눌러놓아야 했다. 그렇지 못하면 왜구는 더욱 기세 좋게 날뛸 것이며, 그 기세 앞에 어느 누구 하나 막아 나서려고 하지 않을 것이었다.

최영은 나라가 존망의 위기에 처했다고 판단하며 출정을 자청했다. 우왕과 장수들은 늙은 몸이라고 여겨 받아들여 주지 않았다. 최영이 재차 단호히 뜻을 밝혔다.

"보잘것없는 왜적이 방자하고 포학하기가 이를 데 없는데, 지금 시기를 놓쳐 제압하지 못한다면 나중에는 도모하기가 더 어려울 것이옵니다. 만일 다른 장수를 보낸다면 반드시 이길 것이라고 보장할 수 없으며, 군사들도 평소에 훈련되지 않는지라 전투에 투입할 수 있는 형편이 못 되옵니다. 신이 비록 늙었으나 종묘 사직을 안정시키고 왕실을 보위하려는 뜻은 결코 쇠하지 않았사오니, 청컨대 빨리 휘하의 군사들 거느리고 놈들을 격퇴하도록 허락하여 주시옵소서."

두세 번에 걸친 최영의 간곡한 청에 우왕이 허락하였다. 최영은 곧장 그 길로 왜적이 준동하며 날뛰고 있는 곳으로 향해 나섰다.

최영의 단호한 움직임에 도당에서도 왜적의 침입에 대비하기 위한 병기제작을 주청하고 나섰다.

"왜적의 침구가 한창인데 병기를 제작하는 관청은 방어도감뿐이라 병기가 부족할까 우려되옵니다. 각 사와 애마, 여러 도감들에게 지시해 비축해 둔 재정으로 기한 내에 병기를 제작하게 하여 비상시에 대비토록 하시옵소서."

왜적이 낭산현과 풍제현 등을 침구하자 전라도 원수 유영과 병마사 유실이 힘껏 싸워 물리쳤다. 허나 왜적이 도성까지 침구할 것이라는 소문까지 떠돌았다. 조정에서는 한밤중에 방리군을 풀어 도성을 수비하게 하였다. 또 왜적이 먼저 송악으로 올라가려 한다는 보고가 올라오자 승려들을 군사로 동원해 요충지를 분담해 수비하도록 조치했다.

욱일승천하는 왜적의 기세를 하루빨리 꺾어놓기 위해 최영은 양광도 도문순사 최공철과 조전원수 강영, 병마사 박수년 등과 더불어 쉬지 않고 홍신으로 말을 달려 나갔다.

9

홍산전투, 그리고 지윤 세력의 몰락

　최영이 밤낮을 달려 홍산에 도착하니 왜적은 험준하고 좁은 곳에 의지해 진을 치고 있었다. 가히 철벽의 방어진이었다. 삼면이 모두 절벽이고 통행로는 외길밖에 없었다. 그곳으로 나아갔다가는 적들이 과녁으로 삼은 화살밥이 되기엔 안성맞춤이었다.

　남북조 내란 기에 접어든 이후 왜의 전형적인 전법이었다. 가마쿠라 막부 시기에는 주로 강가의 평탄한 장소에서 전투를 치렀으나 남북조시기에 들자 주로 산악전이 많아지게 되었다. 소수의 병력으로 험준한 산악에 성곽을 쌓고 적의 대군을 유인함으로써 기동력과 대병의 이점을 무력화시켜 적을 섬멸시키는 게릴라전이자 산악전이었다. 고려에 들어와서도 이런 전법을 응용하는 것을 보면 왜의 병사가 얼마나 정예 군사들로 형성되었는지를 가늠할 수 있었다. 박인계가 왜 전투에 패해 죽음에 이르렀는지 알만했다.

장수들과 군사들은 겁을 먹고 진격하려 들지 않았다. 왜놈들이 약탈하고 있다는 풍문만 듣고도 대적하지 않으려 하는 모습이 여기서도 나타난 것이었다. 두려움에 떨며 겁에 질려 있는데 무조건 화살밥이 되라고 진격 명령을 내린다고 해서 그게 통할 리 없었다. 허나 이 왜놈들의 기세를 꺾어 놓지 않는다면 앞으로 어느 누구도 왜적을 막으려고 적극 나서지 않게 될 것이었다. 전장의 지휘관이 가장 앞장서서 솔선수범의 자세로 나서야 했다. 목숨을 건 진격이었다. 승산은 단 하나 순식간에 뚫고 들어가 제압해야 하는 것이었다. 다행히 철벽이기는 했으나 진지가 넓지 않아 대병력이 주둔할 수는 없는 지형이었다. 최영은 불퇴전의 각오를 다지며 군사들 앞에 나섰다.

"장졸들이여, 두려운가? 허나 저 왜놈들은 우리의 재물을 약탈하고 무고한 우리 백성들을 무참히 살해하는 만행을 저질러 왔다. 저들을 여기서 그대로 살려두게 되면 또다시 우리의 부모 형제, 처자들이 수모를 겪고 살육을 당하게 될 것이다. 그래도 목숨이 아까운가? 저들이 이 땅을 유린하고 백성들을 도륙하도록 지켜보기만 할 것인가? 우리의 뼈를 여기에 묻을지언정 저 왜놈들을 살려둘 수는 없다. 나라를 구하고 백성을 구할 자, 단호히 나서서 저들을 응징하자. 내 선봉에 설 것이니, 자, 나를 따르라!"

최영이 단호히 명을 내리고는 직접 앞장서서 칼을 휘두르며 나아갔다. 61살의 머리가 흰 백발의 나이였지만 무예로 다져진 그의 몸은 전광석화처럼 움직였다.

그의 칼이 한번 휘둘러질 때마다 왜적들이 바람 앞의 풀잎처럼 쓰러져 나갔다. 최영은 연신 적들과 교전을 벌이며 앞으로 진격하여 나갔다. 그런데 수풀 속에 숨어 있던 왜의 군사 하나가 몰래 최영의 얼굴을 향해 화살을 쏘는 바람에 그의 입술에 박혀 피가 낭자하게 흘러내렸다.

최영은 우선 그 왜적을 향해 곧장 화살을 쏘아 거꾸러뜨렸다. 그런 다음 입술에 박힌 화살을 뽑아내고 더욱 힘을 내어 왜적을 베면서 공격의 활로를 열어젖혔다. 그의 분투하는 모습에 자극받은 고려 군사들이 너나없이 함성을 지르며 최영이 열어준 공격로로 쏟아져 들어갔다. 고려 군사의 대대적인 공격 앞에 그토록 철옹성 같은 적의 진지는 곧바로 함락되고 왜적 또한 순식간에 제압되었다.

최영은 판사 박승길을 보내 전승을 보고하였다. 목숨을 걸고서 이룩한 왜적의 소탕 소식에 우왕은 최영의 충절을 높이 치하하며 박승길에게 백금 50냥을 하사하고, 삼사우사 석문성을 보내어 의복과 술, 안마를 내려주었다. 의원 어백평에게는 약을 가지고 가서 상처를 직접 치료하도록 하였다.

최영이 개선하자 우왕은 재추들에게 교외에서 영접하도록 지시하였다. 하늘로 치솟는 듯한 왜구의 기세를 꺾어 놓은 공을 치하하는 것이기도 하지만, 목숨까지 걸고 왜적을 격멸하는 그 충절을 높이 산 것이었다. 궁궐에 들어와 왕을 알현하자 우왕이 술을 내려주며 궁금한 듯 물었다.

"적병이 얼마나 되었습니까?"

목숨까지 내걸 정도였으니 그저 엄청난 대병이라고 여긴 것이
었다. 숫자보다도 적병들의 전투 기술이나 전투의 치열성과 간고
성 등이 전쟁에서 더 중요한 영향을 미친다는 것을 알지 못한 것
이었다.

"정확하게 알 수는 없사오나 많지는 않았사옵니다."

그토록 고려 땅을 흔들며 기세 높였던 왜구가 얼마 되지 않았
다는 소리에 재추들은 이해할 수 없다는 듯 고개를 연신 갸웃거
렸다. 그러고도 믿기지 않는다는 듯 다시 되물었다.

"그 말씀이 정말이십니까?"

"적병이 많았다면 이 늙은이가 살아오지 못하였을 것이오."

최영의 확언에도 재추들은 여전히 미심쩍어하였다. 그러면서
도 정말로 왜적이 얼마 되지 않는다면 그건 다행스러운 일이라고
여기는 표정들이었다. 대병이 아닌 소수의 적병들로 난동을 부린
다면 국가적 위기가 아닐 것이라는 안도의 모습들이었다.

최영은 이런 그들의 태도가 참으로 한심스럽기 그지없었다. 이
들은 왜구의 침탈 양태가 변했고, 그것이 고려에 더 큰 해악을 가
져다주고, 이를 막아내지 못할 경우 국가적 위기를 초래할 것이
라는 생각은 전혀 못하고 있는 것이었다. 답답한 마음에 최영이
한마디 하였다.

"이번에 적들의 수가 적었다고 해서 맘을 놓아서는 안 될 것입

305

니다. 지금 왜적들은 지난날처럼 고려 군사가 다가가면 도망가는 그런 군사들이 아닙니다. 도리어 적들은 아주 정예로운 군사들로서 내륙에까지 침투해 기동전을 전개하며 아주 사납고 거칠게 대적해온단 말입니다. 적들을 제압하기가 더욱 만만치 않게 되었다는 것입니다. 군사를 철저히 대비시키지 않는다면 만회할 수 없는 피해를 겪게 될 것이니, 이 점을 절대 놓쳐서는 안 될 것입니다."

앞으로 왜구와의 전투가 더 격화되고 힘들어지게 될 것이니 철저히 대비해야 한다는 주장이었다.

우왕은 최영의 말에 귀 기울이며 그 전공으로 수시중의 벼슬을 내렸다. 허나 최영은 정중히 사양하였다. 왜구의 침구 앞에 편안히 벼슬이나 하고 앉아 있을 수는 없었다.

"시중이 되면 자유롭게 지방으로 나갈 수 없게 될 것이오니, 왜구가 평정된 후에 받겠사옵니다."

최영은 왜구의 침구가 격렬해질 것을 무엇보다 걱정하였다. 그의 대비가 시급하였다. 그런데 1376년 8월 정료위에서 도망쳐 온 자가 급히 보고해 왔다. 올 가을에 정료위가 고려를 침공해 올 것이라는 첩보였다.

요동의 정세를 고려하면 명이 고려를 침공할 상황이 되지 못했다. 그러나 그 첩보를 아예 무시할 수도 없었다. 조정에서는 각 도에 사자를 보내 군사를 점검하게 하였다. 1376년 9월엔 경보를 서북면 도체찰사로 임명하여 대비하게 하였고, 중앙과 지방의 관원 및 아전, 백성, 노비에 이르기까지 차등 있게 곡식을 내게 하여 군량도 보충하여 나갔다. 다행히 정료위의 특이한 움직임은 더 이상 발견되지 않았다. 경계를 늦추지 않으면서도 왜구에 대한 대책을 하루빨리 세워 나가야 하였다.

그런데 조정의 실권자인 이인임과 지윤의 처사에 최영은 입을 다물지 못했다. 이인임과 지윤은 자신들이 정방 제조로 있는 점을 이용해 서로 앞다퉈 관직을 매매하며 노골적으로 그들의 사욕을 챙겨 나간 것이었다. 뇌물의 액수와 아부의 여하에 따라 관직을 올리고 내렸으며, 관직이 부족하면 첨설로 벼슬자리를 부여했다. 뇌물이 없으면 수십 일이 지나도록 비지(批旨)를 내리지 않고 있다가 뇌물을 바쳐서야 내려주었다. 사람들은 이를 보고 은비(隱批)라고 불렀다. 홍산전투에 종군하지도 않아 놓고 벼슬을 얻은 자가 부지기수에 이를 정도였다. 어린 임금이 왕위에 오르니 권신들이 활개를 치는 격이었다.

조정의 실권자들이 제 잇속만 채우려 드니 나라의 기강이 절로 무너져 내렸다. 홍산대첩이 치러진 지 채 한 달로 못 되어 왜적은 고부와 태산, 흥덕, 보안, 인의, 김제, 장성 등을 침구하더니 전주까지 함락시켜 버렸다. 최영이 노구의 몸을 직접 이끌고 출전해 홍산대첩을 이룩함으로써 왜구의 기세를 꺾어 놓으며 왜구에 대한 대책을 철저히 세우려고 했건만, 그 노력은 무위로 돌아가 버린 꼴이었다.

전라도 원수 유영이라는 자는 향락과 여색에 빠져 있다가 왜구의 침략을 당하자 말에 떨어져 몸을 다쳤다고 거짓 보고를 올려 책임을 면하려 들었다. 그나마 다행스럽게 병마사 유실이 처음엔 전주에서 패했지만 왜적이 귀신사에 물러나 진을 치자 다시 공격하여 퇴각시켰다.

도당에서는 급히 한방언을 안주 부원수, 김득제를 의주 원수, 조사민을 전라도 부원수 겸 도순문사, 목충을 조전병마사, 밀직부사 손광유를 해도 상원수, 변안열을 양광, 전라도 도지휘사 겸 조전원수로 임명해 대비케 하였다. 왜적이 다시 전라도 임피현을 함락시키고 다리까지 철거하여 견고하게 방비하고 나왔다. 고려 군사가 오는데도 물러나는 것이 아니라 격전을 불사하겠다는 뜻이었다. 유실이 군사로 하여금 다리를 만들게 하고, 변안열이 안렴사 이사영을 시켜 다리 주변에 매복하도록 지시했다. 허나 멀리서 왜적이 이를 지켜보고 역습을 가하는 바람에 도리어 패배하고 말았다.

왜구의 침구로 뱃길까지 막혀 조운도 중단되었다. 조정에서는 하는 수 없이 전라도와 경상도 연해 주군의 요금과 세금을 차등을 두어 면제시켰다. 그리고는 나세를 전라도 상원수 겸 도안무사로 임명했다.

우왕은 왜적의 침구가 계속되는데도 잘 막아내지도 못하고, 심지어 명의 침략이 이뤄진다는 소식에 신료들이 불안에 떠는 것을 보고 두려움을 느꼈다. 친원이니 친명이니 하며 외교적 해법을 제시했지만 그런 것은 군사적인 힘 앞에 아무것도 아닌 것이었다. 다른 것은 몰라도 말은 탈 줄은 알아야 했다.

우왕은 말 타기와 매사냥에 더욱 열중하였다. 조정의 권력 분쟁 모습에서 당하지 않으려면 자기 힘이 필요하다는 자각도 절로 깨칠 수밖에 없었다. 우왕은 한 번도 본 적도 없고 기억도 없었지만 1376년 윤9월엔 자신의 왕위 계승의 계통을 확립하기 위해 생모인 순정 황후 한씨를 의릉에 장사지냈다.

한씨의 친척이었던 한략이 우왕에게 말해주었기 때문이었다. 생모 한씨를 종친인 승려 능우와 함께 화장하여 유골을 봉은사의 소나무 숲속에 묻었다는 것이었다. 한략의 말에 따라 절의 북쪽 언덕에서 뼛가루를 담은 항아리 하나를 파내어 의위를 갖추고서 현릉(태조릉)의 서쪽에 이장하였다. 공민왕의 영정을 왕륜사의 영전에 봉안하고 혜명전이라고 하였는데, 거기에 배향하고, 노국공주는 별실에서 제사지냈다.

전쟁과 가뭄이 잇따르게 되자, 사헌부에서는 군량이 떨어졌다며 상소하였다. 우왕은 고개를 갸웃거렸다. 그동안 조정 신료들은 뭐하고 있었는지 납득이 되지 않는 것이었다.

"공신전의 조세는 3분의 1을 내도록 하고, 사사전에서는 그 반을 거두며, 양전 소속의 궁사전에는 과렴 이외의 남은 것을 군수에 충당하도록 하시옵소서."

우왕은 따지지도 못하고 그저 승인할 수밖에 없었다. 이런 때에 왜구의 침구를 금압시키기 위해 왜로 떠났던 나흥유가 돌아왔다. 그것도 일본 승려 양유를 대동하고서였다.

나흥유가 왜 열도에 도착하자 일본에서는 여몽연합군의 정벌 이후 1백 년간 서로 국교가 끊긴지라 우선 첩자로 오인하고 가두어 버렸다. 양유는 고려에서 나흥유가 왔다는 소식을 듣고는 찾아와 만나고선 고려가 왜와 친교를 원한다는 사실을 알게 되었다. 양유는 북조의 조정에 나흥유를 석방하고 고려와 통호할 것을 요청하였다. 양유가 적극 나서게 된 것은 원래 진주의 중이었기 때문이었다. 그런데 젊은 시절에 왜승을 따라 일본에 간 것이었다. 양유의 노력에 나흥유는 석방되었고, 통호하기 위한 교섭이 진행되었다. 이때 나흥유의 나이는 육순이었는데 150세라고 속여 말했다. 그 말에 왜인들은 신기함에 줄지어 구경하고, 심지어 얼굴을 그려서는 찬(讚)까지 지어 건네주기도 하였다.

나흥유가 귀국할 때 답방 차 보낸 양유에게 왜의 중 주좌가 서찰을 보내왔다. 좋은 소식을 기대하며 우왕을 비롯해 조정 신료들의 이목이 집중되었다.

"일본 서해도의 한 지역인 규슈에 난신들이 할거하여 공물과 세금을 바치지 않은 지가 벌써 스무 해가 넘었습니다. 서쪽 바닷가 지역의 악인들이 저지른 소행이지 우리가 한 바가 아닙니다. 조정에서도 장수를 보내어 토벌하고자 날마다 전투를 벌이고 있습니다. 바라건대 규슈를 수복하게 되면 천지신명께 맹세코 해적질을 금지시키겠습니다."

어린 우왕이 듣기엔 무책임한 답변이자 책임 회피로만 보였다.

남조와 북조 간의 전투가 치열해지니 군량미와 피난을 위해 고려를 더 침구하게 되더라도 자기들 탓이 아니라는 소리였다. 조정 신료들은 그건 일본의 외교적 도리가 아니라며 목소리만 높였지 그 어떤 대책을 세우지 못했다.

나흥유가 왜국에 다녀오면서 파악된 왜의 제반 소식은 왜의 침구가 격렬해질 것을 예고해 주는 것이었다. 남·북조 간의 싸움이 치열해지니 더더욱 군량이 필요할 것이었다. 아니나 다를까 왜적은 1376년 10월에 진포를 공격하고, 강화부를 침공하여 전함을 불살랐다. 한주에서는 최공철이 공격하여 왜구 1백여 명을 죽이는 등 치열한 전투가 벌어졌다. 또 왜적의 배 50여 척이 전북 웅연에 배를 댄 채 적현을 넘어 동진교 다리를 부수었다. 고려 군사가 접근하지 못하게 해 놓고는 부령현을 손쉽게 노략질하기 위함이었다. 변안열과 나세, 조사민 등이 밤에 다리를 놓고 왜구를 기습 공격하였고, 보병과 기병 합해 천여 명의 왜적들은 행안산으로까지 올라가 완강히 저항했지만 끝내 섬멸하였다. 1376년 11월에도 왜적이 경상도 진주, 명진현을 침구하고, 다시 함안, 동래, 양주, 기장, 고성, 영선 등지를 불사르고 노략질하였다.

왜구에 의해 국토가 유린되고 있었지만 새로운 실력자로 부상한 지윤은 자신의 권력 기반의 확보에 더욱 열을 올리고 나왔다. 왜구가 날뛰어 봐야 악탈이나 할 뿐이지 나라를 위협할 정도는 되지 않는다는 생각이었다. 게다가 군사적인 큰 책임은 최영에게 있으니 그가 나설 것이었다. 실패하면 최영에게 덮어씌워 죄를 물을 수도 있었다. 자신은 재물이나 늘리고 눈에 거슬리는 정적을 제거하며 수족들을 늘리면 그만이었다. 그에게 무엇보다 우선인 것은 권력의 지반을 탄탄하게 굳히는 것이었다. 그의 첫 제거 대상자는 임박이었다.

지윤이 임박을 미워하게 된 것은 우왕의 신임과 관련되어 있었다. 지윤은 예안 사람의 청탁을 받아 유모 장씨와의 연줄을 통해 우왕의 태(胎)를 예안에 안장하고 현으로 승격시키게 한 장본인이었다. 우왕의 신뢰를 얻고 지지를 끌어 내기 위한 것이었다. 그런데 그런 그의 의도를 임박이 다 망쳐 놓은 것이었다. 임박이 북원의 중서성에 올리려고 한 글에 서명하지 않았다는 이유로 탄핵받아 길안현에 귀양 가 있었을 때, 예안의 지형을 보고 불길하다고 읊조린 적이 있었다. 그런데 예안과 지경을 다투고 있던 안동 사람이 그 소리를 조정에 고하고 나선 것이었다. 이것은 불길한 곳에 우왕의 태를 묻었다는 것으로 되니 우왕이 좋아할 리 없었다. 임박을 미워한 것을 안 지윤의 당여인 집의 김승득과 지신사 김윤승이 지윤에게 아뢰었다.

"임박이 북원의 중서성에 올리려던 글에 서명하지 않았던 것은 반드시 심왕을 맞이해 왕으로 세우려는 뜻이 있었던 것이니, 이는 죄줄 만합니다."

지윤의 허락에 김승득이 대관을 거느리고 상서하여 죄줄 것을 청했다. 그리하여 김윤승이 체복사 손경생을 보내어 임박을 포승

줄로 묶어 전법사에 송치하였다. 임박이 서명하지 않았던 것은 명과 화친해야 한다고 보았기 때문이었다. 그러나 대사헌 안종원은 지윤의 세력이 무서워 감히 제기하지 못하였다. 임박은 장 1백대에 무안으로 유배되었다. 그런데 그들은 유배 가는 길에 임박을 밟아 죽였다. 경복흥과 이인임은 나중에야 그 죽음을 듣고 지윤의 독단적인 처사에 불만을 품게 되었다.

권신이 맘에 안 드는 정적이나 제거하고 있으니 왜구를 막아야 할 장수들의 군율도 엉망이었다. 경상도 원수 겸 도체찰사 김진은 도에서 자색이 있는 창기를 불러 모아 날마다 휘하 장수들과 밤낮으로 술판이나 벌였다. 엄청나게 소주를 마셔대니 병사들은 그들의 무리를 소주의 무리라 하여 소주도라고 불렀다. 군졸과 편장이 조금만 비위를 거슬러도 김진이 반드시 매질하고 욕보이니 군사들은 원망하고 분개하였다. 이런 자가 왜적의 침입을 제대로 막을 수는 없을 것이었다. 1376년 12월 왜적이 합포의 영을 불태우고 침입해 오자 군사들은 싸우려고 하지 않고 도리어 반문했다.

"우리들이야 무엇을 할 수 있겠습니까? 원수께서는 소주도로 하여금 적을 공격하도록 하시지요."

병사들이 명을 따르지 않음에 김진은 저 혼자 살겠다고 도망쳤고 고려 군사는 대패하게 되었다. 양주와 울주의 두 고을은 물론이고 의창, 회원, 함안, 진해, 고성, 반성, 동평, 동래, 기장 등의 현까지 도륙당하며 싯뉇렸디.

왜구에 의해 국토가 유린되고 있으니 시급히 그 조치를 취해야 하건만 새로운 실력자로 등장한 지윤은 도리어 조정에 칼바람을 일으키고 나왔다. 익비의 문제를 거론하고 나온 것이었다. 홍륜의 자식을 낳은 익비를 어떻게 처리할 것인가의 문제였다. 공민왕의 시해와 관련된 자제가 외척과 조정 대신들과 연관되는지라 이를 거론함으로써 그들 세력을 제거하기 위한 술책이었다. 집의 김승득과 헌납 안정 등이 연명으로 상소하였다.

"선왕을 시해한 자의 자식을 낳은 익비를 국문하고, 그 딸을 죽이시옵소서."

"익비를 국문하는 것은 선왕의 잘못을 드러내는 것입니다."

우왕은 익비의 국문을 허락하지 않았다. 그러나 그 딸은 죽일 수밖에 없었다. 정적을 제거하기 위한 서막이 열어지자 자제위의 인척들에 대한 처벌로 확산되었다. 원래의 목적이 바로 여기에 있었다.

"최만생과 홍륜의 부모와 처자, 형제를 베고, 그들의 친숙질과 당형제는 벼슬을 삭탈하고 멀리 유배하여 영원히 서용하지 마시옵소서."

"대역의 적은 최만생과 홍륜뿐만이 아니옵니다. 홍관과 권진, 한안, 노선 등의 부모와 처자, 형제, 친숙질, 당형제에게도 아울러 일체로 시행함이 마땅할 것이옵니다."

이것은 주되게 명덕태후를 기반으로 한 경복흥 세력을 겨냥한 것이었지만, 일정하게 이인임 세력을 겨냥한 것이기도 했다. 이인임은 공민왕 시기의 조정 대신들과 일정하게 이해관계를 같이

314

하는 세력이었다. 이인임과 경복흥을 겨냥한 것은 다른 한편으론 장씨의 세력들이 우왕을 끌어안고 그들의 세력을 공고히 쌓으려는 술책이기도 했다. 어린 왕이 즉위한 초기에 외척들이 발호하는 것은 충목왕와 충정왕 시기에서도 익히 보인 바였다. 유모 장씨는 생모인 한씨가 죽고 없어 우왕의 어머니나 다름없었으니 외척 역할을 하고 있는 꼴이었다.

수시중 이인임, 찬성사 목인길, 평리 변안열, 정당문학 홍중선, 판밀직 왕안덕, 밀직부사 우인열 등이 반론하고 나왔다.

"적신의 부형을 모두 이미 먼 곳으로 유배 보냈으니, 청컨대 그 죽음만은 면하게 하시옵소서."

우왕은 받아들이지 않았다. 목인길이 다시 말했다.

"신이 선왕을 따라가 원 조정에 11년이나 있었지만, 지아비의 죄를 가지고 아내를 죽였다는 말은 듣지 못하였사옵니다."

목인길의 간언에 최만생의 아내는 이미 죽었지만 홍륜의 아내는 죽음을 면하게 되었다. 그렇지만 홍륜의 아비 홍사우와 형 홍이, 한안의 아버지 한방신과 형 한휴, 아우 한열, 권진의 아비 권용과 형 권정주, 노선의 아비 노진과 형 노정, 아우 노륜, 홍관의 아비 홍사보와 아우 홍헌을 베고, 홍륜 등의 친숙질과 당형제를 유배시켰으며, 최만생과 홍륜은 수악이라 하여 이모와 고모의 아들들도 아울러 유배 보냈다.

홍사우는 홍륜의 아버지이자 홍언박의 아들인데, 1373년 2월에 경상도 도순문사로 있을 때 천여 명의 왜구를 격멸한 유능한 관리였다. 사람됨이 청렴하고 부지런하여 아전이 두려워하고 백성이 마음속으로 사모하는 인재였다. 자식 홍륜이 불초한 것을 알고 매우 걱정하였다. 홍륜이 아첨을 잘하여 여러 내수들보다 공민왕의 총애를 받게 되자 여러 번 주청하였다.

"홍륜은 사람의 얼굴을 하고 있지만 심보는 짐승보다 못하니, 원컨대 궁중에 두지 마시옵소서."

전라도 도순문사가 되어서도 장자인 홍이에게 서찰을 부쳐 방자함을 경계토록 하였다. 하지만 임금을 시해한 자의 아버지가 되어 아들 홍이와 함께 죽음을 당하게 된 것이었다. 형을 당할 때 홍이가 울면서 최인철에게 요청했다.

"나를 죽이고 우리 아버지를 풀어 주시오."

홍이의 애원에 홍사우가 나섰다.

"나는 이미 늙었으니 늙은 나를 죽이고 내 아들을 풀어 주시오."

홍사우가 호소하면서 다시 말을 이었다.

"내가 과거에 왜적을 그리도 많이 죽였는데 그 공은 다 어디 갔단 말인가?"

홍사우가 탄식한 후 두 부자가 서로 붙들고 죽었다. 나라 사람들은 그들의 죽음을 애석하게 여겼고, 직접 통치를 받았던 경상도와 전라도의 백성들은 안타까움에 눈물까지 흘렸다.

자제위의 인척들에 대한 대대적인 처벌 사건을 통해 지윤의 세력은 급성장하게 되었다. 우왕은 지윤을 문하찬성사. 윤방언을 밀직제학, 정양생을 대사헌, 김도를 좌부대언, 김승득을 우부대언, 우인열을 경상도 도순문사, 배극렴을 진주 도원수로 임명하였다.

재추의 벼슬을 제수받은 사람만도 59명에 이르렀다. 이때에도 이인임은 권세를 과시하였다. 지윤과 경쟁적으로 자파 세력을 심어 나갔다. 이로 인해 대간과 장수, 수령들은 물론이고 시정의 공장들에 이르기까지 연줄을 타고 제수되지 않음이 없을 정도였다. 연호정(煙戶政)의 인사가 이뤄진 것이었다.

지윤은 재산을 불리는 데에도 일가견이 있었다. 지윤은 고 대사헌 왕중귀의 재산을 가로채고자 그의 아내에게 장가들려고 도모하였다.

지윤은 신돈이 처형당했을 때도 그의 옷가지와 패물을 모조리 차지했다. 신돈의 이복동생인 강을성이 신돈의 당여로 처형당하자 그의 처를 자기 첩으로 삼기도 했다. 강을성이 금을 판도사에 납품했는데 값을 못 받고 죽었기 때문이었다. 지윤은 그 금값으로 포 1,500필을 받아내었다. 신순이 처형되었을 때도 아들 지익겸을 신순의 딸에게 장가들여 몰수된 신순의 집과 재산을 찾아내어 아들에게 주었다. 지윤은 근 서른 명에 가까운 첩을 두었는데, 얼굴은 따지지 않고 재산이 많은 여인만을 취했다.

지윤은 이번에도 왕중귀의 아내에게 수차례 중매를 통해 자기 뜻을 전했다. 왕중귀의 아내가 응하지 않자 직접 무리를 이끌고 그녀의 집으로 찾아갔다. 왕중귀 아내의 비복들이 급히 뛰어 들어가 아뢰었다.

"원컨대 부인은 빨리 피하십시오."

"나는 구차하게 도망가지 않을 것이다."

피하지 않기에 비복들은 왕중귀의 아내가 순종할 것이라고 여겼다. 왕중귀의 아내는 찾아온 지윤을 손님으로 대하며 술을 대접하였다. 지윤은 흡족하게 여기며 그녀와 합방하고자 방으로 들어가려고 하였다. 그런데 왕중귀의 아내가 그런 지윤의 멱살을 잡고는 뺨을 치며 소리쳤다.

"재상으로서 어찌 이런 강포한 짓을 할 수 있단 말이오. 나는 차라리 죽을지언정 따르지는 않을 것이오."

왕중귀 아내의 단호한 행동에 지윤은 심히 당혹스러워하며 물러날 수밖에 없었다. 그렇지만 왕중귀의 아내는 분을 참지 못한 듯 최영을 찾아와 하소연했다.

"지윤이 첩에게 좋은 집이 있는 것을 알고 이를 차지하려고 욕심을 드러내고 있는데, 공께서는 청렴하고 정직하시니 이를 처리해 주실 것이라고 믿겠습니다."

최영은 어이가 없을 뿐이었다. 권신이 사리사욕에 눈멀어 있으니 최영이 왜구의 침구에 철저히 대비하라고 지시하여도 별반 소용이 없었다.

1377년 1월에 들어서자 왜구가 합포의 석두창인 회원창의 품미까지 도둑질해 가기에 이르렀다. 군량이 부족하여 주군에 직품에 따라 쌀을 내게 한 것이 품미였는데, 그걸 약탈당한 것이었다. 1377년 2월에도 왜적이 신평현을 침구했으나 다행히 양광도 도순문사 홍인계가 막아내었다. 그렇지만 왜구가 경양을 침구하고 평택현까지 침입하자 양광도 부원수 인해가 격퇴하지 못했다.

왜구가 발호하자 우왕은 적극적인 대응을 주문하고 나왔다. 신료들에게 일정하게 책임을 물으면서 왕권을 직접 행사하고자 하는 행위이기도 했다. 우왕이 이리 나오는 것은 그만한 조건이 갖춰졌기 때문이었다.

우선 1377년 2월 북원에서 한림승지 패라적을 보내와 우왕의 왕위 계승을 승인한다는 조서를 보내온 것이었다.

이에 앞서 북원에서는 1376년 10월 병부상서 보케테무르를 파견하여 중서우승상 코케테무르의 글을 보내왔다. 북원과 손잡고 명을 치자는 주장이었다. 나하추도 우승 구주 편에 문천식을 돌려보내 왔다. 명과의 싸움에서 밀리자 북원은 고려와의 협력이 절실한 것이었다. 심왕을 고려 국왕으로 세울 힘도 없으니 당연한 귀결이었다. 고려로서도 원과의 교류는 계속 압박을 가해오는 명에게 대항할 외교적 방편이 될 수 있었다. 조정에서는 밀직부사 손언을 북원에 보내 왕위의 계승에 승인을 요청했던 사실을 상기시키면서 왕위 계승 문제로 분란이 일으킨 자들을 압송해 줄 것 또한 요구하였다. 북원과 손을 잡더라도 고려 내정에 개입할 수 있는 여지를 제거해 버리려는 심산이었다.

사헌부에서는 북원과의 관계가 잘 풀어질 조짐이 보이자, 심왕

319

의 변란을 맞았을 때 재상이 머리를 맞대고 전략을 세웠고, 장수들은 의분과 충성을 떨쳐 밤낮으로 진격하여 경계를 섰으니 그 공로에 따라 시상할 것을 요구하고 나섰다. 조정 신료라는 자들이 자기 실익만을 우선 챙기려고 나선 꼴이었다.

하여튼 이 과정을 통해 우왕은 북원으로부터 정식으로 왕위 계승을 승인받게 된 것이었다. 북원은 자신들이 상국임을 분명히 하기 위해 북원 황제가 윤환 등 여섯 명을 평장사로 임명한다는 지시도 함께 보내왔다. 형식상으로야 북원의 속국으로 다시 전락한 처지이기는 하지만, 우왕으로선 이를 통해 왕위 계승에 대한 문제에서 일단 벗어날 수 있게 된 셈이었다.

우왕은 이를 명확히 하기 위해 명의 홍무 연호를 폐지하고 북원 소종의 연호인 선광을 사용하기로 결정하였다. 옥사의 결정은 모두 원 순제의 연호인 지정 연간에 제정된 조례를 따르도록 하였다.

그뿐 아니라 우왕은 주되게 유모 장씨와의 연계를 통한 지윤 세력의 성장으로 자신의 세력을 점차 형성해가고 있었다. 그 힘을 바탕으로 우왕은 자신의 뜻을 밝히고 나선 것이었다.

"양가의 자제로서 활쏘기와 말 타기를 잘하는 자, 군현의 이속으로서 완력이 센 자를 모집하여 왜적을 방어하도록 조치하십시오. 또 여러 관사의 구실아치로서 휴가를 얻어 전리에 내려가 오래도록 돌아오지 않는 자는 관직을 삭탈하고 그 토지를 취하여 전공이 있는 자에게 주도록 하십시오."

우왕의 적극적인 주문에 도당에서도 발맞춰 움직였다. 각 도의 요충지에 방호를 설치해 유민들의 이탈을 방지하고, 연해의 주군들에는 산성을 수축해 방어력을 강화하는 조치를 취해 나갔다.

그런데 우왕이 직접 국정을 챙기려 하면서 조정의 최대 세력인 이인임과 지윤이 서로 갈등을 빚는 양상이 벌어지게 되었다. 그 발단은 전주를 침구한 왜적에 대비하기 위해 누구를 원수로 삼아 보낼지에 대한 문제에서 비롯되었다.

가장 적합한 사람을 뽑고자 논의가 분분했는데, 도당에서 지윤의 아들 지익겸을 보내는 것이 좋겠다고 제기하였다. 자기 아들의 추천에 지윤은 노골적으로 불만을 표출했다. 이건 분명 이인임이 자신을 견제하기 위한 술책이라고 여겼다. 지윤의 반발에 최영과 이인임, 지윤 등이 경복흥의 집에 모여 다시 의논하기에 이르렀다. 하지만 자기 아들을 안 보내려고 마음먹고 있는데, 결정이 내려질 리 만무했다. 결론이 도출되지 못하자, 지윤이 다짜고짜 짜증 내며 목소리 높여 말했다.

"판삼사 공인 최영이 좋겠습니다."

최영은 어처구니가 없어 지윤을 한참 바라보다가 반문했다.

"나는 이미 양광도를 맡고 있는데, 어찌 다른 데를 갈 수 있단 말이오?"

최영의 반박에 이번엔 지윤이 이인임을 향해 책임을 떠넘기듯 말했다.

"시중이 일을 계획해 놓고 결정짓지 못하니, 시중께서 갈 수밖에 없겠습니다."

그러면서 계속 말을 이었다.

"왜적은 다만 변경을 소란스럽게 할 뿐이니 크게 우려할 바는 아니지만, 만일 명의 대군이 정료위에 주둔해 버린다면 도모하기가 어려울 것입니다. 병력을 돌려 정료위를 치는 것만 같지 못하니, 시중의 계책이 그럴 듯해 보이지만 현재로선 고려를 위한 최선의 계책은 아닐 듯합니다."

자기 아들이 원수로 임명되어 전주에 갈 수밖에 없는 상황이 못마땅해 군사 전략적인 문제까지 거론하고 나온 것이었다. 이인임으로선 매우 불쾌하기 짝이 없었다.

"삼재(三宰)가 어찌 그런 말을 할 수 있단 말이오? 당신이 나라의 대계를 잘 세웠으니, 내가 마땅히 물러나 주겠소. 전주는 나라의 요해처란 말이오. 그런데 왜적에 의해 백골이 나뒹굴고 있어 이를 구원하고자 애쓰는 것인데, 삼재가 이 결정을 방해하니 내가 어떻게 일을 도모할 수가 있겠소?"

이인임이 성난 목소리로 말하고는 휑하니 밖으로 나가 버렸다. 경복흥이 뒤따라가 소매를 붙잡고 글썽거리는 목소리로 만류했고, 지윤도 이내 사과하였다.

그러나 이인임은 그 이후로 병을 핑계로 집에 칩거하였다. 지윤도 문 앞을 지나면서도 찾아보지 않았다. 서로 간에 불화가 생긴 것이었다. 나눠가질 수 없는 권력의 생리에 따라 두 세력이 서로 싸우게 된 것이었다. 먼저 이인임의 대문에 익명서가 나붙었다.

"지윤의 문객인 김윤승 등 7, 8인이 문하사인 정목을 사주해 이

322

인임을 탄핵하여 제거하고 지윤을 시중으로 삼고자 한다. 사태가 긴박하니 급히 대처하라. 내 관직은 판사이고, 성은 이씨이며, 이름은 11획이다."

이인임은 처음엔 이 일을 비밀에 부치고 발설하지 않았다. 그런데 대호군 구성로가 또 그런 글을 얻어 이인임에게 보여 주었다. 그제야 이인임은 그 글을 지윤 앞에 내보이며 말했다.

"나하고 공은 교분이 돈독한데, 어찌 이 따위 글이 우리 두 사람을 이간질 시킬 수 있겠소?"

지윤의 의중을 은근히 떠본 것이었다.

"이것은 분명 장령 김상이 쓴 것일 겁니다."

김상은 곧 이인임의 족질이었다. 이인임을 의심하고 있는 지윤의 속내를 드러낸 말이었다.

지윤의 속마음을 파악한 이인임은 지윤을 제거하려는 뜻을 굳혔다. 친명 세력을 제거하는 데는 단순무식하게 밀어붙이는 지윤의 힘이 필요했다. 허나 도를 넘어 조정까지 좌지우지하려 하면서 자기에게까지 도전해 나서는 행위는 봐줄 수 없었다. 명분에 있어서도 밀릴 것이 없었다. 지윤이 자기 아들을 전장에 보내지 않으려고 하다가 이런 사단까지 벌어졌으니 손가락질을 해도 지윤에게 할 것이었다. 이 기회를 철저히 이용해야 했다. 만약 지금 손보지 않아 유모 장씨와 연계하여 우왕의 적극적 지원을 받게 될 경우 도리어 사신이 헤를 당할 우려가 있었다.

이인임은 기회만을 잡기 위해 벼렸다. 마침 좌상시 화지원과 우부대언 김승득이 판전교시사 이열의 집에 모여서 얘기한 것이 포착되었다. 이열과 화지원, 김승득, 그리고 지신사 김윤승은 지윤의 당류로서 지문4걸이라고 자칭하고 있는 자들이었다.

"북원의 사신을 후대하며 갑작스럽게 홍무 연호를 폐지하고 선광 7년으로 시행하는 것은 너무 졸속한 정책이 아니겠소?"

대륙의 정세가 유동적인 상황에서 한번쯤 따져볼 사안이었다. 하지만 이인임은 그런 것은 안중에 없었다. 지윤을 제거하기 위한 방편으로 삼기 위해 조정의 정책을 비방했다는 명목으로 이열과 화지원, 김승득을 순위부에 하옥시켰다.

"너희들이 근자에 이열의 집에 모여 숙의했던 것을 다 알고 있다. 어떤 문서를 만들어 임금에 대한 모략을 꾸몄는지 이실직고하라?"

"명과 원의 전쟁이 아직 끝나지 않아 천하가 한창 어지러운 터에, 선왕께서 정한 홍무의 연호를 따르지 않고 갑자기 북원의 선광 연호로 바꾸는 것은 너무 졸속한 일이 아닌가 하고 이야기만 나누었을 뿐, 문서를 통해 공표한 것은 아닙니다."

이미 처벌하기로 작정한 이상 그런 말은 통하지 않았다. 조정의 엄연한 실세는 이인임이었다. 우왕의 생모 한씨(순정왕후)의 친척인 한략도 지윤의 일당으로 지목되어 수감되었으며 김상도 국문을 받았다.

이열과 화지원, 한략은 곤장을 친 후 유배에 보내졌다. 김승득은 우왕의 생모인 순정왕후의 무덤을 봉한 관리라 장형은 면제하고 유배에 처했으며, 김상 또한 유배 보냈다. 지윤의 최측근인 김윤승까지는 처벌하지 않았다. 거기엔 지윤의 돌출적인 행동을 유발시켜 지윤까지 완전히 엮어내기 위한 이인임의 올가미가 숨겨져 있었다.

지윤은 이인임의 칼날이 자기를 겨냥하고 있음을 알았지만, 아직은 때가 아니라고 여기며 이인임을 찾아갔다.
"내가 만약 공을 음해하려 했다면 반드시 천벌을 받을 것입니다."
지윤이 화해를 청했지만 이인임은 뜨뜻미지근하게 나왔다. 이인임으로선 명분에서도 우위에 선 이 싸움에서 끝장을 봐야만 했기 때문이었다. 여기서 온정을 베풀었다간 그 다음은 어찌 될지 기약할 수 없는 일이었다.
이인임의 태도에 지윤은 아들 지익겸을 시켜 최영에게 구원을 요청했다. 허나 최영은 개입하고 싶은 생각이 추호도 없었다. 둘 다 그의 마음에 들지 않기는 마찬가지였다.
최영의 거절에 지윤은 최영도 이인임과 한통속이라고 여기고 자신의 신변을 엄중히 경비하도록 조치했다. 어리석기 짝이 없는 행동이었다. 상황이 불리하면 더욱 몸을 낮춰야 하건만 그리 처신하지 못한 것이었다.
지윤은 당장 대결하는 것은 불리하기에 싸움을 회피하려 했다. 하지만 출세글 딤히는 가듣은 이 기회를 놓치려고 하지 않았다. 대세가 이인임에게 유리하게 흘러가자 장령 강은은 이인임 편에 붙어 김윤승 등이 붕당을 맺고 주색에 빠져 있다며 탄핵하고 나섰다. 김윤승은 위협을 느끼고, 그날 밤 지윤을 찾아가 아뢰었다.

"화지원과 김승득, 이열이 모두 유배당해 공의 심복이 다 제거되었는데, 이제 저까지 탄핵하니 장차 화가 공에게 미칠 것입니다. 빨리 대책을 강구하셔야 합니다."

지윤은 한숨을 내쉬지 않을 수 없었다. 하지만 동의하지 않을 수 없었다. 실상 그들은 이미 그 전부터 그런 논의 등을 해오고 있었다. 김윤승은 지윤에게 시중이 되라고 여러 번 권유했다. 그때마다 지윤은 고개를 저었다.

"이인임이 버티고 있는 데다, 내 운수는 무오년에야 트일 것이야."

"운수가 정말 트인다면 뭐 때문에 무오년까지 기다릴 필요가 있겠습니까? 제 계책을 듣기만 하면 될 것입니다."

김윤승은 지윤을 설득하면서 다시 말을 이었다.

"황상은 결단력이 없으니 형식상 좌시중으로 삼는 것이 좋겠고, 공은 수시중, 지익겸은 응양군 상호군, 화지원은 대사헌, 김윤승은 정당문학, 김승득은 첨서 밀직을 맡기는 것이 좋을 것입니다."

이런 논의는 옛날 일이었고, 긴박한 작금의 상황은 가만히 있다간 그대로 당하게 될 처지였다. 그토록 시간을 끌며 기회를 엿보려고 하였건만 어쩌다 막다른 지경에 몰리게 되었는지 긴 한숨만이 나올 뿐이었다. 지금으로선 이판사판으로 선제공격만이 살길이었다. 지윤은 김윤승과 대책을 숙의하고 나서 결론을 내렸다.

"내일 내가 주상께 청하여 자네를 불러 업무를 계속 보게 하고, 경복흥과 이인임을 정방으로 불러내겠네. 자네가 그때 주상께, 인사이동에 관한 일인데 시중이 들어오려 하지 않으니 주상께서 친히 비목을 내리시라고 주청하게. 왕명으로 나를 부르면 내가 들어가 경복흥과 이인임을 파직시키겠네. 그러면 저들은 필시 집으로 돌아갈 것이네. 그때 나는 다시 주상께, 경복흥과 이인임은 역적 홍륜의 친척으로써 주상께서 그 일족을 처단한 것에 불만을 품고 반역을 도모하고 있으니 속히 군사를 동원해 체포하라고 주청하겠네."

이인임 일당을 제거하기 위한 계획이 정해지자 지윤은 자기 아들 지익겸을 자기편이라고 여긴 목인길에게 보냈다.

"이인임이 우리 부친을 모해하니 부친이 돌아가시면 그 화가 저에게 미칠 것이고, 제가 죽으면 그 다음은 족부 차례가 될 것입니다. 내일 아침에 은밀하게 목충파와 목충연 등의 용사들을 궁문으로 모이게 해 주십시오."

목인길은 우선 고개를 끄덕이고는 조심스럽게 물었다.

"이인임만 처단하는 것이냐?"

"아니지요. 경복흥, 최영, 이희필, 이림, 도길부 등 죄다 쓸어 버려야지요."

이번 기회에 조정의 권력을 완전히 장악해 버리자는 지익겸의 대답에 목인길은 대경실색하지 않을 수 없었다. 이건 조정의 모든 대신늘을 싱내로 히는 싸움이었다. 아무리 봐도 승산이 없어 보였다. 그런 데에 자기 목숨을 걸 수는 없었다. 목인길은 즉시 이인임 등에게 달려가 그 내용을 알렸다. 그에 따라 모두들 안전한 곳으로 피신해 사태를 관망하였다.

지익겸은 원래의 계획대로 교주도의 군사 20여 명을 몰래 데려다가 이인임의 동정을 살피게 했다. 지윤은 다음 날 도당에 들러 경복흥과 이인임을 향해 말했다.

"김윤승이 지금 동지공거로 대간의 탄핵을 받고 있기는 하지만, 만약 다른 사람으로 교체하면 관리의 선발이 지연될 것이고, 그러면 농번기로 접어들게 되니 그냥 일을 계속 보게 하는 게 좋을 것 같습니다."

이미 지윤의 계략을 눈치 채고 있는지라 경복흥은 지윤이 없는 틈을 타 최영과 의논하고자 손쉽게 대답하였다.

"그러면 공이 대궐에 들어가 주상께 직접 아뢰는 것이 좋을 듯하오."

지윤은 대궐로 들어가 왕명으로 대간을 불러 김윤승에게 계속 직무를 보라고 전달하게 하였다. 그때 지평 이길조 등이 지윤을 탄핵하는 상소를 올리려고 하였다. 이인임 등의 반격이었다.

"지윤이 널리 당파를 심어놓고 권세를 마음대로 휘두르면서 총재 등을 살해하고자 음모를 꾸미고 있사옵니다. 김윤승은 지윤의 심복으로 필시 그 음모를 알고 있을 것이니 그를 하옥시켜 국문하게 하시옵소서."

상소문이 우왕에게 막 올라오는 찰라 지윤이 김윤승과 약속한 대로 우왕에게 청을 올렸다.

우왕은 사전에 아무 통보도 없이 갑작스럽게 재상들의 파직을 요구하는 지윤의 주청에 적잖이 당황스러웠다. 아무리 봐도 지윤 자신의 사적 감정으로 처리하려는 것이었지 대의명분이 있어 보이지 않았다. 게다가 자신이 지윤을 적극 지원한다고 해도 조정 대신들의 전부라고 할 수 있는 세력을 상대로 싸움을 거는 것은 무모한 짓으로 보였다. 우왕은 허락할 수 없었다.

여러 번의 주청에도 우왕이 꿈쩍 않자 지윤은 일의 성사가 틀어졌음을 직감할 수밖에 없었다. 그의 낯빛은 어둡게 변해갔다. 허나 내친걸음을 걷지 않을 수 없었다. 지윤은 사람을 보내 이인임을 정방으로 오라고 청하였다.

이인임과 경복흥, 최영 등은 이미 지윤의 움직임을 파악하고 있는 터라 이희필과 변안열, 도길부, 박임종, 조민수, 양백연, 임견미, 목인길 등과 함께 우왕에게로 몰려갔다. 그리고 지윤의 모반을 고발했다.

우왕은 지윤을 불러들였다. 지윤은 이리 돌아가는 사태 파악도 못한 채 여전히 일당인 빈천익 등 20여 명으로 하여금 무장하고 대궐 밖에 모이게 한 후 이인임 등이 나올 때를 기다렸다가 격살하라고 지시하고서는 궁궐 안으로 들어왔다.

목일길이 우선 우왕에게 보고하였다.

"늙은 저희들이 갑작스런 변란을 듣고도 보고하지 않았으니 저희들 역시 죄가 있사옵니다. 건번에 지윤이 지익겸을 시켜 신에게 감사를 달라고 요청한 바, 그 속마음을 알 수 없사옵니다."

지윤이 큰 목소리로 화답하였다.

"그런 일이 있었사옵니다. 경복흥과 이인임, 이림은 홍륜의 처족이며, 이희필은 홍륜의 장인으로, 소신이 역당들을 처치하려 하자 장차 신을 죽이려 하기에 갑사를 데려다가 대비하려 했을 뿐이옵니다."

최영은 칼을 차고 눈을 부릅뜨고 있었다. 그것을 본 지윤이 무릎걸음으로 그 앞에 다가가 칼을 빼앗으려 하였다. 최영은 칼집을 잡은 채 몸으로 우왕을 보호하며 말했다.

"신하로서 임금에게 무례하게 굴면 나라에서 정한 형벌을 받게 되는 법, 과연 두 시중만 죽이려고 했소이까?"

"어찌 시중뿐이겠소?"

지윤이 이미 볼 장 다 봤다는 듯 성난 목소리로 그 자리에 있는 다른 재상들까지 차례로 손으로 가리키며 계속 항변했다.

우왕은 나이가 어렸지만 너무 어이가 없었다. 어찌 저런 식으로 엉성하게 일을 꾸미며 대사를 도모할 수 있겠느냐는 한심스러움이었다. 우왕이 지윤을 향해 꾸짖는 듯 빨리 나가라고 명했다. 그러자 지윤이 따져 물었다.

"주상께서는 어째서 신만 먼저 나가라고 하시옵니까?"

지윤의 항의에 우왕이 다시 말했다.

"경들도 차례로 나가시도록 하세요."

지윤은 화가 난 양 소매를 떨치고 불쑥 나가서는 대궐 문에 이르자 말에 오르려 하였다. 이때 중랑장 환천우가 지윤의 종을 제압하고 그 말을 빼앗았다. 임견미는 지윤을 붙잡고 순위관의 도착을 기다렸다. 지윤은 좌우를 살피며 칼을 찾았으나 구할 수 없었다. 결국 지윤과 김윤승은 순군옥에 하옥되었고, 지익겸은 거사가 실패했음을 알고 몸을 피해 달아났다.

지윤은 모든 것을 포기한 듯 작은 목소리로 임견미에게 부탁했다.

"그대와는 친분이 있으니 빨리 죽여주면 좋겠다. 내가 죽으면 그대 역시 뒤따르게 되리라."

도당에서는 지윤과 그 일당을 수감한 후 궁중을 엄히 경비하게 조치했다. 지익겸의 모친과 처, 그 일당인 빈천익, 판사 고여의, 판서 최혁성, 전객령 황숙진, 김리, 김밀, 진금강, 홍자안, 이용길, 이종언, 이을화, 이광, 장덕현, 김종, 이양진, 안사조 등을 옥에 가두었다. 지익겸은 모친이 체포되었다는 소식에 다음 날 스스로 자수하여 투옥되었다.

최영이 지윤과 김윤승, 지익겸을 문초했다. 세 사람 모두 대신들을 살해하려 한 사실을 자백하므로 사형에 처해졌다. 빈천익과 최혁성, 고여의 등 20여 명도 목 베었으며, 지윤의 첩 12명과 지익겸의 첩 7명, 김윤승의 첩 2명을 유배 보내고, 김밀, 지금강, 이용길, 이종언, 이을화, 장덕현, 김득수 등 7명은 장을 가한 후 유배에 처했으며, 김리와 안사조, 송신기 등은 그냥 유배 보내고 나머지는 모두 석방했다. 아울러 민지 유배에 처했던 화지원과 이열, 김승득 또한 사형에 처해졌다.

10

고군기의 죽음과 화통도감의 설치

지윤 세력의 제거는 우왕이 왕위에 오른 이후 권력을 장악한 권신 세력들 간의 분열 대립 과정에서 발생한 것이었지만, 그 이면에는 우왕과 대신들 간의 갈등이 숨어 있었다. 우왕은 유모 장씨와의 연계를 통해 은근히 지윤 세력을 지원하며 왕위의 안정을 도모하려 하였지만, 그만 그 세력이 대거 몰락한 것이었다.

이 사태를 처리한 후, 도당에서는 우선 대외적 관계를 안정화시키기 위해 삼사좌사 이자송을 북원에 보내 왕위 계승을 승인해주고 좌승의 직책을 내려준 데 대해 사의를 표하게 했다. 아울러 예의판서 문천식을 답방으로 파견해 요동의 승상 나하추에게도 선물을 보내게 했다. 최영은 문천식에게 넌지시 부탁하였다.

"만약 나하추가 지윤에 대해 묻거든, 병으로 죽었다고 대답하시구려."

서로 권력 다툼이나 벌이는 고려 내부의 치부 사정을 북원이 알지 못하게 하라는 요구였다. 문천식은 그 뜻을 받아들이면서 최영에게 요청하고 나왔다.

"제발 공께서는 이 같은 난리가 다시는 일어나지 않도록 해 주십시오."

문천식의 부탁에 최영은 부끄러움에 절로 얼굴이 화끈거려 왔다. 고려에서 가장 시급한 사안은 왜구의 침구를 막는 것이었다. 그런데 권신들이 서로 권세 싸움이나 하고 있었으니 한심스럽기 짝이 없었다. 최영은 대신의 한 사람으로서 이 일에 책임을 지고 노환을 이유로 들어 사직을 청했다. 더 이상 권신들이 자기 욕심을 채우기 위해 권력 다툼을 벌이는 것을 다시는 보지 않겠다는 뜻이었다. 허나 우왕은 사직을 허락하지 않았다.

왜구의 침구에 대해 조정에서 강력하게 대처하지 못하자, 1377년 3월 왜구가 밤에 착량에 침구해와 고려의 전함 50여 척까지 불태우며 격침시켜 버렸다. 화염에 휩싸인 전함으로 인해 바다가 대낮같이 환했으며, 1천여 명에 이른 병사까지 죽음을 맞이하였다. 최영의 명을 손광유가 듣지 않고 어긴 것 때문이었다. 최영은 손광유에게 전함 50여 척을 지휘하게 하면서 재삼재사 주지시켰다.

"착량의 강어귀에서 군사의 위세만 과시하고, 절대로 바다로는 나가지 말라."

그런데 손광유는 착량을 벗어났다가 돌아오지도 않고 술을 잔뜩 퍼마시고는 곯아떨어져 잠이 든 것이었다. 수전에 약한 고려가 왜구의 기습을 받아 대패한 것이었다.

왜구가 그 승리의 기세로 강화부를 침구하니 만호 김지서와 부사 곽언룡이 맞붙을 생각은 하지도 못하고 마리산으로 도주하였다. 적들은 맘껏 노략질하고 김지서의 아내를 사로잡아 갔고, 고을 이서의 세 처녀는 왜적을 만나자 몸을 더럽히지 않으려고 강으로 뛰어들어 빠져 죽었다.

왜구의 침탈 만행에 분노한 판개성부사 나세가 군사를 이끌고 직접 강화에 들어가서 왜적을 격퇴하겠다고 청했다.

우왕은 그 뜻을 장하게 여기고 구마 2필을 내렸다. 나세와 이원계, 강연, 박수년, 조사민을 보내어 강화의 왜적을 치게 하고, 6도도통사 최영은 승천부에 머물러 방비하게 하면서 각도의 군사들을 차출토록 하였다. 아울러 삼사좌사 이희필을 동강 도원수로 삼고 목인길과 임견미 등 11인을 부원수로 삼아 수성 도통사 경복흥의 지휘를 받게 하였으며, 의창군 황상을 서강 도원수로 삼고 이성계와 양백연, 변안열 등 10인을 부원수로 삼아 경기 도통사 이인임의 지휘를 받게 하였다.

고려에서 전선을 구축하며 점차 방어진을 형성하자, 왜적들은 강화에서 물러나 수안, 통진, 동성 등을 침구하며 지나는 곳마다 싹쓸이하였다. 동성에 이르러서 그들은 서로 지껄이며 껄껄거렸다.

"아무도 막아 나서는 자가 없으니, 이 땅은 참으로 낙토로구나."

최영은 경천역에서 숙영하면서 경복흥, 이인임 등과 방어 작전을 짜다가 서러움에 목이 메었다. 왜구의 침구가 격렬하게 전개될 것을 예측했지만 권력 다툼이나 벌이다가 실질적인 대책을 세우지 못해서 겪게 된 환란이었다.

"왜구가 이토록 제멋대로 활개 치니 원수 된 몸으로 면목이 없소이다."

탄식이 절로 나오면서 최영의 눈에서는 눈물이 줄줄 흘려 내렸다. 최영이 다시 말을 이었다.

"손광유가 나의 지시를 어겨 적들이 이처럼 함부로 날뛰게 만들어 버렸소이다. 게다가 적들이 애초 강화부를 침구해 강을 점거했는데도 안집사가 적이 퇴각했다고 허위 보고한 탓에 관군의 대응이 늦어지게 된 것이오. 만약 일찍만 보고되었다면 적들은 우리 안에 갇힌 범과 같았을 것인데……."

최영은 분통해하며 왜구를 어떻게 격멸할 것인가에 고뇌하였다. 하지만 원수 석문성은 전장에 와서도 노래 잘 하는 기생이 왔는가에만 관심을 가지는지라 사람들로부터 한탄을 자아냈다.

강화에서부터 개경을 위협하는 왜적들을 방어하기 위해 분주한 터에 경상도 원수 우인열에게서 급보가 올라왔다.

"대마도로부터 오는 수많은 적선들이 바다를 뒤덮었다고 정찰병이 보고하기에 군사를 보내 요충기를 나눠 지키게 하였사오나, 왜적의 군세가 너무 강한지라 방어할 곳은 많고, 한 도의 군사로

335

는 역부족이옵니다. 급히 조전원수를 파견해 주시옵소서."

개경을 방어하기에도 겨를이 없을 지경인데 남쪽에서 대군이
몰려온다는 소식에 최영은 놀라지 않을 수 없었다. 이건 나라의
심각한 위기 상황이었다. 지금으로선 수도 근처인 지역을 안정화
시킬 때까지 경상도의 자체 병력으로 어떻게든 시간을 끌며 버텨
내기만을 바라야 했다.

최영은 어려운 와중에도 파괴된 전함을 보충하고자 하였다. 전
함이 있어야만 왜적을 바다에서 격멸할 수 있었다. 왜적을 막기
에도 벅찬 판국에 전함을 건조하려 든다고 사람들은 노골적으로
불만을 표시했다. 최영은 애써 불만을 누르며 강력하게 밀고 나
갔다. 지금 당장의 편의를 위해 전함의 건조를 포기한다면 왜적
을 물리칠 길이 없었다. 왜적이 바다로 나가면 그들을 멀거니 지
켜볼 수밖에 없을 것이었다. 아무리 어렵더라도 왜적을 적극적으
로 격파하고 침구 자체를 끊으려면 전함의 건조를 한시도 미룰
수 없었다.

최영은 여러 도의 군사들을 동원하고, 또 승도까지 모집하려고
승록을 불렀다. 승록이라고 했지만 최영이 부른 이들은 사실상
재가화상이었다. 불자가 아니었지만 머리를 깎았기에 화상이라
고 불렀고, 속인처럼 지냈기에 재가를 붙인 것이었다. 이들은 자
기들 나름의 질서를 지키며 고구려의 조의, 선인의 전통을 따르
려고 하는 자들이었다. 허나 고려에서 불교가 왕성하게 퍼지다
보니 그런 전통 또한 많이 허물어진 상황이었다.

"재가화상들은 왜적의 침략을 막으려는 뜻이 진정 있는 것이오?"

최영의 물음에 재가화상들은 단호히 대답했다.

"나라에 우환이 없어야 재가화상들 또한 편안히 지낼 수 있습니다. 나라에 변고가 있는데 재가화상인들 어찌 홀로 편안하겠습니까?"

"내가 옛날 6도도통사로 있으면서, 전함 8백여 척을 대대적으로 건조해 왜구를 완전히 소탕하려고 마음먹었소. 하지만 여러 반발에 직면해 근근이 건조해왔는데, 그것마저 이해 등이 선왕께 외람되게 청해 그 전함을 나누어 지휘하다가 결국 패전했고, 손광유는 착량의 강어귀에서 전함을 지휘하다가 단 한 차례의 왜적을 만나 거의 다 불에 태워 먹어 버렸소. 이제 다시 건조하려고 하나 백성들을 사역시킬 수 없으니 재가화상들에게 이 일을 맡기고자 하오. 당 태종이 고구려를 침략하자, 고구려에서는 조의, 선인 3만 명을 동원해 적들을 격파하였소. 지금 만약 전함을 건조해 왜구를 막을 수 있다면 그 공적이 어찌 적다고 할 수 있겠소?"

최영은 신신당부하면서도 만약 징집을 회피하는 자가 있으면 군법으로 처벌하라는 명까지 엄히 하달했다.

도처에서 왜구의 침구가 기승을 부리는 가운데 강화 만호 김지서가 또 구원을 요청해 왔다. 왜적들이 부녀자와 재물을 덕적도에 실어다 두고 다시 배 37척으로 침구해 왔으니 지원병을 보내달라는 것이었다. 어떻게든 막아내려고 노력하지는 않고 무조건 지원만 요청하는 김지서의 행위에 최영은 분통이 터져 나왔다.

"너의 강화부에 있는 기병 1천여 기는 어디에 쓸 작정이냐? 적이 너의 처를 빼앗아가도 힘껏 싸우지 않고 멀뚱멀뚱 보고만 있다가 강화부가 함락되고 말았다. 지금 또 군사를 요청하니 적들에게 넘겨주자는 심산인가?"

최영은 지원 요청을 거절하며 다시 재상들을 향해 말했다.

"먼 지방의 지휘관들에게는 병력을 넉넉하게 주지 않고도 집결에 조금이라도 늦으면 즉각 군법에 회부하고 있는 실정이오. 그런데 수도 근처에서 큰 전함 50척과 전투병 1천여 명을 거느리고서도 싸워 보지도 않고 패주한 자를 어찌 그냥 둘 수 있겠소? 또 적들이 강화부로 들이닥치자 부대를 내버려 둔 채 재빨리 강을 건너 도주해 고을을 완전히 황폐하게 만든 자를 어찌 문책하지 않을 수 있단 말이오? 이들의 책임을 묻지 아니하고 풀어준다면 어떻게 전군을 통솔할 수 있겠소이까? 내가 단죄하고자 하나 다만 함부로 사람을 죽인다는 말을 들을까 봐 걱정되는 바이오."

최영은 우왕에게 죄를 다스릴 것을 청하여, 손광유와 김지서, 곽언룡을 옥에 가두고, 이희춘을 강화 만호로, 김인귀를 강화 부사로 임명하였다.

왜구에 대한 경계를 강화하는 가운데, 마침 어린 남자애가 적진에서 도망쳐오자, 장수들이 불러 적의 동태를 물었다.

"왜구들은 자신들이 두려운 바는 오직 머리가 하얗게 센 최 만호뿐이라고 하였습니다."

왜적들은 최영 장군만 두려워하고 나머지 장수들은 무인지경

338

을 가듯 휩쓸고 다닌 것이었다.

최영은 강화의 방어를 강화하기 위하여 우왕에게 건의하였다.

"교동과 강화는 전략적 요충지인데, 권세가들이 다투어 토지를 점유하는 관계로 군수 물자가 조달되지 못하고 있사옵니다. 청컨대 사전을 혁파하여 군량으로 보충하게 하시옵소서."

최영의 의견에, 교동에 거주하는 늙은이와 어린아이들을 내륙 지역으로 옮긴 후 장정만을 남겨두고 농업에 종사하게 하였다. 또 원수들에게 종사 10인을 내게 하고, 애마와 위사, 궁사, 창고에 소속된 사람을 징발하여 군사로 삼아 강화부를 지키게 하였다. 아울러 판군기감사 이광보를 시켜 전함을 하루빨리 건조하도록 독려하게 하였다.

우인열의 보고대로 1377년 4월부터 왜적은 대대적인 병력으로 울주와 계림을 침구하며 공격해왔다. 우인열은 울주에 침구한 적을 공격하여 9명의 목을 베었다. 김해부사 박위도 황산강 어귀에서 왜적을 쳐서 29급을 참수하였다. 기습전을 전개하여 얻은 소득이었다. 허나 역량상의 차이로 계속 밀릴 수밖에 없었다. 왜적은 울주와 양주, 밀성 등지를 불사르고 거의 모든 재물을 쓸어갔다. 조정에서는 부랴부랴 지밀직 이림을 경상도 조전원수, 왕빈을 안동도 부원수, 최공철을 강릉도 원수로 삼아 파견하였다.

밀양까지 밀려난 우인열은 다시 맞붙어 싸웠으나 패배해 전객부령 최방우 등 여러 명이 전사했다. 영산에 침구한 왜구가 험한 지형에 웅거하자 우인열과 부원수 배극렴이 나아가 공격했으나 전세가 여전히 유리하지 못했다. 율포에서도 싸워 적장과 사졸 십여 명의 목을 베고 말 60여 필을 노획했으나 고려군에서도 많은 사상자가 발생했다.

우인열이 압도적으로 우세한 대병력을 상대해 밀리면서도 한 달 이상을 버텨낸 것은 고려가 재반격할 수 있는 시간을 벌어주었다. 우인열이 그리할 수 있었던 것은 공정하게 처사하며 끊임없이 싸움을 독려했기 때문이었다. 우인열은 매 전투에서 적의 말과 병장기를 노획할 때마다 공이 있는 자에게 나누어 주었다. 전투에 임해서도 앞장서서 독려하자 군사들이 죽음을 무릅쓰고 싸웠다. 허나 중과부적의 사태는 점차 한계에 직면하고 있었다. 왜적이 밀성을 침구해 노략질하고 보리를 빼앗아 배에 실으면서 무인지경을 가듯 횡행했다. 안동 조전원수 왕빈이 공격해 물리쳤으나 그 피해는 커져만 갔다.

경상도 지역에 지원 군사를 보내려면 하루빨리 강화도와 개경 지역의 전투를 마감지어야 했다. 강화 지역을 휩쓸었던 왜적들이 서강으로 침구해오자, 최영은 곧 포위망을 형성해 내도록 지시하였고, 전열이 갖추어지자 마침내 공격 명령을 내렸다. 최영과 변안열의 군사들의 대대적인 공격 앞에 왜적들은 발악하며 대적해 왔으나 죽음을 면치 못했다. 조정에서는 왜적들이 서해도의 북쪽으로 침입할 것을 대비해 밀직부사 경의를 서경 도순문사 겸 서북면 부원수로 임명하여 대비케 하였다.

그런데 왜구와의 전투가 끝나지도 않고 경상도 지역에선 왜구의 침입으로 국토가 유린되고 있는 상황에서 최영 휘하 장교인 이인무 등 30여 명이 승천부와 서해도의 싸움에서 전공을 세웠지만 벼슬과 상을 받지 못했다고 호소하고 나왔다. 최영은 기가 막혔다.

"왜적을 막는 것이야 장수로서 당연한 본분이거늘, 어찌 분수에 넘치게 상을 바란단 말이냐?"

최영은 단호하게 말하며 모두 사평부에 가두었다. 우왕이 용서하라고 명하였으나 최영은 공이나 바라는 장수를 그대로 봐줄 수 없다고 주장하였다. 이런 자들은 정말 나라가 위기에 처하면 제 목숨 살려고 도망이나 칠 자들이었다. 더욱이 경상도 지역에서 왜구에 의해 국토가 유린되고 있는데, 전공 잔치나 벌인다는 것은 가당치 않는 짓이었다. 그리되면 경상도 지역의 군사들에게 싸움을 독려할 명분 또한 없어지는 것이었다. 그런데도 우왕은 계속 풀어주라고 요구하고 나왔다.

"내가 용서하고자 하는데 경은 어찌 이리 억지를 부리십니까?"

우왕의 고집에 최영은 부득이 그들을 풀어줄 수밖에 없었다.

강화와 개경 지역에서 한숨 돌리게 되자, 마침내 1377년 5월 경상도 지역에 병력을 적극 지원하기 위해 나섰다. 화령 부윤 이성계, 삼사우사 김득제, 기민직사사 이림, 밀직부사 유만수를 조전원수로 임명해 파견하였다.

341

최영은 군대를 사열하다가 전투 중인데도 대오가 정렬되지 않음에 화가 치솟았다. 평시에도 마찬가지지만 치열하게 전투가 전개되는 중에는 특히나 군기가 엄정해야 하고 상벌이 명확해야 했다. 최영은 우왕에게 해당 부대의 지휘관을 처벌해 달라고 요청했다.

우왕의 대답은 도통사께서 이미 많이 죽이지 않았느냐는 힐책이었다. 그리고는 며칠 뒤에 우왕은 순위부에 교서를 내렸다.

"손광유와 김지서, 곽언룡의 죄는 군법으로 다스려야 마땅하나, 지금 가뭄이 심하니 모두 사형을 감해 주고 가산을 몰수한 후 먼 곳으로 유배 보내도록 하라."

최영의 입에서는 탄식이 절로 나왔다.

"김진과 손광유 등은 모두 군법을 어기고 패전하여 백성들에게 극악한 고통을 안겨준 자들이니 당연히 처형해 조리돌려야 하건만. 지난번에는 법을 어겨가며 김진을 용서하더니 지금 다시 손광유 등을 풀어주니 형법이 이런 식으로 집행되어서야 어떻게 나라가 다스려지겠는가?"

우왕은 용서해주는 것도 모자라 김진에게는 아예 옷과 말까지 내려주고 소환하려고 하였다. 이는 묵과할 수 없는 일이었다. 최영은 단호히 나섰다.

"김진은 병사들을 돌보지 않고 적을 보고도 머뭇거리다 패전했으니 목숨이 붙어 있는 것만도 다행인 것이옵니다. 지금 후대하여 소환한다면 뒤에 공을 세운 사람들은 어떻게 대우할 것이옵니까? 상벌은 임금의 큰 권한이오나 선후가 뒤바뀌어서는 아니 되옵니다."

최영의 극력 반대에 우왕은 소환을 중지했다. 절에서는 가뭄으로 기우제를 지내고 치성을 드리기에 한창이었다. 최영은 도당 사람들을 향해 불평을 쏟아 내었다.

"지금 형법의 집행이 문란하여 공이 있어도 상주지 않고 죄가 있어도 형벌을 내리지 않으니 하늘이 어찌 비를 내리겠는가?"

우왕은 왜구의 침구에 개경이 해안 근처라 공격받을 것을 우려하며 내륙으로 천도하려는 의중까지 내비치고 나왔다.

우왕이 수도 이전의 가부를 물었다. 신료들은 마음속으로는 반대했지만 후환이 두려워 찬성을 표시하고 나왔다.

최영은 한숨밖에 나오지 않았다. 이대로 물러설 수는 없었다. 최영은 군사들을 징발해서라도 단연코 개경을 고수해야 한다고 진언했다. 우왕은 최영의 의견을 받아들이지 않고 정당문학 권중화로 하여금 철원에 궁성을 축조하라는 명을 내렸다. 하는 수 없이 최영은 수정안을 올렸다.

"지금 수도를 옮긴다면 농사를 방해하고 백성을 소란스럽게 만드는 것이옵니다. 그뿐만 아니라 왜구들의 침략을 충동질하게 되는 꼴이 되어 더욱 수세에 몰리게 될 것이니 올바른 계책이라 할 수 없사옵니다. 태후의 거처만 철원으로 옮기시고 전하께서는 이곳에 머물면서 진무하셔야 하옵니다."

"태후께서 거치를 옮기시는데, 내가 어찌 홀로 머물 수 있겠습니까?"

우왕이 난색을 표시하자 최영이 다시 말했다.

"태후께서는 연세가 이미 많으시므로 만약 뜻밖의 변고가 생기면 기거가 더욱 어렵게 될 것이옵니다."

우왕이 더 이상 반박하지 못하게 되자 천도는 흐지부지되었다. 우왕은 곧 문하찬성사 홍중선과 정당문학 권중화를 사부로 임명하였다. 우왕의 일차적 관심은 자신의 왕위 안정에 있었다. 이건 꼭 공민왕이 최영의 손을 잡으려고 내밀기 전까지 행했던 모습과 유사하였다. 참으로 답답하기 짝이 없는 노릇이었다.

당장 걱정되는 것은 지원군을 파견한 경상도 지역에서의 왜구와의 전투였다. 정찰병들도 왜적의 배가 바닷가 섬에 숨었다가 나타나는지라 그 병력이 얼마나 많은지를 모르겠다는 것이었다. 우인열은 태산신역에서 왜적을 맞아 싸우다가 적이 퇴각하자, 밤에 정예기병 5백 명을 보내어 사불랑송지에서 급습케 하였다. 궤멸된 적이 배에 오르려고 다투다가 물에 빠져 죽었으며 화살에 맞은 자도 부지기수였다.

1377년 5월 이성계는 경상도 지역을 향해 밤낮으로 행군하는 도중 왜적과 지리산 부근에서 마주쳤다. 2백 보 정도밖에 되지 않는 거리였다. 경상도 쪽의 바다로 들어온 적이 내륙을 통해 여기까지 약탈을 벌이며 진군해 온 것이었다.

대치 중에 왜구의 한 병사가 엉덩이를 내보이며 기세를 과시했다. 이성계는 편전으로 그놈을 곧장 거꾸러뜨렸다. 기세가 꺾이자 이성계는 왜적들을 향해 곧장 공격 명령을 내렸다. 대오가 무너진 적들은 산으로 도망쳐 높은 언덕에 이르러 또다시 진을 치며 대항해 나섰다. 산악 방어전의 전개였다.

칼날을 드러내고 창을 늘어뜨린 것이 마치 고슴도치의 가시 같은 방어막이었다. 그것을 뚫고 올라갈 수가 없었다. 이성계는 비장을 보내 군사들을 이끌고 공격하게 했다. 공격에 실패한 비장이 돌아와서 보고했다.

"바위 벼랑이 높고 험해서 말이 올라갈 수가 없습니다."

이성계가 꾸짖은 후 다시 자신의 둘째 아들인 이방과에게 자기 휘하의 용맹한 군사까지 내어주며 공격하도록 지시했다. 이방과도 역시 돌아와 비장과 똑같이 말했다.

"그렇다면 내가 직접 가 봐야겠군."

이성계가 일어서서는 다시 휘하 군사들을 향해 엄히 명을 내렸다.

"내 말이 먼저 올라가거든 너희들도 내 뒤를 따르라."

이성계는 말에 채찍을 가해 달리다가 잠시 지세를 관찰하며 적들의 동정을 살폈다. 과연 쉬이 접근할 수 없는 방어진의 형성이었다. 적들은 두 번의 후퇴가 이뤄진 뒤라 이번에도 그대로 물러갈 것으로 여기고 경계가 허술해져 있었다. 그 허점을 노린 것이었다. 순식간에 급습이 이뤄져야만 했다.

이성계는 칼을 빼어 칼등으로 말을 후려쳤다. 갑자기 놀란 말이 산으로 올라가자 병사들이 그 뒤를 따라 밀고 당기면서 올라갔다. 그 기세를 몰아 거세게 공격하니 적은 방심하고 있다가 그 대로 밀리면서 벼랑에서 떨어져 죽은 자가 태반이었고, 남은 적 은 군사들에게 의해 섬멸되었다.

황산강에서도 왜구와의 전투가 치열하게 벌어졌다. 김해 부사 박위는 왜선 50척이 김해 남포에 먼저 이르러서 뒤에 오는 적들 에게 비밀스럽게 연락하기 위해 붙인 방을 포착하였다.

"우리 선발대는 바람을 이용해 황산강을 거슬러 올라가 곧바로 밀성을 칠 것이다."

박위는 강 양쪽 연안에 복병을 설치하고서 수군 30척을 거느리 고 적을 기다렸다. 과연 왜선들이 강어귀로 들어오는지라 복병의 공격이 이어지고, 박위 또한 막아 나서며 공격하였다. 불의의 공 격 앞에 왜적은 속수무책으로 당하며 스스로 목 찔러 죽고 물에 몸을 던져 거의 전멸되었다.

경상도 강주 원수 배극렴도 왜적의 괴수인 패가대 만호와 혈전 을 벌었다. 패가대 만호는 큰 쇠투구를 쓰고 손발까지 덮은 갑옷 으로 완전 무장하고서는 보병을 좌우익으로 진을 형성해 공격하 여 왔다. 그러나 앞으로 튀어나오다가 그만 말이 진창에 빠져 허 우적거리기만 하였다. 갑옷의 무게 때문에 쉽게 빠져 나오지 못 한 것이었다. 배극렴이 그 틈을 이용해 공격을 가해 패가대를 죽 이고 왜구들을 몰살하였다.

경상도 방면에서 사태가 진정되어 가는가 싶더니 이번엔 왜적

1백여 기가 남양현과 안성현을 침구하고, 이어서 다시 강화를 침입하여 봉화가 밤낮없이 올라왔다.

왜적은 양광도 바닷가의 주군까지 공격하여 함락시키고 기세를 높였다. 왜구의 적선은 처음 22척이었는데, 고려의 전함까지 빼앗아 많게는 50척에 이를 정도였다. 그런데 나졸들이 고려 전함을 보고 우리 군사라고 하여, 백성들이 그 말을 믿고 대피하지 않아 살상당함이 이루 헤아릴 수 없었다.

왜적은 위장전술도 사용하였다. 왜적은 안성에 들어가 삼밭에다가 군사를 매복시키고는 언덕 위에서 밭 가는 농부처럼 속이게 하였다. 수원 부사 박승직은 양광도 원수 왕안덕과 부원수 인해, 양천 원수 홍인계 등의 세 원수가 도착했다는 말을 듣고는 군사를 거느리고 오다가 밭을 갈고 있는 자에게 물었다.

"적이 물러갔느냐, 아니 물러갔느냐? 지금 세 원수는 어디에 있느냐?"

"적이 이미 물러가 세 원수가 뒤쫓고 있습니다."

박승직은 그 말을 곧이 믿고 곧장 관아로 달려갔다. 관아 앞에 이르자 적의 복병이 순식간에 포위하며 공격하여 왔다. 박승직은 단기로 포위망을 뚫고 탈주하였으나, 많은 군사들이 살상당하고 포로가 되는 상황에 처했다.

왜적이 또 경양과 안성을 침구하매 양광도 원수 왕안덕은 곧바로 니이기기 않고, 부원수 인해와 양천 원수 홍인계를 불러 후퇴하였다가 가천역에 머물며 적의 귀로를 막아 공격하려고 하였다.

허나 왜적이 눈치 채고 다른 길을 경유해서 퇴각하였다. 부랴부랴 왕안덕이 정예한 군사를 거느리고 추격하였으나 이기지 못하고 하늘을 부르짖으며 통곡하였다. 다행히 적의 첩자를 사로잡아 신문한 결과 왜적의 음모를 밝혀낼 수 있었다. 양광도의 여러 고을을 침략하면 최영이 군사를 거느리고 내려올 것이니, 그 허점을 틈타 경성을 곧바로 치려는 계획이었다.

수원에서 양성, 안성에 이르기까지 왜적이 이르는 곳마다 쑥대밭이 되어 인기척이 없을 정도였다. 이런 상황인데도 체복사 최인철은 조정에 들어와 엉뚱한 요설을 늘어놓았다.

"신이 왕안덕과 홍인계, 인해를 독려하여 왜적을 직산현에서 공격해 50여 급을 참수하였사옵니다."

그 말만 듣고 우왕은 최인철에게 구마와 백금을 하사하고, 왕안덕 등에게도 의복과 술, 구마를 내렸다. 아울러 찬성사 양백연과 평리 변안열, 임견미를 보내어 싸움을 지원하게 하였다.

왜적 1백여 기가 남양과 안성, 종덕 등의 현을 침구하였으며, 또 적선 20여 척이 다시 강화를 침구하여 부사 김인귀를 죽였다. 이 전투에서 수졸로 사로잡힌 자가 1천여 명을 헤아릴 정도였다. 수원부도 침구하였는데 다행히 원수 양백연과 나세가 전함 50척으로 쳐서 패주시켰다.

나세가 강화의 경계를 지나는데, 한 부인이 물가에 숨었다가 한 집을 가리키며 말했다.

"왜적의 첩자가 저 민가에 숨어 있습니다."

나세가 재빨리 달려가서 포위하고 불을 질러 적 29인을 죽였다.

봉화가 강화로부터 낮에도 올라오며 끊이지 않으므로, 개성에도 삼엄한 경계를 펴지 않을 수 없었다. 원수들을 동·서강으로 나눠 수비하게 하고, 비상조치로 용사들을 모집해 모두 관직을 제수하고, 베 50필도 미리 지급하는 조치를 취했다.

왜구의 준동은 여기서 멈추지 않았다. 황해도로 침구했던 왜적이 풍주까지 침구해 와 서해도 상원수 박보로가 맞서 싸웠으나 부사 조천옥 등 10여 명이 전사하기에 이르렀다. 8월에도 왜적이 다시 황해도 신주와 안악을 침구하자 원수 양백익, 나세, 박보로와 도순문사 심덕부 등이 맞섰으나 패배하고, 연신 병력의 지원을 다급히 요청하였다. 도당에서는 이성계와 문하평리 임견미, 변안열, 밀직부사 유만수와 홍징 등을 급파하였다. 파견된 해주의 첫 전투에서 변안열과 임견미마저 패배하자 고려군의 사기는 떨어지고 왜구의 기세는 더욱 드높아졌다. 이 분위기부터 전환시켜야 했다.

이성계는 전투하기에 앞서 군사들의 사기부터 드높이고자 하였다. 이성계는 자신의 장기인 활로써 승패를 점치기로 하였다. 백 수십 보 밖의 거리에서 활로 투구를 쏘는 것이었다. 활의 명수인 이성계가 쏜 세 발은 모두 정확히 투구를 관통하였다. 군사들 속에서 접로 함성이 울려나왔다.

다시 기세가 오른 고려군과 왜구는 해주 동쪽의 정자에서 격전이 벌어졌다. 이성계는 한 길이 넘는 진창을 단번에 뛰어넘어 대우전으로 연거푸 적들을 명중시켜 거꾸러뜨렸다. 그 기세에 호응하여 군사들이 공격을 가하자 적은 순식간에 무너져 내렸다. 살아남은 적들은 도주하여 다시 험한 지역에 자리 잡고 섶을 쌓아 대항하고자 하였다.

이성계는 적들을 바라보며 말에서 내려 호상에 걸터앉았다. 풍악까지 울리게 했으며 승려 신조는 고기까지 썰었다. 화공으로 적들을 섬멸시키면서 술안줏감으로 삼을 심산이었다.

이성계의 지시에 군사들이 불화살로 섶에 불을 지르니 연기와 불길이 하늘을 가렸다. 궁지에 몰린 적들이 뛰쳐나와 결사적으로 돌진하면서 쏜 화살이 의자 앞에 놓인 술병에 명중하였다. 그러나 이성계는 전혀 놀라지 않고 태연한 모습으로 김사훈과 노현수, 이만중 등으로 하여금 공격 명령을 내려 적들을 섬멸시켰다.

왜적이 전국적으로 난입하는 꼴인지라 우왕은 각 도로 사신을 보내 산성을 수축하도록 지시하였다. 각 지역마다 방어망을 구축하고자 함이었다.

왜적의 침입으로 포로가 대거 발생하자 이에 대한 대책도 시급하게 요구되었다. 우왕은 도당에 글을 내려보냈다.

"포로로 끌려갔다고 하더라도 도망쳐 온 사람은 상을 줄 것이며, 첩자 행위를 한 자라도 죽이지 말고 삶의 터전을 마련해 주도록 하라. 왜적을 죽이고 돌아오는 자는 상을 주고 등급을 올려 주도록 하라. 변방의 고을들에 이 사실을 알리는 방을 붙이고 어길 시에는 엄히 치죄하라."

외교적인 해결책도 추진하였다. 판전객시사 안길상을 왜 열도로 보내 해적의 단속을 엄중히 요구하였다.

"왜구의 침구가 왜 조정의 소행이 아니라고 하나 백성을 다스리고 도적을 단속하는 것은 국가의 책무인 터, 외교 도리상 왜구의 침구에 대한 단속을 반드시 이행해야 할 것입니다. 두 나라 우호관계의 유지와 해로의 안정은 우리의 요구를 귀국이 어떻게 처리하느냐에 달려 있게 될 것입니다."

왜 열도에 떠났던 판전객시사 안길상은 일본에서 제 임무를 마치고서는 병사하였고, 그에 대한 답방으로 북조 조정은 왜 승려 신홍을 보내왔다. 그들의 답변은 조정에서 도망쳐간 무리들이라 명령을 따르지 않기 때문에 단속이 쉽지 않다는 것이었다. 왜 열도에서 남·북조 간의 싸움이 벌어지면서 고려만 애매하게 피해를 보는 격이었다. 그 피해를 줄이는 길은 단호한 응징밖에 없었다.

엎친 데 덮친 격으로 기근까지 겹쳐오자 우왕은 비상조치로 전국 각처의 건축공사를 일절 중지하라고 지시했다. 그러면서 왜적의 난입으로 인해 땅바닥에 시체가 내팽개쳐져 있어 차마 눈 뜨고 볼 수 없는 지경인지라 내탕의 재물을 내어 매장하는 비용으로 사용하라고 명하였다.

도당에서는 금한 김에 한산(閑散)의 자제를 징집하여 하삼도에 군사를 보충하려고 하였다. 그런데 힘깨나 있는 자들은 다 빠져 나가고 가난한 농민이나 노비들로서 싸울 수도 없는 사람들을 올려 보냈다. 하는 수 없이 도당에서는 사실을 조사해 그들은 돌려 보내야 했다.

전국 도처에서 왜구가 준동하고 가뭄까지 겹치니 국가 재정이 바닥을 드러내게 되었다. 우왕은 국왕의 생일에 말을 바치는 것도 면제하도록 조치하였다. 그렇지만 우왕의 주된 관심은 왕으로서의 왕권 안정에 맞춰져 있었다. 그 일환이 천도의 추진이었다. 1377년 7월 숭경부윤 진영세를 연주로 보내 새 도읍으로 적합한지 살펴보게 하였다. 다행히 진영세가 다녀온 후 연주는 오역의 땅이라고 말하여 중지되었다.

북원에서는 선휘원사 테리테무르를 보내와 정료위를 협공하자고 요청한 이후, 고려 군사의 파병을 독촉하고 나왔다. 왕위 계승 승인과 책봉을 내려준 것을 구실로 상국 행세를 하고 드는 꼴이었다. 하지만 고려 내정이 안정되어 있다면 요동 지역에서 명의 숨줄을 끊어놓을 수 있는 좋은 기회였다. 이 호기를 활용해 그 땅을 고려가 장악한다면 앞으로 요동과 만주 지역을 수복할 교두보가 될 것이었다. 그렇지만 당장 왜구의 침입을 방어하기에 급급한 고려의 처지로서는 고려할 여지조차 없었다. 그렇다고 왜구의 침구로 인해 그 여력이 없다고 사실 그대로 고려의 치부를 알려 줄 수는 없었다. 도당에서는 군부판서 문천식을 보내어 날씨가 춥고 사료용 풀이 말랐기 때문에 군사를 출동시킬 수 없다고 알리도록 하였다.

왜적은 1377년 9월에도 전라도 영광, 장사, 모평, 함풍 등을 침구하고 이어 서해도 해주와 평주를 침구했다. 계속해서 홍주를 도륙하고 불 지르며 목사 지득청의 아내까지 죽이고 판관의 처자를 사로잡아 갔다.

왜구의 침구가 도를 넘어 진행되어 오는지라 도당에서는 또다시 전 대사성 정몽주를 일본에 보내어 해적의 단속을 강력히 요구하게 하였다. 정몽주를 보빙사로 천거한 것은 친명 정책을 주장한 미움으로 위태로운 왜 지역에 보낸 것이기도 하지만, 다른 한편으론 외교적 수완을 발휘할 수 사람이 가는 게 절실했기 때문이었다. 북조의 조정에서 별다른 대책을 내놓지 못할 것이라고 예측했지만 그만큼 고려로서는 다급한 처지였다.

왜구의 끝없는 침구에 최영은 군사를 진두지휘하느라 어디 다른 데에 신경을 쓸 겨를이 없었다. 그만큼 왜구는 잇따라 전국토를 들쑤셔 놓은 격이었다. 그런데 갑자기 단고승이 그를 찾아왔다. 벌써 10대 후반의 건장한 청년의 모습이었다. 최영이 반가움에 인사를 하자, 단고승이 먼저 눈물부터 보였다. 뭔가 큰일이 터진 것이었다. 최영의 스승이자 동지인 한단선사가 돌아가실 때도 단고승의 모습이 그러했다.

"왜 그러느냐? 무슨 일이 있는지 어서 말해 보거라."

최영이 불안한 마음에 재촉하듯 물었다.

"사부님께서 그만 돌아가셨사옵니다."

"뭐야, 고군기 동생이 죽었다고?"

최영은 자신의 귀를 의심하지 않을 수 없었다. 청천벽력 같은 소리였다. 고군기가 없는 이 고려를 한 번도 생각해 본 적이 없었다. 고군기가 있었기에 이 암담함 속에서도 미래의 희망을 꿈꿀 수 있었다.

최영의 눈에서는 눈물이 하염없이 흘러내렸다. 왜구의 침구가 계속되다 보니 고군기를 만나지 못하고 있었다. 언제 시간을 내야겠다고 계속 벼르고 있던 참이었다.

단고승이 슬픈 목소리로 자초지종을 얘기해 주었다. 최무선의 화약제조가 거의 성공에 이르자 기쁨에 넘쳐 직접 참여하다가 그만 잘못되어 폭발되는 바람에 큰 부상을 입었는데, 끝내 회복하지 못하고 죽음을 맞이하게 되었다는 것이었다.

"돌아가시기 전에 나에게 알려야 할 것 아니냐? 왜 그리하지 않았느냐?"

"그리하려고 했는데 사부님께서 한사코 막으셨사옵니다. 왜구를 격멸하기 위해 전군을 통솔하며 전력을 기울이고 있는 때에 걱정을 끼쳐드리고 싶지 않다면서 말입니다."

"아무리 그래도 그렇지, 이 사람아! 어찌 그럴 수 있단 말인가?"

최영의 통곡이었다. 더욱 가슴 미어진 건 이미 장례까지 다 치른 상태라는 것이었다. 이것 또한 고군기의 뜻이라는 것이었다.

최영은 단고승을 따라나섰다. 지원군을 파견한 상태이니 당분간 큰 문제는 없을 것이었다. 뒤늦었지만 고군기의 무덤을 찾아가야 했다. 최영은 가는 도중에 약주를 하나 구했다, 제대로 약주 한번 못 했으니 이번에 한잔 올리고 싶은 심정이었다.

고군기의 무덤은 야트막한 야산에 묻어 있었다. 그곳에는 어떻게 연락을 받고 왔는지 최무선도 와 있었고, 단고승의 또래이자 동생들인 단배와 단달, 단국희 등도 기다리고 있었다. 최영은 이미 최무선과 안면이 있는지라 간단하게 인사하였다.

최영은 한참 동안 무덤만을 바라보았다. 초라하기 짝이 없는 봉분 하나만이 달랑 놓여 있었다. 서글퍼지는 마음을 애써 다잡으며 최영은 먼저 제례를 올렸다.

"이 사람아, 내가 왔네. 이 형님이 왔단 말일세. 그런데 여기서 뭐하고 있는 건가?"

마음을 잡으려는 의지와는 다르게 눈에는 눈물이 절로 흘러내렸다. 너무나 허망한 죽음이었다. 이 세상 최고의 전략가라고 하는 사람이 그 뜻도 제대로 펴지도 못하고 세상을 뜬 것이었다. 아직 할 일이 너무나 많은 사람이었다. 이놈의 왜구를 막아내야지만 고려의 활로가 보이고 재량도 꽃피울 수 있었다. 그 때문에 자신의 재주와는 전혀 거리가 먼 화약제조 비법을 지원하다가 그만 잘못된 것이었다. 왜구는 고려의 악성 종양이었다. 이 왜구로 해서 고려는 대륙의 정세에 적극 대처할 수가 없었다. 손발이 꽁꽁 묶인 꼴이었다.

최영은 왜구의 만행에 분노가 일었다. 동지를 뺏어가고 고려가 일어서지 못 하도록 만든 가장 큰 훼방꾼이었다.

"자, 한잔 받게나. 내 자네의 뜻을 기필코 이뤄줌세. 맘 편히 먹고 이제 좀 쉬게나."

최영은 일어서서 무덤의 주위를 돌면서 약주를 부어주었다. 최영의 행동을 조용히 지켜보던 최무선이 마침내 입을 열었다.

"제가 그만……. 확실하게 대책을 세워 놓고 했어야 했는데, 그러지 못해서……. 제 책임이 큽니다. 죄송합니다."

"나라를 위해 실험하다가 발생한 불상사인 것을……. 고군기 동생은 전혀 그렇게 생각하지 않을 것이니 그런 자책감 갖지 말게."

죄책감에 젖어 있는 최무선의 마음을 위로해주며 최영이 다시 물었다.

"화약 제조 비법은 나라의 운명이 달린 문제이네, 기필코 해결해야 할 터인데, 지금 어찌 되어 가고 있는가?"

"거의 다 성공했습니다."

"그래요. 고맙구려. 정말 고생 많았소. 나라를 위해 장한 일을 해낸 것이오. 그러면 바로 도당에 제기하세요. 당신의 피땀 흘린 노고와 고군기 동생의 죽음을 헛되이 하지 않기 위해서라도 내 이번에는 꼭 성사시켜 낼 것이네."

"그럼 곧 준비하겠습니다."

최무선은 곧장 그 길로 내려갔다. 최영은 한참을 고군기의 무덤을 서성이다가 단고승과 단배, 단달, 단국희 등과 함께 고군기의 집을 향했다. 이제 최영이 이들을 책임지고 이끌어주어야 했다.

고군기 집에 이르자 마당 옆에 무성하게 자라던 수풀은 다 사

356

라지고 밭작물이 자라고 있었다. 커다란 아름드리나무 같은 아카시아도 그 뿌리가 썩었는지 흔적도 없이 사라지고 없었다. 고군기가 일궈낸 흔적들이었다.

그 텃밭을 보자 한단선사와 고군기, 그리고 최영 세 사람이 모여 단군조선의 옛 영화를 기필코 세워내자고 의기를 드높였던 그 옛날의 일이 새롭게 다가왔다. 이곳은 이렇게 밭작물이 새록새록 자라나고 있는데, 이 고려의 앞날은 여전히 깜깜하기만 했다. 도대체 지금껏 무엇을 해왔는지 의문이 들기만 하였다. 이제 한단선사도, 고군기도 저 세상으로 떠나고 자신만이 홀로 남게 되었다. 고군기를 잃은 것은 너무나 큰 아픔이자 손실이었다. 모든 게 막막하게 보였다. 외로운 범 한 마리가 숲속을 헤매고 있는 것 같은 기분이었다.

단고승이 고군기의 서찰이라고 하면서 최영에게 건네주었다.

"형님이 있어 이 동생은 맘 놓고 갑니다. 형님께 하고 싶은 말은 너무 많지만, 한 가지만 말하렵니다. 형님, 기다리고 또 기다리십시오. 그러면 언젠가 한 번은 기회가 오게 될 겁니다. 그때 단군족의 의기와 기개가 살아 있음을 만방에 선포하시기 바랍니다. 하늘에서라도 그것을 꼭 지켜볼 것입니다."

최영은 고군기가 죽으면서까지 단군조선의 옛 영화의 실현을 그토록 갈망했고, 그리하자면 인내하고 인내해야 한다고 조언하는 모습에 목이 메어왔다. 지난할 수밖에 없으니 꿋꿋이 버텨내라는 요구였다.

'알겠네. 내 그리할 것이네.'

최영은 고군기의 숭고한 마음에 기꺼이 화답해주었다.

"장군님, 저희들도 왜구하고 싸우게 해 주십시오."

단고승이 최영의 허락을 요청한 말이었다. 단배와 단달 등도 같은 뜻이라는 듯 고개를 끄덕였다.

"너희들의 충정은 이해하마. 허나 나라를 지키자면 칼을 잡은 사람도 있지만 나라의 대계를 세워야 하는 사람도 필요하단다. 너희들이 해야 할 일은 따로 있으니, 너희 사부가 시켰던 대로 계속 그리 정진하도록 해라."

최영이 허락해 주지 않음에 불만스러운 표정이 일순간 얼굴에 내비쳐졌지만 이내 그들은 흔쾌히 받아들였다. 최영은 다시 한번 단고승에게 부탁했다.

"네가 여기서 제일 형이고 오빠이니 여기 일을 책임지고 이끌어 가야 할 것이야. 무슨 일이 있든 없든 수시로 찾아와서 소식을 전하도록 해라."

최영은 단고승, 단배, 단달, 단국희 등을 뒤로하고 개경을 향해 달렸다.

판사 최무선은 1377년 10월 도당에 화약을 제조하기 위한 화통도감의 설치를 주장하고 나왔다. 역시나 조정의 신료들은 반문부터 하고 나왔다.

"화약제조는 그렇게 얼렁뚱땅해서 만들어질 무기가 아닙니다.

358

더욱이 최무선은 이미 지난번 전함 건조 때 화약무기를 만든다고 하여 실패한 자입니다. 지금 나라의 재정도 충분하지 않고, 녹봉마저 제때 줄 수 없는 이때에 공명을 내세우고자 하는 자의 말을 듣고 그대로 시행할 수는 없습니다."

그럴듯한 논리를 대고 있지만 이들의 우선적 관심은 자신들의 밥그릇 챙기기였다. 재정이 넉넉지 않으니 화통도감을 설치할 돈은 없지만 녹봉은 받아야 한다는 것이었다. 이미 예상한 바였지만 최영은 분노가 일었다. 최영은 단호하게 나섰다.

"지금 끊임없이 쳐들어오는 왜구의 침구 때문에 백성들은 도탄에 빠져 있고, 나라꼴은 엉망진창이 되어가고 있소. 이를 해결하자면 수군을 강화해 왜구를 바다에서 격멸하여야 하고, 그러자면 화약을 무기로 사용할 수 있도록 개발해야만 한단 말이오. 판사 최무선은 화약제조 비법을 알아내기 위해 근 20여 년 이상을 연구에 전념하였고, 그 실험 과정에서 사람의 목숨까지 잃었으며, 지금은 거의 성공에 이르렀다고 하였소. 그렇다면 조정에서 취해야 할 조치가 명백하거늘, 어찌 이 명백한 길을 놔두고 부정부터 하려 든단 말이오. 설사 실패한다고 하더라도 이 나라를 염려한다면 적극 밀어주는 것이 옳은 처사일 것이오. 지금 백성들은 굶주림에 허덕이고 있으면서도 있는 것 없는 것 다 털어내어 군량을 바치고 있으며, 심지어 왜구를 막아내기 위해 몸 바쳐 싸우고 있는 형편이오. 그런데 조정의 신료라는 하는 사람들이 거기에 소요되는 그깟 돈이 아까워 이를 포기한단 말이오? 녹봉을 좀 덜

받고, 좀 못 먹고 좀 못 입는 것이 그렇게 아깝단 말이오? 그러고도 이 나라 조정의 신료라고 어찌 말할 수 있겠소? 언제까지 우리 고려가 왜구의 침략을 받고도 적들이 바다에 있다고 하여 넋 놓고 수수방관하며 지켜보기만 해야 하겠소? 지금의 이 환란을 적극적으로 극복할 수 있는 길이니 충심이 조금이라도 있는 사람이라면 이를 적극 밀어주어야 할 것이오."

격분에 찬 최영의 주장에 어떤 신료도 감히 반박하고 나서지 못했다. 눈앞에서 왜구에 의해 국토가 유린되고 백성들이 도륙당하는 처참한 상황이 벌어지고 있는데 가장 유력하게 제시된 방안을 계속 반대만 하고 나올 수는 없었다. 더욱이 충심을 들먹이며 반대해서 나올 경우 당장 최영의 칼날에 목이 날아갈 것 같은 험악한 분위기가 연출되니 그 기세가 꺾인 것이었다.

도당에서는 곧장 최무선의 주장대로 화약과 화기를 제조하는 관청으로 화통도감을 설치하기로 하였다. 당연히 그 총책임자인 제조(提調)로 최무선이 임명되었다.

최영이 최무선을 향해 당부의 말을 전했다.

"당신의 어깨에 고려의 미래가 달렸소. 기필코 빠른 시일 내에 성공시켜 내기 바라오."

"밤잠을 자지 않더라도 꼭 그리해 낼 것입니다."

이리하여 왜구의 침구를 받은 이래 단지 방어적 대응에 멈추지 않고 바닷가로 나가 공세적으로 격멸하기 위한 국가적 대책이 비로소 세워지게 되었다.